實境式

照片單字全部收錄

圖解德語單字不用背！

一眼秒懂德文單字、理解當地文化

淡江大學德國語文學系 專任助理教授 **張秀娟** / 著

全MP3一次下載

「iOS系統請升級至iOS 13後再行下載，此為大型檔案，建議使用WIFI連線下載，以免佔用流量，並確認連線狀況，以利下載順暢。」

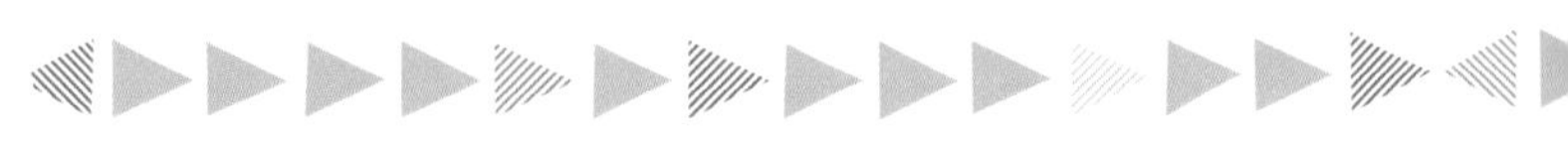

德國地圖（Deutschlandkarte）

德國（Deutschland）本土主要是由哪些邦（Bundesländer）組成，各邦的首府（Landeshauptstadt）又是在哪裡呢？

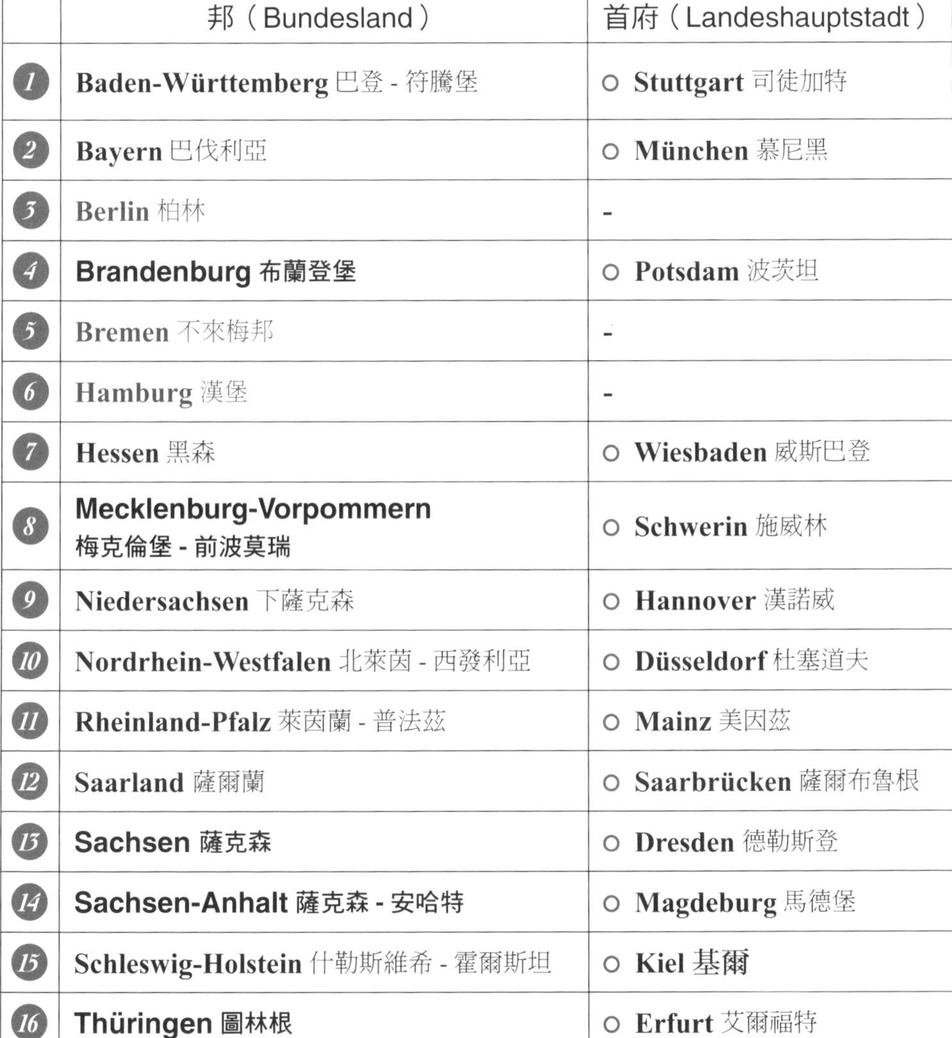

	邦（Bundesland）	首府（Landeshauptstadt）
1	**Baden-Württemberg** 巴登 - 符騰堡	○ **Stuttgart** 司徒加特
2	**Bayern** 巴伐利亞	○ **München** 慕尼黑
3	**Berlin** 柏林	-
4	**Brandenburg 布蘭登堡**	○ **Potsdam** 波茨坦
5	**Bremen** 不來梅邦	-
6	**Hamburg** 漢堡	-
7	**Hessen** 黑森	○ **Wiesbaden** 威斯巴登
8	**Mecklenburg-Vorpommern 梅克倫堡 - 前波莫瑞**	○ **Schwerin** 施威林
9	**Niedersachsen** 下薩克森	○ **Hannover** 漢諾威
10	**Nordrhein-Westfalen** 北萊茵 - 西發利亞	○ **Düsseldorf** 杜塞道夫
11	**Rheinland-Pfalz** 萊茵蘭 - 普法茲	○ **Mainz** 美因茲
12	**Saarland** 薩爾蘭	○ **Saarbrücken** 薩爾布魯根
13	**Sachsen 薩克森**	○ **Dresden** 德勒斯登
14	**Sachsen-Anhalt 薩克森 - 安哈特**	○ **Magdeburg** 馬德堡
15	**Schleswig-Holstein** 什勒斯維希 - 霍爾斯坦	○ **Kiel 基爾**
16	**Thüringen 圖林根**	○ **Erfurt** 艾爾福特

* 以上按照邦名由 A 到 Z 的順序排列。

* 地圖中的○表示首府所在位置。

* 以上藍色字的 Berlin 柏林、Bremen 不來梅邦、Hamburg 漢堡為城邦（Stadtstaat），相當於直轄市的概念，本身無首府。

* 以上粗體字的 4 **Brandenburg 布蘭登堡**、8 **Mecklenburg-Vorpommern 梅克倫堡 - 前波莫瑞**、13 **Sachsen 薩克森**、14 **Sachsen-Anhalt 薩克森 - 安哈特**和 16 **Thüringen 圖林根**，這五個邦原隸屬前東德，東德瓦解後，於 1990 年成為西德新的聯邦。

德國主要的觀光路線（Wichtige Touristikrouten in Deutschland）

德國主要的觀光路線有哪些？

路線 1 Romantische Straße 羅曼蒂克大道

羅曼蒂克大道（Romantische Straße）（或稱為浪漫之路、浪漫大道）是德國最古老同時也是最著名、最受歡迎的觀光路線，從 ⓐ 符茲堡（Würzburg）至 ⓑ 福森（Füssen），從美因河（Main）到阿爾卑斯山（Alpen），全長約 470 公里，有 27 個景點及豐富的人文文化與自然景觀。沿途著名的名勝古蹟有 ❶ 符茲堡瑪利亞堡（Festung Marienberg）及老美茵橋（Alte Mainbrücke）、❷ 中古世紀古城羅滕堡（陶伯河）（mittelalterlichen Altstadt Rothenburg ob der Tauber）和 ❸ 丁克爾斯比爾（Dinkelsbühl），以及世界最早為低收入戶規劃的社會住宅 ❹ 福格社區（Fuggerei）（位於奧格斯堡）、福森（Füssen）附近聞名全球的童話王宮 ❺ 新天鵝堡（Schloss Neuschwanstein）和高天鵝堡（Schloss Hohenschwangau）等。

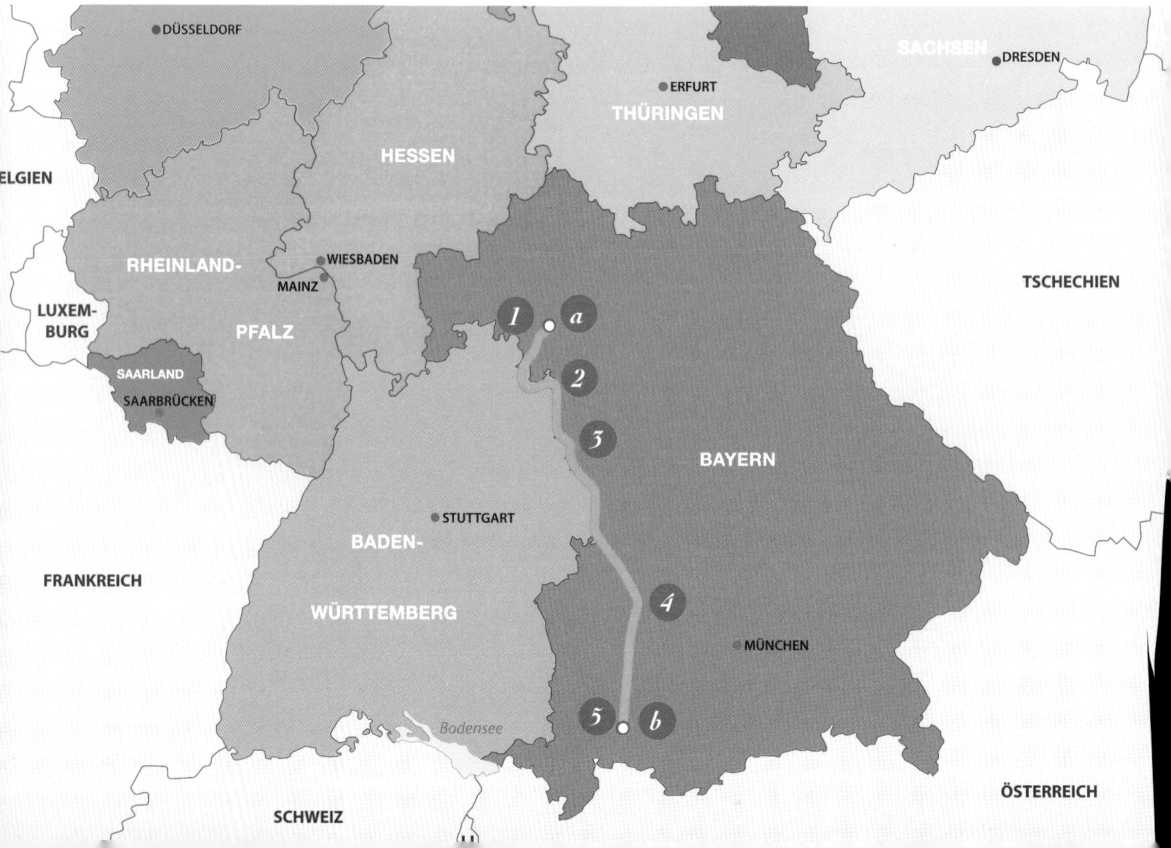

▲在羅曼蒂克大道上會看到的觀光路線告示牌

▼普雷萊茵廣場（Plönlein）

▲符茲堡（Würzburg）街景及老美茵橋（Alte Mainbrücke）

▼世界最早的社會住宅，福格社區（Fuggerei）

▼丁克爾斯比爾（Dinkelsbühl）

▲新天鵝堡（Schloss Neuschwanstein）

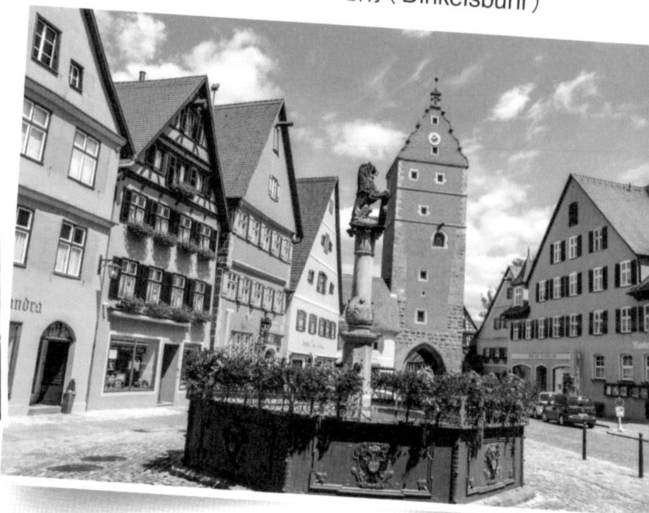

路線 2 Deutsche Märchenstraße 德國童話之路

德國童話之路是德國旅遊路線，長約 600 公里，從美因河到北海途經 8 個自然公園，跟隨格林兄弟 Brüder Grimm 的足跡，從其出生地黑森邦（Hessen）的 *a* **哈瑙市（Hanau）**，經 *b* **施泰瑙（Steinau）**、*c* **馬爾堡（Marburg）**、*∂* **卡瑟爾（Kassel）**，一直到北德的 *e* **布萊梅（Bremen）**（即童話故事的**布萊梅音樂家**，德文為 Bremer Stadtmusikanten）。德國童話之路是格林兄弟人生重要的驛站，也是童話、神話及傳說的景點之旅，值得細細品味、重溫童年夢想。

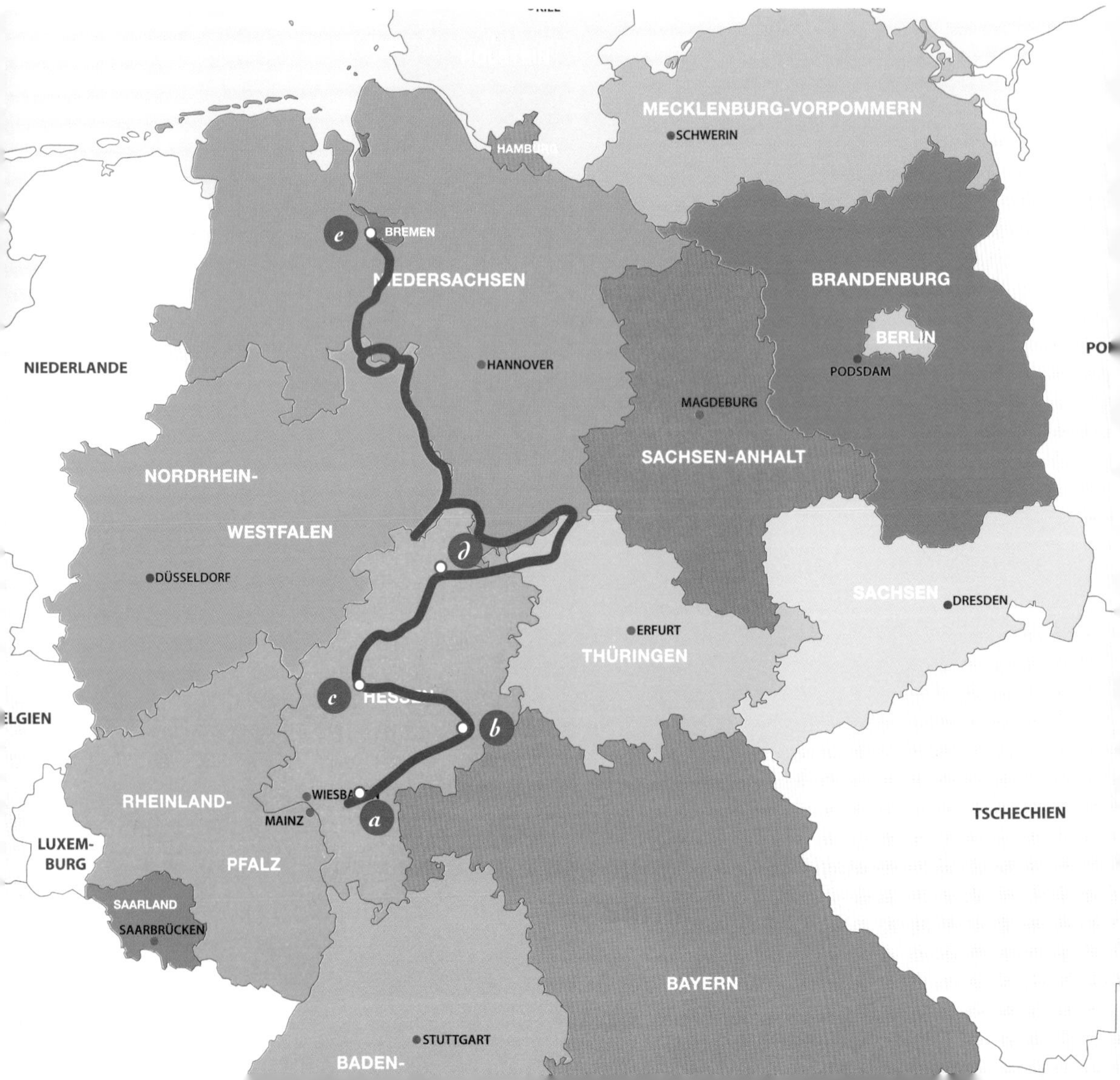

▲哈瑙市（Hanau）的格林兄弟紀念雕像

▲馬爾堡（Marburg）一景

▲施泰瑙（Steinau）的歷史古城

▼布萊梅（Bremen）的「不來梅城市樂手」雕像

▲卡瑟爾（Kassel）的 18 世紀末 Lowenburg 城堡

路線 3 Deutsche Alpenstraße 德國阿爾卑斯山之路

這條**阿爾卑斯山之路**（Deutsche Alpenstraße）主要是坐落在南德的巴伐利亞邦境內，口語常稱為 Queralpenstraße（橫向阿爾卑斯山之路）。這條旅遊路線是由東往西的方向（West-Ost-Richtung），從 *a* **林道**（Linda）的**波登湖**（Bodensee）到 *b* **舍瑙**（Schönau）的**國王湖**（Königssee）和**貝希特斯加登**（Berchtesgaden），全長約有 450 多公里，沿途有阿爾卑斯山的青翠的草原（Wiesen）、遼闊的森林（Wälder）、清幽山谷（Täler）、瀑布（Wasserfälle）、清澈的湖泊（Seen）和山峰（Berggipfel）等。除湖光山色美不勝收之外，觀光客還可以體驗寧靜的小鎮與古城（historische Altstädte）風情、參觀阿爾卑斯山區的牧牛及小木屋、享用美食與特產、漫遊健行步道、參與文化藝文活動（kulturelle Aktivitäten），如參觀不同主題的博物館（Museen）以及文化導覽行程（Führungen），和玩各種水上運動。

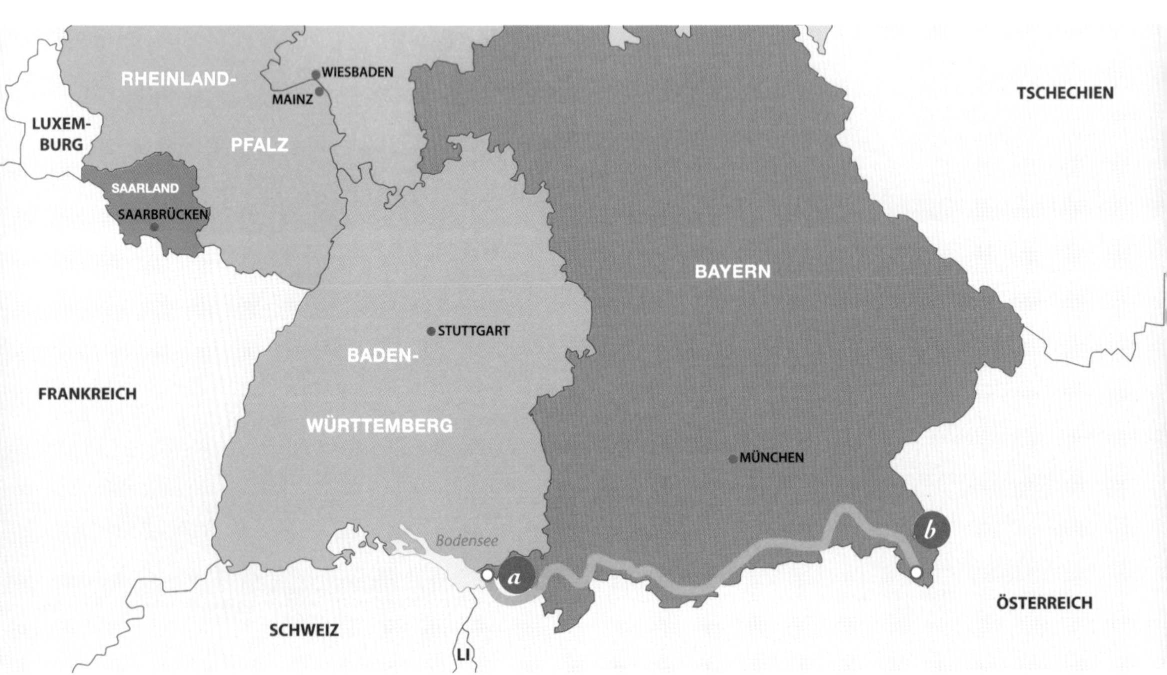

▲波登湖（Bodensee）林道港一景

▼阿爾卑斯山區的牧牛

▲舍瑙（Schönau）的國王湖（Königssee）及聖巴爾多祿茂教堂（St. Bartholomä）

▼福森（Füssen）市內的阿爾卑斯山區山路

路線 4 Deutsche Weinstraße德國葡萄酒之路

德國葡萄酒之路（Deutsche Weinstraße）於 1935 年正式開放，其路線長約 85 公里，是個由南往北方向以丘陵景色為主的路線，起點是德法邊界 ⓐ **施崴根 - 雷西騰巴赫（Schweigen-Rechtenbach）**的**德國葡萄酒之門（das Deutsche Weintor）**，終點是位於 ⓑ **萊茵蘭 - 普法茲邦（Rheinland-Pfalz）**之**博肯海姆（Bockenheim an der Weinstraße）**的**德國葡萄酒之路酒屋**。此路線經過全德國第二大葡萄種植地，普法茲（Pfalz）葡萄酒產區，葡萄種植品種多，以生產白葡萄酒為主。

葡萄酒之路的路標，是個黃色底、上面寫著 Deutsche Weinstraße 之咖啡色字及一串葡萄圖騰的方形圖樣，特定的街道和市鎮也會放上標示「該市鎮正位於葡萄酒之路上」的路標，例如：Neustadt an der Weinstraße（葡萄酒之路的諾伊施塔特）或是 Hambach an der Weinstraße（葡萄酒之路的漢巴赫）。

▲ Dubbeglas 酒杯

▲ Bocksbeutel 酒瓶

每年 3 月至 10 月間，位在葡萄酒之路上的城鎮也會舉辦許多葡萄酒節（Weinfest），節慶上裝葡萄酒的容器，會特別採用萊茵蘭 - 普法茲傳統**上寬下窄、0.5 公升的透明玻璃杯**，其杯壁上頭有圓凹點，這種容器稱為 **Dubbeglas**。

此外，德國還規劃其他條葡萄酒之路，例如：莫澤河域的莫澤葡萄酒之路（Moselweinstraße），全長 242 公里，莫澤河谷（Moseltal）景色佳，以盛產高品質的雷司令白葡萄酒（Riesling）聞名世界，而且秋季的莫澤酒窖品酒之旅也是觀光亮點。法蘭克（Franken）有條 Bocksbeutelstraße 葡萄酒之路，旅遊路線的名稱是源自於一種裝葡萄酒的特殊扁平橢圓形酒瓶，此酒瓶稱為 Bocksbeutel。此區以西萬尼（Silvaner）和雷司令（Riesling）白葡萄酒品種最為著名，且法蘭克酒價位較高，較少在其他德國地區出售。

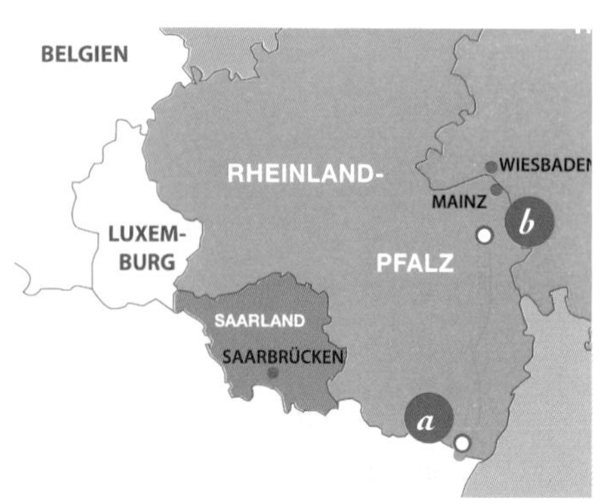

▲ 施崴根 - 雷西騰巴赫（Schweigen-Rechtenbach）的德國葡萄酒之門

▼ 漢巴赫王宮（Hambacher Schloß）位於葡萄酒之路的漢巴赫（Hambach an der Weinstraße）

▲ 葡萄酒之路的諾伊施塔特
(Neustadt an der Weinstraße)

▲ 萊茵蘭 - 普法爾茨邦巴特迪克海姆（Bad Dürkheim）的一間酒屋

▼ 莫澤河（Mosel）沿岸的一小村莊

路線 5 Deutsche Limes-Straße 德國古羅馬界牆之路

德國古羅馬界牆之路，主要是根據已列入聯合國教科文組織世界遺產的**上日耳曼 - 雷蒂安邊牆**（Obergermanisch-Rätischer Limes）遺跡所規劃的旅遊路線，起點是萊茵河畔的 ⓐ 巴特亨寧根（Bad Hönningen am Rhein），終點是多瑙河畔的 ⓑ 雷根斯堡（Regensburg），全長約 800 公里，路線穿越**萊茵蘭**（Rheinland）、**黑森**（Hessen）、**巴登 - 符騰堡**（Baden-Württemberg）和**巴伐利亞**（Bayern）四個聯邦，沿途有 9 百多座瞭望臺、60 座重要的古羅馬紀念碑、古羅馬要塞和古羅馬博物館等。此外，也有特別規劃**德國古羅馬界牆腳踏車道**（Deutscher Limes-Radweg，長約 800 公里）和步道（Deutsche Limes-Wanderweg，長約 730 公里）。

▲德國古羅馬界牆之路的路標

此界牆建於西元 83 年到 260 年之間，是羅馬帝國時期於上日耳曼行省（Germania Superior）及雷蒂安行省（Raetia）這兩個省內所修築的邊界長城，目的是將帝國及未被征服的日耳曼部落隔開。

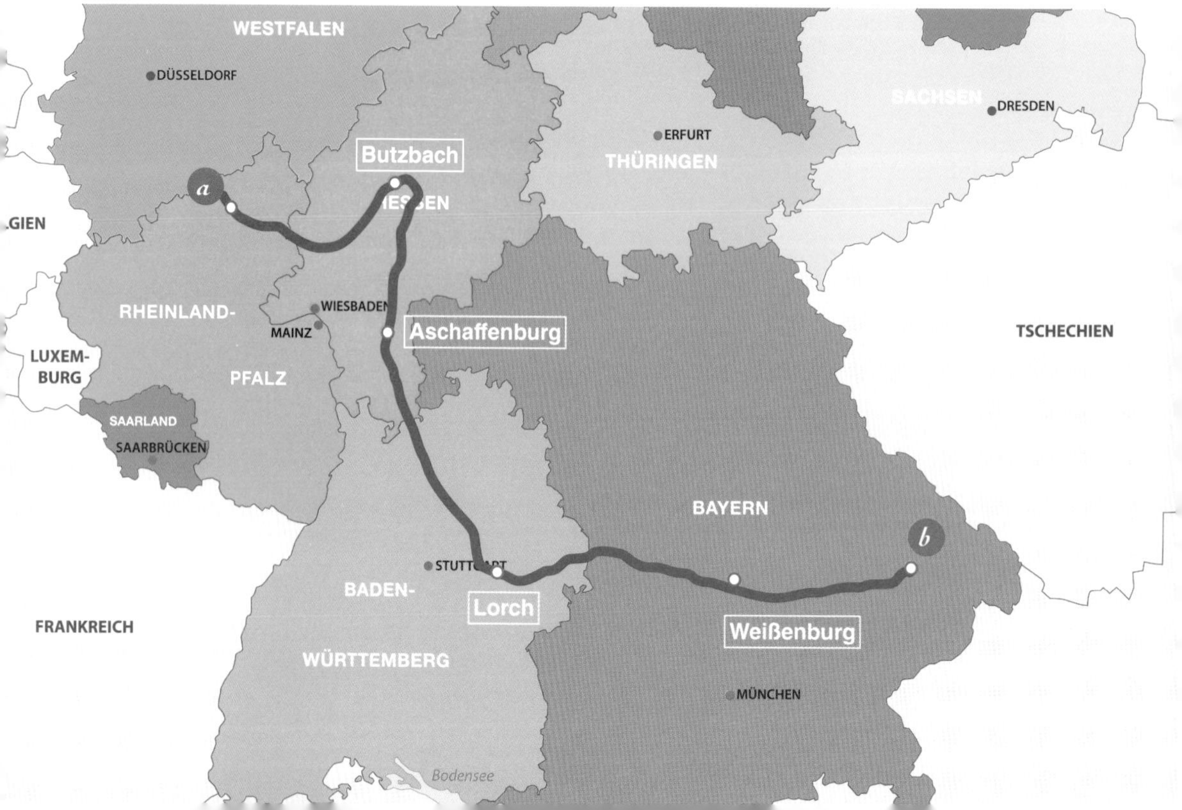

▲薩爾堡的古羅馬碉堡（Kastell Saalburg）

▲伊德施泰因 - 達斯巴赫古羅馬瞭望臺（Römerturm Idstein-Dasbach）

▲門希斯羅特古羅馬瞭望臺（Limesturm in Mönchsroth）

▼雷根斯堡（Regensburg）的古羅馬界牆

▼陶努斯山（Taunus）的古羅馬時期瞭望臺

Contents
目錄

TEIL 1 居家

TEIL 2 交通

TEIL 3 到德國旅遊

TEIL 4 購物

TEIL 5 工作場所

TEIL 6 教育機構

TEIL 8 生活保健

TEIL 7 飲食

TEIL 9 休閒娛樂

TEIL 10 體育活動和競賽

TEIL 11 特殊場合

User's Guide 使用說明

11 大主題下分不同地點與情境，一次囊括生活中的各個面向！

德籍人士親錄單字 QR 線上音檔，讓你隨刷隨聽道地德語發音。

Kapitel 2

Wohnzimmer 客廳

這些德文應該怎麼說呢？

Part1_05

客廳擺飾

實景圖搭配清楚標號，生活中隨處可見的人事時地物，輕鬆開口說！

1. Decke f 天花板
2. Wand f 牆壁
3. Holzboden m 硬木地板
4. Fenster n 窗戶
5. Couchtisch [En] m 茶几
   ＊Beistelltisch m 小茶几
6. Couch [En] f 長沙發椅
7. Polsterhocker m 軟墊凳
8. Kamin m n 壁爐
9. Bild n 畫
10. Schalter m 開關
11. Fernseher m 電視

36

所有單字標註其「陰陽中性」或「詞性」。

類似的動作，在德文卻有各種不同的表達，詳細解說，搭配圖片與例句，讓你不再只學皮毛。

你知道嗎？

要怎麼用德文表達各種走路方式呢？
Wie heißen die unterschiedlichen Gangarten auf Deutsch?

eilen，是「急速地行動，急奔」的意思。

Der Arzt ist dem Patienten zu Hilfe geeilt.
醫生很快地衝到傷者的身旁幫忙。

trippeln，是「小步小步地快走」的意思。

Der Bursche trippelt hinter seiner Mutter her.
這個小男孩以小又快的步伐跟在他媽媽的後面。

spazieren，（散步；慢走）的意思是「輕鬆地走路」。

In der Früh spaziere ich gern am See.
我喜歡一大早時在湖邊散步。

⑫ **Teppich** m 地毯
⑬ **Topfpflanze** f 盆栽
⑭ **Lehnsessel** m 扶手椅
⑮ **Kissen** n 靠墊
＊**Sitzkissen** n 坐墊
⑯ **Wandleuchte** f 壁燈
⑰ **Hängelampe** f 吊燈
⑱ **Schrank** m 櫃子
⑲ **Schublade** f 抽屜

Kapitel 2 Wohnzimmer 客廳

常見的 3 種窗簾，德文要怎麼說呢？

Vorhang
m 窗簾

Gardine
f 羅馬簾

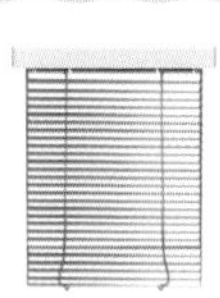

Jalousie
f 百葉窗

一定要會的補充單字，讓你一目了然、瞬間學會。

重音位置較特殊者，會用底線標示。關於重音規則請見 p.22。

• Tips •

慣用語小常識：地毯（Teppich）篇

• **auf dem** Teppich **bleiben 腳踏實地**

這句德語表達，照字面的意思是「留在地毯上」，引申的意思是「務實」、「不脫離現實」。
Obwohl er beruflich sehr erfolgreich ist, bleibt er immer auf dem Teppich.
雖然他事業很成功，但是他總是腳踏實地。

• **unter den** Teppich **kehren**

這句德語表達，照字面的意思是「掃到地毯下」，引申的意思是「隱瞞」、「掩蓋」。
Warum hast du immer versucht, die Tatsache unter den Teppich zu kehren?
為什麼你總是試著去隱瞞事實呢？

37

除了單字片語，還補充當地人常用的德文慣用語，了解原意及由來才能真正活用！

除了各種情境裡會用到的單字片語，常用句子也幫你準備好。

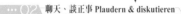

02 聊天、談正事 Plaudern & diskutieren

相關字彙

Part1_07-A

1. **sich unterhalten** 閒談；聊天
2. **über etw. sprechen** 談論～；談到～
3. **Gruß** m 問候
4. **Plauderei** f 閒聊；寒暄
5. **plaudern** 聊八卦或小道消息
6. **loben** 讚美；稱讚
7. **diskutieren** 商談；討論
8. **vorstellen** 介紹
9. **Sitzung** f 開會；會議
10. **verhandeln** 談判；協商
11. **zur Sache kommen** 談正事；言歸正傳
12. **über jmdn. lästern** 說某人的壞話
13. **über jmdn. tratschen** 說某人的閒話

• Tips •

sprechen、plaudern 和 Schwatz 有何不同呢？

與人說話、聊天的德語同義字不少，類別可用於書寫、口語或俚語，為了避免不必要的誤解，使用標準德語並了解這些字的差異，就更能掌握這個語言的運用。

- sprechen 的意思是與別人談話、交換想法或表達意見。
  Man kann mit ihm über alles sprechen.
  這個人可以讓人無所不聊。
- plaudern 泛指一般的聊天，沒有任何主題上的限制，通常使用這個動詞時，也暗喻著說話的人說的內容多，而且也不是太過嚴肅的內容。
  Die Frau geht den ganzen Tag zu Freunden zum Plaudern.
  這個女人整天串門子。
- Schwatz m 這個字屬於口語德文（familiär），指的是在偶遇時輕鬆地聊著彼此的事情等。
  Die Mütter führen einen Schwatz miteinander vor dem Schultor.
  這些媽媽們站在校門前閒聊。

42

會用到的句子

1. **Wir sehen uns ein andermal.** 改天再聚聚。
2. **Es war eine Freude, sich mit dir zu unterhalten.** 很高興跟你聊天。
3. **Das lässt sich nicht auf die Schnelle erklären.** 說來話長；一言難盡。
4. **Denk mal nach.** 仔細考慮一下。
5. **Die Zeit bringt die Wahrheit ans Licht.** 時間會證明一切的。
6. **Ich kann mich in dich einfühlen.** 我能體會你的感受。
7. **Die Nachricht macht mich sehr betroffen.** 聽到這個消息我很難過。
8. **Ich bin davon überzeugt.** 我保證。
9. **Es hängt von dir ab.** 聽你的，你說的算。
10. **Ich meine es ernst.** 我是認真的。
11. **Es ist mir egal, was du sagst.** 隨便你怎麼說。
12. **Das ist schwer zu sagen.** 這很難說。
13. **Setz mal deine grauen Zellen in Bewegung.** 動動腦筋吧。
14. **Es hat mich sehr gefreut, mit dir zusammenzuarbeiten.** 跟你合作很愉快。
15. **Ohne Frage.** 無庸置疑。
16. **Wir kommen gleich zur Sache.** 直接談正事吧。

Kapitel 2 Wohnzimmer 客廳

• Tips •

慣用語小常識：談正事篇（Zur Sache）

Geschäft ist Geschäft.
「生意就是生意」？

Geschäft 意味著「生意」或者是「任何跟金錢有關的商業行為」。法國劇作家 Octave Mirbeau 在 1903 年的作品 Les affaires sont les affaires（德語翻譯成 Geschäft ist Geschäft）中，將男主角在與他人之間論及與金錢有關的交易時，是不顧及人情與道德層面考量的做法發揮地淋漓盡致，這部舞台劇在俄國、德國和美國備受讚譽。這句成語與中國俗語「親兄弟明算帳」或「公事公辦」有著異曲同工之妙。

43

就主題單字深入解釋細微差異，了解透徹才能印象深刻！

解說針對德國某些地區的德語用法，像是打招呼用詞上的差異。

Part1_07-B

• Tips •

德國人如何打招呼呢？

在德國，打招呼的禮節有很多種，根據年齡、社會地位與熟識程度等條件而有分別。一般來說，„Hallo" 是針對熟人的招呼方式，但現今德國跟陌生人也會以 „Hallo" 打招呼。至於區域性的問候用詞，有巴伐利亞邦的 „Grüß Gott"、„Grüß dich" 或是北德港口城市的 „Moin Moin"。而針對所有場所都適合的打招呼方式還是 „Guten Morgen"「早安」，„Guten Tag"「日安」和 „Guten Abend"「晚安」。

03 做家事 Haushalt machen

Part1_08-A

看圖直接知道單字的意思，讓學習更輕鬆。

den Fußboden fegen	den Fußboden moppen	den Fußboden wischen
掃地	拖地	擦地板

44

關於本書單字的使用方式

本書中的詞類

本書所收錄的單字詞類主要是名詞、動詞、形容詞以及短句。以下針對名詞與動詞的呈現方式做說明：

・名詞：

主要是以單數、第一格來表示，並隨單字標註其性別（即陰陽中性，用 f m n 表示），不過有些名詞會同時有兩種性別，有些名詞只能或是常以複數形態呈現（用 f (Pl) 表示）。例如：

Bart m 鬍子　　**Eltern** f (Pl) 父母親　　**Cola** f n 可樂

・動詞：

以動詞原形來表示。若表達中有受詞時，受詞會放在動詞前面，並隨動詞做格位的形態變化（如 die Wäsche 為第四格）。

kochen v. 煮飯　　die Wäsche **aufhängen** v. 曬衣服

若該表達固定要用反身動詞，會在動詞前加上 sich。但要表達時，請自行隨主詞做變化。某些表達會搭配介系詞，介系詞後的 etw.（某事物）請自行替換其對象。某些動詞前面出現 jmdn.（某人，第四格）或 jmdm.（某人，第三格），也請自行替換其對象。

sich unterhalten v. 閒談；聊天

例 Wir unterhalten **uns.**
我們聊天。

über etw. sprechen v. 談論～；談到～

例 über **Politik** sprechen
談論政治

(jmdn) anrufen v. 打電話（給某人）

例 **mich** anrufen 打給我

使用本書的可分離動詞來表達時，要注意詞綴的分離。

(jmdn) an|rufen v. 打電話（給某人）

例 Ich **rufe** dich **an.** 我打給你。

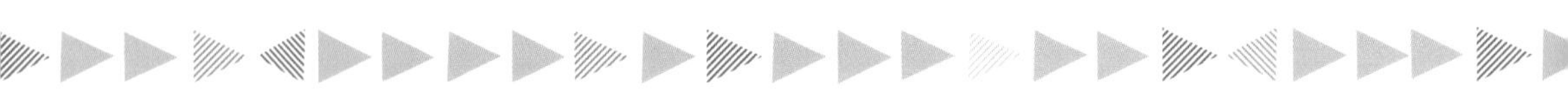

德語的重音

一般來說，除了外來語、特定詞綴的單字之外，德語的大部分詞類（不可分離動詞、副詞除外）的重音位置都在第一音節。請見以下例子。重音部分用底線表示。

・重音在第一音節（一般詞類）

兩音節

Hose 長褲

三音節

Nachteule 夜貓子

・重音在第一音節（可分離動詞）

可分離動詞是指由「可分離的詞綴」+「詞幹」組成的動詞，這些動詞在未分離之前的原形形態時，重音也是在第一音節，也就是在這些詞綴上，像是 ein-、auf-、ab-、an- 等等，但 herum-、hinzu- 是在第二音節。（請見 p.23 整理的可分離詞綴）

ein-

einkaufen 購買

auf-

aufstellen 架起

然而，德語中有一些情況是，重音出現在其他音節。主要是發生在有特定的前綴詞時以及外來語時。

・重音在第二或第三音節（特定前綴詞）

某些特定前綴詞，像是 ge-、ver-、zer-、ent- 等等，只要看到這些前綴詞，就能馬上判斷這些前綴詞不發重音，重音會在這些前綴詞之後的下一音節。而這些前綴詞也常出現在許多不可分離動詞之中（請見 p.23 整理的不發重音的前綴詞）。

ver-

verhandeln

zer-

zerkleinern

ge-

Gesichtspflegemaske

· 重音在倒數第二音節或最後（外來語）

在某些情況下，德語的重音會出現在最後，或倒數第二音節，主要是發生在外來語的情況。有些外來語有幾個常見、固定發重音的後綴詞，如 -tion、-sion、-ieren 等等。（請見 p.23 整理的發重音的後綴詞）

-tion	**-al**
Dokumentati**o**n	Lok**a**l

★常見的可分離動詞前綴詞

ab-	**a**n-	**au**f-	**au**s-	b**ei**-
ein-	f**e**rn-	her**u**m-	h**i**n-	m**i**t-
n**a**ch-	w**e**g-	v**o**r-	z**u**-	**u**m-

★不發重音的前綴詞

be-	ent-	er-	ge-	über-
ver-	emp-	zer-		

★發重音的後綴詞

-**a**l	-**a**nd	-**a**nt	-**a**t	-**e**ll
-**ei**	-**e**nz	-**eu**r	-**ie**r	-**ie**ren
-i**o**n	-**i**st	-it**ä**t	-**i**v	-m**e**nt
-th**e**k	-**u**r			

★本書中用到的一些標記

意義說明	
m	陽性名詞
f	陰性名詞

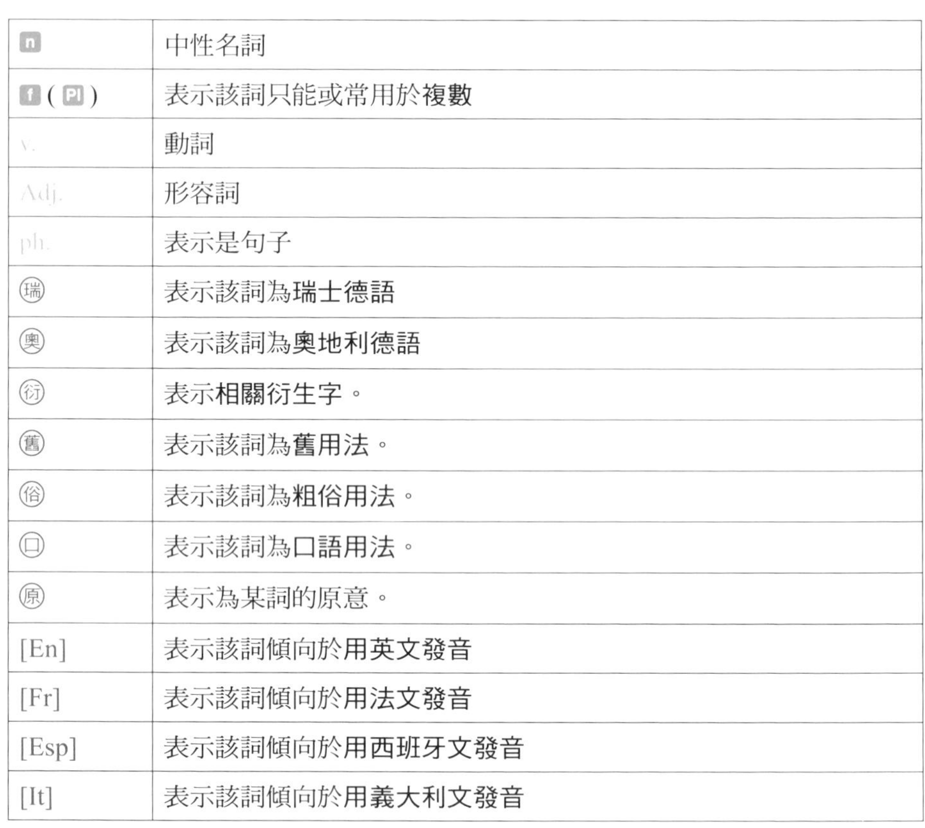

n	中性名詞
f (Pl)	表示該詞只能或常用於複數
v.	動詞
Adj.	形容詞
ph.	表示是句子
㊣瑞	表示該詞為瑞士德語
㊣奧	表示該詞為奧地利德語
㊣衍	表示相關衍生字。
㊣舊	表示該詞為舊用法。
㊣俗	表示該詞為粗俗用法。
㊣口	表示該詞為口語用法。
㊣原	表示為某詞的原意。
[En]	表示該詞傾向於用英文發音
[Fr]	表示該詞傾向於用法文發音
[Esp]	表示該詞傾向於用西班牙文發音
[It]	表示該詞傾向於用義大利文發音

★本書單字中用到的一些縮寫或需變化的文字

	意義說明
etw.	etwas 的縮寫，表示「事物」。
jmdm.	jemandem 的縮寫，表示「某人」，為第三格受詞
jmdn.	jemanden 的縮寫，表示「某人」，為第四格受詞
sich	反身受格，常以「sich 動詞」呈現，表示該動詞為反身動詞

Teil I

Zuhause 居家

Kapitel 1

Familie 家庭

這些德文應該怎麼說？

Part1_00

家庭關係 Familienbeziehung

❶ **Großeltern** f Pl 祖父母
❷ **Ehepaar** n 夫妻
❸ **Ehemann** m 先生
Mann m 老公
❹ **Ehefrau** f 太太
Frau f 老婆
❺ **Eltern** f Pl 父母親
❻ **Vater** m 父親
Papa m 爸爸
❼ **Mutter** f 母親
Mama f 媽媽
❽ **Enkel** m 孫子（內孫，外孫）

9 **Kind** n 孩子
10 **Sohn** m 兒子
11 **Tochter** f 女兒
12 **Geschwister** n 兄弟姐妹（多用於複數情況 f Pl Geschwister）
13 **Bruder** m 兄弟
14 **älterer Bruder** m 哥哥
15 **jüngerer Bruder** m 弟弟
16 **Schwester** f 姊妹
17 **ältere Schwester** f 姊姊
18 **jüngere Schwester** f 妹妹
19 **der älteste Bruder** r 大哥
20 **die älteste Schwester** f 大姊
21 **der jüngste Bruder** m 么弟
22 **die jüngste Schwester** f 么妹
23 **Schwiegersohn** m 女婿
24 **Schwiegertochter** f 媳婦
25 **leibliches Kind** n 親生子
26 **Adoptivkind** n 養子
27 **Einzelkind** n 獨生子
28 **Erstgeburt** f 頭一胎
29 **der älteste Sohn des erstgeborenen Sohns** m 長孫
30 **Stiefvater** m 繼父
31 **Stiefmutter** f 繼母
32 **uneheliches Kind** n 私生子
33 **Zwilling** m 雙胞胎
34 **Patchworkfamilie** f 繼親家庭

01 親戚 Verwandtschaft

Part1_01

父系家族 Familie väterlicherseits		母系家族 Familie mütterlicherseits	
1. **Großvater** m **Opa** m **Großmutter** f **Oma** f	祖父 爺爺 祖母 奶奶	1. **Großvater mütterlicherseits** m	外公
2. **Schwiegervater** m	公公	2. **Großmutter mütterlicherseits** f	外婆
3. **Schwiegermutter** f	婆婆	3. **Schwiegervater** m	岳父
4. **Onkel** m	伯父，叔叔，姑丈	4. **Schwiegermutter** f	岳母
5. **Tante** f	伯母，嬸嬸，姑姑	5. **Onkel** m	舅舅，姨丈
6. **Neffe** m	姪子	6. **Tante** f	舅媽，阿姨
7. **Nichte** f	姪女	7. **Schwager** m	姊夫／妹夫
8. **Schwägerin** f	嫂嫂，弟媳	8. **Cousin mütterlicherseits** m	表哥／表弟
9. **Cousin** m	堂哥／堂弟	9. **Cousine**（或 **Kusine**）**mütterlicherseits** f	表姐／表妹
10. **Cousine**（或 **Kusine**）f	堂姐／堂妹	10. **Neffe** m	外甥
		11. **Nichte** f	外甥女

02 婚姻 Ehe

Part1_02

1. **Single** f m 單身
2. **sich verlieben** v. 談戀愛
3. **sich verknallen** v. 熱戀 ㊁
4. **sich trennen** v. 分手
5. **Beziehung** f 關係
6. **Freund** m 男朋友
7. **Freundin** f 女朋友
8. **Lebensgefährte** m 生活伴侶
9. **Lebensgefährtin** f 女性生活伴侶
10. **Lebenspartner** m 伴侶
11. **Lebenspartnerin** f 女性伴侶
12. **Lebenspartnerschaft** m 伴侶關係
13. **Lebensabschnittspartner** m 一段時間的伴侶
14. **Liebespaar** n 情侶
15. **Liebhaber** m 情人
16. **Verlobter** m 未婚夫
17. **Verlobte** f 未婚妻
18. **um die Hand der Tochter anhalten** v. 提親 ㊟
19. **eine Familie gründen** v. 成家
20. **heiraten** v. 娶、嫁
21. **sich verloben** v. 訂婚、文定
22. **Verlobung** f 訂婚典禮、訂婚儀式
23. **sich vermählen** v. 結婚
24. **die Eheschließung anmelden** v. 登記結婚
25. **Hochzeitsbankett** n 喜酒、婚宴
26. **Hochzeit** f 婚禮
27. **eine kirchliche Trauung** f 教堂婚禮

28. **eine standesamtliche Trauung** f 經戶籍所辦理的婚禮
29. **Bräutigam** m 新郎
30. **Braut** f 新娘
31. **Flitterwochen** f Pl 蜜月
32. **Hochzeitsreise** f 蜜月旅行
33. **schwanger** Adj. 懷孕的
34. **gebären** v. 生小孩
35. **ein Kind zur Welt bringen** v. 生小孩
36. **adoptieren** v. 領養
37. **Ehebruch begehen** v. 外遇
38. **fremdgehen** v. 劈腿 ⓓ
39. **Geliebte eines verheirateten Mannes** f 小三
40. **Affäre** f 男女曖昧關係
41. **getrennt leben** v. 分居
42. **sich scheiden lassen** v. 離婚
43. **Liebeskummer** m 失戀的煩惱
44. **Eheglück** n 婚姻幸福
45. **Zusammenleben** n 同居
46. **Trauschein** f 結婚證書
47. **Heiratsurkunde** f 結婚證書（戶籍所辦理）
48. **Trauzeuge** m 男證婚人
49. **Trauzeugin** f 女證婚人
50. **Familienstand** m 婚姻狀況
51. **ledig** Adj. 未婚的
52. **verheiratet** Adj. 已婚的
53. **geschieden** Adj. 離婚的
54. **verwitwet** Adj. 喪偶的
55. **Witwer** m 鰥夫
56. **Witwe** f 寡婦

♦ Tips ♦

慣用語：兩性情感相關用語

- Schmetterlinge im Bauch haben：字面的意思「肚子有蝴蝶」，是描述戀愛的感覺猶如蝴蝶在肚子裡舞動著翅膀般，激起興奮愉悅的心情，類似中文「小鹿亂撞」的感覺。
- Liebe auf den ersten Blick 一見鍾情
- auf Wolken sieben sein 熱戀中，非常幸福快樂
- jmdm. den Kopf verdrehen 令某人傾心
- Alte Liebe rostet nicht. 舊情難忘。
- Liebe macht blind. 愛情使人盲目。
- Was sich liebt, das neckt sich.（諺語）愛你才會逗你（類似中文「歡喜冤家」）
- 情人或夫妻間的暱稱，除常見的 Schatz「寶貝」、Liebling「心愛」之外，德國人喜歡用動物當愛語如 Maus「老鼠」、Hase「兔子」、Bär「熊」。

你知道嗎？

德式婚禮習俗 Polterabend

德國有一個古老的婚禮習俗，婚禮的前一晚朋友們到新娘父母家前將瓷盤摔碎，據稱碎片會帶給新婚夫妻婚姻幸福，這或許和德文的諺語 *Scherben bringen Glück.*（碎片帶來好運）有關聯。該德文諺語與中文「碎碎（歲歲）平安」雷同。

03 外表 Aussehen

Part1_03

外在特徵 äußere Merkmale einer Person

schön
Adj. 漂亮的

hässlich
Adj. 醜陋的

hübsch
Adj. 美麗的

gutaussehend
Adj. 帥的

süß
Adj. 可愛的

alt
Adj.老的

jung
Adj. 年輕的

klein
Adj. 矮的

groß
Adj. 高的

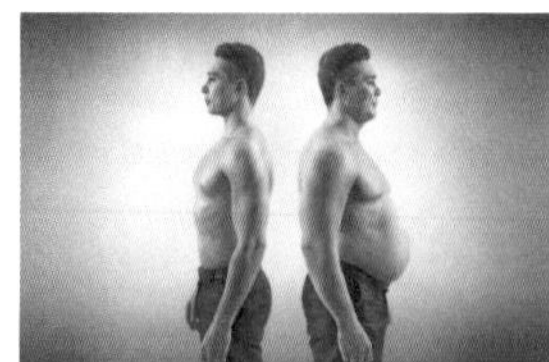

dünn
Adj. 瘦的

dick
Adj. 胖的

stark
Adj. 強壯的

schwach
Adj. 虛弱的

schlank
Adj. 苗條的

mollig
Adj. 豐滿的

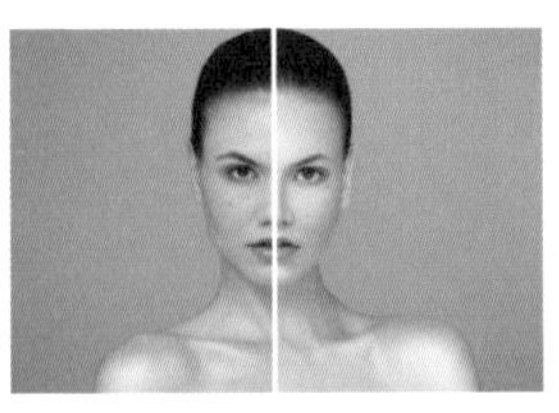

dunkelhäutig
Adj. 黝黑的

hellhäutig
Adj. 白晰的

lockig
Adj. 捲髮的

glatt
Adj. 直髮的

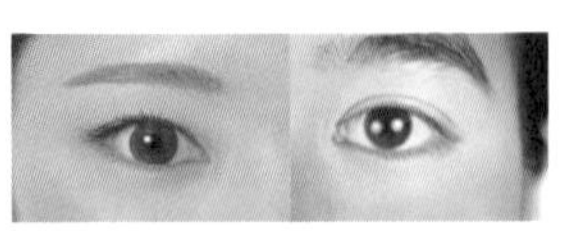

einfaches Augenlid
n 單眼皮

doppeltes Augenlid
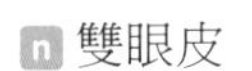
n 雙眼皮

flache Nase
f 扁鼻子

hohe Nase
f 高鼻子

Grübchen
n 酒窩

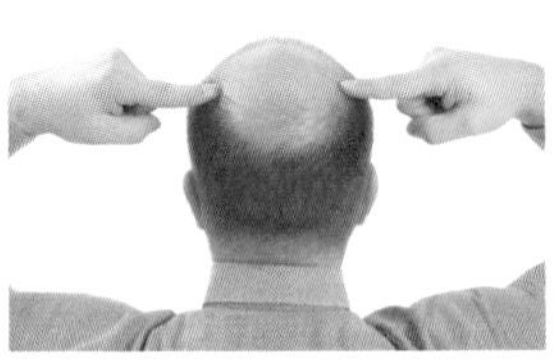

Glatze
f 禿頭

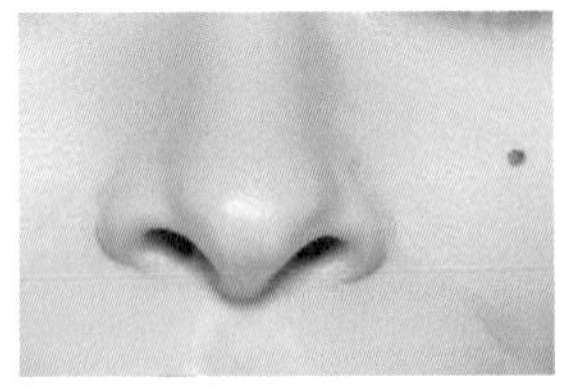

Muttermal
n 痣

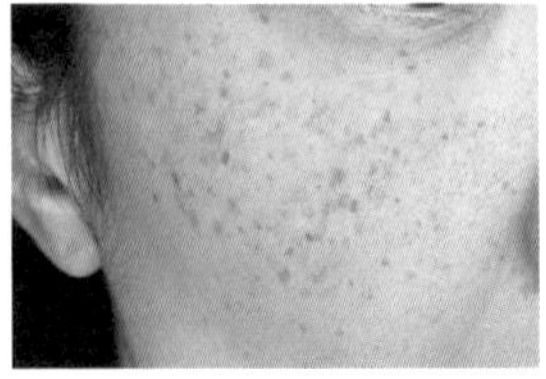

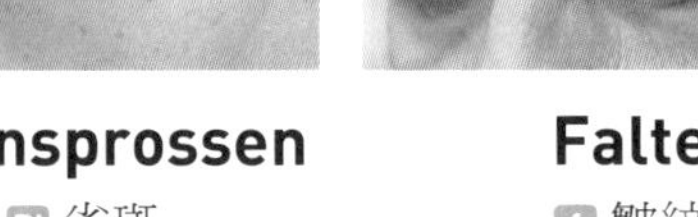

Sonnensprossen
f Pl 雀斑

Falte
f 皺紋

Bart
m 鬍子

Frisur	Haarfarbe	Tätowierung
f 髮型	f 頭髮顏色	f 刺青

♦ Tips ♦

關於外觀的諺語

- Der Schein trügt. 外觀會欺騙。
- Es ist nicht alles Gold, was glänzt. 發亮的東西不全都是金子

04 個性 Charakterzüge

Part1_04

人格特質（Charaktereigenschaften）

如何來描述一個人？Wie beschreibt man eine Person?

1. **gütig** Adj. 慈祥、慈藹、好心的
2. **boshaf** Adj. 壞心的
3. **zärtlich** Adj. 溫柔的
4. **böse** Adj. 兇惡的
5. **brav** Adj. 乖巧的
6. **lebhaft** Adj. 活潑的
7. **unartig** Adj. 不聽話的

8. **fügsam** Adj. 聽話的
9. **frech** Adj. 調皮的
10. **introvertiert** Adj. 內向的
11. **extravertiert** Adj. 外向的
12. **schüchtern** Adj. 害羞的
13. **klug** Adj. 聰明的
14. **dumm** Adj. 愚笨的

15. **warmherzig** Adj. 有同情心的
16. **sanftmütig** Adj. 隨和、溫厚的
17. **streng** Adj. 嚴格的
18. **sanft** Adj. 溫和的
19. **jähzornig** Adj. 暴躁的
20. **seriös** Adj. 認真的
21. **faul** Adj. 懶惰的
22. **zuverlässig** Adj. 可靠的
23. **hinterlistig** Adj. 奸詐的

24. **sympathisch** Adj. 和藹可親的

32. **tollpatschig** Adj. 笨手笨腳的
33. **sparsam** Adj. 節儉的

25. **belastbar** Adj. 吃苦耐勞的
26. **sorgfältig** Adj. 細心的
27. **unvorsichtig** Adj. 粗心的
28. **leichtsinnig** Adj. 輕率的
29. **tüchtig** Adj. 能幹的
30. **fürsorglich** Adj. 賢慧的
31. **verständnisvoll** Adj. 體貼的
34. **verschwenderisch** Adj. 浪費的
35. **luxuriös** Adj. 奢侈的

36. **großzügig** Adj. 大方的
37. **geizig** Adj. 小氣的
38. **selbstsüchtig** Adj. 自私的
39. **gierig** Adj. 貪心的
40. **protzig** Adj. 誇耀、愛現的
41. **eingebildet** Adj. 自命不凡的

42. **überstolz** Adj. 傲慢的
43. **freundlich** Adj. 友善的
44. **leidenschaftlich** Adj. 熱情的
45. **folgsam** Adj. 孝順的
46. **pietätlos** Adj. 不孝的
47. **mutig** Adj. 勇敢的
48. **ängstlich** Adj. 膽小的

49. **robust** Adj. 堅強的
50. **feig** Adj. 軟弱的
51. **ehrlich** Adj. 老實的
52. **falsch** Adj. 虛偽的
53. **selbstbewusst** Adj. 有自信
54. **minderwertig** Adj. 自卑的

55. **optimistisch** Adj. 樂觀的
56. **pessimistisch** Adj. 悲觀的
57. **humorvoll** Adj. 有幽默感的
58. **kalt** Adj. 冷漠的
59. **ruhig** Adj. 文靜的
60. **geschwätzig** Adj. 呱噪的，愛講話的

61. **höflich** Adj. 有禮的
62. **unhöflich** Adj. 無禮的，沒大沒小的
63. **gebildet** Adj. 斯文的
64. **grob** Adj. 粗魯的
65. **geduldig** Adj. 有耐心的
66. **beständig** Adj. 始終如一的
67. **machohaft*** [Esp] Adj. 大男人主義的
68. **treu** Adj. 忠實的

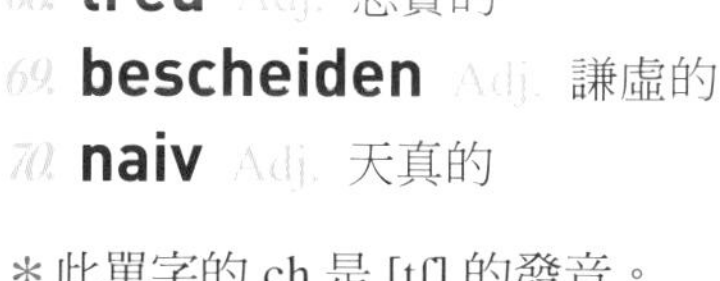

69. **bescheiden** Adj. 謙虛的
70. **naiv** Adj. 天真的

＊此單字的 ch 是 [tʃ] 的發音。

◆◆◆ Kapitel 2

Wohnzimmer 客廳

這些德文應該怎麼說呢？

Part1_05

客廳擺飾

1 **Decke** f 天花板
2 **Wand** f 牆壁
3 **Holzboden** m 硬木地板
4 **Fenster** n 窗戶
5 **Couchtisch** [En] m 茶几
  ＊**Beistelltisch** m 小茶几
6 **Couch** [En] f 長沙發椅
7 **Polsterhocker** m 軟墊凳
8 **Kamin** m n 壁爐
9 **Bild** n 畫
10 **Schalter** m 開關
11 **Fernseher** m 電視

⑫ **Teppich** m 地毯
⑬ **Topfpflanze** f 盆栽
⑭ **Lehnsessel** m 扶手椅
⑮ **Kissen** n 靠墊
＊**Sitzkissen** n 坐墊
⑯ **Wandleuchte** f 壁燈
⑰ **Hängelampe** f 吊燈
⑱ **Schrank** m 櫃子
⑲ **Schublade** f 抽屜

常見的 3 種窗簾，德文要怎麼說呢？

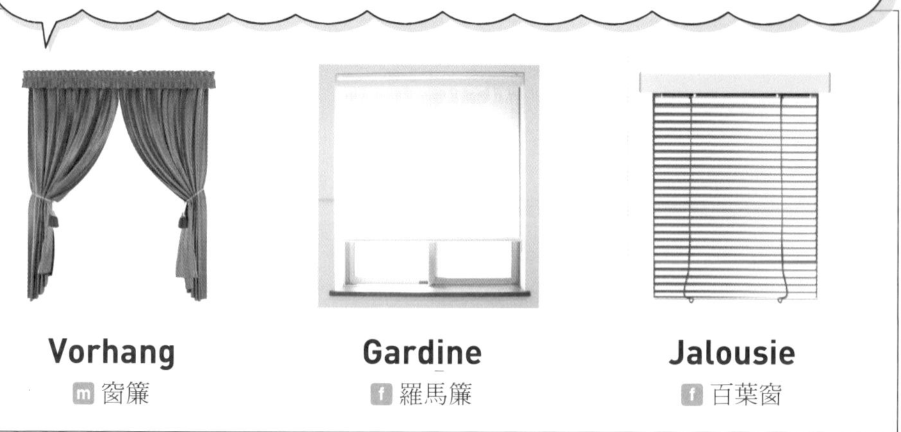

Vorhang m 窗簾

Gardine f 羅馬簾

Jalousie f 百葉窗

◆ Tips ◆

慣用語小常識：地毯（Teppich）篇

- **auf dem Teppich bleiben 腳踏實地**

這句德語表達，照字面的意思是「留在地毯上」，引申的意思是「務實」、「不脫離現實」。

Obwohl er beruflich sehr erfolgreich ist, bleibt er immer auf dem Teppich.
雖然他事業很成功，但是他總是腳踏實地。

- **unter den Teppich kehren**

這句德語表達，照字面的意思是「掃到地毯下」，引申的意思是「隱瞞」、「掩蓋」。

Warum hast du immer versucht, die Tatsache unter den Teppich zu kehren?
為什麼你總是試著去隱瞞事實呢？

你知道嗎？

您知道德國人喜歡有溫暖黃光的燈嗎？
Wissen Sie, dass die Deutschen das warmgelbliche Licht mögen?

▲ Deckenleuchte 客廳大燈

一向給予人們務實性格的德國人，他們的家到底是什麼樣子呢？一般來說，德國人的家所呈現的色彩是暖色系的，主要的原因是燈光的選擇，除了燈光的顏色是柔和的黃色之外，德國人習慣只開**客廳大燈（Deckenleuchte）**，讓整個客廳呈現昏暗幽靜的感覺。

如果要看電視，則會打開在電視附近的**桌燈（Tischlampe）**或是**壁燈（Wandleuchte）**，其作用並不是讓整個客廳更為明亮，而是利用不同層次的燈光營造另一種氣氛，若是有朋友來訪，則會關掉電視旁的桌燈，而打開在其他傢俱上的桌燈，所以德國人的家中擺有好幾種形式的桌燈與壁燈，主要的功能除了裝飾之外，同時也達到節省能源的目的。此外，德國人喜歡在吃飯時或聚會時點蠟燭營造氣氛。

▲ Wandleuchte 壁燈

▲ Tischlampe 桌燈

客廳的地板建材有哪些？
Was für Fußbodenbeläge für das Wohnzimmer gibt es?

▲ Fliese 磁磚

一般來說，德國人偏好用**木板**（Parkett）來裝潢客廳的地板，除了美學上典雅的因素外，另一個則是實用性的考量，木質地板較**磁磚**（Fliese）或**花崗岩**（Granit）、**大理石**（Marmor）來得「溫暖」。

為了讓客廳更具有特色，德國人喜歡在木質地板上鋪放**地毯 Teppich**。二十世紀的 60 及 70 年代，這類來自中東有特殊花紋與華麗色彩的手工織物，稱為 Orientteppich，是身分地位和財富的象徵，雖然這類地毯並沒有固定的大小，但一般為長 200-300 公分，寬 120-200 公分，其主要功能為提升客廳的格調。

▲ Parkett 木板 & Teppich 地毯

01 看電視 Fernsehen

相關字彙

1. **LCD-Fernseher** m 液晶電視
2. **Plasma-Fernseher** m 電漿電視
3. **Fernsehschrank** m 電視櫃
4. **Stereoanlage** f 立體音響
5. **Lautsprecher** m 喇叭
6. **Fernbedienung** f 遙控器
7. **DVD-Player** m DVD 播放機
8. **Kanal** m 頻道
9. **Couch-Potato** [En] m n 電視迷
10. **Wiederholungssendung** f 重播
11. **Untertitel** m 字幕
12. **live** [En] Adj. 直播
13. **Live-Übertragung** f 現場轉播
14. **Ende** n 結局
15. **Einschaltequote** n 收視率
16. **Bildqualität** f 畫質
17. **Nachrichtenticker** m 新聞跑馬燈
18. **Folge** f 集數
19. **die letzte Folge** f 完結篇
20. **Premiere** f 首播
21. **den Fernseher einschalten** v. 開電視
22. **den Fernseher ausschalten** v. 關電視
23. **lauter** Adj. 大聲點
24. **leiser** Adj. 小聲點
25. **den Kanal wechseln** v. 轉台
26. **Stecker** m 插頭
27. **Steckdose** f 插座
28. **Verlängerungskabel** m 延長線

電視節目 Fernsehprogramm

你知道各類的電視節目怎麼說嗎?

1. **Fernsehprogramm** n 電視節目
2. **Unterhaltungssendung** f 綜藝節目
3. **Fernsehserie** f 連續劇
4. **Nachrichten** f Pl 新聞報導
5. **Dokumentation** f 紀錄片
6. **Wettervorhersage** f 氣象預報
7. **Zeichentrickfilm** m 卡通片
8. **Gesang-Wettbewerb** m 歌唱比賽
9. **Spielfilm** m 電影
10. **Werbung** f 廣告
11. **Preisverleihung** f 頒獎節目
12. **Talkshow** [En] f 脫口秀
13. **Seifenoper** f 肥皂劇
14. **Sitcom** [En] f 情境喜劇（或 Situationskomödie）
15. **Idol Drama** [En] n 偶像劇
16. **Quizsendung** f 益智節目
17. **Imitation-Show** [En] f 模仿秀
18. **Realityshow** [En] f 實境節目
19. **Sportsender** m 體育頻道
20. **Tiersendung** f 動物節目
21. **Kinderkanal** m 兒童頻道
22. **Verkaufskanal** m 購物頻道

會用到的句子

1. **Kannst du mir die Fernbedienung holen?** 你可以幫我拿遙控器嗎？
2. **Was läuft jetzt im Fernsehen?** 現在在演什麼？
3. **Wer spielt die Rolle?** 這是誰演的？
4. **Hast du den Film schon gesehen?** 你看過這部電影嗎？
5. **Ich habe den Film verpasst.** 我沒看到那部電影。
6. **Läuft wieder eine Wiederholung?** 又重播了嗎？
7. **Der Empfang ist schlecht.** 收訊不好。
8. **Zapp nicht dauernd herum.** 不要一直轉台。
9. **Wir sehen diese Sendung nicht.** 我們不看這個節目。
10. **Schalte auf Kanal 22 um.** 轉到第 22 台。

02 聊天、談正事 Plaudern & diskutieren

相關字彙

Part1_07-A

1. **sich unterhalten** v. 閒談；聊天
2. **über etw. sprechen** v. 談論～；談到～
3. **Gruß** m 問候
4. **Plauderei** f 閒聊；寒喧
5. **plaudern** v. 聊八卦或小道消息
6. **loben** v. 讚美；稱讚
7. **diskutieren** v. 商談；討論
8. **vorstellen** v. 介紹
9. **Sitzung** f 開會；會議
10. **verhandeln** v. 談判；協商
11. **zur Sache kommen** v. 談正事；言歸正傳
12. **über jmdn. lästern** v. 說某人的壞話
13. **über jmdn. tratschen** v. 說某人的閒話

◆ Tips ◆

sprechen、plaudern 和 Schwatz 有何不同呢？

與人說話、聊天的德語同義字不少，類別可用於書寫、口語或俚語，為了避免不必要的誤解，使用標準德語並了解這些字的差異，就更能掌握這個語言的運用。

- sprechen 的意思是與別人談話、交換想法或表達意見。
  Man kann mit ihm über alles sprechen.
  這個人可以讓人無所不聊。

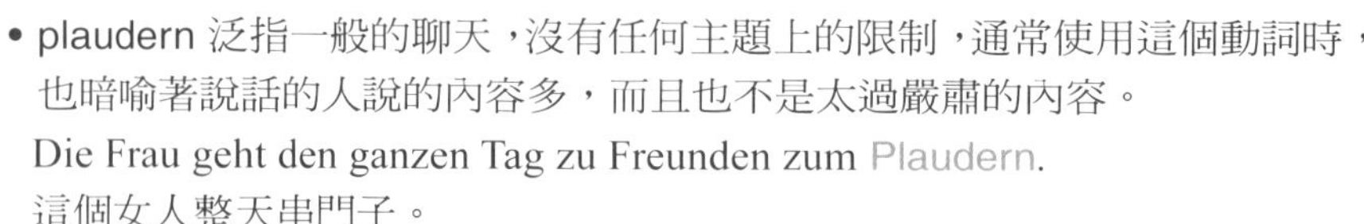

- plaudern 泛指一般的聊天，沒有任何主題上的限制，通常使用這個動詞時，也暗喻著說話的人說的內容多，而且也不是太過嚴肅的內容。
  Die Frau geht den ganzen Tag zu Freunden zum Plaudern.
  這個女人整天串門子。

- Schwatz m 這個字屬於口語德文（familiär），指的是在偶遇時輕鬆地聊著彼此的事情等。
  Die Mütter führen einen Schwatz miteinander vor dem Schultor.
  這些媽媽們站在校門前閒聊。

會用到的句子

1. **Wir sehen uns ein andermal.** 改天再聚聚。
2. **Es war eine Freude, sich mit dir zu unterhalten.** 很高興跟你聊天。
3. **Das lässt sich nicht auf die Schnelle erklären.** 說來話長；一言難盡。
4. **Denk mal nach.** 仔細考慮一下。
5. **Die Zeit bringt die Wahrheit ans Licht.** 時間會證明一切的。
6. **Ich kann mich in dich einfühlen.** 我能體會你的感受。
7. **Die Nachricht macht mich sehr betroffen.** 聽到這個消息我很難過。
8. **Ich bin davon überzeugt.** 我保證。
9. **Es hängt von dir ab.** 聽你的，你說的算。
10. **Ich meine es ernst.** 我是認真的。
11. **Es ist mir egal, was du sagst.** 隨便你怎麼說。
12. **Das ist schwer zu sagen.** 這很難說。
13. **Setz mal deine grauen Zellen in Bewegung.** 動動腦筋吧。
14. **Es hat mich sehr gefreut, mit dir zusammenzuarbeiten.** 跟你合作很愉快。
15. **Ohne Frage.** 無庸置疑。
16. **Wir kommen gleich zur Sache.** 直接談正事吧。

◆ Tips ◆

慣用語小常識：談正事篇（Zur Sache）

Geschäft ist Geschäft.
「生意就是生意」？

Geschäft 意味著「生意」或者是「任何跟金錢有關的商業行為」。法國劇作家 Octave Mirbeau 在 1903 年的作品 Les affaires sont les affaires（德語翻譯成 Geschäft ist Geschäft）中，將男主角在與他人之間論及與金錢有關的交易時，是不顧及人情與道德層面考量的做法發揮地淋漓盡致，這部舞台劇在俄國、德國和美國備受讚譽。這句成語與中國俗語「親兄弟明算帳」或「公事公辦」有著異曲同工之妙。

Tips

Part1_07-B

德國人如何打招呼呢？

在德國，打招呼的禮節有很多種，根據年齡、社會地位與熟識程度等條件而有分別。一般來說，„Hallo“是針對熟人的招呼方式，但現今德國跟陌生人也會以„Hallo“打招呼。至於區域性的問候用詞，有巴伐利亞邦的„Grüß Gott“、„Grüß dich“或是北德港口城市的„Moin Moin“。而針對所有場所都適合的打招呼方式還是„Guten Morgen“「早安」，„Guten Tag“「日安」和„Guten Abend“「晚安」。

03 做家事 Haushalt machen

Part1_08-A

den Fußboden fegen

v. 掃地

den Fußboden moppen

v. 拖地

den Fußboden wischen

v. 擦地板

den Boden schrubben
v. 刷地板

den Boden saugen
v. 吸地

die Wäsche machen
v. 洗衣服

die Wäsche aufhängen
v. 曬衣服

die Wäsche trocknen
v. 烘衣服

Wäsche falten
v. 摺衣服

bügeln
v. 燙衣服

kochen
v. 煮飯

den Abwasch machen
v. 洗碗

das Auto waschen
v. 洗車

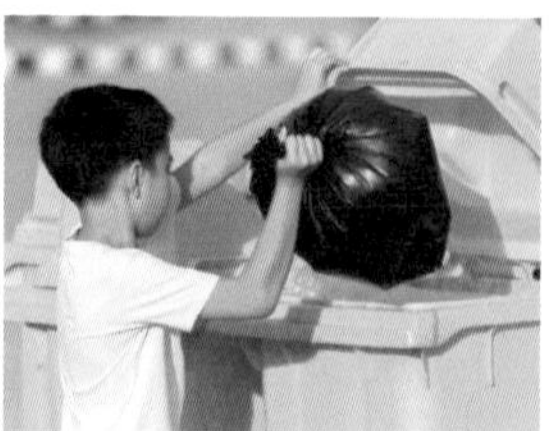

den Müll entleeren
v. 倒垃圾

den Tisch abwischen
v. 擦桌子

Unkraut jäten
v. 除草

Blumen gießen
v. 澆花

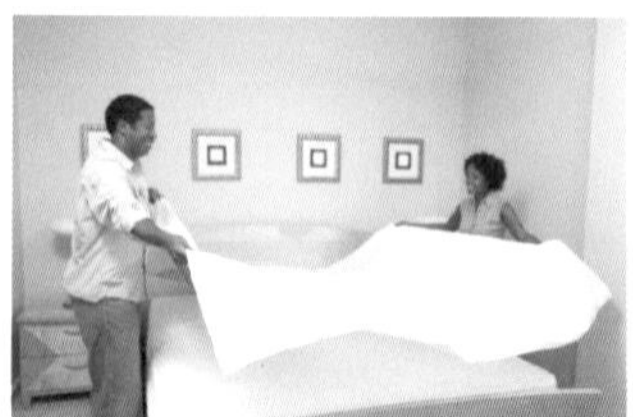

Betten machen
v. 鋪床

Part1_08-B

做家事時會用到的用具

Besen
m 掃把

Kehrschaufel
f 畚斗

Wäscheleine
f 曬衣繩

Wäscheklammer

f 曬衣夾

Waschmittel

n 洗衣精（粉）、清潔劑

Geschirrspüler

m 洗碗機

Spülmittel

n 洗碗精

Putzschwamm

m 菜瓜布

Trockner

m 烘衣機

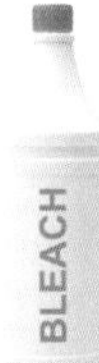

Bleichmittel

n 漂白劑

Staubwedel

m 雞毛撢子

Bügeleisen

n 熨斗

Bürste

f 刷子

Lappen

m 抹布

Abfalleimer

m 垃圾桶

Wischmopp

m 拖把

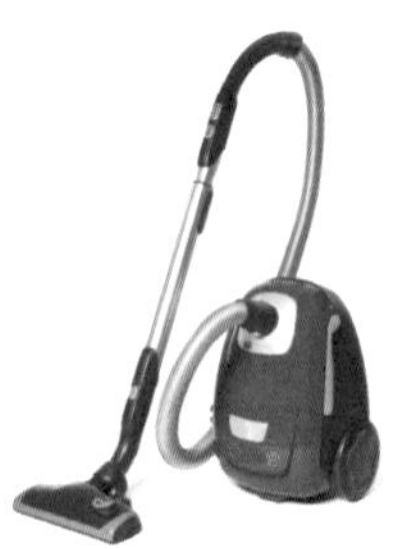

Staubsauger

m 吸塵器

Mülltonne

f 回收桶

Kleiderbügel

m 衣架

Wäsche

f （要洗的或洗好的）衣物

Waschmaschine

f 洗衣機

spülen 和 waschen 一樣都是「洗」，有什麼不一樣呢？

spülen（沖洗、清洗）是指「不加任何清潔用品，而是以清水的方式沖洗乾淨」，然而 waschen（洗滌）是指「在清洗的過程中，先加入洗滌的產品清洗，而後用清水沖洗乾淨」，這整個過程都稱為 waschen。

Ich habe das Hemd nach dem Waschen mehrmals mit Wasser gespült.
用洗衣精洗了這件襯衫後，我用清水沖了好幾次。

Kapitel 3

Küche 廚房

這些德文應該怎麼說呢？

Part1_09-A

1. **Kühlschrank** m 冰箱
2. **Dunstabzugshaube** f 抽油煙機
3. **Herd / Elektroherd / Gasherd** m 爐／電爐／瓦斯爐
4. **Küchenarbeitsplatte** f 流理台
5. **Spüle** f 水槽
6. **Geschirrschrank** m 碗櫥
7. **Mikrowelle** f 微波爐

⑧ **Backofen** m 烤箱
⑨ **Bratpfanne** f 煎鍋
⑩ **Wasserhahn** m 水龍頭
⑪ **Gewürz** n 調味料；佐料
⑫ **Becher*** m 杯子
⑬ **Trinkglas** n 玻璃杯

* Becher 可用來指有柄的杯子（如馬克杯）或是沒有柄的杯子。

◆ Tips ◆

一樣都是調味的東西，但 Würzen 和 Gewürze 有什麼不同呢？

Würze 通常是指含有蛋白質、大部分是由植物如黃豆、油菜或酵母等提煉出的液體、膏狀或乾燥的「調味料」，像是鹽、糖、醬油等各種能讓菜餚更加美味的佐料。而 Gewürze 是單指「香料」，像是薰衣草、肉桂、咖哩粉、薄荷等植物性的天然調味香料，通常以乾燥的方式呈現，除有調味或助消化等作用外，傳統上還用來保存食物。

其他常用的廚房電器（Küchengeräte）

Part1_09-B

Mixer
m 果汁機；攪拌器

Küchenmaschine
f 食物調理機

Toaster
m 烤麵包機

Brotbackautomat
m 製麵包機

Entsafter
m 榨汁研磨機

Geschirrspüler
m 洗碗機

Kaffeemaschine
f 咖啡機

Reiskocher
m 電子鍋

Kochplatte
f 電磁爐

Part1_09-C

廚房用具（Gegenstände in der Küche）

Schürze
f 圍裙

Hackbeil
n 剁刀

Kochmesser
n 菜刀

Kochtopf
m n 鍋；壺；罐

Pfanne
f 平底（煎）鍋

Topf
m 鍋子

Pfannenwender

m 鍋鏟

Schneidebrett

n 砧板

Flaschenöffner

m 開瓶器

Dosenöffner

m 開罐器

Korkenzieher

m 軟木塞開瓶器

Fleischklopfer

m 肉槌

Küchentuch

n 擦碗布

Wasserkessel

m 熱水壺

Abtropfgestell

n 碗盤架

Ofenhandschuh

m 隔熱手套

Topflappen

m 隔熱墊

Schäler

m 削皮刀

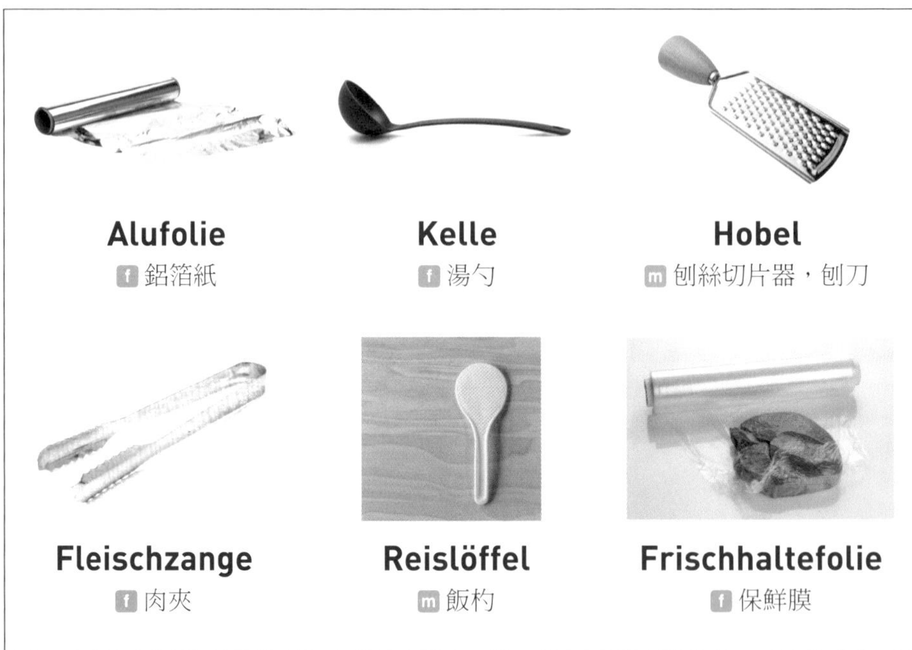

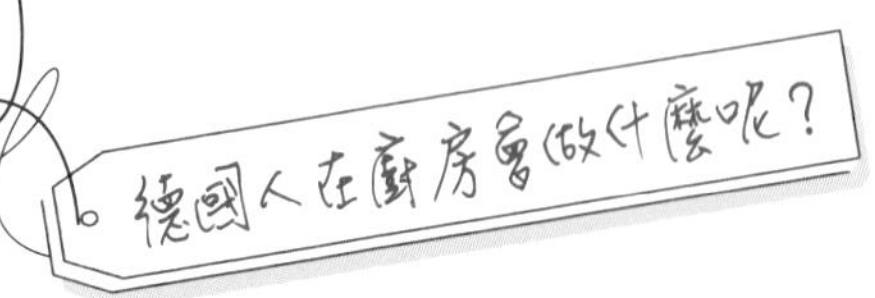

01 烹飪 Kochen

Part1_10

如何備料（Zutaten vorbereiten）

我們是如何備料的呢？Wie bereitet man die Zutaten vor?

Eier aufschlagen
v. 打蛋

verrühren
v. 攪拌

reiben
v. 刨（成絲）

(Limetten, Zitronen) auspressen
v. 擠（檸檬，萊姆）

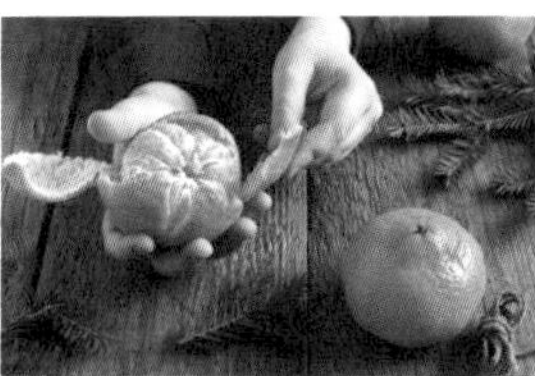

schälen
v. 剝

auftauen
v. 解凍

mahlen
v. 磨

streuen
v. 撒（胡椒粉）

putzen
v. 洗（菜）

einweichen
v. 浸泡

gießen
v. 倒（進）

hinzugeben
v. 加（進）

(Fleisch, Fisch) marinieren
v.（肉類、魚）醃

(Obst) einlegen
v.（水果類）醃

(Fleisch) weich klopfen
v.（肉）敲軟

各種烹飪的方式（Zubereitungsarten），用德文要怎麼說？

kochen
v. 煮

grillen
v. 烤

braten
v. 炒

sautieren
v. 嫩煎

fritieren
v. 油炸

schmoren
v. 燉

in der Mikrowelle aufwärmen
v. 微波加熱

umrühren
v. 攪動；翻動

anbraten
v. 用鍋子熱過；爆香

wenden
v. 拋炒，翻面

vorheizen
v. 預熱

blanchieren
v. 燙

補充：其他烹飪方式

1. **dämpfen** v. 蒸
2. **pochieren** v. 用大火滾燙
3. **einkochen** v. 熬濃
4. **simmern** （小火）燉煮
5. **sieden** v. 沸騰，煮開
6. **Müllerinart** 裹上麵粉再用奶油煎

衍 **nach Müllerinart***
以裹上麵粉再用奶油煎的方式

＊另一類似的料理法為 panieren，意指在魚或肉類在煎之前，先裹上麵粉，接著過蛋液，然後再裹上麵包粉或麵粉。

你知道嗎？

德國人的用餐及料理習慣

德國古老流傳著一句話 Frühstücke wie ein Kaiser, esse mittags wie ein Bürger und abends wie ein Bettler，即「早餐吃如皇帝，午餐如平民，晚餐如乞丐」，這句話符合我們的生理規律，也影響著德國人的飲食習慣。

早上需要足夠的能量來促進新陳代謝，以迎接新的一天的到來，所以德國人特別注重**早餐**要有優質的碳水化合物加上維他命、礦物質與少許油脂，如**全麥穀類麵包**、**麥片**、**新鮮水果**、**火腿片**、**水煮蛋**、**果汁**、**堅果**以及**奶油**、**牛奶**、**乳酪**等乳製品，早餐非常豐盛。通常在早上十點左右會是第二次早餐時間，一般父母會替小孩準備簡單麵包和水果，是少量多餐的觀念。

午餐通常是熱食，上班族在員工餐廳或外面的餐廳吃午餐，學生在學生餐廳。這類餐廳一般會提供三個以上的主食供選擇（有肉類、義大利麵、焗烤類、素食等），前菜有沙拉、濃湯，而配菜有馬鈴薯、飯、麵和甜點依所需選擇。

晚餐通常是不開伙的。德文用Abendessen來表示「晚餐」，直譯是「晚上食物」，另外也用Abendbrot來表示「晚餐」，直譯是「晚上麵包」。特別是Abendbrot這個字更能看出大部德國人晚餐的用餐方式，多是簡單的飲食，像是以麵包為主。通常會準備奶油、（麵包的）塗醬、火腿、起司片與沙拉等。若中午沒吃熱食或是中午有宴客，有些家庭晚上也會開伙烹煮。

與中式廚房比較，德國的廚房幾乎沒有油煙，一方面是烹飪習慣不一樣，德國人不太用熱油爆香或炒菜，油煙不多；另一方面，德國人使用廚房烹煮的時間不長，唯有使用大型烤箱的機會多，德國人喜歡用烤箱作糕點或各種焗烤。

週末德國有些家庭習慣外出吃中餐或晚餐，下午會聚在一起喝咖啡、吃蛋糕等，接著去散散步或做些戶外活動。德國人吃飯時喜歡一邊吃飯一邊聊天，不論是大人或小孩都會坐在餐桌上加入話題，表達意見，這種習慣與台灣不同。

Part1_11-A

廚房用的調味料（Würzen und Gewürzen）有哪些呢？

Salz
n 鹽

Zucker
m 糖

Pfeffer
m 胡椒

Chilipulver
n 辣椒粉

Essig
m 醋

Kochwein
m （料理用）酒

Pflanzenöl
n 植物油

Sojasoße
f 醬油

Olivenöl
n 橄欖油

Salatsoße
f 沙拉醬

Senf
m 芥末醬

Honig
m 蜂蜜

Ingwer
m 生薑；薑

Knoblauch
m 大蒜

Frühlings-zwiebel
f 蔥

Pfefferminz
m 薄荷

Rosmarin
m 迷迭香

Basilikum
n 羅勒

Thymian
m 百里香，麝香草

Lorbeerblatt
n 月桂葉

Curry
m / n 咖哩

Safran
m 番紅花

Zimt
m 肉桂

Nelke
f 丁香

Mayonnaise
f 美乃滋

Pfeffersoße
f 胡椒醬

Rotweinsoße
f 紅酒醬

Béchamel-soße
f 白醬

Ketchup
[En] m / n 番茄醬

Pesto
m / n 青醬

Tatarensoße
f 塔塔醬

Salsa
[Esp] f 莎莎醬

Oregano
m 牛至，奧勒杆葉

Koriander
m 芫荽，香菜

Petersilie
f 洋香菜，洋芹

Kräuter der Provence

f Pl 普羅旺斯香草

Muskatnuss
m 肉豆蔻

Kümmel
m 葛縷子

Dill
m 蒔蘿

Sternanis
m 八角

Majoran
m 墨角蘭

Melisse
f 香蜂草，檸檬香草

Vanille
f 香草，香草莢

◆ Tips ◆

慣用語小常識：香腸篇

Es geht um die Wurst.
事關香腸？

這句慣用語直譯是「事關香腸」，引申的意思是「**事關重要**」，指關乎一件重要、關鍵的事情。

這樣的用法是如何演變而來的呢？古時對生活拮据的平民而言，香腸是勝利者很好的獎品，例如當時民間盛行的競賽項目有：Wurstangeln（釣香腸比賽）、Wurstschnappen（咬香腸競賽），都是以香腸當獎品。

而另一慣用語 **jmdm. wurst (wurscht)**「對某人而言無所謂、毫不重要」中，wurst（或另一寫法 wurscht）是形容詞，要注意這個用詞與上述香腸的引申意剛好相反。這個詞的起源已不詳。

Morgen muss ich unbedingt die Klausur. Es geht wirklich um die Wurst, sonst muss ich sitzenbleiben.
我明天一定要通過那門考試，真的事關重大，否則我必須留級。

說到香腸，德國有不同種類的香腸，很多是以地名來命名，如 Nürnberger Bratwürstchen（紐倫堡烤香腸）、Wiener Würstchen（維也納香腸）、Thüringer Rostbratwurst（圖林根烤香腸），也有以顏色或配料等來命名的 Weißwurst（白香腸）、Leberwurst（肝臟香腸：麵包塗醬）、Blutwurst（血腸）等。

「麵包夾烤香腸」或是「烤香腸加炸薯條」，是德國很受歡迎的速食。而常見的沾醬有番茄醬、黃芥末醬、咖哩番茄醬等，其中以沾咖哩番茄醬的烤香腸 Currywurst 最有特色，而且在柏林就有一間 Currywurst Museum（咖哩番茄醬香腸博物館）。

Part1_11-B

各種味道的表達，德文怎麼說？

salzig
Adj. 鹹的

süß
Adj. 甜的

bitter
Adj. 苦的

sauer
Adj. 酸的

scharf
Adj. 辣的

fettig
Adj. 油膩的

補充：

- **leicht** Adj. 清淡的
- **roh** Adj. 生的
- **reif** Adj. 熟的

各種「切」法（Schneidetechniken），德文怎麼說？

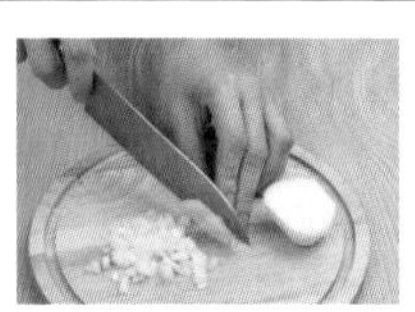

zerkleinern
v. 切碎

würfeln
v. 切丁

in Scheiben schneiden
v. 切片

in Stücke schneiden
v. 切塊

in dünne Streifen schneiden
v. 切絲

補充：

- **mahlen** v. 磨碎
- **in Ringe schneiden** v. 切圈
- **halbieren** v. 切一半

02 烘焙 Backen

Part1_12

烘焙時需要做的動作，用德文要怎麼說？

(Mehl) sieben
v. （麵粉）過篩

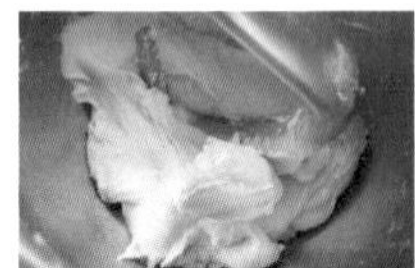
rühren
v. 攪拌

(den Teig) kneten
v. 揉（麵團）

(den Teig) ausrollen
v. 擀（麵團）

bestreuen
v. 撒，撒上

mehlieren
v. 裹（麵粉）

(den Teig) gehen lassen
v. 靜置發酵

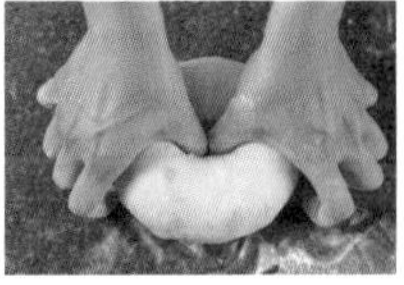
formen
v. 塑形

die Backform einfetten
v. 在模具裡上油

in die Backform geben
v. 放進模具裡

aus der Backform lösen
v. 從模具中取出

backen
v. 烤

Eiweiß und Eigelb voneinander trennen
v. 蛋白蛋黃分開

Eischnee schlagen
v. 蛋白打發

schmelzen
v. 融化

streichen
v. 塗上，抹上

verzieren
v. 裝飾

mit Alu-Folie abdecken
v. 用鋁箔紙覆蓋

mischen
v. 混合，調製

abkühlen
v. 降溫，變冷

烘焙時會用到什麼呢？

Part1_13

Sieb
n 篩網

Mehl
n 麵粉

Backpulver
n 發粉；泡打粉

Milch
f 牛奶

Behälter
m 容器

Zutat
f 配料

Waage
f 磅秤

Backform
f n 烤模

Papierbackförmchen
n 烘烤用的紙碟

Backpapier
n 烤盤紙

Backblech
n 烤盤

Schneebesen
n 打蛋器

Eierschneider

m n 切蛋器

Spritzbeutel

m 擠花袋

Rührschüssel

f 攪拌盆

Handmixer

m 攪拌器

Kuchengitter

n 烘焙架

Teigrolle

f 桿麵棍

Holzlöffel

m 木勺

Messbecher

m 量杯

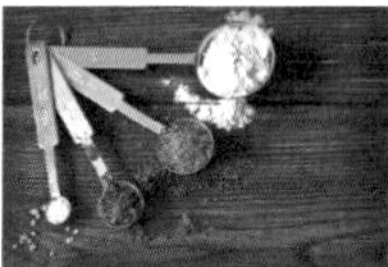

Messlöffel

m 量匙

Thermometer

m 溫度計

Trichter

m 漏斗

Pinsel

m 刷子

Kochrezept

n 食譜

Bambusdämpfer

m 蒸籠

Eisportionierer

m 挖勺

烘焙用的切刀有哪些呢？

Part1_14

Brotmesser

n 麵包刀

Teigrädchen

n 滾輪刀

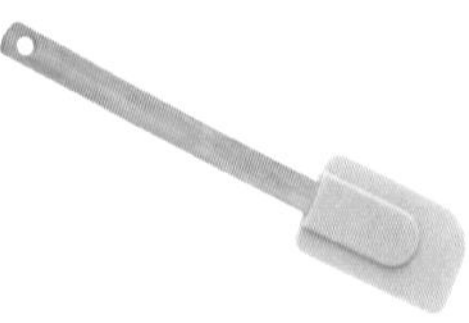

Teigschaber

m 抹刀；刮刀

Keksausstecher

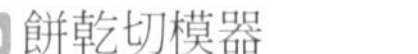

m 餅乾切模器

Pizzaroller

m 披薩刀

你知道嗎？

Pfannkuchen、Waffel（鬆餅）與 Crêpe（可麗餅）的差異

德國有一種類似「蛋餅」的點心叫做 Pfannkuchen，主要材料是雞蛋、牛奶和麵粉。Pfannkuchen 是由 Pfanne「平底鍋」和 Kuchen「蛋糕，糕點」兩個字所組成的複合字，由此可知是用平底鍋所煎出來的蛋餅，比 Crêpe 更厚。可依喜好加乳酪、起司、火腿、沙拉、燻肉、燻魚等

鹹的食材，或是用水果、優格、巧克醬或果醬來當甜食來吃。在奧地利有一道有名的甜點稱為 Palatschinken ㊉，這個字中雖然有 Schinken「火腿」這個單字，但事實上與火腿沒有直接關係，容易造成誤解，總之就是 Pfannkuchen 的一種 。

Waffel（鬆餅）上會有一格一格像蜂巢的格子狀，通常是用 Waffeleisen（鬆餅機）製作而成的，吃起來外酥內軟，搭配奶油或冰淇淋一起享用更美味。

▲ 甜的可麗餅

Crêpe（可麗餅）用平底鍋即可烘烤而成，然而跟鬆餅比起來，做可麗餅更需要技巧，因為可麗餅的薄厚程度要一致，還必須等到一面全熟時才能翻面，吃起來口感鬆軟，搭配果醬、巧克力醬或糖更具一番風味。

▲ 鹹的可麗餅

可麗餅可被視為甜點，但也可加上鹹的配料，例如火腿來當作主餐。鬆餅與可麗餅的製作材料非常相似，甚至有人不做區分，但一般來說，鬆餅比可麗餅甜份更高，也比較有飽足感。

••• 03 用餐 Essen

Part1_15-A

在德國人家裡，早餐（Frühstück）會吃哪些東西呢？

Baguette
[Fr] n 長棍麵包

Brötchen
n 小麵包

Croissant
[Fr] n 可頌

Marmeladetoast
m 塗上果醬的麵包

Schokobrötchen
n 巧克力麵包

eine Scheibe Brot
一片麵包

Butterbrot
m 塗上奶油的麵包

Vollkornbrot
n 全麥麵包

Gebackener Toast mit Honig
m 塗上蜂蜜的烤吐司

Joghurt
m 優格

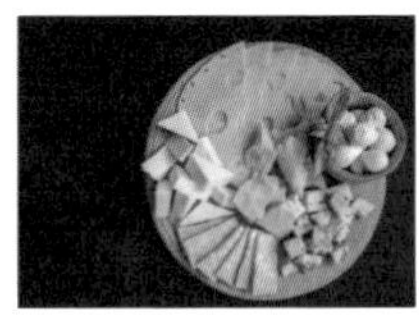
Käse
m n 乳酪

Quark
m n 白乳酪

Schinken
m 火腿

Obst
n 水果

Spiegelei
n 荷包蛋

gekochtes Ei
n 水煮蛋

Müsli
n 麥片

Teebeutel
m n 茶包

heiße Schokolade
f 熱巧克力

Saft
m 果汁

Kaffee
m 咖啡

Tee

m 茶

Milchkaffee

f 牛奶咖啡

Milch
f 牛奶

Part1_15-B

吃早餐時，會有哪些習慣或動作呢？

(Brot) schneiden
v. 切（麵包）

(mit Marmelade) bestreichen
v. 塗（果醬）

süßen
v. 加糖

Brot in die Milch tunken
v. 把麵包沾進牛奶裡

(Brot) in Scheiben schneiden
v. 將（麵包）切片

(mit Honig) sprenkeln
v. 淋上（蜂蜜）

(Kaffeebohnen) mahlen
v. 磨（咖啡豆）

in der Mikrowelle aufwärmen
v. 微波加溫

im Backofen aufwärmen
v. 用烤箱加熱

toasten
v. 烤吐司

aufessen
v. 吃光，吃完

löffeln
v. 用湯匙吃

Kaffee einschenken
v. 倒咖啡

Kaffee machen
v. 泡咖啡

den Tee 3 Minuten ziehen lassen
v. 茶浸泡 3 分鐘

Tisch decken
v. 擺餐具

♦ Tips ♦

德國人最喜愛的乳酪有哪些呢？

根據德國酪農業 2019 年 5 月份的報導：德國人平均每人每年吃掉 24.1 公斤的乳酪（Käse），乳酪種類的選擇非常多，其中最受德國人喜愛的乳酪前四名如下：

1. der Gouda 高達乳酪
2. der Camembert 康門貝爾乳酪
3. der Emmentaler 艾曼塔乳酪
4. der Butterkäse 奶油乳酪

其次為：der Parmesan 帕瑪森、der Mozzarella 馬札瑞拉、der Feta 費達乳酪、der Edamer 艾登乳酪、der Cheddar 巧達乳酪、der Roquefort 羅克福乳酪等等，也常見於德國人的餐桌上。

Part1_15-C

德國媽媽會做的經典私房菜、點心有哪些呢？

Rinderroulade
f 燉牛肉卷

Käsespätzle
f Pl 乳酪麵疙瘩

Kartoffelauflauf
m 焗烤馬鈴薯

Quiche
[Fr] f 法式鹹派

Gemüseeintopf
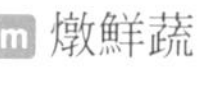
m 燉鮮蔬

Frikadelle
f 肉餅

Sauerbraten
m 酸味燉牛肉

Gemüsesuppe
f 蔬菜濃湯

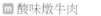

Rindergulasch
m / n 燉牛肉

Chili con Carne
[Esp] n 墨西哥燉辣肉醬

Schupfnudeln

f Pl 馬鈴薯手指麵

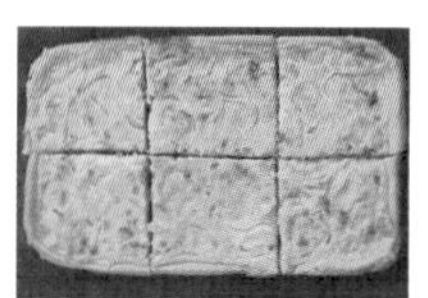

Zwiebelkuchen

m 洋蔥蛋糕

Obstkuchen
m 水果蛋糕

Rotweinkuchen
m 紅酒蛋糕

Apfelstrudel
m 蘋果餡餅

Käsekuchen
m 乳酪蛋糕

Kapitel 4

Schlafzimmer 臥室

Part1_16

臥室擺設

❶ **Bettkopfteil** m 床頭板

❷ **Nachttischschrank** m 床邊櫃

❸ **Nachttischlampe** f 床頭燈

❹ **Bettgestell** n 床架；床框

❺ **Kopfkissen** n 枕頭

衍 **Kissenbezug** m 枕頭套

❻ **Decke** f 棉被

❼ **Matratze** f 床墊

8 Teppich m 地毯

9 Kleiderschrank m 衣櫥；衣櫃

10 Bücherschrank m 書櫃

㊆ **Bücherregal** n 書架

11 Spiegel m 鏡子

12 Schminktisch m 化妝台

13 Stuhl m 椅子

14 Parfüm n 香水

15 Kosmetik f 化妝品

㊆ **Heizung** f 暖氣

你知道嗎？

這些常見的寢具與被套組，德文怎麼說？

Wissen Sie, wie verschiedartige Betten und Bettwäsche auf Deutsch heißen?

德國家庭房間的床型基本上可分 Einzelbett（單人床）與 Doppelbett（雙人床）。從嬰兒時期開始，孩子就不跟父母同床而眠，小孩從嬰兒時期睡 Babybett（嬰兒床），之後 Kinderbett（兒童床）、Jungendbett（青少年床）到**單人床**。如果房間的空間夠大，一般來說，孩子一進入青少年，父母會選擇擺放尺寸較大的單人床（100cm x 200cm、120cm x 200cm）或雙人床，但如果兄弟姊妹必須共同使用一個房間，為了節省空間，Stockbett（上下舖）則是最好的考量。

Einzelbett 單人床

Doppelbett 雙人床

Stockbett 上下舖

德文「被子、棉被」的字彙用 Decke 或 Bettdecke，但因填充材質、厚薄與用法的不同，可以用複合字來表示其差異：

羽絨被 Daunendecke、夏被 Sommerdecke、聚酯纖維被 Polyesterfaserbettdecke、蠶絲被 Seidendecke、棉被 Baumwollbettdecke。

為了不將彈簧床、被子和枕頭弄髒，德國人習慣使用 Bettwäsche 被套組（含被套 Deckbezug、枕套 Kissenbezug 和床單 Bettlaken），並定期清洗，且可用高溫 600C 或 900C 來殺菌。床罩 Tagesdecke 通常放在棉被的上面，除了可以防止灰塵之外，還有美化、裝飾的功能。

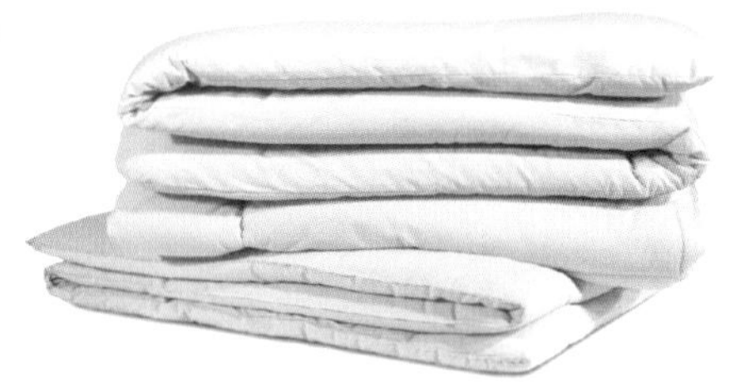

Ich wechsle alle zwei Wochen die Bettwäsche.
我每兩週換一次被套組。

床巾（Spannbetttuch/Spannlaken）與床單（Betttuch/Bettlaken）的差異

德國的床的組合主要是一個床架（Gestell）再加上一個床墊（Matratze），並在床墊上放上床巾（或床單），那麼床巾、床單兩者有什麼樣的不同呢？床巾（Spannbetttuch/Spannlaken）德文中的 Spann- 出自於動詞 spannen（繃緊／拉緊），顧名思義，床巾因為四個角有鬆緊帶，所以能緊緊地把床墊包覆著；至於床單（Betttuch/Bettlaken），在拉平之後，需將四個角塞到床墊和床架之間。

01 換衣服 Sich umkleiden

衣服和配件 Kleidung und Accessoires

1 Anzug m （一套）西裝
2 Sakko m / f 西裝外套
3 Anzughose f 西裝褲
4 Hemd n （男士）襯衫
5 klassischer Herrenschuh m 紳士鞋
6 Mantel m 大衣
7 Krawatte f 領帶

8 Manschette f 領帶夾
9 Oxford-Schuh m 牛津鞋
10 Aktentasche f 公事包

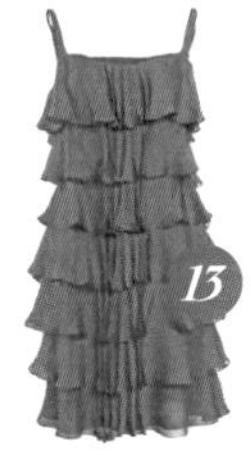

11 Bluse f （女士）襯衫
12 Abendkleid n 晚禮服
13 Spaghettiträger m 細肩帶洋裝
14 das kleine schwarze n 黑色小洋裝
15 Hose m 長褲
16 Strumpf m 長襪
17 Portemonnaie n 錢包
18 Hut m （有邊的）帽子
19 Ohrring m 耳環
20 Armband n 手環
21 Halskette f 項鍊

㉒ **Strumpfhose** f 絲襪
㉓ **Kurzarmhemd** n 短袖襯衫
㉔ **Jacke** f 外套
㉕ **Poloshirt** [En] n polo衫
㉖ **Cap** [En] f / m / n 運動帽；鴨舌帽
㉗ **Jeanshose** f 牛仔褲
㉘ **Shorts** [En] f Pl （男女運動）短褲
㉙ **Boxer** m 男用四角褲
㉚ **Schlüsselanhänger** m 鑰匙圈
㉛ **Sonnenbrille** f 太陽眼鏡；墨鏡

㉜ **Wickelkleid** n V領前蓋式洋裝
㉝ **T-Shirt** [En] n T恤
㉞ **Röhrenjeans** f 煙管褲
㉟ **Bleistiftrock** m 鉛筆裙（女用套裝正式的裙子）
㊱ **Caprihose** m （女性）七、八分褲
㊲ **Stöckelschuh** m 高跟鞋
㊳ **Handtasche** f 手提包
㊗ **Gürteltasche** f 腰包
㊴ **Gürtel** m 皮帶
㊵ **Halstuch** n 領巾；絲巾

41 **Pullover** [En] m 毛衣
42 **Wollmütze** f 毛線帽
43 **Schal** m 圍巾
44 **Stiefel** m 靴子
45 **Socken** m 短襪
46 **Weste** f 背心
47 **Haarklammer** f 髮夾
48 **Daunenjacke** f 羽絨外套
49 **Handschuh** m 手套
50 **Fausthandschuh** m 連指手套
51 **Sporthose** f 運動褲
52 **Kapuzenshirt** n 帽T
53 **Sportschuh** m 運動鞋
54 **Parka** f / m 及膝的羽絨大衣
55 **Anorak** m 連帽防風外套
56 **Sportjacke** f 運動外套
57 **Lederjacke** f 皮衣
58 **Hosenrock** m 褲裙

Kapitel 4 Schlafzimmer 臥室

59 **Leggings** [En] f Pl 緊身褲
60 **Overall** [En] m 連身裝
61 **Stiefelette** f 短靴
62 **Halbfinger-Handschuh** m 半指手套
63 **Badehose** f （男）泳褲
64 **Badeanzug** m （女）泳裝
65 **Bikini** m 比基尼
66 **Fliege** f 領結
67 **Armbanduhr** f 手錶
68 **Brille** f 眼鏡
69 **Brillenfutteral** f 眼鏡盒
70 **Parfüm** n 香水
71 **Brieftasche** f 皮夾
72 **Knopf** m 鈕扣
73 **Mütze** f （無帽沿）帽子
74 **Schmuck** m 首飾（統稱）
75 **Brosche** f 胸針

02 化妝 Sich schminken

Part1_18-A

常用的化妝用品（Kosmetik），德文要怎麼說呢？

1. **Foundation-Stick** [En] m 粉條
2. **Lidschatten** m 眼影
3. **Lidschattenpinsel** m 眼影刷
4. **Wimperntusche** f 睫毛膏
5. **Augenbrauenstift** m 眉筆
6. **Augenbrauenpinsel** m 眉刷
7. **Rouge** n 腮紅
8. **Rougepinsel** m 腮紅刷
9. **Puderpinsel** m 蜜粉刷
10. **Puderquaste** f 粉撲
11. **Lippenstift** m 口紅
12. **Eyeliner** [En] m 眼線液
13. **Lipgloss** m / n 唇蜜
14. **Lipliner** [En] m 唇筆
15. **Puder** n 蜜粉
16. **Nagellack** n 指甲油
17. **Wimpernzange** f 睫毛夾
18. **Contouring Palette** [En] f 修容餅

常用的保養品（Pflegeprodukte），德文要怎麼說呢？

Part1_18-B

1. **Gesichtswasser** n 化妝水
2. **Make-up Primer** [En] m 隔離霜
3. **Sonnenschutzcreme** f 防曬乳液
4. **Tagescreme** f 日霜
5. **Nachtcreme** f 晚霜
6. **Feuchtigkeitscreme** f 保濕霜
7. **Serum** n 精華液
8. **Whitening Creme** f 美白乳液
9. **Concealer** [En] m 遮瑕膏
10. **Augencreme** f 眼霜
11. **Augengel** n 眼膠

12. **Gesichtspflegemaske** f 面膜
13. **Augenpad** n 眼膜
14. **Körperlotion** n 身體乳液
15. **Handcreme** f 護手霜
16. **Fußbalsam** m 護腳霜

梳妝台上的其他用品，德文要怎麼說呢？

1. **Haarbürste** f 梳子
2. **Haarkamm** m 扁梳
3. **Haarspange** f 髮夾
4. **Haargummi** m / n 髮圈
5. **Haarreif** m 髮箍
6. **Haargel** n 髮膠
7. **Nagelschere** f 指甲剪
8. **Lockenwickler** m 髮捲
9. **Lockenstab** m 電棒捲
10. **Föhn** m 吹風機
11. **Haarfärbemittel** n 染髮劑
12. **Spiegel** m 鏡子

03 睡覺 Schlafen

說到「睡覺」你會想到什麼呢？

1. **schlafen gehen** V. 去睡覺
2. **einschlafen** V. 睡著
3. **Gute-Nacht-Geschichte** f 床邊故事
4. **schläfrig** Adj. 昏昏欲睡的
5. **die ganze Nacht durchschlafen** V. 一夜好眠
6. **tief schlafen** V. 沉睡
7. **dösen** V. 打磕睡
8. **Nickerchen** n 小睡；打盹
9. **Schlaf nachholen** V. 補眠
10. **verschlafen** V. 睡過頭
11. **Schlaflosigkeit** f 失眠
12. **wie ein Stein schlafen** V. 熟睡
13. **tagsüber ein Nickerchen machen** V. 白天小睡一下
14. **sich wieder ins Bett legen** V. 睡回籠覺
15. **den ganzen Tag schlafen** V. 睡一整天
16. **wach liegen** V. 毫無睡意
17. **sich schlaflos im Bett herumwälzen** V. 輾轉難眠
18. **Nachteule** f 夜貓子
19. **Frühaufsteher** m 早起的人
20. **Spätaufsteher** m 晚起的人
21. **Frühschläfer** m 早睡的人
22. **Spätschläfer** m 晚睡的人
23. **Schlaflose** f / m 失眠者
24. **schnarchen** V. 打鼾
25. **Mittagsschlaf** m 午睡

常見的睡姿，法文要怎麼說呢？

bäuchlings schlafen (auf dem Bauch schlafen)
v. 趴睡

rücklings schlafen (auf dem Rücken schlafen)
v. 仰睡

seitlings schlafen (auf der Seite schlafen)
v. 側睡

關於「夢」（Traum）的常用語

1. **Du träumst wohl!** ph. 你作夢（不可能的事）！
2. **Der Traum ist ausgeträumt!** ph. 願望成空了！
3. **Tagtraum** m 白日夢
4. **schlecht träumen** v. 做惡夢
5. **Aus dem Traum!** 願望無法實現！
6. **träumen (von)** v. 渴望；夢想
7. **(jmdm.) nicht im Traum einfallen** v. 某人絕對不會想到
8. **nicht im Traum an (etw.) denken** v. 絕對不會想到某事或是去做某事
9. **Träume gehen in Erfüllung.** ph. 美夢成真。
10. **Träum süß!** ph. 祝有好夢！
11. **der Traum meiner schlaflosen Nächte** ph. 我最大的願望…
12. **Träume sind Schäume.** ph. 夢如泡沫。

◆ Tips ◆

慣用語小常識：睡覺篇（Schlaf）

der Sandmann / das Sandmännchen kommt
小沙人前來。這是什麼意思呢？

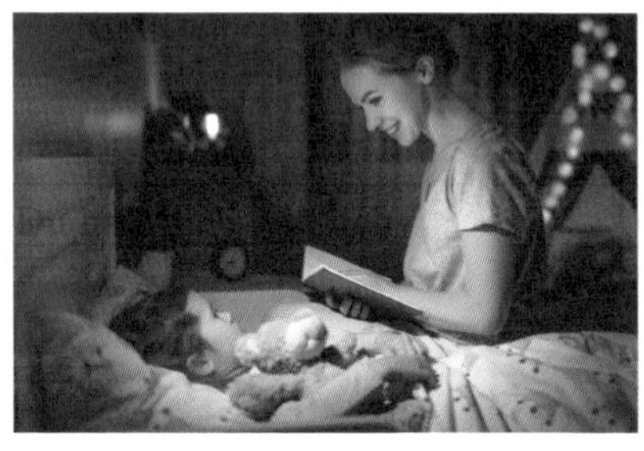

十八世紀時，人們會用「我的眼睛裡有沙子」，來表示自己疲倦了，需要上床睡覺。其實早在十七世紀時，就流傳著有個人物會丟沙子在孩子的眼睛中，讓他們趕快睡著的故事。因此，這句俗語在今日用來告訴孩子，上床睡覺的時間到了。1959 年起，東西德在兒童就寢前會播出「小沙人」的動畫節目，是許多人的童年共同的回憶。

Kinder, das Sandmännchen kommt gleich, geht schnell ins Bett.
孩子們，上床時間到了，趕快去睡覺吧。

◆◆◆ Kapitel 5

Badezimmer 浴廁

這些德文要該怎麼說呢？

Part1_20

浴廁擺設

1. **Fliese** f 瓷磚
2. **Unterschrank** m 浴室置物櫃
3. **Spiegel** m 鏡子
4. **Waschbecken** n 洗手台
5. **Wasserhahn** m 水龍頭
6. **Toilette** f 馬桶
   - 衍 **Toilettenbrille** f 馬桶蓋
   - 衍 **Spülkasten** m 馬桶水箱
7. **Duschkopf** m 蓮蓬頭
8. **Badetuch** n 浴巾

❾ **Abflussloch** n 排水口

❿ **Handtuchablage** f 毛巾架

⓫ **Toilettenpapier** n 衛生紙

㊎ **Toilettenpapierhalter** n 捲筒衛生紙架

⓬ **Bademeimer** m 垃圾桶

⓭ **Abluftventilator** m 抽風扇

⓮ **Duschkabine** f 淋浴間

㊎ **Fußhocker** m 墊腳凳

㊎ **Elektroheizer** m 電暖器

◆ Tips ◆

生活小常識：廁所篇

德文表達「上廁所」的方式有很多，但不是每一種用法都適用於每一個人或每一個場合，所以要特別小心用詞，才不會造成尷尬。

普遍用法是auf die Toilette gehen，其字意是「前去廁所」，同義詞 aufs Töpfchen müssen（小孩用語）或 auf dem Thron sitzen 的差別在於前者是小孩用語或者是對小孩說話時的用語，至於後者則是家人間說笑的用法。

為了表示禮貌，德國人也會說 Ich bin gleich wieder da「我馬上就回來」或 Entschuldigen Sie mich bitte kurz「請原諒我短暫離座」表示要上廁所，像是在工作時或到餐廳用餐時，會使用這種婉轉的方式。當然在德文中也存在非常口語，甚至有點粗俗的表達方式如：aufs Klo müssen/gehen ㊀、auf den Pott müssen ㊥、für kleine Jungs müssen 只有男性才會用這樣的說法；相對地 für kleine Mädchen müssen 只有女性才會使用。德文口語也愛用隱喻方式來表達上廁所，如：mal müssen、(mal) verschwinden müssen、(mal) austreten müssen、austreten gehen müssen 等。使用口語用詞時必須注意到所面對的對象與場所，避免出糗。

此外，德國廁所一般會標示 Toilette，但偶爾會見到標誌。在英語系國家文化的影響之下，德國人也使用 WC（water closet 的縮寫）來表示廁所，尤其是觀光區多以 WC 來標示廁所。

要使用別人家的廁所時，客氣的問法為：

Entschuldigen Sie, darf ich bitte mal Ihre Toilette benutzen？
抱歉，我可以使用一下您的廁所嗎？

01 淋浴 Sich duschen

Part1_21

德國家庭的浴室如果沒有淋浴間，就利用浴缸掛上浴簾淋浴，在這樣的設計下，浴室的地板可隨時保持乾燥。所以若用浴缸淋浴時要注意浴簾是否有拉好，避免水淋到浴缸外、弄濕浴室，而且在浴缸前一般也會鋪上腳踏墊（Badematte）。此外，德國人通常習慣早上淋浴。

Ich gehe jetzt duschen. 我現在去淋浴。

Nach dem Sport soll man nicht gleich unter die Dusche gehen.
運動過後不應該馬上淋浴。

常見的衛浴設備及用品有哪些？

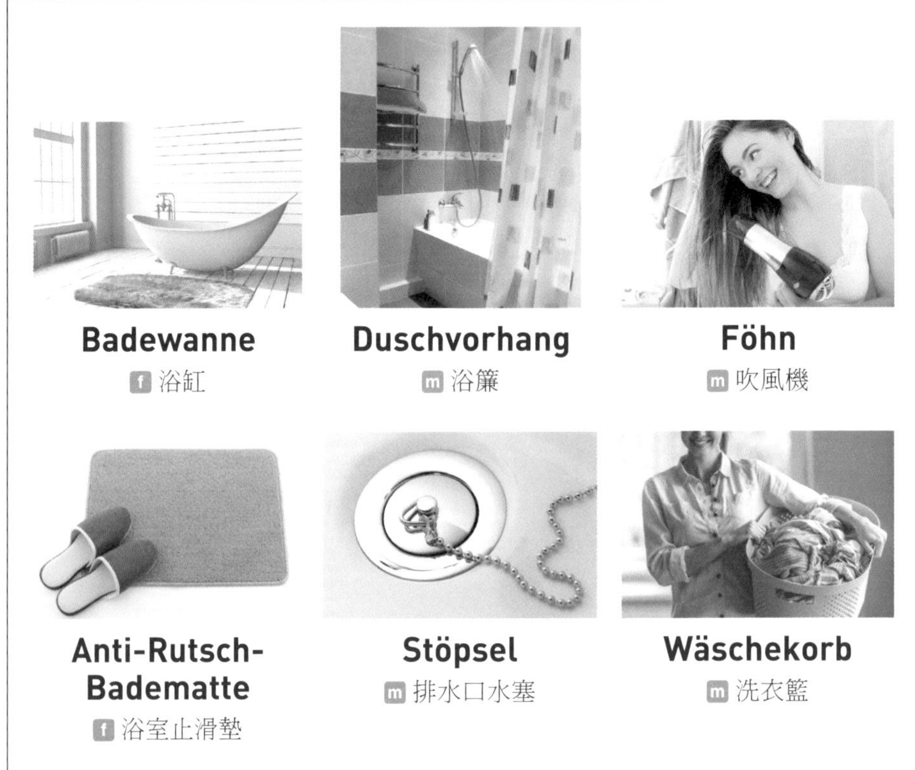

常見的盥洗用品（Hygieneartikel für Haut, Haar und Zähne）

1. **Seife** f 肥皂
2. **Haarshampoo** n 洗髮精
3. **Badekugel** f 沐浴球
4. **Duschgel** m 沐浴乳
5. **Bodylotion** [En] m 身體乳液
6. **Waschlappen** m 洗臉用的小方巾
7. **Badehaube** f 浴帽
8. **Badebürste** n 沐浴刷
9. **Badeschwamm** m 海綿
10. **Handtuch** n 毛巾
11. **Waschlotion** n 洗手乳
12. **Kamm** m 扁梳
13. **Wattestäbchen** n 棉花棒
14. **Watteballchen** n 棉花球

15. **Wattepads** f（ Pl ）化妝棉
16. **Körperpeeling** n 身體去角質
17. **Peeling-Gel** n 去角質凝膠
18. **Gesichtswasser** n 化妝水
19. **Haarpflegecreme** f 護髮乳
20. **Pflegespülung** f 潤髮乳
21. **Hygieneartikel** m 衛生用品
22. **Waschgel** n 洗面乳
23. **Gesichtsseife** f 洗面皂
24. **Make-up Entferner** m 卸妝液
25. **Rasierschaum** m 刮鬍泡
26. **Rasierwasser (Aftershave)** n 刮鬍水

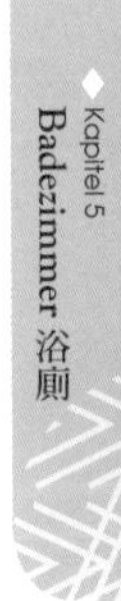

27. **Rasierer** n 刮鬍刀
28. **Zahnbürste** f 牙刷
29. **Zahnseide** f 牙線
30. **Zahncreme** f 牙膏
31. **Zahnputzbecher** m 漱口杯
32. **Interdentalbürste** f 牙間刷
33. **Mundspülung** f 漱口水

◆ Tips ◆

慣用語：洗澡淋浴篇

慣用語 baden gehen 直譯是「去洗澡」，在俚語的用法是「失敗」，這跟 baden「洗澡」的口語用法有「游泳」意思有關，可聯想到沉到水中。德國有另一個慣用語 ins Wasser fallen，直譯是「落到水裏」，是表達「不舉辦」或「失敗」的意思。慣用語 eine kalte Dusche für jmdn. sein 直譯是「對某人來說是一個冷水浴」，表示「對某人來說是失望的或清醒的」，可與中文的「潑冷水」作比較。

Mit seinem großen Plan ist der Leiter ja ganz schön baden gegangen.
主管的大計畫真是徹底失敗。

02 上廁所 Auf die Toilette gehen

Part1_22

常見的廁所設備及用品有哪些？

Urinal
n 小便斗

Händetrockner
m 烘手機

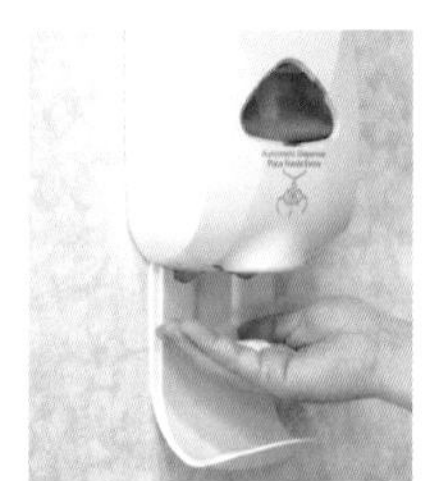

Seifenspender
m 給皂機

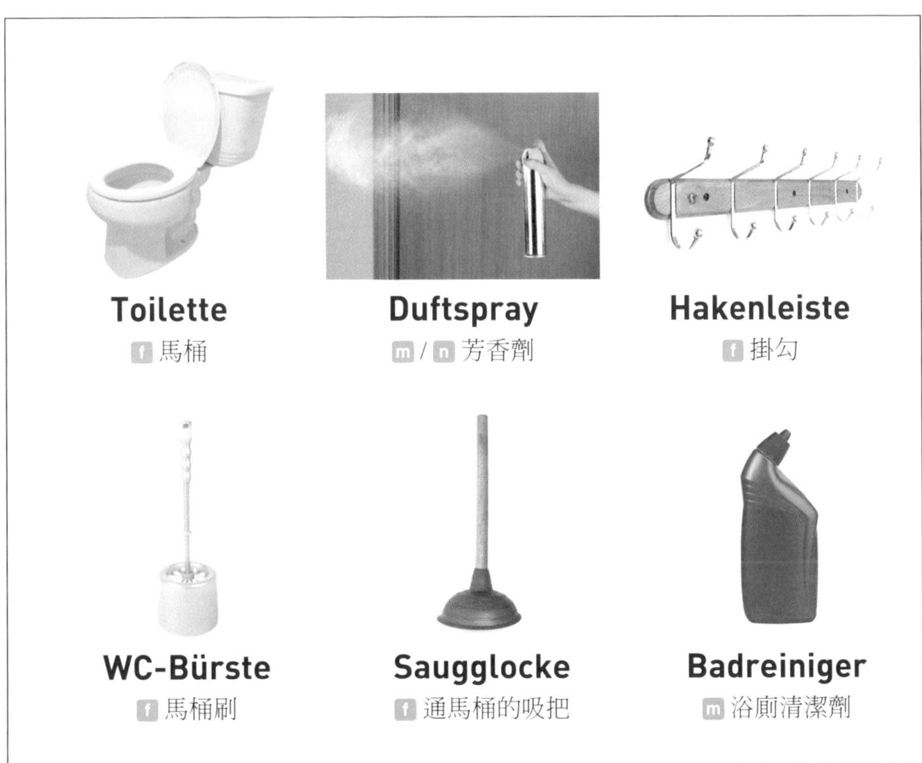

◆ Tips ◆

生活小常識：女生生理期及衛生用品

「月經」的德文為 Menstruation，這個字源自於拉丁文 ㊊ *mensis*，現代德文為 Monat，意思為「月」。另有比較通俗的詞語如 Regel「規則、規律」、Periode「週期」，或用 Tag「日」這個字的複數 Tage 來表示有規律的、週期性的月經。月經時所用的衛生用品 Frauenbinden「衛生棉」或 Tampons「衛生棉條」，可依照個人習慣的不同而選擇使用。Slipeinlagen「衛生護墊」則是平常避免陰道分泌物弄髒內褲所使用的。

03 洗衣服 Wäsche machen

Part1_23

常見的洗衣、烘衣設備以及會用到的用品

Waschmaschine
f 洗衣機

Wäschetrockner
m 烘衣機

Waschpulver
n 洗衣粉

Flüssig-waschmittel
n 洗衣精

Weichspüler
m 柔軟精

Bleichmittel
n 漂白劑

3 Wäsche
f 要洗的衣服

4 Wäschekorb
m 洗衣籃

Kleiderbügel
m 衣架

Wäsche-klammer
f 曬衣夾

Wäsche-ständer
m 曬衣架

Wäscheleine
f 曬衣繩

Pflegesymbol, Waschsymbol
洗衣標示

Waschbrett
洗衣板

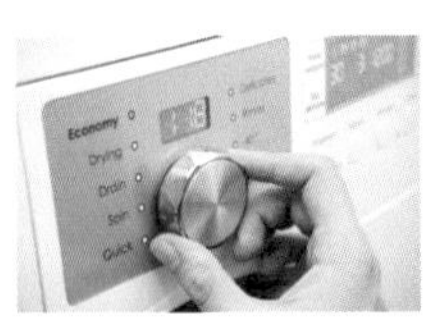

Waschzeit
洗衣時間

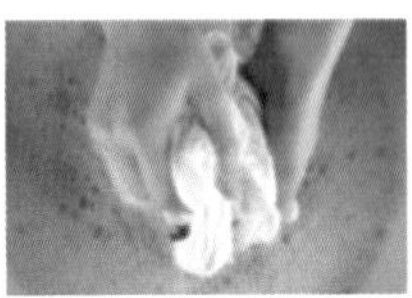

Handwäsche
手洗衣服

◆ Tips ◆

在德國要如何使用投幣式自動洗衣、烘乾機呢？

自助洗衣店 SB-Waschsalon（SB=Selbstbedienung 自助），是個讓顧客在店家不在時也能洗衣服的地方，通常會設置在某些住宅區或學生宿舍附近。

在自助洗衣店中，主要提供兩款不同容量（Fassungsvermögen）的洗衣機：家庭款 6 公斤和 XXL-16/17 公斤款及乾衣機，洗衣的價格 6 公斤約 3.50 歐元，XXL 款約 9 歐元，烘乾的價格約為每十分鐘 0.50 歐元。洗衣粉和軟洗精可在店內購買，當然自己帶較划算。

操作說明 Bedienungsanleitung

1. 選擇機器 eine Waschmaschine wählen
2. 把衣服放進洗衣機中 Wäsche in den Waschtrommel legen
3. 選擇洗衣功能 den Waschgang wählen
4. 放洗衣精 Waschmittel füllen
5. 投幣 Münzen einwerfen

洗衣會做的動作，用德文怎麼說？

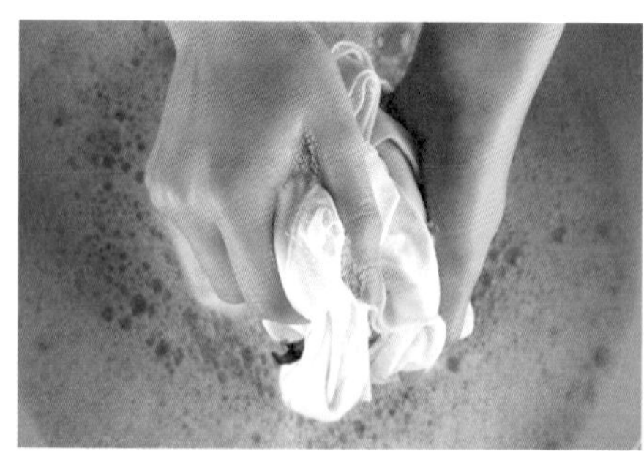

1. **waschen** v. 洗
2. **trocknen** v. 烘乾
3. **bürsten** v. 刷
4. **füllen** v. 倒（洗衣精）
5. **chemisch reinigen** v. 乾洗
   衍 **Trockenreinigung** f 乾洗
6. **bleichen** v. 漂白
7. **zur Reinigung bringen** v. 拿去送洗
8. **ausspülen** v. 沖水
9. **aufhängen** v. 掛起來
10. **trocknen** v. 曬乾
11. **auswringen** v. 擰乾
12. **reiben** v. 搓洗
13. **schleudern** v. 脫水
14. **einweichen** v. 浸泡
15. **bügeln** v. 燙衣服

Teil II

Verkehr 交通

◆◆◆ Kapitel 1

U-Bahnhof 地鐵站

月台層（Bahnsteig）

1. **U-Bahn** f 列車
2. **U-Bahn-Liniennummer** f 地鐵路線編號
3. **Ziel** n 終點站，目的地
4. **Gleis** n 軌道
5. **Sicherheitslinie** f 月台警戒線
   - (衍) **Wartelinie** f 候車線
   - (衍) **Einfahrsignal** n 列車到站警示燈
   - (衍) **Bahnsteigtür** f 月台安全閘門
6. **Bahnhofsschild** n 站名告示牌

❼ **Transit-Schild** n 轉乘告示牌
❽ **Ankunft in ~** f 到站剩餘時間
❾ **Überwachungskamera** f 監視攝影機

在地鐵月台上可用的句子

1. **Nach dem Signalton darf man nicht einsteigen.**
   警鈴響後勿強行進出。
2. **Mit der Hand am Handlauf festhalten und sich mit den beiden Füßen ganz auf die Stufe stellen.** 緊握扶手，站穩踏階。
3. **Beim Warten auf dem Bahnsteig die weiße Sicherheitslinie nicht überschreiten.** 候車時請勿跨越月台白線。
4. **Die U-Bahn ist in den Bahnhof eingefahren.** 地鐵到站了。
5. **Erst austeigen lassen, dann einsteigen.** 先下後上。
6. **Beachten Sie auf die Lücke zwischen Zug und Bahnsteigkante.** 小心月台間隙。
7. **Sicherheitshinweis! Lassen Sie Ihr Gepäck nicht unbeaufsichtigt!** 安全告示！請勿讓您的行李無人照管！
8. **Achtung an Gleis 2 Durchfahrt eines ICE!**
   注意！第二站台高速城際列車通過！
9. **Zurückbleiben bitte!** 請退後！（意指火車要開了，不要上車）

♦ Tips ♦

德國主要的大眾運輸系統（Deutsche öffentliche Verkehrsmittel）

德國的大眾運輸系統（Öffentliche Verkehrsmittel）一般所指的，就是U-Bahn「地鐵」、S-Bahn「市郊鐵路」、Straßenbahn「有軌電車」與Bus「公車」等。以柏林市及布蘭登堡邦來說，柏林市及布蘭登堡邦的大眾運輸系統，簡稱為VBB（Verkehrsbund Berlin-Brandenburg），是全德國面積最大的運輸系統，根據2017年VBB資料顯示共有1,038條路線。

至於單以柏林地區來看，U-Bahn「地鐵」和 S-Bahn「市郊鐵路」是最簡便的交通工具。U-Bahn 是 Untergrundbahn 的縮寫，直譯為「地底鐵路」，字面意義正是其特色，大多行駛在地底下的隧道，優點為省時（避免塞車），也省錢（油錢與停車費）。由於幅員廣闊，柏林地鐵分成三區作為收費的標準，A 區涵蓋整個柏林市中心，B、C 兩區包含了柏林近郊（例如 Tegel TXL 機場、波茨坦等）。此外，柏林地鐵票也可用於市郊鐵路、路面電車、公車，以及在柏林市中心行駛的區域快鐵 RE。

01 進站 Am U-Bahnhof

Part2_02

買票的地方會出現什麼呢？

❶ **Fahrkartenautomat** m 售票機

❷ **Münzeneinwurf** m 投幣口

❸ **Banknotenannahme** f 紙鈔插入口

❹ **Kreditkartenleser** m 信用卡插入口

❺ **Bildschirm** m 螢幕

衍 **Touchscreen** [En] m 觸控式螢幕

❻ **Ausgabefach** n 取票口

＊並非每台機器都有紙鈔插入口，請注意。

Tips

一般在地鐵站買車票的情形

在柏林每一個地鐵站（U-Bahnhof）或市郊鐵路站（S-Bahnhof）裡都有自動售票機（Fahrkartenautomat），乘客一般是透過機器購買車票，只不過在 Alexanderplatz, Friedrichstraße, Gesundbrunnen, Hauptbahnhof, Lichtenberg, Ostbahnhof 等這幾個車站裡還設有顧客服務中心（Kundenzentrum），可供乘客臨櫃購買車票，並提供各類資訊及路線圖（Netzplan）。用機器購買車票時可先選語言，只是說自動售票機目前只提供德文、英文、法文、西班牙文及義大利文。選好語言後，即可點選票種以及你要去的區域，如果沒有符合優惠（Ermäßigung）的條件（6-14 歲可享優惠），就直接選全票（Regeltarif）、數量（Menge），最後選擇付款方式，畫面中會出現機器可接受的信用卡類別，但也可以使用現金。交易完成後，等機器自動列印好車票後就可以取票。取完票之後，若你買的票是單程票，則需要將卡插入旁邊的打票機裡（如下圖右），做打票動作。如果你買的是月票，則不需要做打票動作，因為票卡上面已經有日期紀錄了。

▲ 此為柏林市地鐵站的售票機

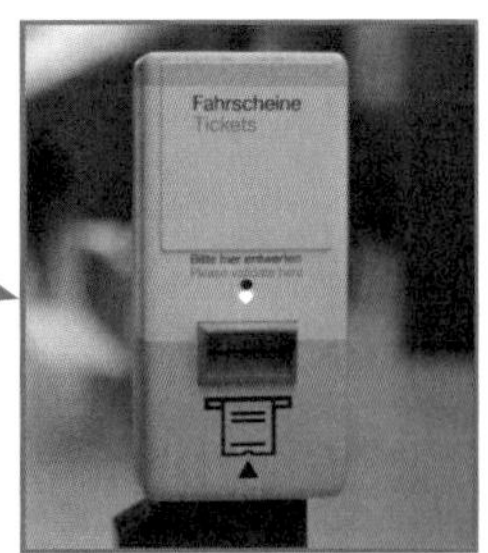

▲ 此為打票機，買完票後請用機器打票

你知道嗎？

地鐵票的種類有哪些呢？
Welche U-Bahn-Fahrscheine gibt es?

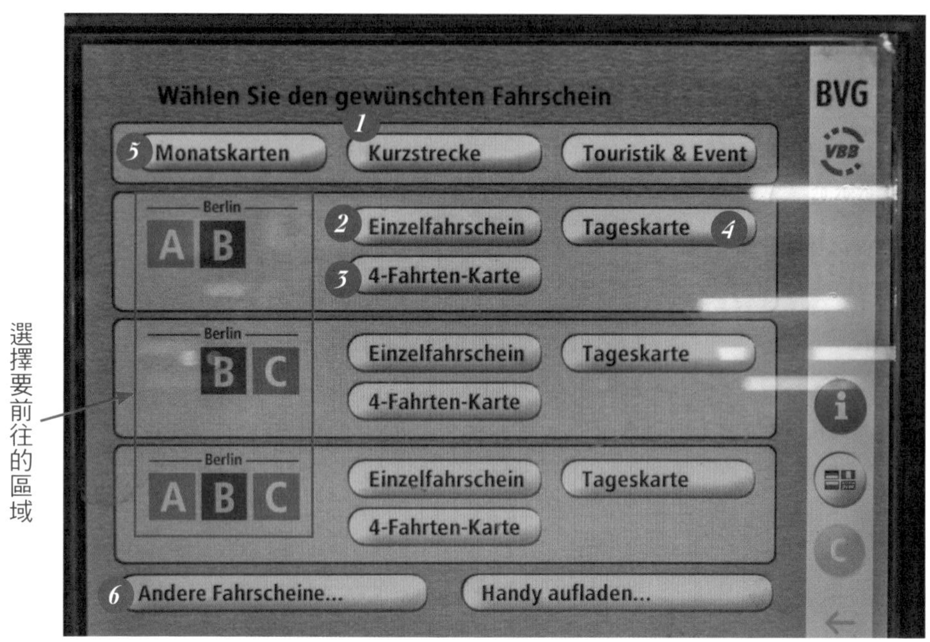

▲ 此為售票機進入購票的畫面，採觸控式購票

柏林的地鐵票種非常多元，票價會根據區域（A 區、B 區、C 區）的選擇而不同，所以購票前要先搞懂區域路線圖（Tarifzonen），基本上 A 區、B 區、C 區主要是以同心圓方式一環一環向外延伸的區域，A 區屬同心圓的最裡面那一區，涵蓋整個市中心，AB 這兩區可說是主要觀光區的所在範圍。B、C 兩區則包含了柏林近郊（例如 Tegel TXL 機場、波茨坦等），C 區則是最外圈的近郊。

常用的票券種類：

1. 短程票（Kurzstrecke）：1.70 歐元（U- 和 S-Bahn 可搭 3 站，巴士、電車可搭 6 站）。4 張短程票 5.60 歐元。

❷ 單程票（Einzelfahrschein）: AB 區 2.80 歐元，BC 區 3.10 歐元，ABC 區 3.40 歐元（同一方向次數不限，120 分鐘內有效）。

❸ 4 張單程套票（4-Fahrten-Karte）：AB 區 9 歐元，BC 區 12 歐元，ABC 區 13.20 歐元（同一方向次數不限，120 分鐘內有效）。

❹ 一日票（Tageskarte）： AB 區 7 歐元，BC 區 7.40 歐元，ABC 區 7.70 歐元（自打票起至第二天凌晨 3 點有效）。

❺ 月票（Monatskarte）

❻ **其他的票種（Andere Fahrscheine...），請見以下：**

- 小團體一日票（Kleingruppen-Tageskarte bis 5 Personen）：AB 區 19.90 歐元，BC 區 20.60 歐元，ABC 區 20.80 歐元（至多 5 人共乘，自打票起至第二天凌晨 3 點有效）。
- 七日票（7-Tage-Karte）: AB 區 30.00 歐元，BC 區 31.40 歐元，ABC 區 37.50 歐元。

建議事項：

如果乘客一天內只需搭乘一、兩次，可購買短程票（Kurzstrecke）或是單程票（Einzelfahrausweis），若是一次購買四張（4-Fahrten-Karte）會有優惠。如果是一天內想多次搭乘，可購買一日票（Tageskarte）。購買 Tageskarte 的乘客，可在同一天內不限次數搭乘所購區域的地鐵及柏林其他大眾運輸工具。

如果想在柏林待好幾天，則可以考慮柏林觀光通票 Berlin WellcomeCard，此票有 2 日的、3 日、4 日、5 日與 6 日的。這種票與上述的日票有一點類似，有 AB 區和 ABC 區可選擇，並可不限次數搭乘，例如 48 小時 AB 區為 20 歐元／ABC 區為 23 歐元，6 日 AB 區為 43 歐元／ABC 區為 47 歐元。此外，Berlin WellcomeCard 可以享有觀光景點的門票優惠，所以對於要在柏林待上好幾天的遊客，柏林觀光通票是個最佳選擇。

▲此為短程票（Kurzstrecke）

※ 以上根據 2019 年 5 月資料

不知道在哪裡購票時，該怎麼問呢？

如果在德國當地想問德國人該在哪裡買地鐵票時，可以說 Wie kann ich bitte eine U-Bahn-Fahrkarte kaufen?（請問如何買到地鐵票？），當然也可以說 Wo kann ich bitte eine U-Bahn-Fahrkarte lösen?（請問在哪裡可以買到地鐵票？）。即使這兩句的疑問副詞不同，一個是 wie、一個是 wo，但得到的回答通常會是 Sie können am Schalter oder am Fahrkartenautomaten Fahrkarten kaufen.（您可以在地鐵站的服務窗口購買，或是利用自動售票機）。

02 搭車 Den Zug nehmen

Part2_03

搭車時，常見的東西有什麼？

地鐵（U-Bahn）車廂

市郊鐵路（S-Bahn）車廂

1. **Wagen** m 車廂
2. **elektronische Anzeigetafel** f 電子看板
3. **Handlauf** m 扶手
4. **Halteschlaufe** f 吊環
5. **Netzplan** m 路線圖
6. **Fahrgast** m 乘客
7. **Hinweisschild** n 標示牌

補充：

- **Gegensprechanlage** f 對講機
- **Überwachungskamera** f 監視器
- **Notrufknopf** m 求助鈴
- **Feuerlöscher** m 滅火器
- **Behindertensitz** m （或 **Vorrangsitz** m ）博愛座

車廂中可能會聽到的廣播內容

1. **Am Handlauf festhalten.** 請緊握扶手。
2. **Bedürftigen Sitzplätze überlassen.** 讓座給需要的人。
3. **Nicht an die Tür anlehnen.** 請勿倚靠車門。
4. **Zu Ihrer eigenen Sicherheit möchten wir Sie bitten, sich während der Fahrt festzuhalten.**
   在車輛行駛中請您緊握扶手確保安全。
5. **Nächster Halt: Hauptbahnhof.** 下一站：中央火車站。
6. **Liebe Fahrgäste, wir erreichen in wenigen Minuten Berlin Spandau.** 親愛的顧客，幾分鐘後我們將到達柏林斯潘道。

03 出站 Den U-Bahnhof verlassen

Part2_04

這些應該怎麼說呢？

1. **jetztige Station** f 目前所在站名
2. **Ziel und Straßenname** 目的地及路名
3. **Aufzug-Schild** n 電梯告示
4. **Liniennetz** n 路線圖

❺ **Ausgang** m 出口

❻ **Name der U-Bahn-Station** m 站名

❼ **Aufzug** m 電梯

❽ **Treppe** f 樓梯

❾ **Handlauf** m 扶手

❿ **Ausgang Richtung** 出口方向

⓫ **Straßennamen und Sehenswürdigkeiten** f (Pl) 路名及景點

⓬ **Umsteigemöglichkeiten** f (Pl) 轉乘其他線

- 衍 **Fahrkarteneinwurf** m 收票口
- 衍 **Ticket-Sensor** m 車票感應器
- 衍 **Eingangsschleuse** f 閘道口
- 衍 **Notausgang** m 緊急出口
- 衍 **Lageplan** m 位置圖

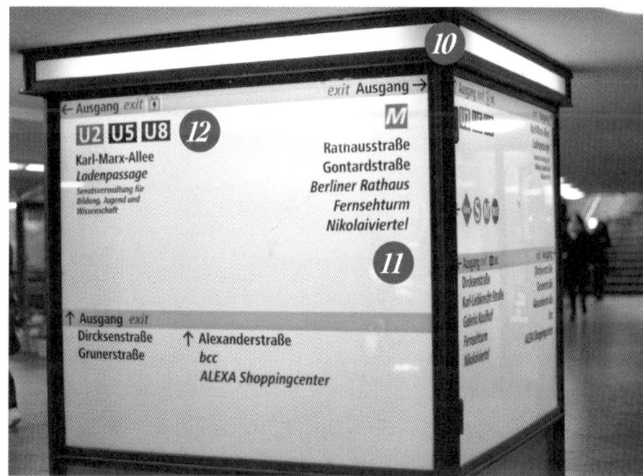

♦ **Tips** ♦

可以在地鐵中停留多久呢？

一張單程地鐵票從第一次用機器打票進站後，就只有兩個小時的時效性。如果超過兩個小時仍在使用，或是進站時沒有用機器打票、沒買票就進站，一旦遇到查票員（Fahrkartenkontrolleur）查票，就會被視為搭黑車（Schwarzfahren），並處以高額罰金（Geldstrafe），目前罰金是 60 歐元。查票員一般是便衣，採不定時抽查方式。打票機器是黃色或紅色的小長方形鐵箱（如上圖），將車票插入插票口，可打印你的上車日期與時間等資訊，車票若未經機器打印，會被視為未購票進站。打印機一般擺在地鐵站（U-Bahnhof）或市郊鐵路站（S-Bahnhof）的月台入口處。

另外，搭乘柏林地鐵時，若需越區就要補票。例如，持有 AB 區持票者要越區到 C 區時，就得補買 C 區轉乘票（Anschlussfahrausweis）；同樣地，BC 區持票者要越區到 A 區，則須補 A 區的轉乘票，否則會被查票員處以罰金。因此搭乘柏林地鐵和其他大眾運輸工具時，要注意車票的時效性，以及搭車時是否會跨區，言下之意就是要注意你的起站及目的站的所在區域。

◆Tips◆

柏林的大眾運輸路線概念

我們可以把柏林以同心圓的視角來看，即「環區」的概念，最裡面的第一圈（A 區）包含了市中心，以及在柏林一般必去的知名觀光景點。在 A 區裡，柏林地鐵和市郊鐵路之鐵路線密集可以帶你到想去的地方。同心圓再往外從第二圈（B 區）到第三圈（C 區）延伸，即整個大柏林的範圍（圖中的 ABC 即表示柏林的三大區）。

柏林目前有 10 條地鐵主線（U）和 16 條市郊鐵路線（S），由不同顏色的線條及不同顏色的字母＋數字來表示，如圖上的**U5**為棕色、**S75**為紫色，其中 U 表示地鐵主線，S 表示市郊鐵路線。配合上許多條的巴士線與 22 條的路面電車線（M），讓柏林有非常便利的交通網。C 區偏離市中心，無地鐵可搭，只有少部分地區仍有市郊鐵路可搭，不過 C 區有多條區域快鐵 RE 通過（如圖上紅色的**RB24**），可以搭乘，只是與地鐵線相比，其車班較少。如波茨坦（Potsdam）位於 C 區，屬於重要的車站，我們可搭 S7 線抵達，也可搭 RE1 等路線抵達。

若不想搭地鐵，而想以搭觀光巴士的方式遊柏林重要景點，可以考慮購買 AB 區的一日票，來搭乘 100 號巴士，這是雙層巴士，會行經柏林市內重要的觀光景點，若想深度觀光某個特定景點，可自行在該站下車，參觀完後再搭其他班次的 100 號巴士繼續參觀。不過，若是遇到上下班時間的話，車上會非常擁擠。此外還有環城雙層導覽巴士，車上會介紹景點，且也有中文語音耳機導覽，可於任何一站上、下車，非常方便，只是費用較高。

相關單字

1. **U-Bahn** f 地鐵
2. **U-Bahn-Linie** f 地鐵線
3. **S-Bahn** f 市郊鐵路
4. **S-Bahn-Linie** f 市郊鐵路線
5. **RE (Regional Express)** m RE 線，區域快鐵
6. **Straßenbahn** f 電車
7. **Endstation** f 終點站
8. **Umsteigebahnhof** m 轉乘站
9. **Zone** f 區域
10. **Zielhaltestelle** f 目的地站

♦♦♦ Kapitel 2

Bahnhof 火車站

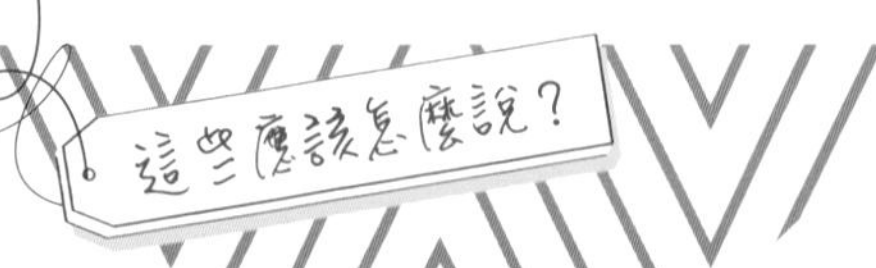

Part2_05

售票處（Fahrkartenschalter）

❶ **Fahrkartenschalter**
m 售票處

❷ **Fahrkartenautomat**
m 售票機

❸ **eine Fahrkarte kaufen**
v. 購票

衍 **Platzreservierung**
f 訂位

衍 **einen Sitzplatz reservieren** v. 訂位

❹ **Fahrgast** m 乘客

❺ **sich anstellen** v. 排隊

❻ **Fahrplan** m 時刻表

衍 **Bahnhofstafel**
時刻表

衍 **digitale Anzeigetafel**
f 電子時刻表

◆ Tips ◆

慣用語小常識：火車篇（Motiv Eisenbahn）

在德國，若有人要開車或要搭車（含搭火車）出門，通常會用 Gute Fahrt！來祝福對方，其含義相當於中文的「一路順風」，此外也可以用 Gute Reise!（旅途愉快）來祝福。
以下是跟火車相關的德語慣用語：

➢ Im falschen Zug sitzen：
照字面的意思是「坐錯火車」，引申的意思是「做出錯誤的決定」。這句慣用語用於口語表達。

Wenn du glaubst, du kannst tun, was du willst, dann sitzt du im falschen Zug.
你若相信你能為所欲為，那你就錯了。

➢ Der Zug ist abgefahren：
直譯是「火車開了」，引申為「錯過機會」的意思。很明顯，這個用語源自火車站的廣播。

Steht deine Einladung noch? – Tut mir leid. Der Zug ist abgefahren. Ich habe schon mit Freunden im Club gefeiert.
你的邀請還有效嗎？– 抱歉，你錯過了。我已經和朋友在俱樂部慶祝了。

➢ Es ist (die/aller) höchste Eisenbahn：
這句俗語字面意思是「這是最高的鐵路」，引申的意思是「時間緊迫，快來不及」。

Du musst dich sofort entscheiden. Es ist höchste Eisenbahn, die Chance wartet nicht.
你必須立刻下決定。時間緊迫，機會是不會等人的。

➢ nur Bahnhof verstehen：
是常聽到的口語用法，直譯是「只知道火車站」，其引申的意思是「完全不懂，一竅不通」。此慣用語的起源已不詳，但有個說法是，在第一次世界大戰期間，對戰爭厭倦的士兵來到了火車站，一心只想返鄉，而對其他事務都不注意，因此才會有這種引申的說法。

Was hat er gerade gesagt? Ich habe nur Bahnhof verstanden.
他剛剛說了什麼？我完全聽不懂。

你知道嗎？

時刻表上有哪些資訊呢？德文要怎麼說呢？
Welche Informationen liefert die Bahnhofstafel? Wie sagt man das auf Deutsch?

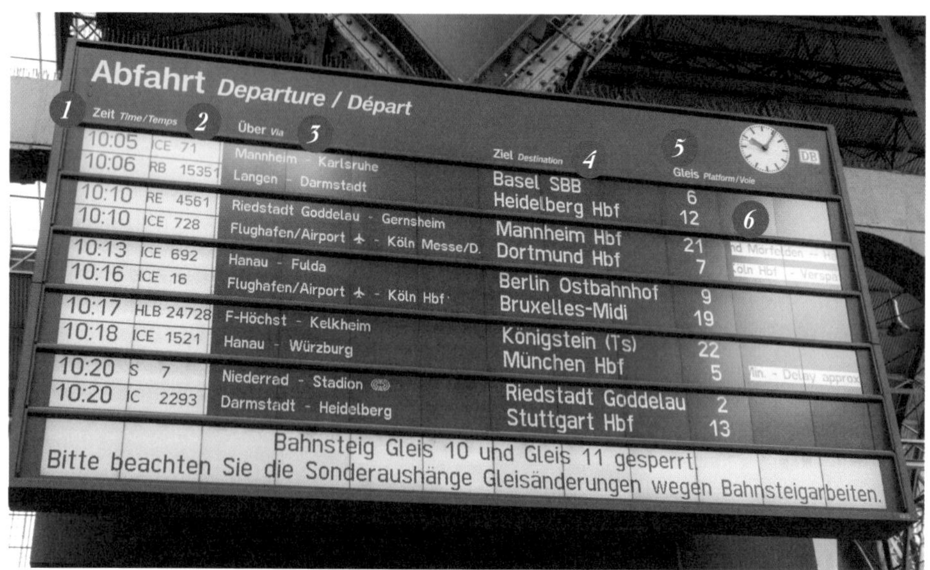

一進入火車站，抬頭就能看到大型的電子**時刻表**（Bahnhofstafel），其功能在於提供有關目前列車的各類資訊，例如 ❶ 發車時間（Zeit 或 Abfahrtszeit）、❷ 車種（Zugtyp）與車號（Zugnummer）、❸ 行經（über）、❹ 目的地（Ziel 或 Ankunftsort）、❺ 上車站台（Gleis）、❻ 訊息（Information，例如延遲或換月台）。

此外，在火車站內、月台等地方也都會設有電子時刻表，而在月台，佈告欄上有**黃色海報**（上頭寫著 Abfahrt：出發，標註所有該車站出發的火車時刻），與**白色海報**（上頭寫著 Ankunft：到站，標註所有抵達該站的火車時刻），讓搭車或接送的人可以一目了然。

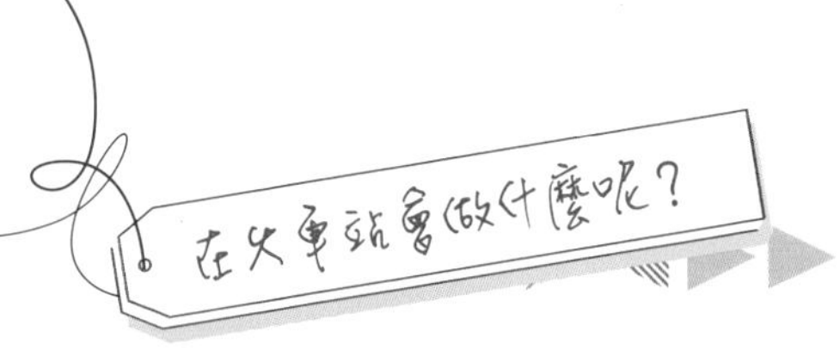

01 進站 Betreten des Bahnhofs

Part2_06

售票機上的按鍵與文字各代表什麼功能？

1. **Fahrkartenautomat** m
   售票機
2. **Bildschirm** m 螢幕
   - 衍 **Homepage** [En] f 首頁
   - 衍 **Touchscreen** [En] m
     觸控式螢幕
3. **Münzeinwurfschlitz** m
   投幣口
4. **Eingabe von Banknoten**
   f 紙鈔插入口
5. **Kreditkartenleser** m
   信用卡插入口
6. **Tastatur** f 鍵盤
   - 衍 **Zahlentaste** f
     張數鍵
   - 衍 **Zugtyp-Taste** f
     車種鍵
   - 衍 **Fahrausweisart** f
     票種鍵
   - 衍 **Ankunftsbahnhof** m
     到達站
7. **Ausgabeschale (für Fahrkarten und Wechselgeld)** f
   車票及找零口
8. **Rückgabe von Banknoten** f 退鈔口（紙鈔無法讀時）

該如何用售票機買火車票呢？

購買 DB 的車票，可在**開始螢幕**（Startbildschirm）選擇語言，目前有提供德、英、法、義、西班牙和土耳其文（以國旗表示）。

★開始螢幕（Startbildschirm）主要分為以下四區可點選：

1. Start-Ziel 起站 - 目的
   - ➢ Schritt für Schritt zur Fahrkarte 按步驟到車票
   - ➢ Direkt zur Fahrkarte 直接到車票
2. Fahrplanauskunft 乘車訊息
   - ➢ Verbindungen suchen und drücken 搜尋火車連線與列印
   - ➢ Sitzplätze ohne Fahrkartenkauf reservieren 訂位未購票
3. Gesamtes Angebot 全部供應
   - ➢ Regional-, Freizeit-, und Sparangebote 區際、休閒和優惠車票供應
   - ➢ Geschäftsreisen Fahrkarten abholen 商務旅行 取票
   - ➢ Gruppen-, Zusatzkarten 團體票，附加票
   - ➢ Wochen-, Monatskarten… 週票，月票…
4. Verkehrsverbund
   - ➢ Der Nahverkehr 市郊交通

   ＊註：若是要買市郊的鐵路（S-Bahn）、地鐵（U-Bahn）或巴士（Bus）等車票，則點選開始螢幕中的此區塊，選擇票價區（參考票價分區圖 Tarifzonenplan）。此區塊會因城市差異而有不同的大眾運輸系統代碼，例如，漢堡的代碼是 HVV、慕尼黑的是 MVV、柏林 - 布蘭登堡區的是 VBB。

★要購買火車票請按 Start-Ziel

首先輸入你的**起始站**（Abfahrtsbahnhof），第二步輸入你的**抵達站**（Ankunftsbahnhof），按了確認之後，螢幕出現下列選項：

1. 選擇票種：Einfache Fahrt（單程票）／ Hin- und Rückfahrt（來回票）／ Wochen- oder Monatskarte（週票或月票）
2. 選擇成人票或孩童票及張數：erwachsen（成人票）／ kinder（孩童票）

3. 選擇艙等：2. Klasse（二級艙等）1. Klasse（一級艙等）
Alle Zugtypen（所有車種）/ Alle ohne ICE（所有車種除 ICE 外）/ Nur Nahverkehr（市郊車種）
選擇好後，按 Weiter（繼續鍵）。

4. 依需求輸入或選擇日期（Datum），按 Weiter（繼續鍵）。

5. 螢幕通常會出現三個班次供選擇，可將三個班次列印（Drucken）下來，或是按其中一班次來看車程細節，可列印（Drucken）或付款（Zahlung）購票，有需要訂位（Platzreservierung）者在付款過程中也可預訂。取票口和找回的零錢（Wechselgeld）從同一個地方出來。取票（Fahrausweis entnehmen）之後，買票的手續就完成了。

若需要修改輸入資料，只要按 Zurück（返回鍵）就可返回上一頁面。如果要重新搜尋車程，可以按 Abbrechen（中斷鍵）返回到首頁。

◆ Tips ◆

生活小常識：火車票篇（Bahnfahrkarten）

德國國鐵車票（Bahntickets bietet die Deutsche Bahn）的種類有哪些呢？

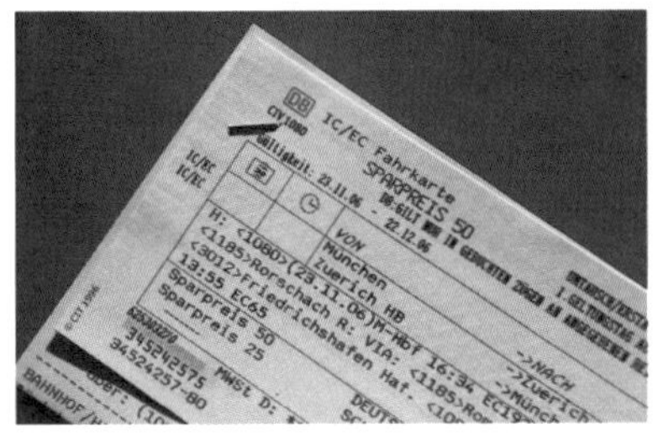

在德國，每天搭乘火車的人數非常多，為了滿足各個年齡層、上班族、學生的需求，德國國鐵公司設計了多樣化購票的方案，讓消費者可以從多重選擇中找出最適宜的票種。

月票 Monatskarte：搭 12 個月份的火車僅需付 10 個月的車費（車程可任意重複），按月繳費。

年票 Jahreskarte：搭 12 個月份的火車僅需付 9½ 月車費（車程可任意重複），一次繳清。

德國國鐵公司根據消費者年齡所推出一系列的打折卡，針對不同等級（一級艙等、二級艙等）的車廂：

27 - 59 歲旅客年費

BahnCard 25（25% 優惠／一級：125 歐元，二級：62 歐元）
BahnCard 50（50% 優惠／一級：515 歐元，二級：255 歐元）
BahnCard 100（100% 優惠／一級：7.435 歐元，二級：4.395 歐元）：16 歲以上／商務旅客

3 個月有效

Probe BahnCard 25（25% 優惠／一級：39,90 歐元，二級：19,90 歐元）：6 歲以上
Probe BahnCard 50（50% 優惠／一級：159,90 歐元，二級：79,90 歐元）：6 歲以上
Probe BahnCard 100（100% 優惠／一級：1.312 歐元，二級：2.362 歐元）：16 歲以上／商務旅客

60 歲以上行動不便者年費：

Ermäßigte BahnCard 25（優惠 25% ／一級：81 歐元，二級：41 歐元）
Ermäßigte BahnCard 50（優惠 50% ／一級：252 歐元，二級：127 歐元）

6-26 歲旅客年費：

My BahnCard 25（優惠 25% ／一級：39 歐元，二級：81 歐元）
My BahnCard 50（優惠 500% ／一級：252 歐元，二級：69 歐元）

6-18 歲旅客一次卡費：

Jugend BahnCard 25（優惠 25% ／一級：10 歐元，二級：10 歐元）
除了上述的優惠卡，德國國鐵公司也提供通勤或經常出差的上班族各項優惠（BahnCard Business 25，BahnCard Business 50），如果符合優惠卡的條件，但未辦卡的話，就無法享有折扣。此外，優惠卡有不同的優惠條款，使用時要注意。

02 搭車 Den Zug nehmen

Part2_07

搭車時，這些應該怎麼說？

1. **Zug** m 火車
   - 衍 **Lokomotive** f 火車頭（簡寫成 Lok）
2. **Gleis** n 軌道
   - 衍 **Schiene** f 鐵軌
3. **Bahnsteig** m 月台
4. **Bahnhofstafel** 電子時刻表
5. **Blindenleitplatte** f 導盲磚
6. **Rolltreppe** f 手扶梯
7. **Zugpersonal** n 列車站務人員
   - 衍 **Lokführer** m 火車司機（男）
   - 衍 **Lokführerin** f 火車司機（女）
   - 衍 **Schaffner** m 列車長（男）
   - 衍 **Schaffnerin** f 列車長（女）
   - 衍 **mit dem Zug fahren** v. 搭火車
   - 衍 **Bahnreise** f 火車旅遊
   - 衍 **Zugreise** f 火車旅遊

8 **Wagen** m 車廂

9 **Fahrgast** m 乘客

10 **Sitzplatz am Gang** m
走道座位

11 **Sitzplatz am Fenster**
m 靠窗座位

12 **Schließfach** n 置物櫃（架）

13 **Bahnübergang** m
鐵路平交道

14 **Schranke** f 柵欄

15 **Lichtsignal** n 警示燈

衍 **Eisenbahnsignal**
n 鐵路號誌燈

16 **Verkehrsschild** n
交通標誌

衍 **Verkehrszeichen**
n 交通標誌

衍 **Gefahrzeichen** n
警告標誌

衍 **Unterführung** f
隧道，地下道

衍 **Überführung** f
天橋，陸橋

◆ Tips ◆

在德國，火車的種類和車廂有哪幾種呢？

火車種類（Zuggattungen）

凡是僅承載乘客的火車，通稱 Personenzug（載客火車），在功能設計上會顧及乘客的飲食需要、舒適感、甚至睡眠。停靠站少，只停幾個大站且行車較快的火車，稱為 Expresszug/Express（快車）。德國國鐵提供夜車 DB-Nacht-IC/ICE/IC-Bus，全為座位車廂（Sitzwagen），與日間的車種無異。若要有臥鋪（Schlafwagen）或是躺椅車廂（Liegewagen：座位可以調整成臥床），須預約奧地利鐵路 ÖBB 的 Nightjet（夜間快車）。奧地利鐵路有多條夜間跨國火車線，行經德國多座城市，夜間的旅程就算只是在德國境內也可以搭乘，但短程者不可預訂臥鋪或是躺椅車廂。此外，德國國鐵長途火車通常有餐車「Speisewagen / Bordrestaurant」。

短程兩地來回往返的列車，稱為 Shuttlezug，像是 Sylt-Shuttle 就往返 Niebüll 和 Westerland（Sylt）之間。往返市中心與機場的列車，或是往返航廈間的列車也都可以稱為 Shuttle，中途不用換車。

車廂種類（Wagenklasse）

車廂可分為 erste Wagenklasse「一等車廂」和 zweite Wagenklasse「二等車廂」。以 ICE（城際特快車）為例，**「一等車廂」**票價較高，真皮座位舒適空間大（座位至少 89 公分寬），前後距離寬敞，且走道也寬敞，每排有三個座位。至於**「二等車廂」**，每排有四個座位，座位空間至少 82 公分寬，但前後距離較狹窄，不如「一等車廂」大，擺放行李的空間較窄，但相對地票價也較低。

ICE 的「一等車廂」提供座位餐飲服務，而「二等車廂」乘客須自行前往餐車用餐。「一等車廂」的旅客可在 DB Lounges「德鐵候車室」等車，進入須檢驗車票。「二等車廂」持票旅客不能搭乘「一等車廂」，必須購買「一等車廂」車票方可進入，除非事先跟列車長說要將「二等車廂」車票升等為「一等車廂」車票，並補差額。不過必須注意的是，特價車票無法補購升等車廂票。但若因特殊原因，列車長准許換至「一等車廂」乘坐，則沒有罰款的問題。

你知道嗎？

德國有哪些類型的火車呢？
Welche Zuggattungen gibt es in Deutschland?

德國的鐵路由**德國鐵路股份公司** Deutsche Bahn AG（簡稱 DB，即 Deutsche Bahn 的縮寫）經營，除了大家耳熟能詳的德國高速火車 ICE 之外，還有其他的火車類型如下：

ICE: Intercity-Express

此為城際特快車，每小時一班通往各大城市，速度為 330 公里／小時。

IC: Intercity

此為城際列車。Intercity 是幾乎完全行駛於德國境內的鐵路線，不過目前 IC 的某些路線已停駛，將改由 ICE 取代。

EC: Eurocity

此為歐城列車。是往來歐洲城市間的長程國際列車，分頭等和二等車廂。夜間服務車班稱為 EuroNight（EN）歐洲夜車。

IRE: Interregio-Express

此為區際快車。此車種是屬於行駛中程距離的鐵路運輸服務，停站率較區域列車（RB）少，但也只有少數邦有此車種。

RE: Regional-Express

此為區域快車。車種相當新，常見是紅色雙層車廂，火車行駛路線距離長，相當受使用邦票和德國全境票的乘客喜愛。

RB: Regionalbahn

此為區域列車。和區域快車（RE）的差別是，區域列車（RB）的車速較慢、站與站之間的距離短、停站率較高。

德國國鐵也在某些風景區提供懷舊火車旅遊（Bahnreisen mit Nostalgiezügen），如有黑森林蒸汽火車（Schwarzwaldbahn）或萊茵河畔的浪漫之旅（Rheinromantik）等。除上數行駛於德國的火車種類外，德國國鐵也經營連結德國民營的鐵路公司及來往其他歐洲國家的火車，方便國內外旅客 。

搭車時常用的句子

買車票

1. **Ich hätte gern eine Fahrkarte nach Berlin.**
   請給我一張往柏林的票。

2. **Wie viel kostet eine Zweite-Klasse-Fahrkarte nach Berlin?**
   往柏林二等艙的車票多少錢呢？

確認時間與班次

3. **Um wie viel Uhr fährt der Zug nach Berlin ab?**
   到柏林的火車是幾點開呢？

4. **Um wie viel Uhr fährt de letzte Zug nach Heidelberg ab?**
   往海德堡的最後一班車是幾點開呢？

5. **Fährt dieser Zug nach München?**
   這是往慕尼黑的車嗎？

6. **Hält dieser Zug an jedem Bahnhof?**
   這班火車每站都會停嗎？

7. **Zu welchem Gleis soll ich jetzt?**
   我現在應該要往哪一個月台呢？

搭錯車或錯過列車

8. **Ich habe den Zug verpasst.**
   我錯過火車了。

9. **Ich habe den falschen Zug genommen.**
   我搭錯車了。

10. **Sie sind in die falsche Richtung gefahren.**
    你搭錯方向了。

03 出站 Verlassen des Bahnhofs

Part2_08

這些應該怎麼說？

1. **Ausgang** m 出口
2. **Name des Bahnhofs** m 站名
   ＊**Hauptbahnhof** m 中央火車站（簡寫 Hbf）
3. **Fahrplan** m 時刻表
4. **Gepäck** n 行李

你知道嗎？

德國國鐵還可提供哪些服務呢？
Was bietet die Deutsche Bahn noch?

德國國鐵公司提供一些方便旅客的服務。火車站有各種餐飲、購物區和藥房，也有警察和警衛來維持火車站內安全。

火車站設有緊急電話訊息設備「Notruf-Info-Säule」，旅客有疑問或麻煩時可使用，站務人員會直接回答，有需要也會親自到現場服務。

- DB Reisezentrum「德鐵旅客服務中心」：主要提供購票、退票、變更車票，以及提供火車時刻表等。
- Die Mobilitätsservice-zentrale（MSZ）：是德鐵「負責協助行動不便旅客」的服務中心，可於購票時預約，或者是在搭乘火車前使用網路申請、線上客服或是傳真等預約服務。

  針對行動不便者服務的項目有協助上、下車和轉車，以及提供升降機服務輸送輪椅。此外，該中心也提供購票優惠諮詢、無障礙的旅遊規劃，或是減少轉車或延長轉車時間的火車聯線、訂位等，且此服務為免費。

  一般在車廂出入口設有輪椅專用座位和行動不便者優先座位。ICE 火車上坐輪椅乘客的座位桌邊設有服務按鈕（Service-Ruf-Taste），按此按鈕，車上服務人員會前來，且桌子可調高低。

  在大型火車站通常都會提供輪椅服務，以及無障礙廁所，要使用此廁所時可請站務人員打開使用（註：德國公共場所廁所需付費，一般是 0.50 歐元）。

  視障旅客，依據視障程度，提供不同種類的協助和優惠票。視障旅客若預約 DB 先寄行李到目的地，可享有優惠。此外，火車站有完備的導盲系統、廣播火車訊息、書面訊息字體放大，盲字標示與車站免費提行李服務等。德鐵採用多感官方式提供各類資訊，當然也考慮到聽障旅客的需求，讓乘客有舒適和順利的火車旅程，例如在 DB 旅客中心櫃檯有擴音裝置，依所需啟動按鈕即可。
- Fahrgastrechte-Formular「乘客權利表格」：德鐵火車誤點超過 60 分鐘以上可跟列車長（Schaffner）或服務人員（Servicepersonal）要求 **Fahrgastrechte-Formular「乘客權利表格」**。若表格經列車長蓋章證明附上車票，可以直接至 **DB Reisezentrum（德鐵旅客服務中心）**取得現金或是禮券補償，或是郵寄至 DB Vertrieb GmbH, Servicecenter Fahrgastrechte，一個月內會處理完畢。若是沒蓋列車長證明章或想事後才申請，可上網下載上述表格，填妥後附上車票，交給 DB Reisezentrum「德鐵旅客服務中心」辦理。部分特價票如 Länder-Ticket「邦票」，Schönes-Wochenende-Ticket「周末票」也必須至 DB Reisezentrum「德鐵旅客服務中心」辦理，不可郵寄。
- Gepäckversand「行李寄送」：這項服務可用網路、電話或在 DB 櫃檯預訂，服務種類多樣，例如德國境內、國外的義大利、奧地利和瑞士之郵輪寄送服務。費用 13.90 歐元起，運輸依國內、國外不同會有至少二～六個工作天的差別，而快件需額外付費。

- Gepäckservice「行李服務」：這項行李存放服務（Gepäckaufbewahrung）可利用投幣式的置物櫃（Schließfächer）或是付費寄放在行李服務處（Gepäckservice）。
- Gepäckträger-Service「搬運行李服務」：必須至少 24 小時前預訂，服務人員會在約定的時間和地點等候。
- Fundservice「失物招領服務」：火車上或是車站內遺失物品，可使用此服務詢問。

車站出口附近有哪些轉乘的交通工具（Umsteigemöglichkeiten）？

為了讓乘客出站時，能用最簡便的方式到達目的地，大眾運輸工具是不可或缺的交通工具。在像是柏林、漢堡、法蘭克福或慕尼黑等大城市，火車站與地鐵站（U-Bahn）、市郊鐵路（S-Bahn）通常是相通的，若是沒有地鐵和市郊鐵路的城市，車站外面也都會有公車轉乘處（Busbahnhof）、巴士總站（Zentraler Omnibusbahnhof: ZOB）、電車站（Straßenbahn-Haltestelle）或者計程車招呼處（Taxistand）。此外，車站都設有停車場（Parkplatz）或是地下停車場（Tiefgarage），方便旅客可以自行開車或者親友接送。

♦♦♦ Kapitel 3

Busbahnhof 巴士站

這些應該怎麼說？

候車區

Part2_09-A

1. **Zentraler Omnibusbahnhof** m 巴士總站（簡稱 ZOB）
2. **Bus** m / **Omnibus** m 巴士
3. **Bus-Parkplatz** m 巴士停放區
4. **Wartebereich** m 等候區
   衍 **Sitzplatz** m 等候坐椅
   衍 **warten** v. 等待
5. **Informationstafel** f 巴士資訊板

售票處

6. **Fahrkartenschalter** m 售票處
7. **Fahrkartenautomat** m 自動售票機
8. **Fahrgast** m 乘客

Part2_09-B

巴士的種類（Bustypen）有哪些？

Stadtbus
m 市內公車

Fernbus
m 城際巴士

Doppeldeckerbus
m 雙層巴士

Gelenkbus
m 聯結客車

Reisebus
m 遊覽車

Shuttlebus
[En] m 機場接駁車

Tips

慣用語小常識：巴士篇

Ich glaube, mich streift ein Bus ㊗ ㊟ 字面的意思是「我相信，有巴士擦撞到我」，引申為「訝異，生氣」的意思，在口語中這種以誇張方式來表達驚訝的詞組，在德語中可常聽到，尤其深受年輕人喜歡。動物也經常出現在類似的用詞中，

例如 ：***ich glaube, mich trifft ein Pferd*** 直譯是「我相信，有匹馬踢到我」或是 ***ich glaube, mich trifft ein Elch***「我相信，有隻麋鹿踢到我」，不過這些用詞普遍有個共通特色，那就是很容易退流行，新的用語會取而代之，或是舊詞又再度盛行。

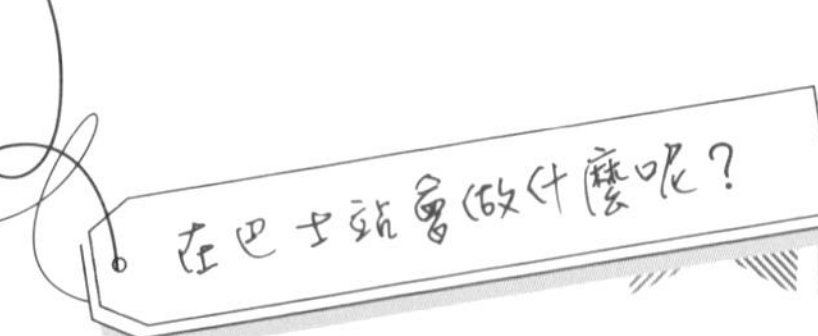

01 等巴士 Warten auf den Bus

Part2_10

在巴士亭有哪些常見的東西呢？

❶ **Wartehäuschen** n 巴士候車亭

❷ **Haltestellenschild** n 站牌

❸ **jetztige Haltestelle** f 目前所在站名

❹ **digitale Anzeigetafel** f 電子看板

❺ **Sitzbank** f 長椅

❻ **Liniennummer** f 路線號碼

❼ **Endhaltestelle** f 終點站

❽ **Gehweg** m 人行道

❾ **Busfahrstreifen** m 巴士道

❿ **Ziel** n 目的地

⓫ **Abfahrt in** ~ ～分鐘後發車

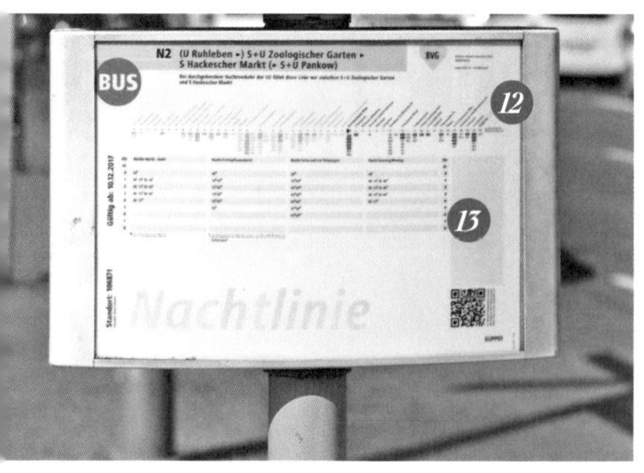

⑫ **Fahrtenverlauf** m 巴士路線圖

* **Starthaltestelle** f 起始站

* **Endhaltestelle** f 終點站

⑬ **Busfahrplan** m 巴士時刻表

* **Fahrtdauer** f 行車時間（起站↔終點站）

* **Betriebsbeginn** m 首班車

* **Anschlussmöglichkeit** f 銜接或轉乘巴士或地鐵等路線

等巴士時，常做什麼呢？

den Linienweg nachschlagen

查詢巴士路線

Wir schlagen erst den Linienweg nach, um nicht in den falschen Bus einzusteigen.

先查詢巴士的路線，以免搭錯車。

den Busfahrplan nachsehen

查詢巴士時刻表

Sieh mal im Busfahrplan nach, wann der Bus ankommt.

你先查詢一下巴士時刻表，確認巴士何時會到。

auf den Bus warten

等巴士

Ich warte immer noch auf den Bus und komme ein bisschen zu spät.

我還在等巴士，所以我會稍微遲到。

Fährt der Bus zu...

（確認）這班巴士是否有到…

Fährt der Bus zum Brandenburger Tor?

這班公車是往布蘭登城堡城門的嗎？

◆ **Tips** ◆

一樣是「巴士站」，Zentraler Omnibusbahnhof（ZOB）、Zentraler Umsteige-Punkt（ZUP）和 Bushaltestelle 這三者有什麼不同？

Zentraler Omnibusbahnhof 是指「巴士總站」，而 Zentraler Umsteige-Punkt（ZUP）（或 Zentrale Umsteigestelle（ZUM））是指「巴士轉運站」。Zentraler Omnibusbahnhof「巴士總站」，通常被設置為各個巴士路線的終點站與起始站，以方便乘客轉乘其他巴士或其他大眾運輸工具，Zentraler Omnibusbahnhof 通常是一大型建築物，設有賣票窗口、室內候車廳、洗手間、書報攤以及販賣輕食的餐廳。至於 Bushaltestelle 則是「巴士停靠站」，halte 源於動詞 halten，表示「停止」的意思，名詞 Stelle 是「位置，地點」的意思，因此這個組合字 Bushaltestelle 就是指「巴士暫時停靠，待乘客上車後，立即駛離的停靠站」。有些僅在路旁設立站牌，有些則設有貼心的候車亭（Wartehäuschen）及長椅（Sitzbank），提供乘客一個舒適的等待環境。

02 上車 In den Bus einsteigen

Part2_11

巴士到站時（wenn der Bus einfährt），會做哪些事呢？

(den Bus) erreichen
v. 趕上（巴士）

einsteigen
v. 上（車）

(Fahrgäste) befördern
v. 載送（乘客）

warten
v. 等待～

anstehen
v. 排隊

dem Busfahrer winken
v. 揮手攔車

巴士內（Im Bus），這些德文怎麼說？

Busfahrer
m 巴士司機

sitzender Fahrgast
m 坐著的乘客

stehender Fahrgast
m 站著的乘客

Fahrersitz
m 駕駛座

Vordersitz
m 前座

Hintersitz
m 後座

Griff
m （塑膠）拉環

Schlaufe
f （皮帶）拉環

Haltestange
f 手扶桿

Behindertensitz*
m 博愛座

Notausstiegsfenster
n 緊急逃生窗

Feuerlöscher
m 滅火器

Nothammer
m 安全錘

Stehplatz
m 站位

Sitzplatz
m 座位

＊「博愛座」也可用 Vorrangsitz m

••• 03 下車 Aus dem Bus aussteigen

Part2_12

與下車相關的事物有哪些？

Haltestellenschild*
n 站牌

LED-Zielanzeiger
m 到站指示燈

Haltestellen-Ansagesystem
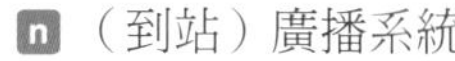
n （到站）廣播系統

Vordertür
f 前門

Hintertür
f 後門

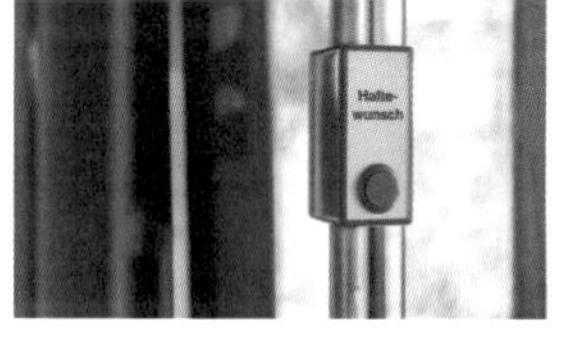

Stopp-Knopf
m 下車鈴

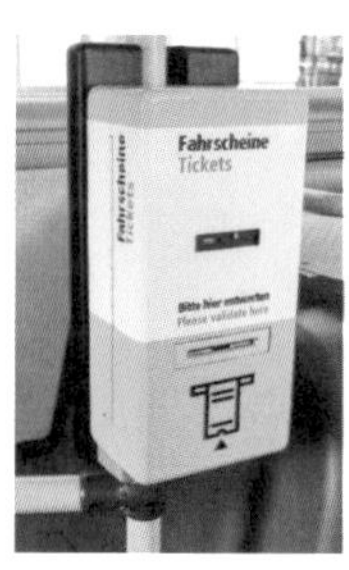

Fahrkarten-entwerter
m 車票打印機

aussteigen
v. 下車

umsteigen
v. 轉車

＊若單指圖片上有數字（即 36 或 75）的牌子，其德文叫做 Liniennummernschild。

♦ Tips ♦

生活小常識：巴士票篇

在德國，大部分城市的公車票、地鐵票及電車票均可通用，票價的計算以兩地距離為計算單位。車票可分單程票 Einzelfahrkarte 或日票 Tagesticket，同時也有週票 Wochenticket 及月票 Monatsticket。若是在一天中搭乘次數不多，可以在地鐵站先購買 Mehrfahrtenkarte（多張車票）。若在公車上跟司機買票，一般只能用現金買單張票或一日票，而且最好備妥零錢。有時司機會沒有足夠的零錢，此時可請其他乘客幫忙換鈔，必要時司機還可以開立零錢收據，好讓乘客可至公車乘客服務處換取現金。跟司機購買的車票不須打票，不過為了節省時間，最好在乘車前買好車票，並打印好車票。

若是確定一日內會多次搭乘大眾運輸工具，不妨考慮日票，唯一要注意的是，日票使用時間會因城市有所不同，例如在柏林所售的日票，有效期是從打印好票開始到隔天清晨 3 點為止；但在其他城市（如慕尼黑），日票的有效期為打印好票那一刻開始計算，至隔天清晨 6 點為止都能夠使用。當然還須注意車票的搭乘區域範圍。

柏林單程公車票的有效時間為 120 分鐘，而且必須是搭乘同一方向的公車、地鐵或電車等。在德國各個城市的規定並不盡相同，最好跟站務人員或公車司機確定自己的權益。規定需打票的車票，在搭公車前最好先打印好，有一些公車上沒有打票機，無法供乘客補打票。如果買了票卻沒打票是會被視為逃票的，公車司機一般不會查票，但有時司機會要求出示車票。大眾運輸工具不時會有查票員 Kontrolleur / Fahrausweisprüfer 查票，一旦被查到未打票或是搭黑車（schwarzfahren）會遭到重金罰款的處分。若是搭車越區，依規定須補票，可在車票自動販賣機購買。

Vergessen Sie nicht, die Fahrkarte vor dem Einstieg in den Bus zu entwerten.
上公車時別忘了打印車票。

常用的句子：

上車前會問的

1. **Welcher Bus fährt zur Haltestelle Friedrichstraße?**
   到腓特列大街要搭哪一班車呢？
2. **Wie oft fährt die Buslinie 100?** 100 路巴士多久一班呢？
3. **Fährt dieser Bus zur Haltestelle Potsdamer Platz?**
   這班巴士有到波茨坦廣場（這一站）嗎？
4. **Wie viel kostet die Fahrkarte?** 車資多少呢？

下車前會問的

5. **Wie viele Haltestellen sind es bis zum Alexanderplatz?**
   到亞歷山大廣場要坐幾站呢？
6. **Können Sie mir sagen, wann ich aussteigen muss?**
   可以告訴我什麼時候必須下車嗎？

其他會說的話

7. **Halten Sie sich an der Schlaufe oder der Haltestange fest.**
   緊握拉環或扶杆。
8. **Jetzt ist die Hauptverkehrszeit.** 現在是尖峰時間。
9. **Es gibt sehr viele Menschen im Bus.** 巴士上好多人。
10. **Wenn man aussteigen will, drückt man das Haltesignal.**
   想下車時請按鈴。

◆◆◆ Kapitel 4

Straße 馬路

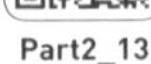
Part2_13

馬路配置

1. **Boulevard** m 大馬路
2. **Schnellfahrstreifen** m 快車道
3. **Langsamfahrstreifen** m 慢車道
   衍 **Busfahrstreifen** m 公車專用道
4. **Trenninsel** f 中央分隔島
5. **Straßenbaum** m 行道樹
6. **Fahrbahnrand** m 路邊
7. **Verkehr** m 交通
8. **Straßenlaterne** f 路燈；街燈
9. **Ampel** f 紅綠燈

慣用語小常識：馬路（Straße）篇

- auf der Straße sitzen/stehen/liegen

auf der Straße 這個地方副詞的意思是「在街上」，與動詞 sitzen「坐著」、stehen「站著」或是 liegen「躺著」結合之後，整句字面上的意思是「坐／站／躺在街上」，而這種現象特別是在許多歐洲大城市都可以觀察到，這個詞組引申為「沒有工作的人或無家可歸的人」。

- auf die Straße gehen

動詞 gehen「走，走去」，這慣用語字面上的意思是「走上街去」，引申為「抗議，抗爭」。

Immer mehr Leute leben am Rande der Gesellschaft. Manche sitzen auf der Straße und betteln am Bahnhof um Geld.
越來越多人生活在社會邊緣。某些人沒有工作，在火車站要錢。

Viele Studierende gehen für ein besseres Bildungssystem auf die Straße.
許多學生為了有較好的教育制度遊行抗議。

生活小常識：交通號誌（Verkehrszeichen）篇

根據德國道路交通規章，德國的交通號誌大致上分成五類：「警告標誌」（***Gefahrzeichen***）、「禁制標誌」（***Vorschriftzeichen***）、「指示標誌」（***Richtzeichen***）、「交通標誌」（***Verkehrseinrichtungen***）、「輔助標誌」（***Zusatzzeichen***）。

Gefahrzeichen（警告標誌）在德國通常是「**紅邊、白底、黑色圖形、角朝上等邊三角形**」。警告標誌的主要功能如下：在人口比較密集的區域是提醒方圓 50 公尺內有危險的存在，而在城外則是警示方圓 150 至 250 公尺內有某種危險。

Vorschriftzeichen（禁制標誌）主要分為兩類：

(1) 以「**紅邊、白底、黑色圖形的圓形標誌**」呈現的禁止標誌；

(2) 比較常見的是以「**藍底、白色圖形的圓形或方形標誌**」，主要是指示必須遵守特殊交通訊息。

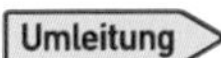

Richtzeichen（指示標誌）常見的是以「**藍底白色字體的方形標誌**」、「**藍邊白底黑色字體或圖形的方形標誌**」和「**黃色控管道路指示圖**」出現。主要是道路服務標誌，提供駕駛人特定的資訊，以方便行車。

Verkehrseinrichtungen（交通號誌）較常見的是「**紅白相間條紋圖形**」的道路交通指示標誌。

Zusatzzeichen「輔助標牌」一般為黑框白底黑色字體或圖形，附設在主標誌之下。

在馬路上會做什麼呢？

01 走路 Gehen

Part2_14

這些德文怎麼說呢？

1. **Straßenecke** f 轉角處
2. **Straßenschild** n 道路標示
3. **Zebrastreifen** m 行人穿越道；斑馬線
4. **Gehsteig** m 人行道
5. **Fußgängerampel** f 行人穿越號誌燈
6. **Bordstein** m 路緣；（人行道與道路之間的）鑲邊石
7. **Kreuzung** f 十字路口
8. **Ampel** f 紅綠燈
9. **Fußgänger** m 行人
10. **Radweg** m 自行車車道
11. **Busfahrstreifen** m 公車道
12. **Pfeilmarkierungen** f (Pl) 行進方向箭頭
13. **Leitlinie** f 虛線
14. **Haltlinie** f 停止線
15. **Wartelinie** f 等待線

- 衍 **Bushaltestelle** f 公車站
- 衍 **Gullydeckel** m 下水道孔蓋
- 衍 **Hydrant** m（或 **Feuerlöscher** m ）消防栓
- 衍 **Imbissbude** f 小吃攤
- 衍 **Straßenhändler** m 小販
- 衍 **Gully** m n 排水溝
- 衍 **Abfalleimer** m 垃圾桶
- 衍 **Taxi** n 計程車

你知道嗎？

要怎麼用德文表達各種走路方式呢？
Wie heißen die unterschiedlichen Gangarten auf Deutsch?

eilen v. 是「**急速地行動，急奔**」的意思。

Der Arzt ist dem Patienten zu Hilfe geeilt.
醫生很快地衝到傷者的身旁幫忙。

trippeln v. 是「**小步小步地快走**」的意思。

Der Bursche trippelt hinter seiner Mutter her.
這個小男孩以小又快的步伐跟在他媽媽的後面。

spazieren v.（散步；慢走）的意思是「**輕鬆地走路**」。

In der Früh spaziere ich gern am See.
我喜歡一大早時在湖邊散步。

humpeln v. 的走路方法是「**行動緩慢，拖著腳走路**」。

Die alte Frau humpelt über die Wiese.
那位老太太拖著腳步走在草皮上。

flanieren v. 是指「**不急不徐、漫無目標地行走**」。

Er hatte es gar nicht eilig, flanierte in der Altstadt.
他看起來一點都不急，在老城裡隨意地逛著。

schreiten v.（大步走），意指「**精神抖擻地大步行走**」；

Der Professor ist durch den Campus geschritten.
教授大步地走過校園。

02 開車 Autofahren

Part2_15

汽車的「各項構造」德文怎麼說？

● 汽車外部（Außenseite des Autos）

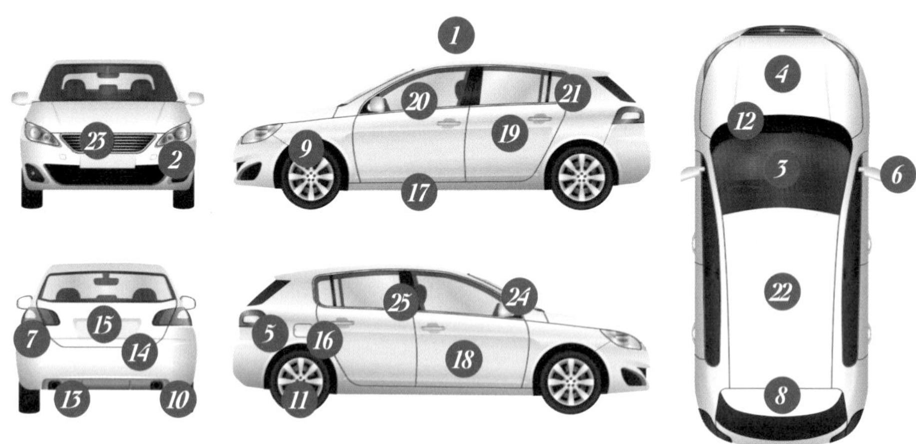

1. **Karosserie** f 車身
2. **Fahrzeugscheinwerfer** m 大燈
3. **Windschutzscheibe** f 擋風玻璃
4. **Motorhaube** f 引擎蓋
5. **Fahrtrichtungsanzeiger** m 方向燈
6. **Außenspiegel** m 後照鏡
7. **Rücklicht** n 車尾燈
8. **Kofferraum** m 後車行李箱
9. **Autoreifen** m 車胎
10. **Reifenprofil** n 輪胎面
11. **Felge** f 輪胎鋼圈
12. **Scheibenwischer** m 雨刷
13. **Auspuff** m 排氣管
14. **Stoßstange** f 保險桿
15. **Kraftfahrzeugkennzeichen**（或 **Autonummer** f ）n 車牌
16. **Tank** m 油箱
    ＊**Tankdeckel** m 油箱蓋
17. **Fahrgestell** n 底盤
18. **Autotür** f 車門
19. **Autotürgriff** m 車門把手
20. **Autofenster** n 車窗
21. **Dreieckfenster** n 三角窗
22. **Autodach** n 車頂
23. **Kühlergrill** m 水箱遮罩
24. **A-Säule** f A柱
25. **B-Säule** f B柱

＊**Antenne** f 天線
＊**Schiebedach** n （汽車）活動車頂，滑動天窗

● 汽車內部（Innenraum des Autos）

1. **Innenspiegel** m / **Rückspiegel** m （車內的）後視鏡
2. **Lenkrad** n 方向盤
3. **Hupe** f 喇叭
4. **Handbremse** f 手煞車
5. **Stereoanlage** f 音響系統
6. **Fahrersitz** m 駕駛座
7. **Beifahrersitz** m 副駕駛座
   ㊍ **Rücksitz** m 後座
8. **Schaltknüppel** m 排檔桿
9. **Handschuhfach** n 前座置物箱
10. **Scheibenwischerhebel** m 雨刷撥捍
11. **Autotürgriff** m 車內門把
12. **Armaturenbrett** n 儀表板
    ㊍ **Sonnenblende** f 遮陽板

⑬ **Kilometerzähler** m 里程表
⑭ **Tachometer** m n 時速表（或稱 Tacho）
⑮ **Tankanzeige** f 油表
⑯ **Temperaturanzeige** f 溫度表
⑰ **Drehzahlmesser** m 引擎轉速表
㊞ **Warnleuchte** f 警示燈

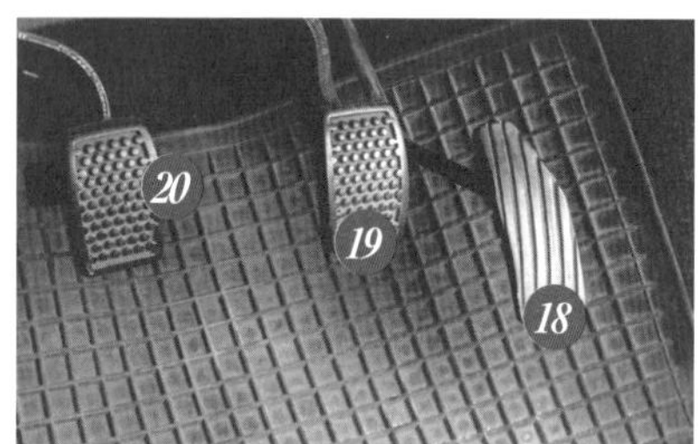

⑱ **Gaspedal** n 油門
⑲ **Bremspedal** n 剎車踏板
⑳ **Kuppelungspedal** n 離合器踏板

Part2_16-A

各類車款（Verschiedene Autotypen）

Kleinwagen
m 迷你車；小車

Cabrio
m 敞篷車

Hybridelektro-kraftfahrzeug
n 油電混合車

Geländewagen
m 越野車

Schrägheck-fahrzeug
n 掀背式房車

Pick-up
[En] m 載貨小卡車

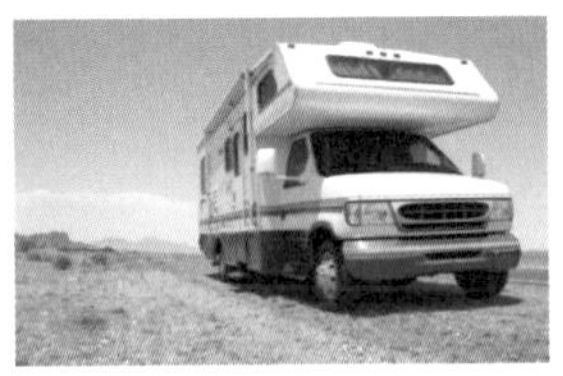

Wohnmobil
n 露營車

SUV
m 運動休旅車

Sportwagen
（或 **Supersportwagen**）
m 超跑

Kastenwagen
m 廂型車

Limousine
f 房車

Stretchlimousine
f 大型豪華轎車

Coupé
[Fr] n 雙門轎跑車

Mehrzweck-fahrzeug
n 多功能休旅車

其他：

- **Minivan** [En] m
  迷你廂型車
- **Kombi** [En] m
  客貨兩用車
- **Reisemobil** n
  轎車式旅行車

文化小常識：德國知名的汽車品牌（Automarken）有哪些？

Part2_16-B

• 保時捷（Porsche）：念作 [ˈpɔʁʃə]

是一間德國跑車製造商，總部在斯圖加特（Stuttgart）。

品牌名稱源自該公司研發製造出第一輛跑車的創始人的名字 Ferdinand Anton Ernst Porsche（也稱為 Ferry Porsche），也因此該跑車便命名為 Porsche。自 1948 年起，Porsche 專注於跑車的製造與研發。Porsche 博物館位於 Stuttgart-Zuffenhausen，展示八十多輛跑車和眾多的展覽品，時常舉辦特展。

• 賓士（Mercedes-Benz）：念作 [mɛʁ̯ˈtseːdəsˌbɛnts]

是一德國豪華汽車製造商，總部在斯圖加特 Stuttgart。
關於 Mercedes-Benz 汽車的起源，其實可以追溯到 1886 年問世的史上第一輛汽油動力車，發明者為 Karl Benz，同時也可追溯到 Daimler-Motoren-Gesellschaft 製造商生產的第一輛以 Mercedes 為註冊商標的車輛。至於 Mercedes-Benz 這個品牌的問世，事實上跟一場在 1899 年於法國舉行的賽車比賽有關，也跟一位女孩的名字有關。當時一位名叫 Emil Jellinek 的商人本身對於 Daimler-Motoren-Gesellschaft（簡稱 DMG）汽車製造商生產的汽車感興趣，並銷售這間製造商的汽車，還曾開了他們的車參加於法國尼斯附近舉辦的一系列賽車活動，並將他的賽車以他女兒的名字 Mercedes 命名。因比賽成績表現優異，當初只是拿來當作綽號的 Mercedes 卻變成了 DMG 這間車商的汽車的暱稱，DMG 甚至於 1901 年時將 Mercedes 註冊為商標。

• 寶馬（BMW）：念作 [ˈbeːˈɛmˈveː]

BMW 集團之下的產品有 BMW 汽車和重型機車、MINI 汽車及 Rolls-Royce 汽車，其總部位於慕尼黑（München）。BMW 品牌的全名是 Bayerische Motoren Werke AG，而標誌圖案的顏色則是取材巴伐利亞邦代表色的藍白。BMW 博物館最初於 1973 年開幕，地點位於慕尼黑的奧尼匹克公園，自中央車站搭地鐵 30 分鐘內可到。

• 奧迪（Audi）：念作 [ˈaʊdi]

總部位於英格爾施塔特（Ingolstadt）。Audi AG 公司的歷史可追溯至 1899 年 August Horch 在柯隆（Köln）成立汽車公司，1909 年於 Zwickau 建立新的汽車企業，1910 年起開始稱為 Audiwerke AG，也就是今日的品牌名稱。其品牌標誌的四個圓圈代表著 Audi、DKW、Horch 和 Wanderer 四家公司在 1932 合併成為奧迪聯盟的象徵。

• 福斯汽車（Volkswagen）：念作 [ˈfɔlksˌvaːgn̩]

Volkswagen 集團總公司位於汽車城沃爾夫斯堡（Wolfsburg），該公司目前的品牌標誌是略為修改 1948 年在慕尼黑專利局申請的註冊商標。而 Volkswagen 也有個汽車博物館（Automuseum），其開放時間為 10:00-17:00（星期一閉館）。

Part2_17

開車動作（Tätigkeiten beim Autofahren）

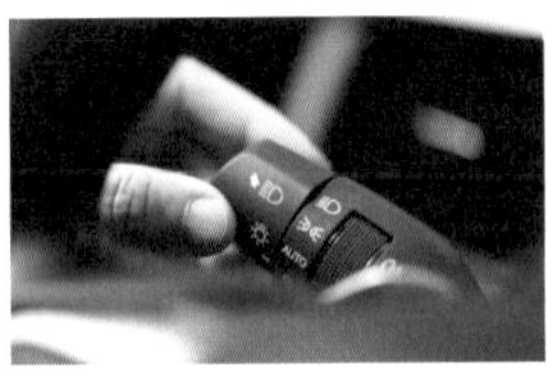

das Fernlicht einschalten
v. 開大燈

(das Tempo) verlangsamen
v. 放慢（速度）

(das Tempo) beschleunigen
v. 加速（速度）

leicht aufs Bremspedal treten
v. 輕踩煞車

starten
v. 發動

den Blinkerhebel betätigen
v. 打方向燈

den Blinker ausschalten
v. 取消方向燈

rückwärts fahren
v. 倒車

anhalten
v. 停

den Fahrstreifen wechseln
v. 換線道

am Straßenrand parken
v. 路邊停車

parken
v. 停車

Achten Sie auf die Fußgänger!
小心行人！

rückwärts einparken
v. 倒車入庫

auf einem parallelen Parkplatz einparken
v.（路邊）平行停車

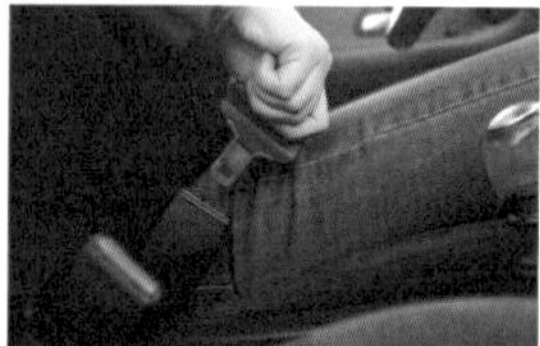

den Sicherheitsgurt anlegen
v. 繫上安全帶

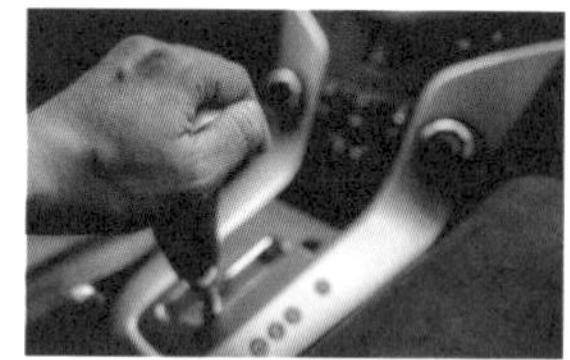

leicht am Ganghebel rütteln
v. 輕搖排檔桿

auf das Gaspedal treten
v. 踩油門

(ein Auto) überholen
v. 超車

(das Tempolimit) überschreiten
v. 超速

unter Alkoholeinfluss fahren
v. 酒駕

行駛方向 Fahrrichtung

geradeaus fahren v. 直走	**rechts abbiegen** v. 右轉	**links abbiegen** v. 左轉	**wenden** v. 迴轉

◆ **Tips** ◆

文化小常識：德國有哪些知名的租車中心（Autovermietungen）

想去德國自助旅行的人，基於火車價格昂貴，以及基於方便性與機動性的考量，租車是一個不錯的選項，請記得在出國前先換好國際駕照（internationaler Führerschein）。德國的租車公司有SIXT、AVIS、HERTZ、EUROPCAR等，租車的費用會依照人數、租用的天數、自排車（Automatik）或手排車（manuelle Schaltung）、汽油車（Benzinauto）或柴油車（Dieselauto）、甲地租還是乙地租等的條件而有所異動，在此建議遊客或留學生，不要只以租車價格（Mietpreis）來當唯一的租車標準，還要考量車型。一般台灣人比較不習慣開歐洲車，主要是因為自排車的車款很少，在對德國路況不是很熟悉的情況下，最好還是選擇自己比較熟悉的車型。出國前可先上網租車，預訂好取車站（Abholstation）、取車日期（Abholdatum）和歸還日期（Abgabedatum），到了當地取車時必須要簽名（Unterschrift）並且檢視駕照。

德國的高速公路（Autobahn）沒有速限（Tempolimit），但建議的速度是130km/h。路況不好時，在必要的路段會標示出速限。此外，不可行駛路肩（Seitenstreifen/Standstreifen），除非有緊急狀況時在警察指揮之下方可使用。自2003年起，大型貨車在德國境內的某些高速公路路段，必須支付通行費，私人轎車至今仍不用付費。

◆◆◆ 03 騎機車、腳踏車Motorrollerfahren & Radfahren

機車「各項構造」德文怎麼說？

Part2_18

1. **Tachometer** m / n 時速表
2. **Rückspiegel** m 後照鏡
3. **Auspuff** m 排氣管
4. **Lenker** m 龍頭，把手
5. **Scheinwerfer** m 車頭燈
6. **Ständer** m 腳架
7. **Anlasser** m 啟動器
8. **Gashebel** m 油門
9. **Vorderkotflügel** m 前方擋泥板
10. **Hinterkotflügel** m 後方擋泥板
11. **Rücklicht** n 車尾燈
12. **Zweisitzer** m 雙座椅
13. **Handgriff** m 握把
14. **Trommelbremse** f 鼓式碟煞
15. **Stoßdämpfer** m 避震器
16. **Kickstarter** m 啟動踏板
17. **Hubraum** m 汽缸容積
18. **Zündkerze** f 火星塞
19. **Handbremse** f 手煞車
20. **Vorderradbremse** f 前輪煞車
21. **Hinterradbremse** f 後輪煞車
22. **Kupplung** f 離合器
23. **Motorradhelm** m 機車頭盔
24. **Motorradjacke** f 機車夾克
25. **Schutzbekleidung** f 防護衣
26. **Motorradführerschein** m 機車駕照

◆ Tips ◆

生活小常識：機車（Motorrad）篇

一樣是「機車」，Mofa、Moped、Motorroller、Motorrad 有什麼不同？

德國人針對「機車」有不同的說法，在車型和功能上都有差異。

- Mofa：是 Motorrad「機車」和 Fahrrad「腳踏車」的組合，時速最高達 25km/h，若馬達故障還可踩腳踏墊前進，15 歲就可考這類駕照。不過這一車型已被其他車型如 Motorroller 等取代而幾乎被淘汰。

- Moped：是小型機車，時速最高達 45km/h，在德國須有 M 級駕照方可駕駛，16 歲就可考這類駕照。
- Motorroller 或 Scooter：座位前方底座有個「小平台」，方便雙腳擺放，車型小很適合在市區中穿梭，椅墊下方有收納東西的空間，特別受年輕人歡迎。在 20 世紀 90 年代被視為是女性的車種，後來有大型機種出現，時速近 200km/h，也開始受到男士青睞。
- Motorrad：是統稱為「機車或摩托車」的德文字，同時也可指重型機車（Kraftrad/Krad）。

腳踏車「基本配備」及「各項構造」德文怎麼說？

Part2_19

● 基本配備（Grundausstattung）

Fahrradhelm
m 安全帽

Radschuhe mit Klicksystem
f Pl 公路車卡鞋

Sonnenbrille
f 墨鏡

Trinkflasche
f 水壺

Schloss
n 大鎖

Standluftpumpe
f 打氣筒

● 各項構造（Verschiedene Teile）

1. **Speiche** f 輪輻
2. **Sattel** m （自行車）座墊
3. **Felge** f （輪胎）鋼圈
4. **Vorderrad** n 前輪
5. **Hinterrad** n 後輪
6. **Pedal** n 踏板
7. **Bremse** f 煞車
8. **Lenker** m 龍頭，把手
9. **Rückstrahler** m 反光板
10. **Fahrradgestell** n 車架；車框
11. **Gepäckträger** n 行李置物架
12. **Federklappe** f 行李置物勾環
13. **Sattelstützrohr** n 座管
14. **Bremszug** m 煞車線
15. **Tretkurbel** n 轉動曲柄
16. **Ständer** m 腳架
17. **Fahrradkorb** m 自行車籃
18. **Vorderlicht** n 前燈
19. **Kette** f 車鏈
20. **Gangschaltung** f 變速
21. **Klingel** m 車鈴
22. **Reifen** m 輪胎
23. **Schlauch** m 內胎
24. **Rücklicht** m 後燈

Part2_20

各種腳踏車的德文要怎麼說？

Rennrad
n 公路車

Mountainbike
[En] n 登山車（縮寫 MTB）

Cyclocross Rad*
n 公路越野車

＊或稱 **CX Rad** n 或 **Crossrad** n

Damenfahrrad

n 淑女車

BMX-Rad

n 極限單車（Bicycle Motocross 的縮寫）

Faltrad

n 摺疊車

Tandem-Rad

n 協力車

Einrad

n 單輪車

Kinderlaufrad

n 滑步車

Triathlonrad

n 鐵人三項車

Minifahrrad

n 小輪腳踏車

Reiserad

n 旅行自行車

在路上會做的事情或遇到的狀況有哪些？

Stau

m 塞車

Baustelle

f 道路施工

Umleitung

f 改道

die Straße überqueren

v. 過馬路

Teil III
Reisen in Deutschland
到德國旅遊

◆◆◆ Kapitel 1

Topsehenswürdigkeiten 主要觀光景點

這些應該怎麼說？

Part3_01

柏林市區主要觀光景點

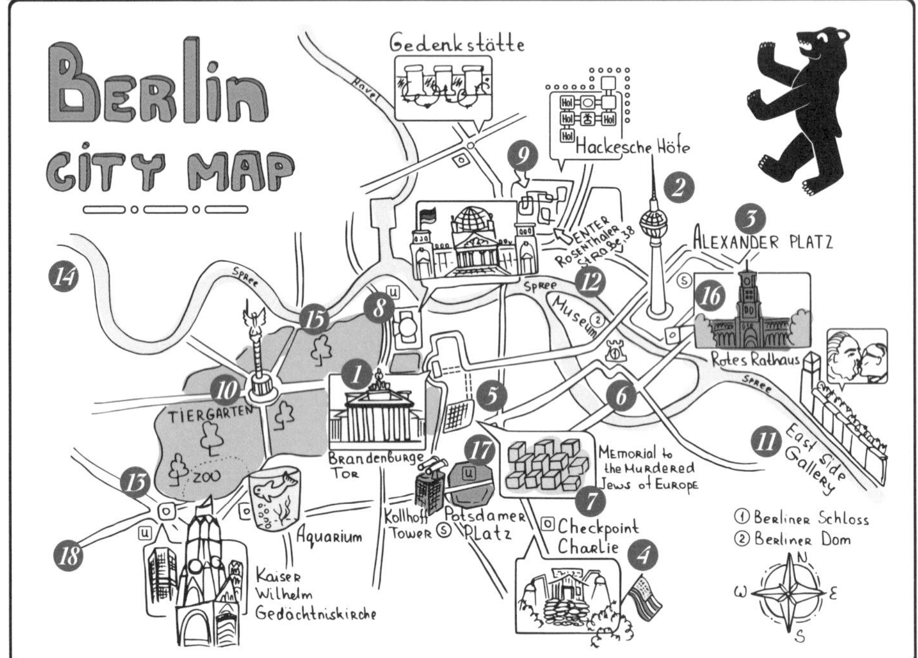

1 **Brandenburger Tor** n
布蘭登堡門

2 **Fernsehturm** m 電視塔

3 **Alexanderplatz** m
亞歷山大廣場

4 **Checkpoint Charlie** m
查理換哨站

5 **Holocaust-Mahnmal** n
猶太紀念碑

6 **Museumsinsel** f 博物館島

7 **Gendarmenmarkt** m 御林廣場

8 **Reichstag** m 國會大廈

9 **Hackesche Höfe** f 哈克雪庭院

10 **Siegessäule** f 勝利紀念柱

11 **East Side Gallery** f 東邊畫廊
（保留柏林圍牆最著名的畫）

12 **Berliner Dom** m 柏林大教堂

13 **Kaiser-Wilhelm-Gedächtniskirche** f
威廉皇帝紀念教堂

⑭ **Schloss Charlottenburg** n 夏洛滕堡宮

⑮ **Schloss Bellevue (Bundespräsidialamt)** n 貝爾維尤宮（德國聯邦總統官邸）

⑯ **Rotes Rathaus** n 紅色市政廳

⑰ **Potsdamer Platz** m 波茨坦廣場

⑱ **Kurfürstendamm** 庫達姆大街（簡稱 Ku'damm）

你知道嗎？

在德國，何種情況下才需要給小費，小費金額又該是多少呢？
Wann soll man in Deutschland Trinkgeld geben? Und wie viel Trinkgeld soll es sein?

在德國的餐廳用餐，並沒有明文規定須付小費，客人只須給付所享用的餐點及飲料，那到德國餐廳用餐時是否該給小費呢？

一般來說，在德國會付小費給導遊（Reiseleiter）、計程車司機（Taxifahrer）、理髮師（Frieseure）、送貨人員（Lieferdienst）和旅館業（Hotelgewerbe）、餐飲業（Gaststätten）等服務業人員。額外付小費是謝謝他們的服務（Dienstleistung）。根據科尼格（Knigge）禮儀書建議，在餐廳一般小費金額是消費額的 5~10%，金額多寡則取決於顧客對餐點或服務生的服務品質滿意度。

你知道嗎？

柏林市是德國十六個邦的其中一個邦，和漢堡、不來梅同為德國的城邦。自 2001 年 1 月 1 日起，柏林改編行政區（Verwaltungsbezirk）為 12 區，每一個區皆有其特點。

❶ 米特（Mitte）

米特區（Mitte）是柏林的起源地與歷史演變的中心。舊制的米特區，完全位於東德（die Deutsche Demokratische Republik，簡稱 DDR）的東柏林（Ostberlin）範圍內，兩德統一（Wiedervereinigung）後於 2001 年與原隸屬於西德（die Bundesrepublik Deutschland，簡稱 BRD）西柏林（Westberlin）的威丁（Wedding）和蒂爾加滕（Tiergarten）合併，組成新的米特區，成為柏林的第一區。自從柏林圍牆倒塌後，此區吸引許多業者和年輕家庭來此定居。

米特（Mitte）在德語中是「中間」的意思，顧名思義此區地理位置是今日柏林市最中心的一個行政區。柏林最重要的地標與名勝古蹟多半位於本區，如德國國會大廈（Reichstag）、聯邦總理府（Bundeskanzleramt）、布蘭登堡門（Brandenburger Tor）、柏林大教堂（Berliner Dom）、博物館島（Museumsinsel）、洪堡大學（Humboldt-Universität zu Berlin）（簡稱 HU Berlin）等。

❷ 腓特烈斯海恩・十字山（Friedrichshain-Kreuzberg）

2001 年，前東柏林的腓特烈斯海恩區和前西柏林的十字山區合併成柏林市的第二個行政區。施普雷河（Spree）上的奧伯鮑姆橋（Oberbaumbrücke）連接這兩個舊區成為今日新區的地標。十字山具有的反文化傳統，是綠黨（Grüne）在柏林的票倉。腓特烈斯海恩區原本是東德工業區和工人階級的住宅區，兩德剛統一後吸引不少收入低的租屋族如學生和藝術家等來居住。如今發展迅速，破舊的市容經過改建、重建與新建，現在成為經濟條件較好的家庭來購屋的熱區，許多設計和媒體公司也在此區成立公司。

腓特烈斯海恩・十字山是個活潑的多文化區，除無數的服裝店（Boutique）、便餐店（Imbiss）、餐廳（Lokal/Restaurant）、咖啡廳（Café）和露天電影院（Freiluftkino）外，也有許多的夜店（Disco）、酒吧（Bar）、俱樂部（Klub），是體驗德國夜生活（Nachtleben）不可錯過的地方。相對地，因為出入份子複雜，須注意安全。

❸ 潘科（Pankow）

於 2001 年與普倫茨勞爾貝格區（Prenzlauer Berg）和魏森塞（Weißensee）區合併成立新的潘科區。2019 年時人口約有四十萬人。潘科在 19 世紀是柏林的郊區，是當時民眾喜歡一日遊的目的地。曾是東德政府的代名詞，許多東德政府官員居住在潘科區的下申豪森（Niederschönhausen）的馬雅可夫斯基環路（Majakowskiring）上，至今仍可見到前東德中央委員會主席（Staatsratsvorsitzender der Deutschen Demokratischen Republik）居住的別墅，因此西方媒體常用「潘科」和「潘科的領導人」（Pankower Machthaber）來代表東德政權。

現今新的潘科區是受自由業者和公司老闆熱愛的居住區，此區的生育率高，當然和潘科的社會文化結構有關。

❹ 夏洛滕堡・維爾默斯多夫（Charlottenburg-Wilmersdorf）

夏洛滕堡・維爾默斯多夫（Charlottenburg-Wilmersdorf）是柏林的第四區，2001 年成立，合併夏洛滕堡和維爾默斯多夫而成。此區是原西柏林的中心，現多為高級住宅區，居民消費能力強，該區的購物中心和零售商的銷售額（Umsatz）是柏林市最高的。庫達姆大街（Kurfürstendamm）上高級精品店林立，柏林工業大學（Technische Universität, TU）、柏林藝術大學（Universität der Künste）、柏林德意志歌劇院（Deutsche Oper Berlin）、夏洛滕堡宮（Schloss Charlottenburg）、柏林奧林匹克體育場（Olympiastadion）和柏林展覽館（Messe Berlin）都位於本區。

❺ 施潘道（Spandau）

施潘道（Spandau）是德國柏林的第五區，是最西邊的一個區，有超過 24 萬居民（Einwohner），是柏林人口最少的一個行政區，境內的林地（Waldfläche）和水域（Wasserfläche）面積占德國柏林最廣，是一座美麗的古老城鎮，最有名的建築物是哥德式聖尼古萊教堂（St. Nikolai Kirche），此區位於哈弗爾河（Havel）西岸。三十年戰爭時期有駐軍（Garrison）駐紮施潘道並擴建城牆（Stadtmauer），1686 年將慮納爾宮（Lynar Schloss）改為監獄（Zuchthaus），是二戰後囚禁遭判處監禁的納粹戰犯（於紐倫堡審判（Nürnberger Prozess））的監獄（Kriegsverbrechergefängnis Spandau 1946~1987），後來被盟軍拆除並改建成購物中心（Einkaufszentrum）。1772 年普魯士國腓特烈・威廉一世（Friedrich Wilhelm I.）下令興建軍工廠（Gewehrfabrik），一直到 18 世紀末施潘道都是軍事城市（Militärstadt）。二戰後，此區為英國占領區（Britische Sektor）。

❻ 施泰格利茨・采倫多夫（Steglitz-Zehlendorf）

施泰格利茨・采倫多夫（Steglitz-Zehlendorf）是德國柏林的第六區，2001 年合併施泰格利茨和采倫多夫兩區而成，位於柏林市的西南部，約有 30 萬人口。此區的特色是居民收入（Haushaltseinkommen）相當高而且失業率（Arbeitslosenquote）低，是柏林最富有的市鎮之一。此區有腹地廣大的休閒區、別墅區（Villenkolonie）和各式住宅區（Wohngebiet）與商業區（Geschäfts- und Einkaufszentrum）。施泰格利茨・采倫多夫之下有好幾個分區，其中「達勒姆」分區有許多國際著名的研究機構及柏林自由大學。2000 年後許多國家的使館（diplomatische Vertretungen）搬遷到此區。

在萬湖（Wannsee）分區（又譯萬塞）可從事高爾夫球或水上運動，有柏林最古老的高爾夫球俱樂部。19 世紀中期萬湖區是有錢市民偏愛的居住區，有兩大別墅區位於東、西湖畔。在萬湖西岸別墅裡，納粹黨曾召開過萬湖會議（或萬塞會議）。柏林唯一的核能反應爐，即實驗反應爐（Berliner Experimentier-Reaktor），也位於萬湖，但純粹只有研究用途（Forschungszweck）。

❼ 滕珀爾霍夫・舍訥貝格（Tempelhof-Schöneberg）

是柏林的第七個行政區，2001 年由滕珀爾霍夫和舍訥貝格兩區合併而成。位於柏林南部，北邊毗鄰米特區和腓特烈斯海恩・十字山，東邊毗鄰新克爾恩，西邊毗鄰施泰格利茨・采倫多夫和夏洛滕堡・維爾默斯多夫。舍訥貝格（Schöneberg）在 1945 至 1990 年是美國占領區（Amerikanischer Sektor）。

滕珀爾霍夫（Tempelhof）的 Flughafen Berlin-Tempelhof 機場，現在是空曠的大眾休閒區（Erholungsgebiet），直譯為「坦柏勒 - 自由」（Tempelhofer Freiheit），媒體和柏林人喜歡稱之為「滕珀爾霍夫公園」（Tempelhofer Feld），旁邊的西百貨公司 Kaufhaus des Westens（KaDeWe）是歐洲著名的精品和名牌百貨，也是德國最大的百貨公司。舍訥貝格（Schöneberg）是兩國統一前市議會（ Abgeordnetenhaus von Berlin）所在地，有著名的同性戀（Homosexualität）文化在所謂的彩虹區（Regenbogenkiez）。冷戰時期美國總統甘迺迪曾於 1963 年 6 月 26 日在舍訥貝格市議會演講，其中最著名的引言是 „Ich bin ein Berliner.“（我是柏林人）。

❽ 新克爾恩（Neukölln）

新克爾恩（Neukölln）位於柏林市南部，人口約 33 萬人，是繼腓特烈斯海恩・十字山和潘科第三個人口最密集的行政區，不過卻是柏林市最貧窮的地區之一，失業率居全柏林之冠。

新克爾恩區人口主要是聚集在北部，當地仍有許多工業革命時期建築風格的老舊低價出租大樓，南部則多是獨門獨院的房屋，以及社區大樓等。新克爾恩的馬蹄鐵型大型社區在 2008 年列入世界遺產（UNESCO-

Welterbe）。

新克爾恩區的北部和陽光林蔭大道（Sonnenallee）以及其鄰近區域，主要居住的族群是有移民背景和受租金低廉因素吸引而搬遷至此的德國人。近幾十年來已經形成有餐廳、咖啡廳和供應日常必需品之零售商店的阿拉伯文化商圈。不過這一區的犯罪率（Kriminalität）卻是異常的高。

❾ 特雷普托・克珀尼克（Treptow-Köpenick）

特雷普托・克珀尼克（Treptow-Köpenick）是柏林市的第 9 個行政區，人口 27 萬多人（2018），是 12 個行區中面積最大，占約柏林市 19%，人口數僅高於施潘道（Spandau），是柏林第二低、人口密度最低的區，但卻具有優勢的社會文化（Sozialstruktur）結構。此區有柏林境內最大的湖，即米格爾湖（Müggelsee）。水域面積（Wasserfläche 12.9%）和森林面積（Waldfläche 41.5%）也分別都是全柏林最大，占柏林總水域的 36.4%，總林地的 42.9%。此外，特雷普托大樓（Treptowers）有 31 層（以台灣算法為 32 層），是柏林最高的辦公大樓。

阿德勒斯霍夫（Adlershof）科技園區（Technologiepark Adlershof，亦稱為 WISTA）是德國最成功的科學園區之一，被稱為是柏林最高智慧園區，全世界排名第 15 大的科技園區，園區內有洪堡大學（Humboldt-Universität zu Berlin）的數學和自然科學院系的校區，1000 多家的廠商與科研機構。阿德勒斯霍夫科技園區同時也是媒體城，有 170 家媒體公司，例如德國第一電視台 ARD 在此園區內有多個攝影棚。

❿ 馬爾燦・黑勒斯多夫（Marzahn-Hellersdorf）

馬爾燦・黑勒斯多夫（Marzahn-Hellersdorf）是柏林市第 10 個行政區，人口約 27 萬人（2018），由馬爾燦和黑勒斯多夫兩個區合併而成，並於 2009 年接受德國政府（Bundesregierung）頒發多元化城區（Ort der Vielfalt）的頭銜。此區著名的觀光景點為有藝術和文化中心的畢思多夫宮（Schloss Biesdorf）和世界花園（Garten der Welt），是一座大型、有不同民族風格的公園，例如得月園（Garten des wiedergewonnenen Mondes）是歐洲境內最大的中國園藝造景公園。

⑪ 利希滕貝格（Lichtenberg）

利希滕貝格（Lichtenberg）是柏林市第 11 個行政區，於 2008 年受德國政府頒予多元化城區的頭銜，獎勵城鎮與地方在加強多元文化上的努力。此區外國人有 14.3%，有移民背景的人口有 22.2%，其中多是俄裔德國人（Russlanddeutsche），而來自東南亞國家（Südostasiaten）的人口中又以越南人（Vietnamese）最多，在利希滕貝格區高中越南裔學生人數佔全部學生的 15%。

⑫ 賴尼肯多夫（Reinickendorf）

賴尼肯多夫（Reinickendorf）是柏林市第 12 個行政區，位於柏林的西南部，人口約 26.5 萬人，外國人佔 16.2%，有移民背景的人口有 30.62%（2013 年）。此區擁有柏林 - 泰格爾機場（Flughafen Tegel）、泰格爾湖、泰格爾森林等地標。泰格爾森林裡有一座重要的自然地標：柏林市最古老的樹，稱為胖瑪莉（Dicke Marie），是一棵 800 歲的橡樹。

▲位於柏林米特區的著名景點，布蘭登堡門（Brandenburger Tor）

01 參觀景點 Besichtigung der Sehenswürdigkeiten

Part3_02

會到的地方有哪些？

1. **Topsehenswürdigkeit** f 熱門景點
2. **Touristenzentrum** n 旅客服務中心
3. **Souvenirladen** m 紀念品店
4. **Park** m 公園
5. **Schlosspark** m 宮廷公園
6. **Schloss** n 王宮
7. **Platz** m 廣場
8. **Eingang** m 入口
9. **Ausgang** m 出口
10. **historische Stätte** f 古蹟
11. **Altstadt** f 舊城區
12. **Stadtzentrum** n 市區
13. **Museum** n 博物館
14. **Freilichtmuseum** n 戶外博物館
15. **Galerie** f 美術館
16. **Kapelle** f 小教堂
17. **Dom** m 大教堂
18. **Kirche** f 教堂

19. **Oper** f 歌劇院
20. **Theater** n 劇場
21. **Bauernhof** m 農莊
22. **Kasse** f 售票處

23. **Ticketautomat** m 售票機
(衍) **Öffnung** f 開館
(衍) **Öffnungszeit** f 開館時間
(衍) **Schluss** m 閉館
(衍) **Schließzeitf** 閉館時間

在柏林市區內會遇到的道路種類（Straßentypen）有哪些？

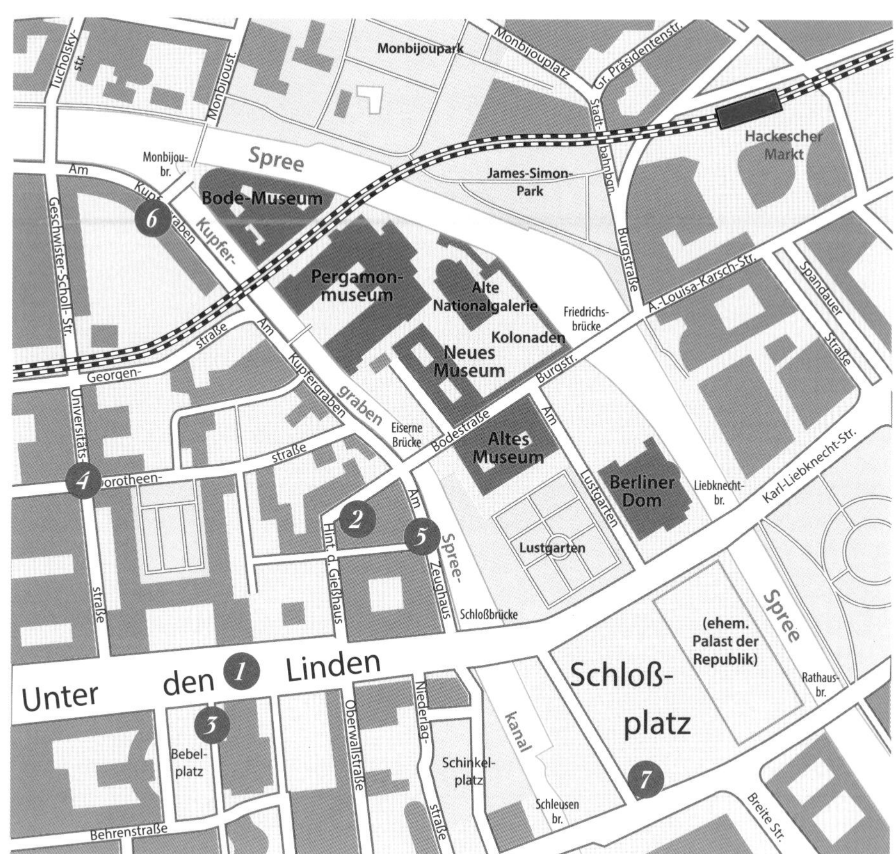

❶ **Allee** f 林蔭大道
❷ **Straße** f 街
❸ **Gasse** f 巷
❹ **Kreuzung** f 十字路口

❺ **Flussufer** n 河岸
❻ **Brücke** f 橋
❼ **Platz** m 廣場

其他道路

Weg
路

Gässchen
n 弄

Kreisverkehr
m 圓環

Autobahn
f 高速公路

Landesstraße
f 邦公路（類似省道）

Bundesstraße
f 聯邦公路（類似國道）

問路、問地點時用到的句子

1. **Entschuldigen Sie, wo geht´s hier zum Ku'damm*?**
   請問去庫達姆大街（選帝侯路堤）怎麼走呢？
2. **Wie komme ich bitte zur Friedrichstraße?**
   請問腓特烈大街要怎麼走？
3. **Gibt es hier in der Nähe Toiletten?** 這附近有廁所嗎？
4. **Wo liegt das nächste Krankenhaus?** 最近的醫院在哪？
5. **Wo gibt es hier Ladestationen?** 哪裡有充電服務呢？
6. **Wo sind die Toiletten, bitte?** 請問廁所在哪裡？

A: **Bitte, ist die nächste Straße die Goethestraße?**
請問下一條是歌德路嗎？

B: **Gehen Sie geradeaus diese Straße entlang bis zur dritten Kreuzung.** 眼前這條直走之後，第三個路口就到了。

A: **Geht diese Straße am Rathausplatz vorbei?**
請問這條街會經過市議會廣場嗎？
B: **Sie gehen in die falsche Richtung.** 您方向反了。

A: **Wie heißt die Straße, bitte?** 請問這條是什麼路？
B: **Leipzigerstraße.** 是萊比錫路。

* 全名為 Kurfürstendamm。

◆ Tips ◆

去德國觀光最佳的季節、氣候（Beste Reisezeit und Klima）

德國受海洋型氣候（maritimes/ozeanisches Klima）和大陸型氣候（kontinentales Klima）影響，境內氣候相異。德國北部冬天平均溫度（Temperatur）也較高；西南部屬潮濕的亞熱帶氣候（subtropisches Klima），全年氣候溫和（mild）；東南部是典型的大陸型氣候，冬季寒冷、降雪多且雪季長，夏季溫度高且乾燥；至於阿爾卑斯山區 *（Alpen）是典型的高山氣候，氣候異常寒冷，冬天是滑雪勝地（Skigebiet），夏季偶爾颳起焚風（Föhn/Föhnwind），且會異常悶熱（schwul），較敏感的人容易頭痛。

德國春夏秋冬各有其不同且獨特的景色，跟夏天的陽光比起來，五、六月份天氣已漸轉溫和，七、八月份的陽光和煦，且日照時間長，晚上十點才會漸漸天黑，是非常適合到德國觀光的季節。因此，七、八月份是旅遊旺季，機票價格較高，住宿要事先預訂。秋季是萊茵河（Rhein）和其支流摩塞爾（Mosel）的葡萄酒品酒（Weinprobe）活動的旺季。而 12 月至 3 月份屬冬季運動區（Wintersportsgebiet）的滑雪（Skifahren）季節。

德國目前仍有冬令時間（Winterzeit）與夏令時間（Sommerzeit）的區分。中歐的夏令時間（Mitteleuropäische Sommerzeit 簡稱 MESZ）始於三月最後一個星期天的凌晨 1 點 59 分之後，當時鐘指到凌晨 1 點 59 分時，隔一分鐘後會跳到 3 點。設定夏令時間最主要的功能是延長日照時間，除了節省能源（Energie sparen）之外，還可讓人民善加利用夏令時間從事各種戶外活動。至於冬令時間，則會始於十月的最後一個星期天的凌晨，時鐘在指到凌晨 2 點 59 分時，隔一分鐘之後會往回撥至 2 點。在冬令時間，德國比台灣慢七個小時（Zeitunterschied），台灣正午的時間，德國為凌晨 5 點；在夏令時間，德國則比台灣慢六個小時。1996 年歐盟統一不同的夏令時間規定，因此目前所有的歐盟會員都採用統一的夏令時間。

柏林位於德國東北部，緯度較高，因而一年四季氣溫較低，毋庸置疑是個適合夏季旅遊的城市。柏林從 5 月開始，寒冬般的氣溫慢慢轉暖，而 9 月底之後柏林又開始進入「冬季」，所以冬季去柏林旅遊的缺點是，日照短、天黑早之外，白天也常是灰灰暗暗的。而且在市區因為車輛與行人來來往往，地上的積雪常常是髒的，要是結冰的話不但行車危險，行人也容易滑倒、發生意外。但相對地，森林和湖畔因白雪覆蓋，畫面上看起來非常詩情畫意。

- 夏：氣溫是四季中最高的，但德國早晚溫差大，白天可能到 30° ～ 35°C，傍晚可能會出現 15°C 的低溫，建議採洋蔥式穿搭，穿著短袖或薄長袖搭配外套。
- 秋：秋天的時間很短，一下就結束。在這個季節，樹葉顏色變化豐富，此時會看到滿地的落葉，走在森林小徑時，踩在厚厚的葉落上，別有一番風情。氣溫約在 13°C 左右，常刮大風。
- 冬、春：氣溫僅 5°C 到零下，南德會更冷，需準備禦寒衣物。室內外溫差特別大；因室內有暖氣，所以溫度高且乾燥，但戶外是下雪的狀態，建議採洋蔥式穿搭。在室內因有暖氣，穿長袖襯衫或是短袖 T-Shirt 就夠了。

另外，歐洲比較乾燥，皮膚容易乾癢，記得要塗抹乳液。

* 阿爾卑斯山區（Alpen）是歐洲最高的山群，分布在德國（Deutschland）、義大利（Italien）、瑞士（Schweiz）、奧地利（Österreich）、法國（Frankreich）、摩納哥（Monaco）、列支敦斯登（Liechtenstein）和斯洛維尼亞（Slowenien），全長約 1200 公里，西邊山群高於東邊，有許多超過 4000 公尺的山峰，最高峰是白朗峰（Mont Blanc），高達 4810 公尺。阿爾卑斯山區大約有 5000 處冰河（Gletscher），冰層面積占中歐經年雪總面積的三分之二，是多條河的主要水源地（Hauptquellort），如多瑙河（Donau）、萊茵河（Rhein）、羅訥河（Rhône）、波河（Po），可謂是歐洲的水塔（Wassertürme）。阿爾卑斯山區冰河面積已漸漸減少中，主因是氣候不穩定（Wetterschwankung）與人類造成的氣候變遷（Klimawandel）。

Part3_03-A

與旅遊的相關事物有哪些？

Landkarte
f 地圖

Pass
m 護照

Visum
n 簽證

Fahrkarte
f 車票

Erlebnisticket
n 旅遊票券

＊**Touristenticket**
n 旅遊卡

Gruppenreise
f 跟團旅遊

Stadtplan
m 城市觀光地圖

Trinkgeld
n 小費

Reiseroute
f 旅遊行程路線

WLAN
n 無線網路

Ermäßigung
f 折扣

Delikatesse
f 美食

Part3_03-B

會做的動作

1. **fotografieren** 拍照
2. **ein Selfie machen** 自拍
3. **Gebäude fotografieren** 拍建築物
4. **jemanden fotografieren** 拍人
5. **auf Facebook einchecken** 上網打卡
6. **live streamen** [En] 上網直播
7. **nach dem Weg fragen** 問路
8. **sich verlaufen** 迷路

9. **den Weg suchen** 找路
10. **Trinkgeld geben** 給小費

在景點會用到的句子

關於博物館等景點資訊

1. **Kann man hier einen Museumspass kaufen?** 這裡可以買博物館通行卡嗎？
2. **Kann man hier die Eintrittskarten für Schloss Charlottenburg kaufen?** 這裡有賣夏洛滕堡宮的門票嗎？
3. **Um wie viel Uhr ist der Berliner Dom geöffnet?** 柏林大教堂幾點開放入場？
4. **Um wie viel Uhr schließt das Bode-Museum?** 博德博物館幾點閉館／關閉？
5. **Wann ist die Galerie geöffnet?** 這間美術館的開放日期是什麼時候？

索取地圖

6. **Kann man hier eine Landkarte bekommen?** 這裡能索取當地地圖嗎？
7. **Wo kann ich hier einen Stadtplan bekommen?** 在哪裡我能索取城市觀光地圖？

詢問當地特色

8. **Gibt es Attraktionen und Besonderheiten in dieser Gegend?** 這附近的特色是什麼？
9. **Gibt es hier bei Ihnen kulinarische Spezialitäten?** 您這裡的美食有什麼？

02 參觀博物館 Museumsbesuch

Part3_04-A

柏林的博物館、美術館、劇院有哪些呢？

1. **Pergamonmuseum** n 佩加蒙博物館
2. **Bode-Museum** n 博德博物館
3. **Neues Museum** n 柏林新博物館
4. **Alte Nationalgalerie** f 舊國家美術館
5. **Altes Museum** n 柏林老博物館
6. **Museum für Naturkunde** n 柏林自然博物館
7. **Gemäldegalerie** f 柏林畫廊
8. **Brücke-Museum** n 僑社博物館
9. **Gedenkstätte Berliner Mauer** f 柏林圍牆紀念館
10. **Jüdisches Museum Berlin** n 柏林猶太博物館
11. **Denkmal für die ermordeten Juden Europas** n 猶太紀念碑
12. **Deutsches Historisches Museum** n 德意志歷史博物館
13. **Märkisches Museum** n 麥克雪博物館
14. **Berliner Unterwelten-Museum** n 柏林地下世界博物館

15. **Deutsches Technikmuseum** n 德意志技術博物館
16. **DDR Museum** n 東德博物館
17. **Schloss Charlottenburg** n 夏洛滕堡宮
18. **Deutsches Spionagemuseum** n 德國間諜博物館
19. **Kulturforum** 柏林文化廣場
20. **Neue Nationalgalerie** f 新國家美術館
21. **Hamburger Bahnhof - Museum für Gegenwart** m 漢堡車站現代藝術館

有哪些票券？

1. **Museumsticket** n 博物館門票
2. **Eintrittskarte für die Galerie** f 美術館門票
3. **Theaterticket** n 劇院門票
4. **Schülerticket** n 學生票
5. **Erwachsenenticket** n 成人票
6. **Museumspass Berlin** m 柏林博物館通行證
7. **Berlin WelcomeCard** f 柏林歡迎卡

Part3_04-B

博物館或美術館會有什麼？

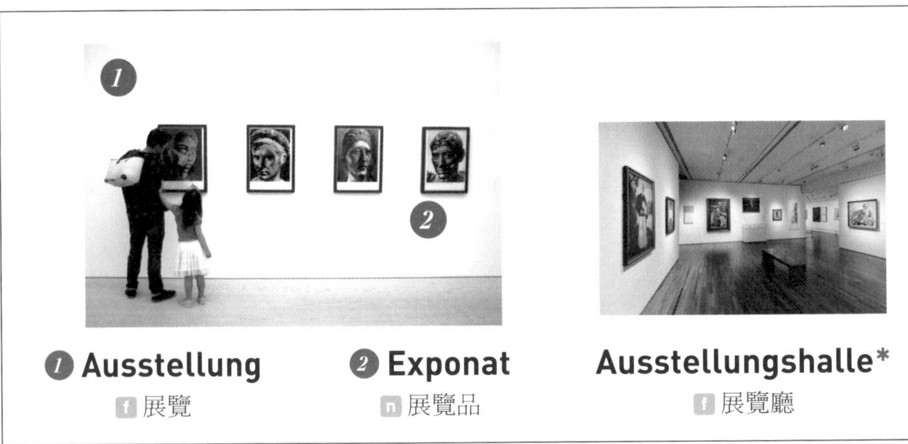

1 **Ausstellung** f 展覽

2 **Exponat** n 展覽品

Ausstellungshalle* f 展覽廳

*「展覽目錄」為Ausstellungskatalog m

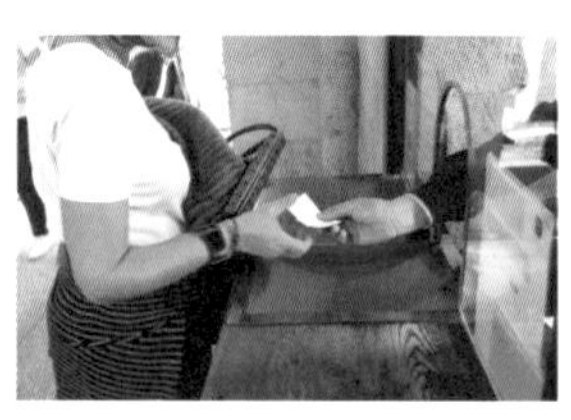

Ticketschalter*
m 售票處

Sonderausstellung
f 特展

Gemälde
n 畫作

Skulptur
f 雕像

3 Führung
f 導覽

4 Museumsführer
m 導覽員

5 Souvenirladen
m 紀念品店

6 Souvenir
n 紀念品

Audioguide
m 語音導覽

*「服務台」為Auskunft f 或Information f

◆ Tips ◆

關於博物館島（Museumsinsel）

▲ Bode-Museum 博德博物館

博物館島位於柏林市的歷史中心區，是柏林市主要景點之一，同時也是歐洲最重要的博物館區。博物館島展示各式各樣的文化典藏品和建築，於 1999 年被列入世界文化遺產（Weltkulturerbe der UNESCO）。博物館島上共有五座博物館，請見下圖這五座博物館的位置以及解說。

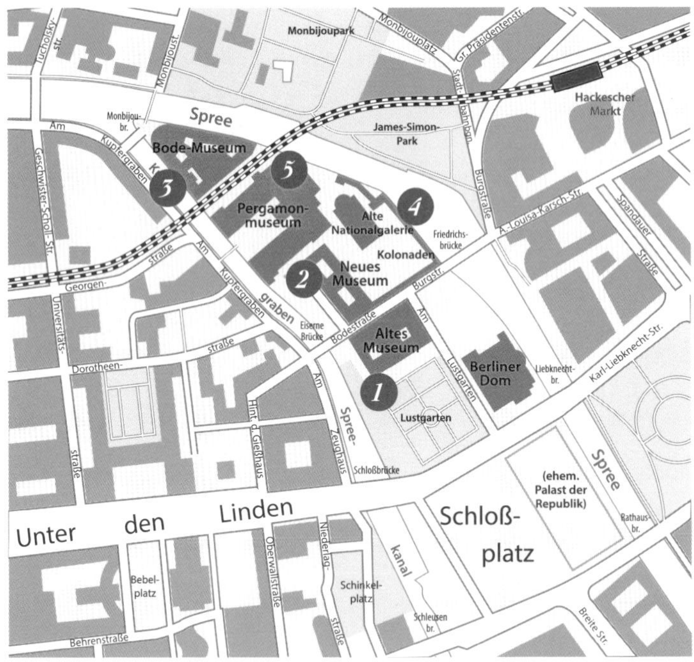

❶ Altes Museum 柏林老博物館：於 1830 年在博物館島上所建的第一座博物館，現為柏林老博物館，是普魯士的第一座公眾博物館，主要展出雕塑、武器、金銀首飾等。

❷ Neues Museum 柏林新博物館：1859 年原是普魯士皇家博物館，2009 年柏林新博物館修繕工程完工。2011 年經評選獲得密斯•凡•德羅歐洲當代建築獎（Preis der Europäischen Union für zeitgenössische Architektur，簡稱為密斯建築獎）。館內展出古埃及和人類史前及早期歷史文明的收

藏品，最知名的展示品是埃及法老阿肯納頓的王后娜芙蒂蒂（Nofretete）的半身像（Büste）。Nofretete 的意思是「美人蒞臨」（Die Schöne ist gekommen），柏林人暱稱娜芙蒂蒂為 „die schönste Berlinerin“（最美麗的柏林女人）。

3 **Bode-Museum 博德博物館**：1904 年開幕，原稱為腓特烈皇帝博物館（1960 年起改名為「博德博物館」以紀念德國藝術史學家、現代博物館學的創始人之一威廉•馮•博德（Wilhelm von Bode）。裡面展出拜占庭藝術（Byzantinische Kunst）如石棺（Sarkophage）、象牙雕刻（Elfenbeinschnitzerei）、雕塑（Skulptur）、鑲嵌藝術（馬賽克 Mosaik）、硬幣館（Münzkabinett）等。

4 **Alte Nationalgalerie 舊國家美術館**，也譯為**舊國家畫廊**：主要展示品為 19 世紀新古典主義（Klassizismus）和浪漫主義（Romantik）、寫實主義（Realismus）、印象主義（Impressionismus）時期及早期現代主義（Moderne）的雕塑和畫作。

5 **Pergamonmuseum 佩加蒙博物館**：第一座佩加蒙博物館於 1901 年由普魯士國王威廉二世（Wilhelm II. von Preußen）舉行開幕，並於 1909 年拆毀。第二座興建於 1910~1930 年，內有三個博物館，分別為古希臘羅馬藝術點藏（Antikensammlung）、中東博物館（Vorderasiatisches Museum）以及伊斯蘭藝術博物館（Museum für Islamische Kunst）。最著名的收藏，如來自小亞細亞帕加馬祭壇（Pergamonaltar）、17 公尺高的米利都市場大門（Markttor von Milet）、巴比倫的伊什塔爾城門（Ishtar-Tor aus Babylon）和約旦的慕夏塔宮殿正面外牆（Mschatta-Fassade）。佩加蒙博物館是德國參觀人數最多的博物館。

博物館島一日通行券（Tagespass）18 歐元（2019 年票價）可參觀五座博物館，特價票 9 歐元。18 歲以下免費參觀。
星期一：佩加蒙博物館和新博物館 10:00-18:00 開放，其他館休館。
星期二、三、五、六與日：10:00-18:00 開放。
星期四：10:00-20:00 開放。

在博物館或美術館會用到的句子

詢問時間

1. **Wann sind hier die Öffnungszeiten?** 這裡的開放時間是何時？
2. **Wann ist hier geschlossen?** 何時閉館呢？

購買票券

3. **Wie viel kostet das Ticket?** 請問票價是？
4. **Ich hätte gern eine Eintrittskarte.** 我要買門票。
5. **Ich habe einen Studentenausweis.** 我有學生證。

展覽或導覽資訊

6. **Gibt es hier die Sonderausstellung von ~?** 是否有～特展？
7. **Gibt es Führungen?** 是否有導覽介紹呢？
8. **Kann ich an dieser Reisetour teilnehmen?**
   是否可以報名這個團的旅遊？
9. **Ist hier für die Öffentlichkeit geöffnet?** 這裡有開放嗎？

買紀念品

10. **Ich möchte gern Souvenirs kaufen.** 我要買紀念品。
11. **Können Sie für mich die Sachen nach ~ versenden?**
    這些東西可否幫我郵寄到～？
12. **Kann man hier mit Kreditkarte zahlen?** 這裡可以刷卡嗎？

在博物館或美術館時會用到的對話

A: **Wie viele Karten möchten Sie ?** 您要買幾張票？
B: **Zwei Karten, danke.** 兩張全票，謝謝。

A: **Ist das Bode-Museum um 10 Uhr geöffnet?** 請問奧賽美術館十點開嗎？
B: **Schon um halb zehn.** 九點半就開了。

A: **Ist das Bode-Museum täglich geöffnet?** 請問博德博物館每天開放嗎？
B: **Nein, montags ist das Museum geschlossen.** 不，每個星期一休館。

A: **Kann ich die Kunstwerke fotografieren?** 我可以拍藝術品嗎？
B: **Fotografieren ist im Museum verboten.** 全館禁止拍照。

◆ Tips ◆

柏林文化論壇（Kulturforum Berlin）

柏林文化論壇是由不同文化機構與設施組合而成的文化廣場，位於柏林米特區（Mitte）的蒂爾加滕區（Tiergarten），位於波茨坦廣場（Potsdamer Platz）的西側，屬於前西柏林。新國家美術館（Neue Galerie）、柏林愛樂廳（Berliner Philharmonie）、柏林畫廊（Gemäldegalerie）、聖馬太教堂（St. Matthäus Kirche）、樂器博物館（Musikinstrumenten-Museum）、柏林國家圖書館（Staatsbibliothek zu Berlin）、柏林現代博物館（Museum der Moderne）（目前仍在規劃中）等和一些研究機構都坐落於此廣場。

03 飯店入住 Übernachtung im Hotel

Part3_05

住宿時需要知道的單字

1. **Empfangshalle** f 飯店大廳
2. **Gepäckraum** m 行李間
3. **Empfang** m 飯店櫃檯
4. **Kofferwagen** m 行李推車
5. **Kofferträger** m 行李員
6. **Rezeptionist** m 男接待員
7. **Rezeptionistin** f 女接待員
8. **Reservierung** f 預訂
9. **Gästezimmer** n 客房
10. **Hallenbad** n 室內游泳池
11. **Freibad** n 戶外游泳池
12. **Fitness-Center** n 健身中心
13. **Restaurant** n 用餐區；餐廳
14. **Bar** f 酒吧

15. **Unterkunft** f 住宿
16. **Übernachtung** f 過夜
17. **Verpflegung** f 食膳
18. **Stornierung** f 取消預訂
19. **Vorauszahlung** f 預付

Part3_06-A

房型（Zimmertypen）

Einzelzimmer

n 單人房

Doppelzimmer mit Doppelbett

n 雙人房（一大床）

Doppelzimmer mit zwei Einzelbetten

n 雙人房（兩單人床）

Studio

n 套房

入住前後會做的事

reservieren

預訂

einchecken

到櫃檯報到

auschecken

退房

Gepäck aufbewahren

保管行李

frühstücken

用早餐

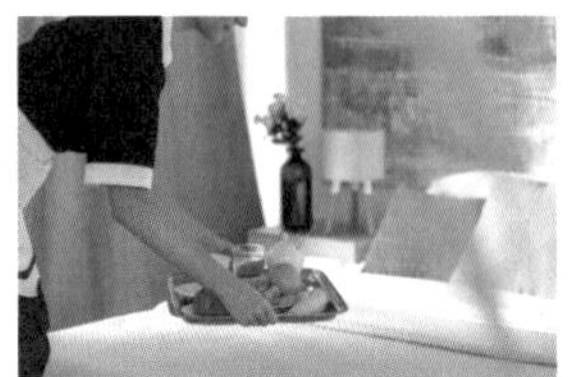

den Zimmerservice rufen

叫客房服務

das Zimmer wechseln

換房間

die Küche benutzen

使用廚房

die Waschmaschine benutzen

使用洗衣機

den Wäschetrockner benutzen

使用烘衣機

stornieren

取消

das Personal um Wasser bitten

向服務人員要開水

入住前須先知道的事物

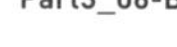

Zimmerpreis m 房間價格
Anzahlung f 訂金

Check-In-Zeit f 可入住時間
Check-Out-Zeit f 退房時間

Es gibt die öffentlichen Verkehrsmittel in der Nähe.
附近有大眾運輸工具。
Öffentliche Parkplätze stehen in der Nähe.
附近有公共停車場。

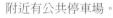

Frühstück inbegriffen 含早餐
ohne Frühstück 不含早餐
Vollpension f 附三餐
Halbpension f 附兩餐（早餐和午餐，或是早餐和晚餐）

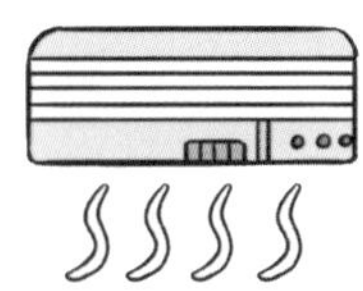

klimatisiert Adj. 有冷氣
geheizt Adj. 有暖氣

Das Hotel bietet kostenfreies WLAN.
此飯店有提供免費網路 WIFI。

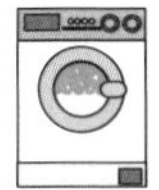
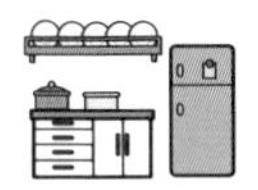

mit Küche 有廚房
mit Waschmaschine 有洗衣機
eigenes Bad n 自己的浴室
Gemeinschaftsbad n 共用浴室

Tourismusabgabe f 觀光稅

各類需要知道的服務與設施（Service und Ausstattung）

1. **Klimaanlage** f 空調
2. **Fernseher** m 電視
3. **Minibar** f 小冰箱
4. **Heizung** f 暖氣
5. **Telefon** n 電話
6. **Haartrockner** m 吹風機
7. **Schreibtisch** m 書桌
8. **Wasserkocher** m 煮水器
9. **Weckservice** m 起床服務
10. **Raumservice** m 客房服務
11. **Wäschedienst** m 洗衣服務
12. **Zimmernummer** f 房間號碼
13. **Schlüsselkarte** f 房卡
14. **Zimmerschlüssel** m 房間鑰匙
15. **Badewanne** f 浴缸
16. **Dusche** f 淋浴
17. **Balkon** m 陽台
18. **Badetuch** n 浴巾
19. **Handtuch** n 毛巾
20. **Nichtraucherzimmer** n 非吸菸房

21. **Aufzug** m 電梯
22. **Fahrradverleih** m 出租腳踏車
23. **Parkplatz** m 停車場
24. **Gepäckaufbewahrung** f 保管行李
25. **Safe** [En] m / n 保險箱
26. **Ticketservice** m 訂票服務
27. **Raucherbereich** m 吸菸區

德國各式各樣的住宿類型，有何不同呢？
Welche Unterkunftstypen gibt es in Deutschland?

在旅遊旺季或是有大型體育賽事期間，德國的旅館常是一房難求，因此到德國旅遊時，必須提前計畫，可請旅行社代訂或自行在網路上預訂住宿。另外，若遇商展（Messe）期間，住宿和餐飲會漲價相當高，最好錯開。

除了傳統的旅館（Hotel）之外，德國還有多種沒有星級的住宿類型，相對價錢也較便宜，而且除了單人房、雙人房之外，也有家庭式的房間，如民宿（Pension）、公寓（Appartementwohnung）、度假屋（Ferienwohnung）、農莊（Bauernhof），此外也有青年旅舍（Hostel）、青年旅館（Jugendherberge）。青年旅舍或青年旅館除了會提供單人房、雙人房之外，也提供多人的房間或是單一床位，價格相當便宜，適合背包客。在渡假區附近，也會有家庭願意將多餘的房間出租給觀光客，稱為Fremdenzimmer，這和住宿加早餐的旅社 B&B/ BnB（bed and breakfast）類似。

另外附帶一提，德國住宿費用已包括 7% 的營業稅和 5% 的觀光稅。

▲ Hostel 青年旅舍

▲ Pension 民宿

上網訂旅館住宿常見的句子

1. **Der Check-in ist ab 15:00, und der Check-out ist bis 11:00.**
入住時間是 3 點起，退房時間是至 10 點止。
2. **Parkplätze sind an der Unterkunft vorhanden.**
住宿有提供停車場。
3. **Haustiere sind nicht gestattet.**
禁止帶寵物。
4. **Haustiere sind auf Anfrage gestattet.**
攜帶寵物須詢問許可。
5. **Möglicherweise fallen Gebühren an.**
可能要額外付費。
6. **Keine Reservierungs- oder Kreditkartengebühren.**
無預定和刷卡費用。
7. **In dieser Unterkunft ist kein Platz für Zustellbetten.**
住房沒有空間供額外加床。
8. **Rauchen ist nicht gestattet.**
禁止抽菸。
9. **Nicht kostenlos stornierbar.**
不能免費取消訂房。
10. **enn Sie stornieren, Änderungen vornehmen oder nicht anreisen, erhalten Sie keine Rückerstattung.**
如果您取消訂房、修改或是不前來住宿，您無法取得退費。
11. **Sie erhalten innerhalb von 24 Stunden eine E-Mail, falls Ihre Buchung bestätigt wurde.**
若您的訂房確認後，能會在 24 小時之內收到一封電郵。
12. **Keine Voraus-/Anzahlung notwendig!**
無需預付款或訂金！
13. **Zusätzliche Gebühren.**
額外費用
14. **WLAN ist in allen Bereichen nutzbar und ist kostenfrei.**
無線網路全區可用而且免費。
15. **WLAN nutzen Sie in allen Zimmern sowie in der Lobby kostenfrei.**
您可在所有房間內和大廳免費使用無線網路。
16. **Bitte beachten Sie, dass Kinder zum Nachweis ihres Alters einen Ausweis vorweisen müssen.**
請您注意，孩童必須出示證件足資證明其年齡。

◆◆◆ Kapitel 2

Tagesreise in München 慕尼黑一日小旅行

慕尼黑具特色的地區、景點有哪些？

Part3_07

慕尼黑市中心

1. **Frauenkirche** f 聖母教堂
2. **Marienplatz** m 瑪麗亞廣場
3. **Peterskirche** f （或 **Alter Peter** m ）聖彼得教堂
4. **Karlsplatz** （或 **Stachus**） m 卡爾斯廣場（施塔胡斯）
5. **Odeonsplatz** m 音樂廳廣場
6. **Münchner Residenz** f 慕尼黑王宮

7 **Hofgarten** m 王宮花園

8 **Deutsches Museum** n 德意志博物館

9 **Bayerische Staatsoper** f 巴伐利亞國家歌劇院

10 **Hofbräuhaus** n 皇家啤酒廠

11 **Münchner Stadtmuseum** n 慕尼黑市立博物館

12 **Viktualienmarkt** m 維克圖阿連市場

13 **Rathaus-Glockenspiel** n 市政廳鐘琴

14 **Neues Rathaus** n 慕尼黑新市政廳

15 **Isartor** n 伊薩爾門

16 **Englischer Garten** m 英國公園

其他景點

Olympiapark
m 奧林匹克公園

BMW Welt
f 寶馬世界（BMW 博物館）

Alte Pinakothek
f 老繪畫陳列館

Neue Pinakothek
f 新美術館（新繪畫陳列館）

Pinakothek der Moderne
f 現代美術館（現代藝術陳列館）

Schloss Nymphenburg
n 寧芬堡宮（仙靈堡宮）

Theresienwiese
f 泰瑞莎草坪
（Oktoberfest 慕尼黑啤酒節舉辦地）

Highlight Towers
f 亮點大廈
（雙子辦公大樓）

Allianz Arena
f 安聯球場
（安聯競技場）

在當地特色景點會做什麼呢？

01 逛當地商店與景點 Klassische Läden & Orte

Part3_08

展開一日小旅行時，在路上可能會遇到什麼樣的人事物

Café
n 咖啡廳

Teehaus
n 下午茶店

Bäckerei
f 麵包店

Konditorei

f 甜點店

Panorama am See

n 湖畔風光

Schifffahrt Starnberger See

f 施坦貝爾格湖遊船

Antiquariat

n 舊書攤

Markt

m 市集

Flohmarkt

m 跳蚤市場

Aussichtsturm

m 觀景塔，觀景樓

Souvenirladen

m 紀念品店

historische Altstadt

f 歷史古城

Picknicker
m 野餐的人

Straßenkünstler
m 街頭藝人

Straßenkunst
f 街頭表演

Straßenmaler
m 街頭作畫者

Straßenmalerei
f 街頭繪畫

Kiosk
m 小報攤

Straßenhändler
m 小攤販

其他：

- **ehemalige Residenz von Prominenten** f 名人故居
- **Drehort** m 電影拍攝場景

◆ Tips ◆

慕尼黑的市集（Märkte）、跳蚤市場（Flohmärkte）到底有哪些？

維克圖阿連市場
Viktualienmarkt

於 1807 年建立的穀物市場 — 維克圖阿連市場屹立至今，此名稱中的「Viktualien」是德文「Lebensmittel」的舊字，意指「糧食」、「食物」。

維克圖阿連市場是慕尼黑最大的市場，位於慕尼黑市中心，有 100 多攤位供應當地食材、美食和琳瑯滿目的異國食物，是吃貨的人必訪之地。

維克圖阿連市場除了有烤豬腳、香腸、海鮮等熱食，還可吃到正宗的慕尼黑「Leberkäse」或「Leberkäs」（一種肉餅，內餡是用豬肉和牛肉攪拌而成的肉泥，放在模型裡用烤箱烤，烤出來後表層酥脆、內餡多汁）。Leberkäs 在巴伐利亞邦已有 200 年歷史，通常搭配麵包和黃芥末醬食用。市場的露天啤酒花園可容納幾百人，大多會在樹蔭下悠閒地聊天、品嚐聞名世界的德國啤酒。維克圖阿連市場週一到週六營業，根據當地的法條可營業到晚上 8 點。週日和例假日則休息。

「泰瑞莎草坪」大型跳蚤市集
Riesenflohmarkt an der Theresienwiese

慕尼黑規模最大也最具知名度的跳蚤市集座落在「泰瑞莎草坪」Theresienwiese*，也是世界最大的古董市集之一。市集僅在每年春天的第一個星期日開放，約有 2,000 多個攤位，各種懷舊商品應有盡有，像是古董（Antiquitäten）、二手書（antiquarische Bücher）、二手家具

（secondhand Möbel）、電器產品（Elektrogeräte）、傳統服裝（Trachten）、唱片（Schallplatten）、藝術品（Kunstwerke）和縫紉用品 Nähzeug 等等。

二手書跳蚤市場 Bücherflohmärkte

愛書和喜歡閱讀的朋友絕不可錯過慕尼黑二手書市集，著名的二手書跳蚤市場是：

1. 利薩爾書籍跳蚤市場 Lisar-Lesen an der Isar：lesen 意思是「閱讀」，Isar 是「伊薩河」，是指「伊薩河畔閱讀」。利薩爾市集每年初夏和秋季各舉辦一日舊書市集，伊薩河畔環境幽靜，遊客們可以一邊愜意地在充滿人文氣息的河岸邊散步，一邊尋寶或是欣賞文學作品朗誦。
2. 慕尼黑市立圖書館（Stadtbibliothek）的夏季二手書跳蚤市場，包羅萬象，更是書迷必訪之地。

* 泰瑞莎草坪（Theresienwiese）是慕尼黑在九月最後一週和十月第一週期間舉辦啤酒節（十月節）的地方。

02 下午茶 Nachmittagstee

Part3_09

咖啡廳或下午茶店有哪些人事物？

1. **Wetterschutz** m 遮雨棚
   衍 **Terrasse** f 露天平臺
2. **Sitzplatz auf der Terrasse** m 露天座位區
3. **Bar** f 吧台區
4. **Schild** n 招牌
5. **Menütafel** f 菜單看板
6. **Kunde** m 顧客
7. **Kellner** m 服務生
8. **Kaffee** m 咖啡

去喝咖啡或喝下午茶時會做什麼？

Kaffee trinken 喝咖啡

Tee trinken 喝茶

den Nachtisch / das Dessert essen 吃點心

Essen bestellen 點餐

eine Mahlzeit einnehmen 吃正餐

sich unterhalten 聊天

klatschen 聊八卦

die Zeit totschlagen 消磨時間

online gehen
v. 上網

arbeiten
v. 工作

ins Leere starren
v. 發呆

übers Geschäft reden
v. 談公事

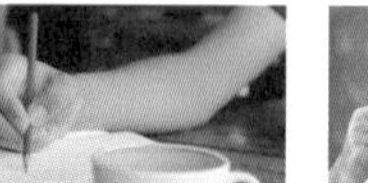

einen Text schreiben
v. 寫文章

lesen
v. 閱讀

sich verabreden
v. 約會

sich beschweren
v. 抱怨

德國人會去喝咖啡或喝下午茶的地方有哪些？

Café
[Fr] n 咖啡廳

Bäckerei
f 麵包店

Brunch-Lokal
[En] n 早午餐店

Restaurant
[Fr] n 餐廳

Kneipe
f 小酒館

Teehaus
n 下午茶店

你知道嗎？

德國人喝咖啡、下午茶時有什麼特別習慣？
Welche besonderen Gewohnheiten haben die Deutschen beim Nachmittagskaffee bzw. Nachmittagstee?

如果說台灣人一天有四餐，三餐加宵夜，德國人的四餐就是三餐（drei Mahlzeiten）加下午茶。一般來說，德國人吃晚餐（Abendess/Abendbrot）的時間較晚，而且德國人除年長者和小孩之外，一般是沒有睡午覺（Mittagsschlaf）的習慣，因此常在下午三點左右喝咖啡或茶和吃一些小點心，如甜食（Süßigkeiten）、餅乾（Kekse）、蛋糕（Kuchen）等。週日，德國人喜歡邀請親朋好友來喝下午茶或咖啡一起來聊天，通常會準備自烤的或在麵包店（Bäckerei）購買的甜點。

夏天常見的甜點，有泡芙（Windbeutel）和當季的水果蛋糕（Obstkuchen），如李子蛋糕（Zwetschgenkuchen）、草莓蛋糕（Erdbeerkuchen）、覆盆莓蛋糕（Himbeerkuchen）。而平時有不同口味的可頌（Croissant）、蜂螫蛋糕（Bienenstich）、巧克力蛋糕（Schokoladekuchen）、堅果（Nusskuchen）或是乳酪蛋糕（Käsekuchen）等。至於秋冬時，有洋蔥蛋糕、蘋果卷（Apfelstrudel）加香草醬（Vanillensoße）或香草冰淇淋（Vanilleeis）、應景的耶誕餅乾（Weihnachtsplätzchen）、耶誕史多倫糕（Stollen）、乾果麵包（Früchtebrot）或是柏林果醬麵包 *（Berliner Pfannkuchen，簡稱 Berliner）等，都是常見的下午茶糕點。德國人習慣在下午茶後一起到戶外走走，喜歡沿著河邊或到公園、森林裡做一、兩個小時的散步。

* 柏林果醬麵包是除夕或狂歡節應景的糕點，在巴伐利亞邦和奧地利稱為 Krapfen。

常用句型與短句

Bestellung 點餐

Was möchten Sie bestellen? 您要點什麼？

Haben Sie schon gewählt? 您已經選好了嗎？

Ich hätte gern... 我要⋯

Ich hätte gern eine Tasse Kaffee. 一杯咖啡，麻煩您。

Ich hätte gern das Menü Expresso und Croissant.
我要濃縮咖啡和可頌的套餐。

Möchten Sie... 您要⋯嗎？

Möchten Sie Kaffee mit Milch? 您的咖啡要加鮮奶嗎？

Möchten Sie ein Menü bestellen? 您要點套餐嗎？

Möchten Sie einen kleinen oder großen Kaffee?
您的咖啡要小杯還是大杯呢？

Ich möchte... 我要⋯

Ich möchte Einzelgerichte aus der Speisekarte bestellen.
我要單點。

Ich möchte gern ein Stück Kuchen 我想要一塊蛋糕。

Ich möchte gern einen kleinen Kaffee. 我要小杯的咖啡。

其他

Haben Sie noch einen Wunsch? 您還要加點什麼嗎？

Wollen Sie hier essen oder es mitnehmen? 您要內用還是外帶？

Ich esse hier. 我要內用。

Das esse ich gleich. 我馬上要吃。

Mit Sahne bitte! 請加鮮奶油。

mit Schokogeschmack 巧克力口味的～

mit Erdbeergeschmack 草莓口味的～

mit Nüssen 含堅果的～

Teil IV

Einkaufen 購物

◆◆◆ Kapitel 1

Supermarkt & Markt 超市、傳統市集

這些應該怎麼說？

Part4_01-A

超級市場 Supermarkt

1. **Kassierer, Kassiererin** m / f 收銀員（男／女）
2. **Kasse** f 收銀台
3. **Ware** f 貨品，雜貨
4. **Regal** n 商品架
5. **Registrierkasse** f 收銀台
6. **Fließband** n 輸送帶
7. **Kartenlesegerät** n 讀卡機
8. **Kunde, Kundin** m / f 顧客（男／女）
9. **Einkaufswagen** m 購物車
10. **Gang** m 走道

衍 其他事物：

- **Warentrennstab** m 間隔棒
- **Einkaufstasche** f 購物袋
- **Mikrophon** n 麥克風
- **Drehtür** f 超市旋轉門
- **Lebensmittel** n 食品
- **Kassenbon** m 收據
- **Gratisprobe** f 免費試吃品
- **Lebensmittel in Schutzverpackung** n 包裝食品

傳統市集 Wochenmarkt

1. **Straßenhändler** m 攤販
2. **Schild** n 招牌
3. **Regendach** n 遮雨棚
4. **Preisschild** n 價格表

衍 其他人事物：

- **Einkaufstrolley** m 推車
- **Fischstand** m 魚攤
- **Fischhändler** m 魚攤老闆
- **Fleischstand** m 肉攤
- **Fleischhändler** m 肉攤老闆
- **Gemüsestand** m 蔬菜攤
- **Gemüsehändler** m 蔬菜攤老闆
- **Obststand** m 水果攤
- **Obsthändler** m 水果攤老闆
- **Kiosk** n 書攤
- **Kioskhändler** m 書攤老闆
- **Feinkoststand** m 熟食攤
- **Feinkosthändler** m 熟食攤老闆
- **Käsestand** m 起士攤
- **Käsehändler** m 起士攤老闆
- **Brotstand** m 麵包攤
- **Brothändler** m 麵包攤老闆

跳蚤市集 Frohmarkt

1. **Secondhandware** f 二手商品
   - ＊ **Antiquität** f 古董
2. **Tisch** m 桌子
3. **Karton** m 箱子
4. **Kleidung** f 衣服
5. **Spielzeug** n 玩具
6. **Koffer** m 皮箱

超市常見的東西，還有哪些呢？

Part4_01-B

Einkaufswagen
m 購物車

Kundenkarte
f 會員卡

Barcode
m 條碼

Einkaufskorb
m 購物籃

Coupon
m 折價券

Kassenbon
m 收據

◆ Tips ◆

慣用語小常識：市場篇

der Schwarzmarkt（黑市）和 ***(etwas) auf den Markt bringen***（送東西上市場）各是什麼意思？

「黑」這個形容詞有「躲在黑暗中、躲藏」的意思，口語指「非法的」，所以「黑市」指「不合法的交易場地」。至於 ***etwas auf den Markt bringen*** 字面是「送東西上市場」，意思是指「上市、銷售」。

Viele gestohlene Geständе werden auf dem Schwarzmarkt verkauft.
許多贓物在黑市上出售。

Nur geprüfte Produkte dürfen auf den Markt gebracht werden.
只有檢驗過的產品才准銷售。

01 購買食材 Einkauf von Lebensmitteln

Part4_02

這些在超市或傳統市集常見的食材，要怎麼用德文說呢？

蔬菜類 Gemüse

1. **Luffa** f 絲瓜
2. **Gurke** f 小黃瓜
3. **Zwiebel** f 洋蔥
4. **Kartoffel** f 馬鈴薯
5. **Karotte** f 胡蘿蔔
6. **Blumenkohl** m 白色花椰菜
7. **Chinakohl** m 大白菜
8. **Grüner Chili** m 綠辣椒
9. **Roter Chili** m 紅辣椒
10. **Rote Paprika** f 紅椒

11. **Gelbe Paprika** f 黃椒
12. **Tomate** f 番茄
13. **Grüne Paprika** f 青椒
14. **Kirschtomate** f 小番茄
15. **Gartensalat** m 萵苣
16. **Spitzkohl** m / **Weißkohl** m 高麗菜
17. **Erbse** f 豌豆
18. **Avocado** f 酪梨
19. **Koriander** m 香菜
20. **Broccoli** f 綠花椰菜

21. **Zucchini** f 胡瓜
22. **Artischocke** f 朝鮮薊
23. **Aubergine** f 茄子
24. **Zuckererbse** f 荷蘭豆
25. **Rettich** m 白蘿蔔
26. **Champignon** m 蘑菇
27. **Mais** m 玉米

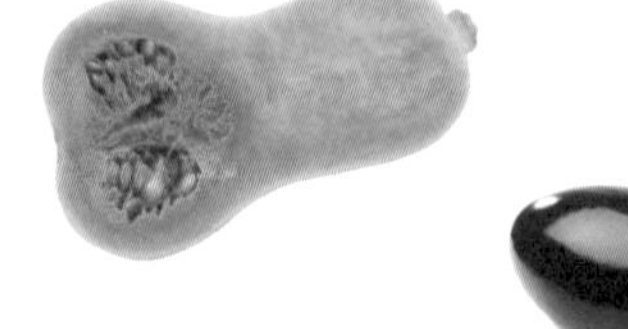

28. **Schnittlauch** m 青蔥
29. **Sellerie** c. 芹菜
30. **Süßkartoffel** f 地瓜
31. **Olive** f 橄欖
32. **Kürbis** m 南瓜
33. **Bohne** f 豆子
34. **Petersilie** f 巴西里
35. **Rosmarin** m 迷迭香
36. **Basilikum** n 羅勒

你知道甘藍的德文嗎？只要在這個德文字的前面，加上另一個單字，就會變成另一種蔬菜囉！

Kohl m（甘藍）屬於十字花科（Kreuzblütler），原產地是北半球溫帶，我們食用的蔬菜有很多源自本科。這可由德文 Kohl 的許多複合字看出。例如：

Grünkohl m 羽衣甘藍；Weißkohl m 高麗菜（圓形）；Spitzkohl m 高麗菜（尖形白菜）；Rotkohl m 紫甘藍，紫高麗菜；Blaukohl m 紫甘藍，紫高麗菜（少用）；Rosenkohl m 球芽；Blumenkohl m 白色花椰菜。

水果類 Obst

Part4_03

1. **Passionsfrucht** f 百香果
2. **Orange** f 柳橙
3. **Grapefruit** [En] f 葡萄柚
4. **Mandarine** f 橘子
5. **Apfel** m 蘋果
6. **Blaubeere** f 藍莓
7. **Brombeere** f 黑莓
8. **Himbeere** f 覆盆子
9. **Kokosnuss** f 椰子
10. **Kirsche** f 櫻桃

11. **Erdbeere** f 草莓
12. **Kiwi** f 奇異果
13. **Banane** f 香蕉
14. **Mango** f 芒果
7. **Papaya** f 木瓜
8. **Durian** [En] f 榴連
9. **Pampelmuse** f 柚子
10. **Guave** f 芭樂
11. **Zimtapfel** m 釋迦
12. **Ananas** f 鳳梨
13. **Weintraube** f 葡萄
14. **Honigmelone** f 哈蜜瓜
15. **Pitahaya** f 火龍果

16. **Nashi-Birne** f 水梨
17. **Pfirsich** f 桃子
18. **Zitrone** f 檸檬
19. **Pflaume** f 李子
20. **Wassermelone** f 西瓜
21. **Birne** f 西洋梨

22. **Clementine** f 小甜橘
23. **Feige** f 無花果
24. **Limette** f 萊姆
25. **Granatapfel** m 石榴
26. **Nektarine** f 油桃
27. **Aprikose** f 杏子
28. **Kaki** f 柿子

Part4_04

肉類 Fleisch

Rindfleisch	**Schweinefleisch**	**Entenfleisch**
n 牛肉	n 豬肉	n 鴨肉

Hähnchenfleisch

n 雞肉

Lammfleisch

n 羊肉

Putenfleisch

n 火雞肉

Rippe

f 肋排

Filet

[Fr] n 里肌肉

Schweinebauch

m 五花肉

Rindsteak

n 牛排

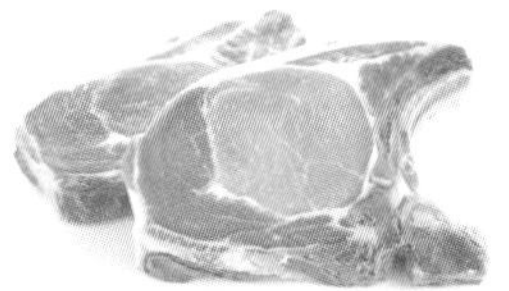

Kotelett

n 豬排

Schweinekamm

m 梅花肉

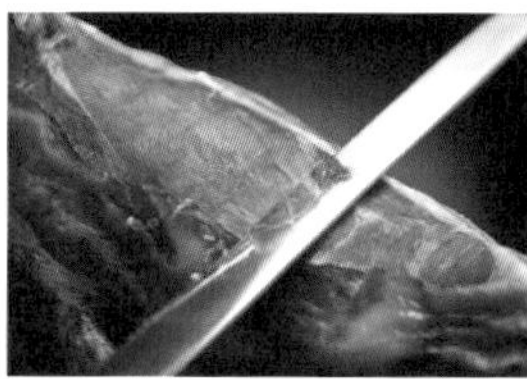

Schinken

m 火腿

Wurst

f 香腸

Speck

m 培根

Hähnchenflügel
m 雞翅

Hähnchenkeule
f 雞大腿

Unterkeule

f 棒棒腿

Hähnchenbrust
f 雞胸肉

Hackfleisch
n 碎肉

海鮮 Meeresfrüchte

1. **Makrele** f 鯖魚
2. **Lachs** m 鮭魚
3. **Garnele** f 蝦子
4. **Auster** f 牡蠣；蠔
5. **Bein des Krebses** n 蟹腳
6. **Krebs** m 螃蟹

7. **Languste** f 龍蝦
8. **Flusskrebs** m 小龍蝦
9. **Shrimp** m 小蝦（多用 Pl Shrimps）

10. **Stöcker** m 竹筴魚
11. **Krake** m 章魚
12. **Kabeljau** m 鱈魚
13. **Karpfen** m 鯉魚
14. **Forelle** f 鱒魚
15. **Sardine** f 沙丁魚
16. **Sardelle** f 鯷魚
17. **Scholle** f 鰈魚，比目魚類
18. **Thunfisch** m 鮪魚
19. **Hering** m 鯡魚

Part4_05

罐頭食品 Konserve

Obstkonserve
f 水果罐頭

Gewürzgurke
f 醃製黃瓜罐

Trockensuppe
f 料理湯

Sauce im Glas
f 醬料罐頭

Thunfischkonserve
f 鮪魚罐頭

Maiskonserve
f 玉米罐頭

Tomatenkonserve
f 番茄罐頭

Erbsenkonserve
f 碗豆罐頭

Kidney Bohnen Konserve
f 紅腎豆罐頭

Nudelkonserve

f 麵罐頭

Katzen-Nassfutter

n 貓罐頭（濕糧）

Hunde-Nassfutter

n 狗罐頭（濕糧）

乳製品類 Milchprodukt

Käse

m 起士

Milch

f 牛奶

Eiscreme

f 冰淇淋

Butter

f 奶油

Joghurt

m 優格

Joghurtdrink

m 優酪乳

Milchpulver
n 奶粉

Sahne

f 鮮奶油

Buttermilch
f 白脫牛奶

02 挑選民生用品Gebrauchsartikel

常見的民生用品有哪些呢？

Part4_06

個人衛生用品 Hygieneartikel

Zahncreme
f 牙膏

Toilettenpapier
n 衛生紙

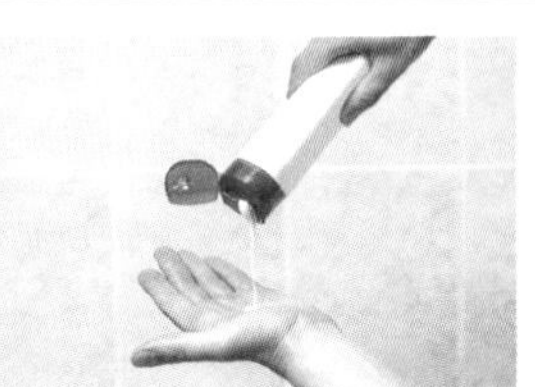

Shampoo
[En] n 洗髮精

Pflegespülung
f 潤髮乳

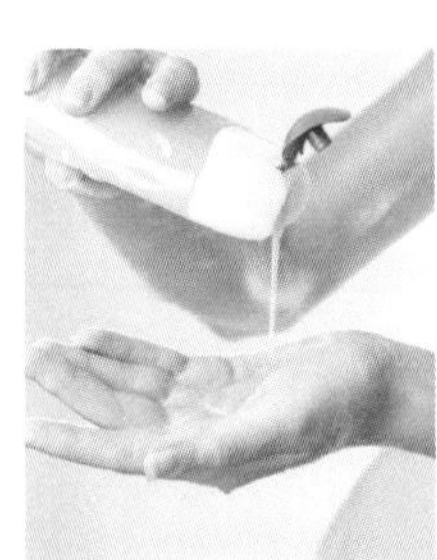

Duschgel
n 沐浴乳

Rasierschaum
m 刮鬍泡／膏

Damenbinde
f 衛生棉

Slipeinlage
f 護墊

Seife
f 肥皂

清潔用品 Reinigungsmittel

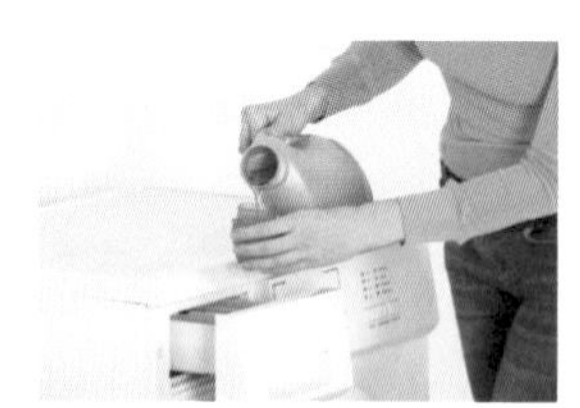

Flüssigwaschmittel
n 洗衣精

Waschmittel Pulver
n 洗衣粉

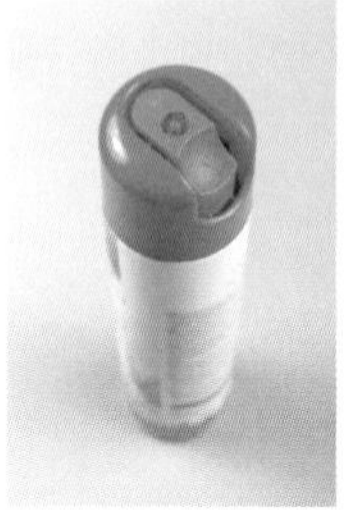

Duftspray
m / n 芳香劑

Bleiche
f 漂白劑

Bleich-Spray
n 清潔噴霧劑

Spülmittel
n 洗碗精

03 決定購買、結帳 Kaufen & bezahlen

Part4_07

在決定購買、結帳時會做些什麼？

auswählen
v. 選擇

wiegen
v. 將東西秤重

die Preisauszeichnung beachten
v. 注意標價

zusammenrechnen
v. 計算金額

bezahlen
v. 結帳

bar bezahlen
v. 付現

mit der Karte bezahlen
v. 刷卡

Restgeld zurückgeben
v. 找錢

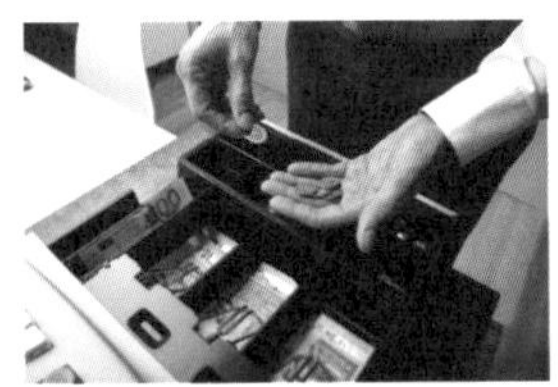

Geld zählen
v. 數錢

補充：

- **eine Tüte kaufen** v. 買袋子
- **über den Preis verhandeln** v. 殺價

◆◆◆ Kapitel 2

Kaufhaus 百貨公司

Part4_08

百貨公司配置（Ausstattung des Kaufhauses）

1. **Verkäufer** m 專櫃櫃員（男）
   Verkäuferin f 專櫃櫃員（女）
2. **Kunde** m 顧客
   Kundin f 顧客（女）
3. **Damenabteilung** f 女裝部
4. **Herrenabteilung** f 男裝部
5. **Kosmetikbereich** m 化妝品區
6. **Schmuckwarenabteilung** f 珠寶區
7. **Schuhabteilung** f 鞋類區

❽ **Lederwarenabteilung** f 皮件部
❾ **Schaufenster** n 櫥窗
❿ **Mannequin** n 展示衣服的假人體模特兒

百貨公司裡還有賣什麼呢？

Part4_09

Elektrohaus-haltsgeräte
f Pl 家電

Accessoires
f Pl 飾品配件

Bettzeug
n 寢具

Sportbekleidung
f 運動服飾

Kochgeschirr-artikel
f Pl 廚具

elektronische Produkte
f Pl 電子產品

Anzug
m 西裝

Dekoration
f 居家擺設

Armbanduhr
f 手錶

在德國的百貨公司，鐘錶（Uhren f Pl）和首飾（Schmuck m）會放在同一區。

百貨公司裡還有哪些常見的場所？

Information

f 服務台

Kundentoilette

f 廁所

Rolltreppe

f 手扶梯

Aufzug

m 電梯

Tiefgarage

f 地下停車場

Kinderabteilung

f 童裝部

Spielwaren-abteilung

f 玩具部

Unterwäsche-abteilung

f 內衣用品部

Ankleidekabine

f 更衣室

Stoffabteilung

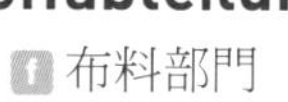

f 布料部門

Supermarkt

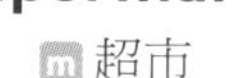

m 超市

Restaurant

n 餐廳

◆ Tips ◆

慣用語小常識：商店篇

wie ein Elefant im Porzellanladen

「像一隻大象身處於瓷器店裡」？

大象龐大的身軀在一間小店裡，尤其是在瓷器店裡，給人的印象是會把裡面的東西弄得一團糟、滿地碎片。這句慣用語是用來形容一個人「笨手笨腳」或「舉止粗魯無禮」。

Du hast dich wirklich wie ein Elefant im Porzellanladen benommen. Du hast die Vase und das Waschbecken kaputt gemacht.
你真是笨手笨腳的，把花瓶和洗手台弄壞了。

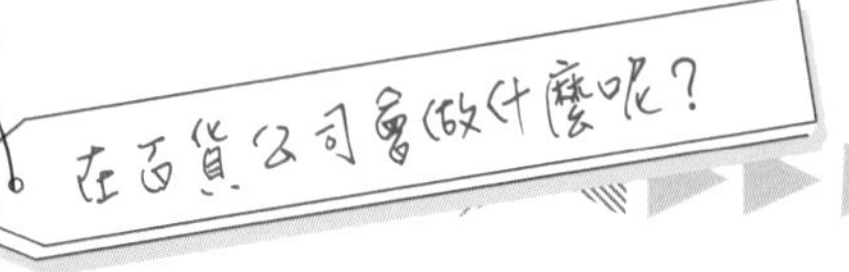

01 買精品 Luxusartikel kaufen

Part4_10

百貨公司常見的精品有哪些呢？ 德文怎麼說呢？

Kleidung f 衣服
Hemd n 襯衫（男用）
Bluse f 襯衫（女用）
Anzug m 西裝
Hut m 帽子
Rock m 裙子
Hose f 褲子
Krawatte f 領帶
Gürtel m 皮帶

Handtasche f 手提包
Portemonnaie n 皮包
Brieftasche f 皮夾

Parfüm n 香水
Schuh m 鞋子
Diamant f 鑽戒

Halskette f 項鍊
Armreif m 手環
Kosmetik f 化妝品

在德國百貨公司的退稅規定為何？

一來到德國，相信許多人會有想大買特買的慾望，無論是精品服飾或是美食。那麼在什麼情況下才能享有退稅（Mehrwertsteuererstattung）的權利呢？

屬於非歐盟國家（EU-Staaten）且未在歐盟國家居住六個月以上的人，在店家消費時必須超過 25 歐元，才能請有 Tax Free 標籤的店家開退稅單（Tax Free Formular）（右圖❶和❷為德國主要的兩間退稅單位）。在德國增值稅（Mehrwertsteuerer）是 19%，但退稅會依購物金額高低決定退稅的額度，金額越高，退稅百分比越高。要辦理退稅的商品要先放在原包裝內（in der Originalverpackung），不可拆封使用，出境時商品需由海關檢驗，退稅單經海關蓋章（vom Zoll abstempeln lassen）後才能去申請退稅。有些百貨公司有提供退稅的服務，但還是需要到海關，將商品交給海關檢驗，並請海關在退稅單蓋章後，將退稅單寄回百貨公司。

02 參加折扣活動 Ermäßigung

Part4_11

常見的特價活動有哪些呢？德文怎麼說呢？

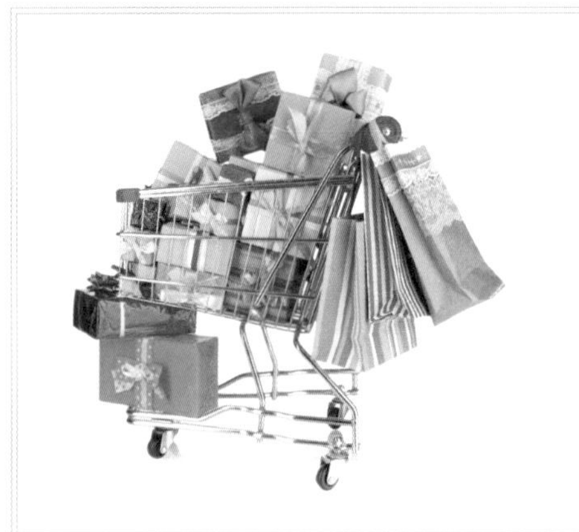

1. **Fabrikverkauf**
   m 工廠直銷
2. **Jubiläumsverkauf**
   m 週年慶
3. **Räumungsverkauf**
   m 清倉大拍賣
4. **Saisonschlussverkauf**
   m 換季特賣會

＊大多數的店家都會在特價商品上，清楚地標示商品折扣，例如：30% Rabatt 是「30% 折扣」的意思，也就是價格減少了 30%，即台灣所說的「打七折」。70% Rabatt 是「70% 折扣」的意思，也就是價格減少了 70%，即台灣所說的「打三折」。

Sonderangebot 和 Saisonschlussverkauf 兩者有什麼不同呢？

Sonderangebot：指店家依自己特定的時間提供某些特價商品的促銷活動。

Saisonschlussverkauf：店家為了出清存貨所提出的折扣優惠。這一類的折扣限於法令規定，舉行的時間與折扣期間長短通常是固定的（一年兩次，分別是兩個星期）。在德國，夏季大拍賣（Sommerschlussverkauf，簡稱 SSV）於每年七月最後一個禮拜和八月第一個禮拜舉行，而冬季大拍賣（Winterschlussverkauf，簡稱 WSV）是一月最後一個禮拜和二月第一個禮拜舉行。

你知道嗎？

關於折價券，Coupon 和 Gutschein 有什麼不同？

優惠券（Coupon 或 Kupon）

一般可在網路上搜尋某某店家推出的**優惠券**（Coupon），挑選適合的優惠券之後列印出來，並剪下使用，或是下載到手機上給店家看。但要注意優惠券上的說明，像是「僅限用於某些店家（Filiale）」、「有效期和消費額多寡才可兌用（einlösen）優惠券」等的規定。

消費禮券（Gutschein）

Gutschein 是百貨公司或是某些商店推出的「**消費禮券**」，其用法等同現金，每張禮券上都會清楚地標註金額或是可兌換的服務價值。

Gestern habe ich einen Gutschein in Höhe von 50 Euro geschenkt bekommen.
昨天我獲贈了50歐元的禮券。

♦♦♦ Kapitel 3

Onlineshop 網路商店

這些應該怎麼說？

Part4_12

網路商店

1. **Onlineshop** [En] m 網路商店
2. **Seite** f 網頁數
3. **nächste Seite** f 下一頁
4. **Produktfoto** n 商品圖
5. **Produktbezeichnung** f 商品名稱
6. **Preis** m 價格
7. **Bewertung** f 等級評定
8. **Farbe** f 顏色
9. **Versandart** f 配送方式
10. **Warenrücksendung** f 退貨
11. **Zahlungsart** f 付款（方式）
12. **Verbindung** f 聯絡
13. **Arbeitsbedingung** f 服務條款
14. **Datenschutz** m 隱私權政策

◆ Tips ◆

慣用語小常識：商店（Geschäft）篇

Geschäft 有「生意、交易，商店，工作」的意思，以下是與 Geschäft 相關的慣用語：

- Geschäft ist Geschäft.（公事公辦）：指談到錢，就不能考慮到交情的意思。
- gut im Geschäft sein：使在某件事上有成就。
- das große Geschäft machen：有兩種意思，(1) 做大生意，(2)（口語）上大號。
- das kleine Geschäft machen：（口語）上小號

Nachdem er einige große Aufträge bekam, ist er jetzt gut im Geschäft.
在他收到幾張大訂單後，他現在事業蒸蒸日上。

Das zweijährige Kind kann schon das kleine Geschäft in den Topf machen.
這位兩歲大的小孩已經會在尿盆裡尿尿了。

網路商店（Onlineshops）的種類有哪些？德文怎麼說？

電子商務（Elektronischer Handel 或 Internethandel 或 Onlinehandel）是藉由網路（Internet）進行的商業交易（Handel）行為。至於「網路商店」的德文 Onlineshop 則是來自英文，另有其他同義字，如 Webshop 和 E-Shop 也很常見。「網購」的德文可用 Electronic Shopping、Onlineshopping 等。

隨著網路的通用，電子商務在德國也非常盛行，根據消費研究機構（Gesellschaft für Konsumforschung）的調查，2010 年約有 3 千 4 百萬人在線上購物（Online-Käufer），2011 年約有 3 千 8 百萬人。

而根據 E-Commerce 2019 的報導，德國的前十大網路商店和主要銷售商品種類，依其銷售額排列如下：

第 1 名 Amazon：商品有電子（Elektronik）、休閒（Hobby）、戶外（Outdoor）和嬰兒用品（Babyartikel）等。

第 2 名 Otto.de：商品有家具（Möbel）、裝飾品（Dekoartikel）、流行服飾（Mode）等。

第 3 名 Zalando：流行服飾（Mode）。

第 4 名 Media Markt：電商平台（Elektrofachhändler）。

第 5 名 Notebooksbilliger：主要的產品是電子產品（Elektronik）。

第6名 Lidl：商品主要有花（Blumen）、家具（Möbel）、旅遊（Reisen）等，以及每週的活動特價品。

第 7 名 Bonprix：主要的產品是衣服（Kleidung）和配件（Accessoires）。

第 8 名 Apple：主要的產品是蘋果手機、平板和電腦等。

第 9 名 Cyberport：主要的產品是電器產品（Elektrogeräte）等。

第 10 名 Conrad：電商平台（Elektrofachhändler）。

Die Firma bietet auch viele billige Produkte im Onlineshop an.
這家公司也在網路商店上提供許多便宜產品。

01 瀏覽商城 Onlineshop anschauen

常見的商品種類圖示有哪些？德文怎麼說？

1. **Herrenbekleidung** f 男性服飾
2. **Damenbekleidung** f 女性服飾
3. **Herrenschuhe** f (Pl) 男鞋
4. **Damenschuhe** f (Pl) 女鞋
5. **Kinder und Babys** f (Pl) 孩童與嬰兒
6. **Spielzeug** n 玩具
7. **Computer** m 電腦
8. **Handy** n 手機
9. **Peripheriegeräte** f (Pl) （電腦）週邊設備
10. **Drucker** m 印表機
11. **Kamera** f 相機
12. **Videokamera** f 數位攝影機
13. **Fernseher** m 電視機
14. **Haushaltsgeräte** f (Pl) 家用電器
15. **Möbel** f (Pl) 家具
16. **audiovisuelle** Medien f (Pl) 視聽設備
17. **Lederwaren** f (Pl) 皮件
18. **Sportsachen** f (Pl) 運動用品

19 **Schmuck** m 珠寶
20 **Accessoires** f (Pl) 配飾
21 **Kosmetik** n 化妝品
22 **Schreibwaren** f (Pl) 文具
23 **Festartikel** f (Pl) 節慶商品
24 **Autobedarf** m 汽車用品
25 **Motorradbedarf** m 機車用品
26 **Bücher** f (Pl) 圖書
27 **Freizeit** f 娛樂
28 **Haustiere** f (Pl) 寵物用品
29 **Heimwerken** n 裝修
30 **Gartenarbeit** f 園藝

在購物網站建立個人資料時，會出現哪些德文？

Part4_14

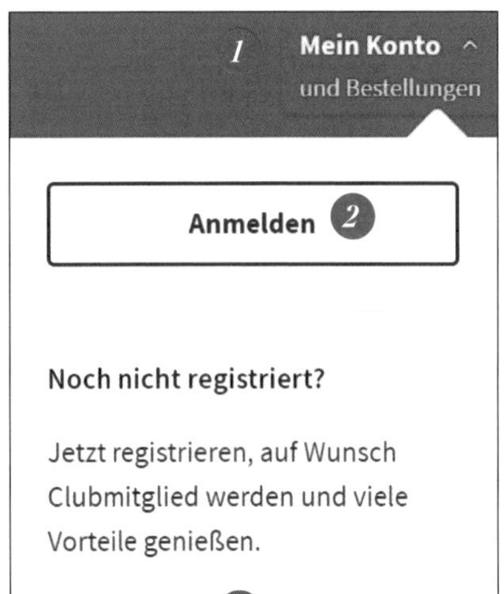

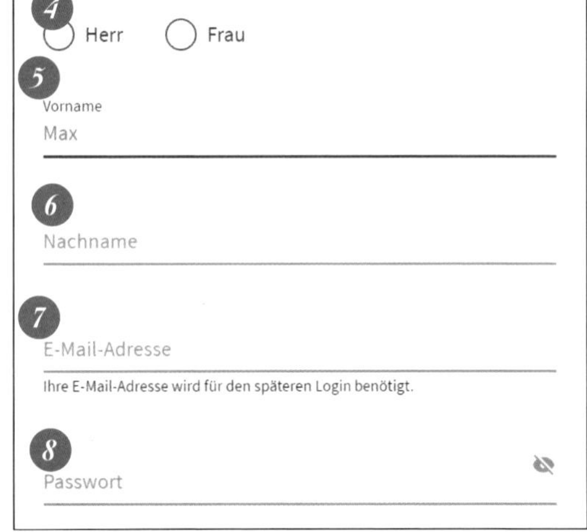

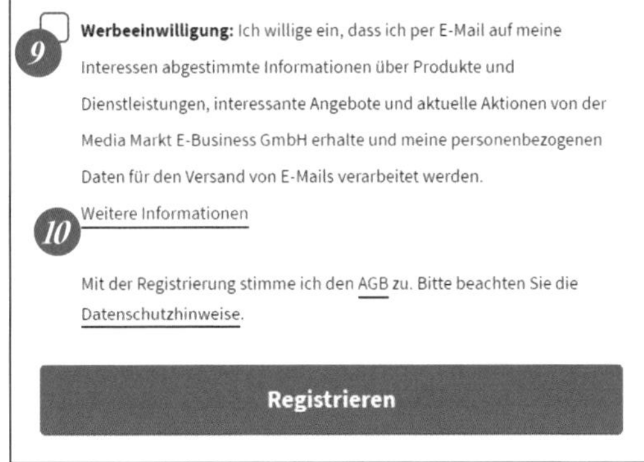

1 **Mein Konto** 我的帳號
- 衍 **ein Konto erstellen** v. 建立新帳號

2 **anmelden** v. 註冊，登錄
- 衍 **einloggen** v. 登入（網站）
- 衍 **angemeldet bleiben** v. 保持登入
- 衍 **das Passwort vergessen** v. 忘記密碼

3 **registrieren** v. 註冊

衍 **abschicken** v. 提交

4 **Anrede** f 稱謂

衍 **Herr** m 男士

衍 **Frau** f 女士

5 **Vorname** m 名

6 **Nachname** m 姓

衍 **Benutzername** m 用戶名稱

衍 **vollständiger Name** m 全名

衍 **Adresse** f 地址

衍 **Stadt** f 城市

衍 **Postleitzahl** f 郵遞區號

衍 **Land** n 國家

7 **E-Mail-Adresse** f 電子郵件地址

8 **Passwort** n 密碼

衍 **das Passwort nochmals eingeben** v. 再次輸入密碼

9 **Werbeeinwilligung** 同意接收到廣告

衍 **E-Mail empfangen** v. 收到電子郵件

衍 **Hilfe brauchen** v. 需要幫助

衍 **zurück** Adv. 回前頁

10 **weitere Informationen** 更多資訊

02 下單 Bestellung aufgeben

Part4_15

如何在網路商店下單？

Nach Artikeln suchen
v. 搜尋（商品）

Artikel in den Einkaufswagen legen
v. 加入購物車

Zur Kasse gehen
v. 前去結帳

Versandadresse eingeben
v. 新增（配送）地址

Versandoptionen
f 配送選項

Zahlungsart
f 選擇付款方式

Bestellung abschicken
v. 提交訂單

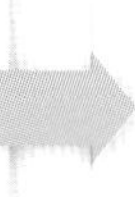

Bestellung abschließen
v. 訂單完成

查詢訂單狀態時，會看到什麼？

1. **akzeptiert** Adj. （訂單）成立
2. **in Vorbereitung** Adv. （訂單）處理中
3. **versandt** Adj. 配送中
4. **zugestellt** Adj. 已配達
5. **abgeschlossen** Adj. （訂單）完成

Teil V

Arbeitsplatz 工作場所

◆◆◆ Kapitel 1

Büro 辦公室

這些應該怎麼說？

Part5_01

辦公室的配置 Büroausstattung

1. **Bürotisch** m 辦公桌
2. **Bürostuhl** m 辦公椅
3. **Computer** m 桌上型電腦
4. **Telefon** n 電話
5. **Tischkalender** m 桌曆
6. **Taschenrechner** m 計算機
7. **Papier** n 文件
8. **Schublade** f 抽屜
9. **Ordner** m 文件夾
10. **Schreibwaren** f (Pl) 文具用品

⑪ **Aktenschrank** m 檔案櫃
⑫ **Fenster** n 窗戶
⑬ **Klimaanlage** f 冷氣
⑭ **Wanduhr** f 壁鐘
⑮ **Feueralarm** m 煙霧偵測器
⑯ **Vorhang** m 窗簾
⑰ **Zimmerpflanze** f 室內植物

◆ **Tips** ◆

生活小常識：公司（Unternehmensformen）篇

目前在德國的商務公司類型（Unternehmensformen）如下：

1. 「股份有限公司」的德文：Aktiengesellschaft，常縮寫成 AG，是指由各股東組成的公司（Gesellschaftsform），且全部的資本化為股份，股東以其出資額為限，無須以個人財產負無限責任。
2. 「有限公司」的德文：Gesellschaft mit beschränkter Haftung，常縮寫成 GmbH。有限公司也是由股東組成，以其出資額為限對公司負責，無須以個人財產負無限責任，只是其設立之資本額（基本額 Grundkapital 25.000 Euro）相對較低，管理不似股份有限公司複雜，是中小企業廣泛採行的公司模式。
3. 「兩合公司」的德文：Kommanditgesellschaft，常縮寫成 KG：是指由有限責任股東（責任有限股份）和無限責任股東（個人無限責任）組合的公司型態。
4. 「個人公司」的德文：Einzelunternehmen，指個人獨資，設立規章簡易，且無最低資產額（Mindestkapital），需付個人無限責任（unbeschränkte Haftung）。
5. 「開名合夥公司」的德文：Offene Handelsgesellschaft，常縮寫成 OHG，具較高責任風險，所有合夥人需以個人全部財產對所從事之商業行為負無限責任。

另外，在一個公司下面可以成立其他公司。像是可以在原本的公司之下成立 Zweigniederlassung（分公司），那麼原公司即稱為 Hauptsitz（總公司）；若成立的是 Tochtergesellschaft 或 Tochterunternehmen（子公司），那麼原公司則稱為 Muttergesellschaft 或 Mutterunternehmen（母公司）。

01 接電話 Ein Telefongespräch annehmen

Part5_02

用電話時常做的動作有哪些？

das Telefon abheben
v. 接（起）電話

die Nummer wählen
v. 撥打電話

(jmdn.) anrufen
v. 打電話（給某人）

(jmdn.) zurückrufen
v. 回電（給某人）

das Telefon auflegen
v. 掛斷電話

eine Nachricht hinterlassen
v. 留言

常用的電話禮儀與基本對話（Redemittel zum Telefonieren）

- 問候（Begrüßen）＋表明身分（sich als Anrufer vorstellen）

在打電話時，撥電話的人（Anrufer）一般都會親切、有禮貌地問候接聽電話的人（Empfänger）。在電話接通時，可以先說句問候語（Begrüßung）做為開場白，再開始介紹自己的名字。或是也可以先說出自己的姓名，接著問候對方。一般我們打電話到德國人家中，接聽電話的德國人習慣會說出自己的姓，好讓打電話的人知道他沒有打錯電話。

Empfänger: „Merkel."
接聽電話的人：「梅克爾。」

Anrufer: „Guten Morgen, hier spricht Mario."
打電話的人：「早安，我是馬力歐。」

打電話到某某公司或某某機構的情況，接聽電話的職員一樣會先說出公司的名稱、自己的姓名以及問候語。例如打電話給 ABC 公司時，對方可能會說 ABC GmbH. Lisa Müller. Guten Morgen!（這裡是 ABC 有限公司。我是麗莎米勒。早安！）。這樣可讓來電者知道他沒有打錯，同時也知道通話的對象是誰。不過假如接電話的人沒有介紹公司名稱時，來電者可以用這句來確認：Ist hier die ABC GmbH?（請問這裡是 ABC 有限公司嗎？）。

• 說明來電目的（Anliegen des Anrufs ausdrücken）

1. 介紹完自己的名字後，就可以直接說明你想找的人：

Anrufer: „Ich würde gern Frau Meier sprechen." / „Bitte verbinden Sie mich mit Frau Meier."
打電話的人：「麻煩您，我想要找邁爾小姐。」或「麻煩您把電話轉給邁爾小姐。」

Empfänger: „Am Apparat."
接聽電話的人：「我就是邁爾小姐。」

2. 如果對方不在，可以留言請對方回電：

Empfänger: „Tut mir leid, Sie ist nicht im Haus. Möchten Sie eine Nachricht hinterlassen?"
接聽電話的人：「不好意思，她現在不在。請問您需要留言給她嗎？」

Anrufer: „Ja, sie möchte bitte zurückrufen. Meine Telefonnummer ist 0972888888。Ich möchte was mit ihr besprechen."
打電話的人：「好的，麻煩您請她回電給我，我的電話號碼是 0972888888。我有事要跟她講。」

Empfänger: „OK. Wenn sie zurück ist, ruft sie Sie so bald wie möglich an."
接聽電話的人：「好的，她回來時，我會請她儘快回電。」

3. 如果是打到公司的總機，總機通常會告知分機號碼後，再幫忙轉接：

Empfänger: „Einen Moment, bitte. Ihre Durchwahl ist 515. Ich verbinde Sie mit ihr."
接聽電話的人:「請稍等一下，她的分機號碼是515。我幫您轉接給她。」

Anrufer: „Vielen Dank!"
撥電話的人：「謝謝。」

4. 如果遇到對方忙線中，可以稍後再撥打：

Empfänger: „Entschuldigung, sie spricht gerade."
接聽電話的人：「不好意思，她現在忙線中。」

Anrufer: „In Ordnung. Danke schön. Ich rufe später noch einmal an."
打電話的人：「好的，謝謝。我稍後再撥。」

5. 談話中，如果遇到收訊不佳的時候，請不要直接掛斷電話，可以先告知對方收訊不好，然後再撥打一次：

Anrufer: „Entschuldigung, die Leitung ist schlecht. Ich rufe noch einmal an."
撥電話的人：「抱歉，收訊不好。我再重撥一次給您。」

6. 萬一不小心打錯電話，請不要直接掛斷電話，應先禮貌地說聲抱歉，然後再掛斷電話：

Anrufer: „Entschuldigung, ich habe mich falsch verwählt."
撥電話的人：「對不起，我打錯電話了。」

• 結束電話（Das Telefongespräch beenden）

與對方結束通話時，除了 Wiederhören/Auf Wiederhören（再見）之外，還可以說「謝謝來電」：Danke für den/Ihren Anruf.

◆ Tips ◆

跟使用手機有關的流行語及慣用語

- Smombie：手機殭屍。指專注盯著手機螢幕，對周圍的事物都不知道的人。

Smombie 是 Smartphone（智慧型手機）和 Zombie（殭屍）二字所組合新創的字，2015 年被選為當年度青少年代表性流行用語。

Du starrst nur noch auf dein neues Handy, du wirst gleich zum Smombie.
你只盯著你的新手機看，你馬上就要變成手機僵屍。

- den heiligen Ulrich anrufen：暗喻「嘔吐」。

這個慣用語是屬於區域性方言，較少使用。der heilige Ulrich 是「聖人烏爾里希」，曾是主教，動詞 anrufen 是「打電話」的意思，字面意思是「打電話給聖人烏爾里希」，暗喻「嘔吐」的意思。

Du hast zu viel Alkohol getrunken.Kein Wunder, dass du den heiligen Ulrich anrufen musstest!
你喝太多久了。難怪，你會吐！

◆◆◆ 02 寄電子郵件 Eine E-Mail senden

德文的電子郵件怎麼寫呢？

「電子郵件」的德文是 E-Mail ，但德國人習慣直接講英文 email 。德國跟中文寫信的風格幾乎一樣的，但有些要注意的用語和寫法。

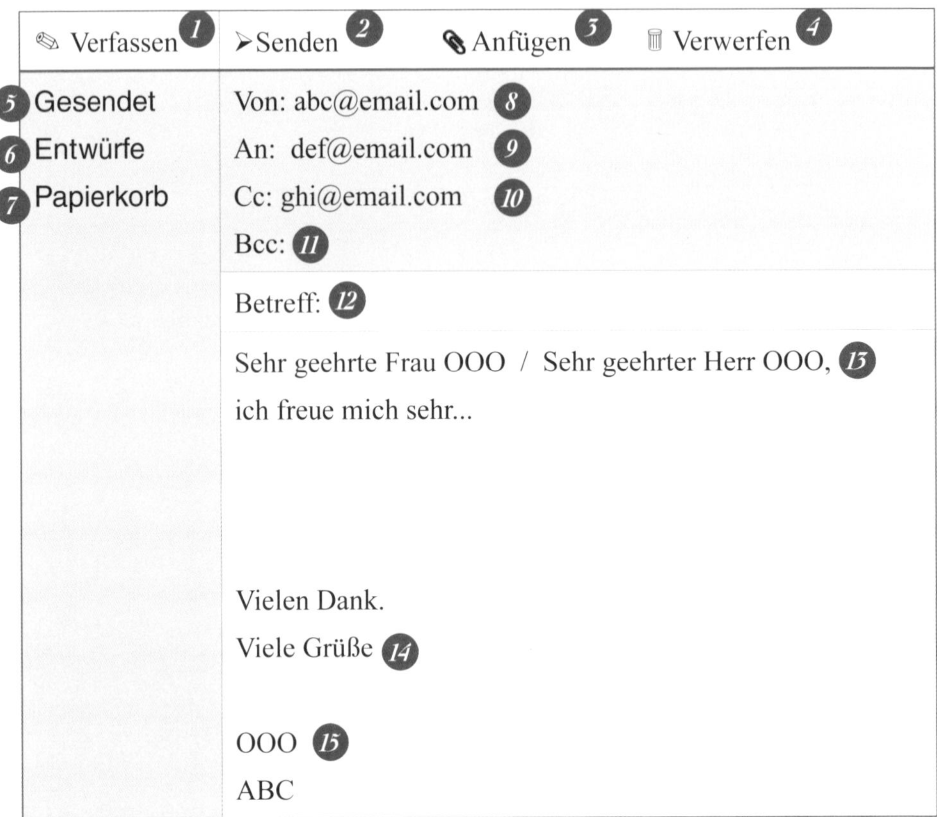

- **工具列**

1 撰寫信件內容：verfassen 表示「寫」，德文動詞也可以用 schreiben

2 寄出

3 附件：動詞 anfügen 是「附加」的意思，而 Datei 是「檔案」，所以「附加檔案」會說 eine Datei anfügen 或是 eine Datei anlegen，不過有些寄件格式會顯示名詞用法 Anhänge（附件）。寄件人如果需要附加檔案，在 Anhänge 欄位上附加檔案之後，我們也會在 Brieftext（內文）註明 „Sehen Sie bitte den Anhang.“（請見附檔）或 „Ich lege ... bei.“（我附上…）等句子，提醒收件人點開附檔。

4 刪除（信件）

5 寄件備份：表示已寄出的信件

6 草稿

7 垃圾桶

• 郵件標頭（Briefkopf）

❽ 寄件者電子郵件。von 字面上是「從～」，相當於英文的 from。

❾ 收件者電子郵件。an 字面上是「朝向～」，相當於英文的 to。

❿ cc（德文唸 [tseːˈtseː]）是英文 carbon copy 的縮寫，指「副本抄送」，用德文來表示的話是 Kopie，意思是副本／影印本。如果一封信件也想讓其他人收到，可以在 cc 欄上打上他人的電子郵件地址（E-Mail-Adresse），這樣在寄件的同時，除了主要收件人可以收到郵件以外，cc 欄上的收件人也能收到。

Wenn du die E-Mail an den Manager sendest, vergiss bitte nicht, seine Sekretärin in cc zu setzen.
你寄 email 給經理時，請記得也抄送副本給他祕書。

⓫ bcc（德文唸 [beːtseːˈtseː]）是英文 blind carbon copy 的縮寫，意思是「密件副本抄送」，用德文來表示的話是 Blindkopie，直譯是「看不見的副本」的意思。和 cc 一樣都是指同時寄給其他的收件人，但不同的是，以 bcc 方式寄出的郵件只有 bcc 欄位上的收件人才看得到，其他收件人是看不到的。

⓬ 主旨

• 信函開頭的稱呼語（Anrede）

⓭ 信件的「開頭稱呼語」最常見的，是 Sehr geehrte Frau OOO / Sehr geehrter Herr OOO（受尊敬的 OOO 女士／先生）後面加上收件者的姓，這是禮貌、正式的書寫方式，多用於書信，geehrt 是「受尊敬的」的意思。

也可以用 Liebe(r)，放在收件者姓名前，是「親愛的」的意思，但多用於朋友或家人等，也可用非正式的用法 Hi 或 Hallo 當做稱呼語，甚至也可以直呼收件人的名字。稱呼結束後，便可以開始繕打 Brieftext（內文）。

• 結尾敬語（Schlussformel）

⓮ 德文的結尾敬語（Schlussformel）就像是中文書信結尾的「敬上」、「敬

啟」一樣，有很多種用法，基本上可分成 formell（正式的）和 informell（非正式的）用法。常見的正式用法是 Mit freundlichen Grüßen（致上親切的問候）；非正式的用法則很多，常見的有：Liebe Grüße 或 Viele Grüße。

- 寄件人資訊（Absenderangaben）

⑮ 記得最後在郵件的左下方，分行依序打上自己的姓名（Name）、公司名稱（Firmenname）和職位（Berufsbezeichnung）、聯絡電話（Telefonnummer）或電子信箱（E-Mail-Adresse），以便收件人聯絡。

03 處理文書資料 Büroarbeit

Part5_03

常見的文書處理用品有哪些？

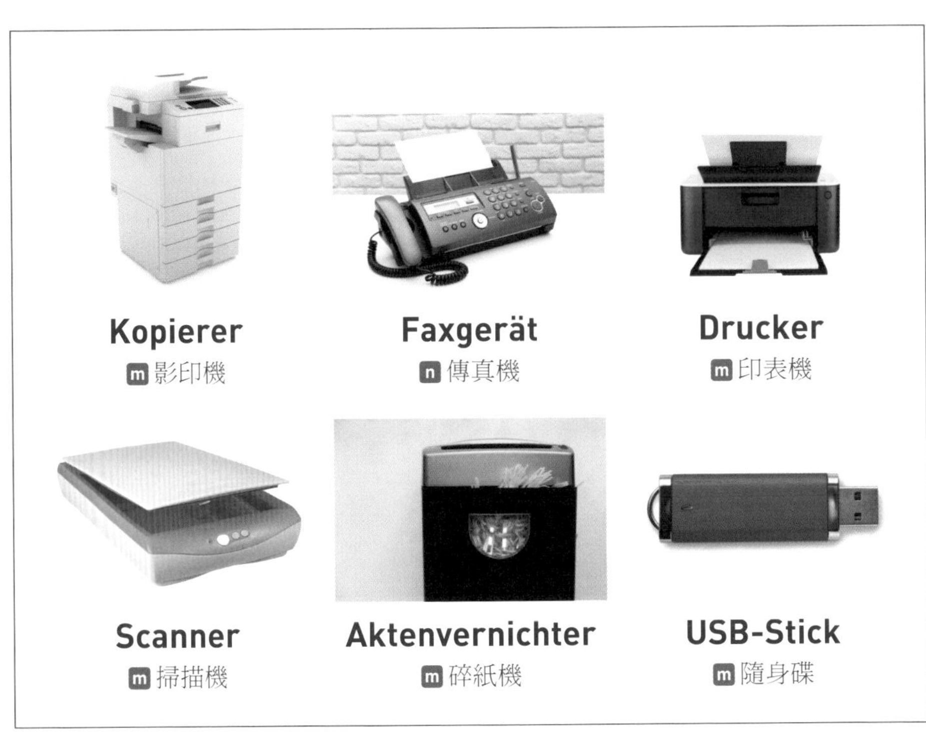

Kopierer m 影印機	**Faxgerät** n 傳真機	**Drucker** m 印表機
Scanner m 掃描機	**Aktenvernichter** m 碎紙機	**USB-Stick** m 隨身碟

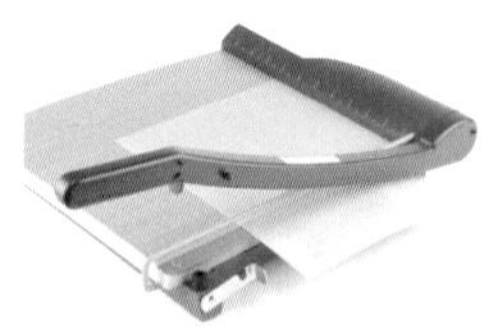

Hebelschneider
m 裁紙機

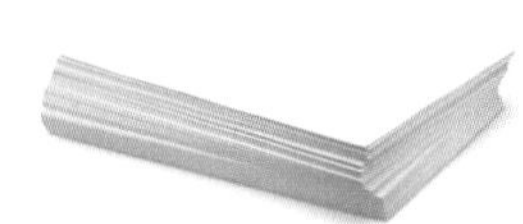

Kopierpapier
n 影印紙

Kaffeemaschine
f 咖啡機

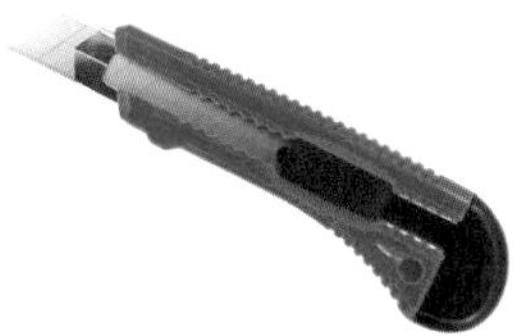

Cutter
[En] m 美工刀

Visitenkarte
f 名片

Klemmbrett
n 墊板夾

Stempel
m 印章

Stempelkissen

n 印台

Umschlag
m 信封

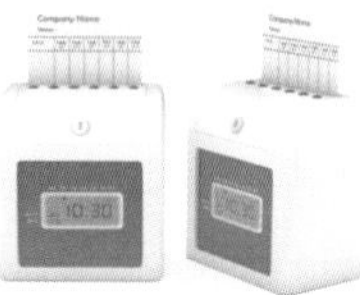

Stechuhr
f 打卡機

Wasserspender
m 飲水機

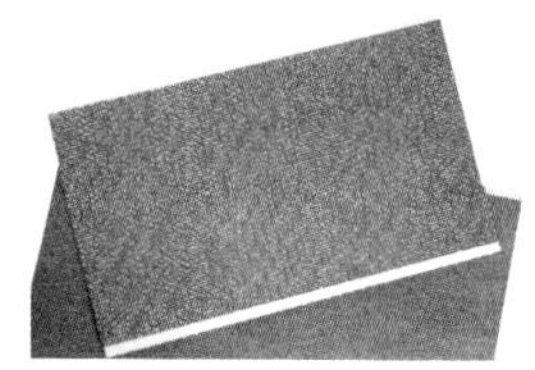

Durchschreibepapier
n 複寫紙

Part5_04

在辦公室常做些什麼？

kopieren
v. 複印

faxen
v. 傳真

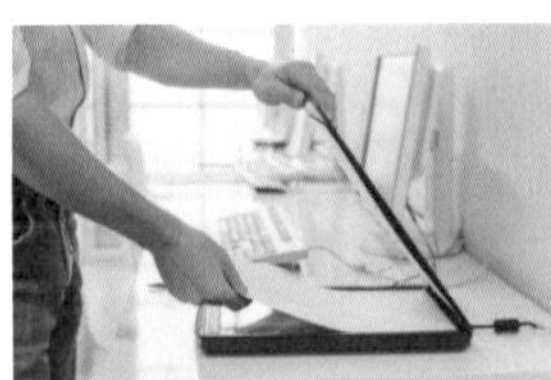

scannen
v. 掃描

kleben
v. 貼

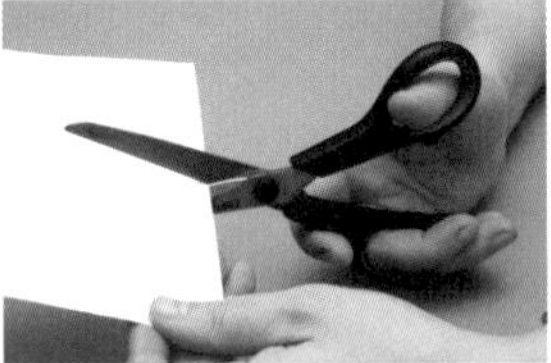

schneiden
v. 剪

den Vorgesetzten bitten, Papiere zu unterzeichnen
v. 請上司簽名

einen Bericht schreiben
v. 寫報告

eine Besprechung ansetzen
v. 開會

diskutieren
v. 討論

unterschreiben
v. 簽名

stempeln
v. 蓋章

die Stempelkarte an einer Stechuhr abstempeln
v. 用打卡機打卡

◆◆◆ 04 公司部門 Abteilungen

Part5_05

1. **Vorstand** m 董事會
2. **Aufsichtsrat** m 監事會
3. **Buchhaltung** f 會計部
4. **Finanzabteilung** f 財政部
5. **Personalabteilung** f 人事部
6. **Verwaltung** f 行政部
7. **Planungsabteilung** f 企劃部
8. **Vertriebsabteilung** f 銷售部
9. **Marketingabteilung** f 行銷部
10. **Computerabteilung** f 電腦部
11. **Abteilung Forschung und Entwicklung** f 研發部

◆◆◆ 05 職等 Berufsbezeichnungen

Part5_06

1. **Präsident** m 董事長
2. **Geschäftsführer** m 總經理
3. **Manager** m 經理
4. **Sekretär** m 祕書
5. **Stellvertretender Geschäftsführer** m 副總經理
6. **Vize-Manager** m 副經理
7. **Leiter** m 主管
8. **Vize-Leiter** f 副主管
9. **Gruppenleiter** m 組長
10. **Mitarbeiter** m 人員、職員
11. **Reinigungskraft** f 清潔人員
12. **Wächter** m 警衛

◆ Tips ◆

生活小常識：炒魷魚篇（Entlassung）

工作的時候，每個人為了求得升職（beruflicher Aufstieg）機會，都會勤奮工作好好表現。不過總有些人工作表現不太好，遭老闆炒魷魚的機率就會很高。「炒魷魚」的德文有 entlassen, suspendieren, feuern 這些說法。此外，也有些人因不喜歡這份工作而主動辭職。「辭職」德文叫做 kündigen。而一般在辭職之前，都要先繳交辭職單（Kündigungsschreiben）。

Wegen der Wirtschaftskrise wurde sie auch entlassen. Danach war sie einen lange Zeit arbeitslos, bis sie eine neue Arbeit gefunden hat.
因為經濟危機她被炒魷魚了。被解聘之後，她失業了很久才找到新工作。

Part5_07

常見的識業（Berufe）有哪些？

Feuerwehrmann, Feuerwehrfrau
m f 消防員（男／女）

Polizist, Polizistin
m f 警察（男／女）

Soldat, Soldatin
m f 軍人（男／女）

Beamte, Beamtin
m f 公務人員（男／女）

Fischer, Fischerin
m f 漁夫（男／女）

Bauer, Bäuerin
m f 農夫（男／女）

Ingenieur, Ingenieurin

m f 工程師（男／女）

Architekt, Architektin

m f 建築師（男／女）

Fabrikarbeiter, Fabrikarbeiterin

m f 工人、工廠作業員（男／女）

Bauarbeiter, Bauarbeiterin

m f 建築工人（男／女）

Büroangestellter, Büroangestellte

m f 辦公室職員、行政人員（男／女）

Buchhalter, Buchhalterin

m f 會計（男／女）

Sekretär, Sekretärin

m f 祕書（男／女）

Geschäftsmann, Geschäftsfrau

m f 商人（男／女）

Dolmetscher, Dolmetscherin

m f 口譯人員（男／女）

Rechtsanwalt, Rechtsanwältin

m f 律師（男／女）

Journalist, Journalistin

m f 記者（男／女）

Moderator, Moderatorin

m f 主持人（男／女）

Model

n 模特兒（男／女）

Sänger, Sängerin

m f 歌手（男／女）

Schauspieler, Schauspielerin

m f 演員（男／女）

Taxifahrer, Taxifahrerin

m f 計程車司機（男／女）

Fremdenführer, Fremdenführerin

m f 導遊（男／女）

Maler, Malerin

m f 畫家（男／女）

Kellner, Kellnerin
m f 服務生（男／女）

Straßenhändler, Straßenhändlerin
m f 路邊攤販（男／女）

Koch, Köchin
m f 廚師（男／女）

Friseur, Friseurin
m f 髮型設計師（男／女）

Schneider, Schneiderin
m f 裁縫師（男／女）

Hausmann, Hausfrau
m f 家庭主夫／家庭主婦

06 電腦 Computer

常用的電腦零件（Computerteile）有哪些？

1. **Bildschirm** m 螢幕
2. **Tastatur** f 鍵盤
3. **Maus** f 滑鼠
4. **Lautsprecher** m 喇叭
5. **Gehäuse** n 機殼
6. **Netzsteckdose** f 電源插孔
7. **Netzschalter** m 電源開關

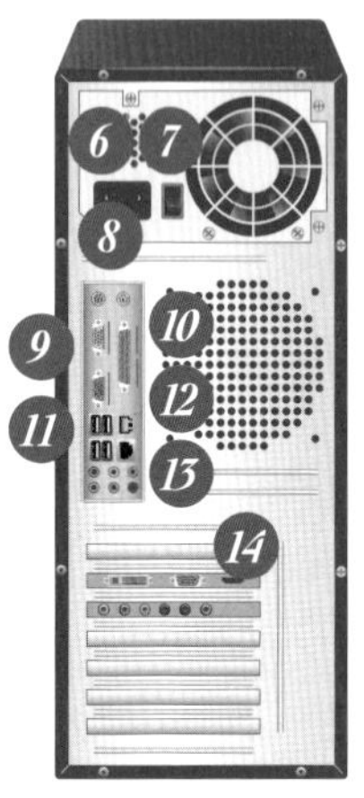

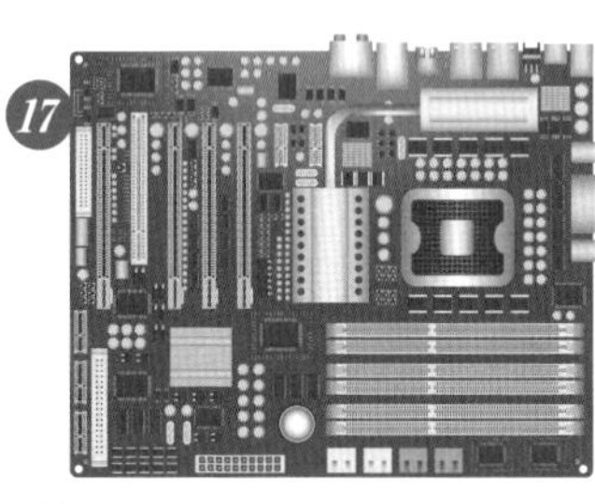

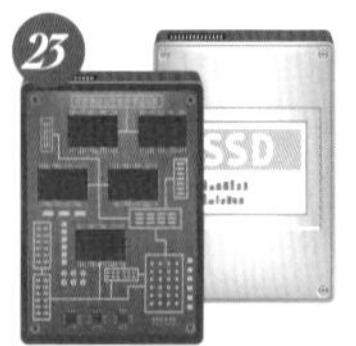
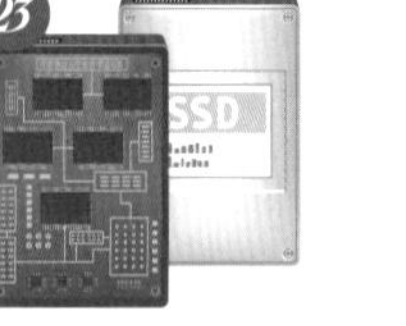

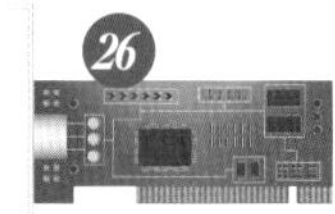

⑧ **PS/2-Anschluss** m PS/2 埠
⑨ **VGA-Anschluss** m VGA 埠
⑩ **Parallele Schnittstelle** f 並列埠
⑪ **USB-Anschluss** m USB 埠
⑫ **USB-Anschluss Typ B** m USB B 型埠
⑬ **Internetschnittstelle** f 網路埠
⑭ **HDMI-Schnittstelle** f HDMI 埠
⑮ **Kopfhöreranschluss** m 耳機插孔
⑯ **Startknopf** m 電源按鈕
⑰ **Hauptplatine** f 主機板
⑱ **Netzteil** n 電源供應器
⑲ **PC-Lüfter** m 散熱風扇
⑳ **Grafikkarte** f 顯示卡
㉑ **CPU** f 中央處理器
㉒ **Festplattenlaufwerk** n HDD 硬碟
㉓ **Solid-State-Disk** [En] f SSD 固態硬碟
㉔ **RAM** m / n 記憶體
㉕ **Soundkarte** f 音效卡
㉖ **Netzwerkkarte** f 網路卡
㉗ **CD-DVD-Laufwerk** n 光碟機

Part5_09

在辦公室使用電腦時會做些什麼？

den Computer einschalten / ausschalten
v. 開機／關機

online gehen
v. 上網

den USB einstecken / entfernen
v. 插入／拔出隨身碟

Daten eingeben
v. 輸入資料

in den Server gehen
v. 進入伺服器

mit dem Internet verbinden
v. 連上網路

tippen
v. 打字

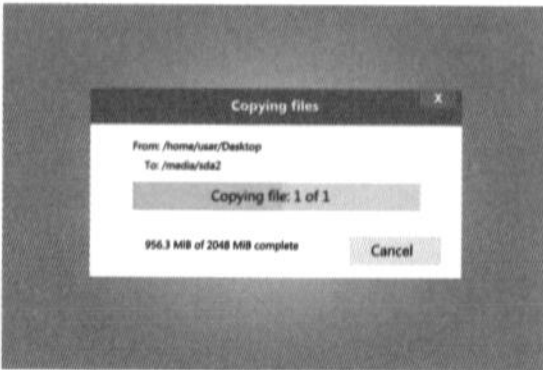

Daten kopieren
v. 拷貝資料

speichern
v. 儲存

downloaden
v. 下載

hochladen
v. 上傳

drucken
v. 列印

eine E-Mail senden / bekommen
v. 寄／收電子信

sich anmelden
v. 登入

sich abmelden
v. 登出

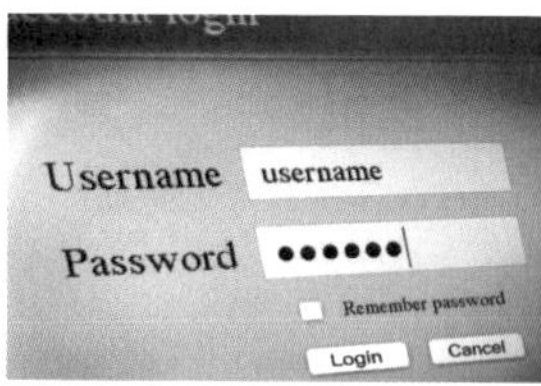

das Passwort eingeben
v. 輸入密碼

eine Software installieren
v. 安裝軟體

auf die linke Maus klicken
v. 點一下滑鼠左鍵

auf die rechte Maus klicken
v. 點一下滑鼠右鍵

mit dem Scrollrad nach oben scrollen
v. 滾輪滑上

mit dem Scrollrad nach unten scrollen
v. 滾輪滑下

die Maustaste zweimal klicken
v. 雙擊

Computerviren entfernen
v. 掃毒

eine CD / DVD brennen
v. 燒錄光碟

◆ **Tips** ◆

ein Rechner 是電腦？還是計算機？

Rechner 在德文中同時有「電腦」及「計算機」的意思。所以想分清楚的話可用複合字來讓 Rechner 的意思更具體一點。「計算機」可以用 Taschenrechner（可放進口袋的計算機）或是 Rechenmaschine（計算機）表示，一聽就能具體了解。而電腦的話可以 Computer（電腦）表示，若要講得更仔細一點，則可以用 PC（桌上型電腦）或 Laptop（筆記型電腦）。

鍵盤上的特別符號（Sonderzeichen）

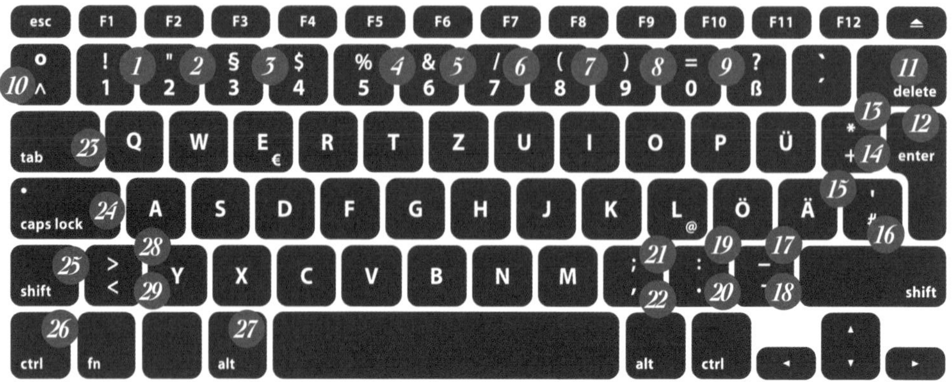

1. **Ausrufezeichen** n 驚嘆號
2. **doppelte Anführungszeichen** f（Pl）雙引號
3. **Dollarzeichen** n 美元符號
4. **Prozentzeichen** n 百分號
5. **Et-Zeichen**（或 **Und-Zeichen**）n and 符號
6. **Schrägstrich** m 斜線，除號
7. **Klammer** f 括號
8. **Gleichheitszeichen** n 等號
9. **Fragezeichen** n 問號
10. **Caret-Zeichen** n 插入符號，脫字符號
11. **Entfernen-Taste** f 刪除鍵
    ＊**Rücktaste** f 退格鍵
12. **Eingabe** f 確認鍵
13. **Sternchen** n 星號，乘號
14. **Pluszeichen** n 加號
15. **Apostroph** m 撇號，縮寫符號
    ＊**halbe Anführungszeichen** f（Pl）單引號
16. **Doppelkreuz** n 井字號
17. **Unterstrich** m 底線
18. **Bindestrich** m 連字號，減號
19. **Doppelpunkt** m 冒號
20. **Punkt** m 句號
21. **Semikolon**（或 **Strichpunkt**）n 分號
22. **Komma** n 逗號
23. **Tabulatortaste** f Tab 鍵
24. **Feststelltaste** f 大寫鎖定鍵
25. **Umschalttaste** f Shift 鍵
26. **Steuerung (Strg)** f 控制鍵
27. **Alt-Taste** f 轉換鍵，Alt 鍵
28. **Größer-als-Zeichen** n 大於符號
29. **Kleiner-als-Zeichen** n 小於符號

其他鍵

- **geschweifte Klammer** f 大括號
- **eckige Klammer** f 中括號
- **vertikaler Strich** m 垂直線
- **umgekehrter Schrägstrich** m 反斜線
- **At-Zeichen** n 小老鼠

用鍵盤輸入德文（Deutsche Tastatur）時的注意事項

一般電腦都可以下載德文輸入法。德文鍵盤上的「字母鍵」基本上和我們目前鍵盤（英文鍵盤）的差異不大，只要注意 y 和 z 的位置相反，以及目前鍵盤上所沒有的三個字母，也就是「ä Ä」「ö Ö」「ü Ü」和「ß」即可。

而標點符號差異較多：常用的德文符號，如「引號」，其位置是在目前鍵盤轉換成大寫時的數字 2 的位置，「問號」在目前鍵盤轉換成大寫時連字號的位置，「連字號」在目前鍵盤問號的位置，「斜線」在目前鍵盤轉換成大寫時的數字 7 的位置。此外，德文打字較麻煩的一點是，所有的名詞都必須大寫。

◆ Tips ◆

生活小常識：電腦當機（Computerabsturz）篇

電腦當機的狀況，大致上可分成兩種：「有畫面」mit Bild 和「無畫面」ohne Bild 兩種。「有畫面」的當機是指在電腦操作到一半時，螢幕上的畫面突然停格，呈現靜止狀態（Stillstand），動也動不了，這樣「（有畫面的）當機」，德文說法是 Einfrieren、Lag；另一種當機的狀態則是一開機（beim Start）時，螢幕的畫面就呈現黑色（schwarzer Bildschirm）、看不到任何東西，這樣「（無畫面的）當機」狀態，德文稱為 abstürzen。

Als Paula an ihrer Hausarbeit arbeitete, ist der Computer abgestürzt. Sie konnte die Datei nicht retten und hat deswegen alle Daten verloren.
寶拉在打報告時，她的電腦當機了。她無法救回檔案，因此所有的資料都不見了。

♦♦♦ Kapitel 2

Post 郵局

Part5_11-A

1. **Schalter** m 服務窗口
2. **Postbeamte, Postbeamtin**
   m f 郵局服務人員（男／女）
3. **Kunde, Kundin** m f
   顧客（男／女）
4. **Packservice** f 包裹服務
   - ＊**wiegen** v. 秤重
   - ＊**messen** v. 量尺寸
   - ＊**verpacken** v. 包裝
5. **Briefeinwurf** m 信件投入處
6. **Eingang** m 入口
   - 衍 **Ausgang** m 出口
7. **Packstation** f
   自助寄件取件機

你知道嗎？

在德國如何寄包裹呢？
Wie kann man in Deutschland ein Paket versenden?

德國郵局郵寄包裹的服務，是採 DHL 系統，可分成兩類：一個稱作 Päckchen「小包」，是用來郵寄比較小的包裹，德國境內和國外的郵寄重量都訂在 2 公斤內。另一個稱作為 Paket「包裹」，最大尺寸不可超過 120cm x 60cm x 60cm，德國境內郵寄包裹的標準可重達 31,5 公斤，而郵寄到國外的重量限制最多是 31,5 公斤（有的是 20 公斤），例如：限重 20 公斤的有南韓（Südkorea）、台灣（Taiwan）。

在郵局裡常見的東西有哪些？德文怎麼說？

Part5_11-B

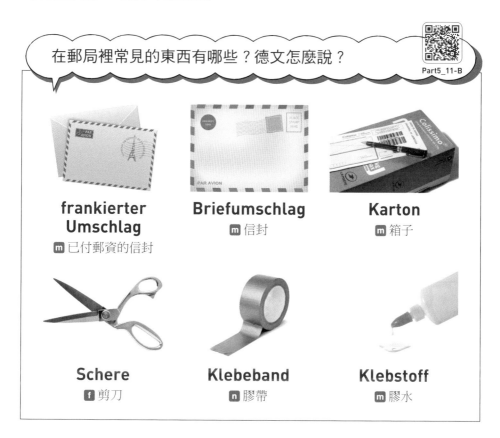

frankierter Umschlag
m 已付郵資的信封

Briefumschlag
m 信封

Karton
m 箱子

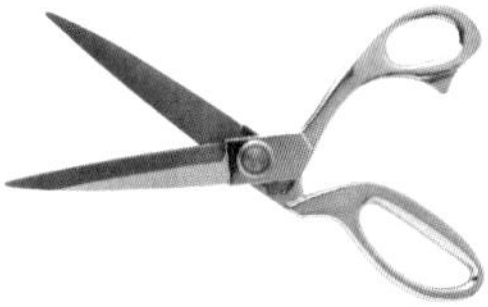

Schere
f 剪刀

Klebeband
n 膠帶

Klebstoff
m 膠水

Waage

f 磅秤

Postfach

n 郵政信箱

Briefkasten

m 郵筒

◆Tips◆

慣用語小常識：郵件篇

ab (geht) die Post

複詞 ab 是「離開」的意思，動詞 geht「行走」通常會省略，die Post 是「郵局」，可譯成「郵務離開」，現今引申為口語的「趕快離開」。這個慣用語源自德意志帝國時期（im Deutschen Reich），當時巴伐利亞的侯爵家族（bayerisches Fürstenhaus）圖恩和塔克西斯（Thurn und Taxis）在建立世界第一套完整的郵政系統致富，在這慣用語中反映出當時由郵政送遞的快速。

另一個幾乎相同的慣用語 die Post geht ab，此用法中的動詞 geht 不可省略，引申義是「氣氛好、很熱鬧（較少有負面的意思）」。因此要真正了解上述這兩種詞組的詞意與用法時，上下文非常重要。

Bei diesem schönen Wetter müssen wir ans Meer und baden. Schnell die Badesachen zusammenpacken und dann ab die Post!
這麼好的天氣我們一定要去海邊和游泳。快裝好游泳用品就趕快出發！

Gestern fing das Musik Festival Hamburg an. Als die beliebte Hamburger Band auftritt, ging die Post ganz schön ab.
昨天漢堡音樂季開始了。在漢堡當紅樂團登台時，氣氛超嗨的。

◆◆◆ 01 郵寄 Versenden von Briefen

Part5_12

常做的事有哪些？

ein Paket abholen
v. 領包裹

ein Paket versenden
v. 郵寄包裹

das Paket packen
v. 打包包裹

einen Brief als Einschreiben schicken
v. 寄掛號信

ein Einschreiben abholen
v. 領掛號郵件

den Briefumschlag zukleben
v. 密封信件

◆ Tips ◆

郵件種類 Brieftypen

德國的信件主要分為：

普通信 Brief m
明信片 Postkarte f
航空信 Luftpost f
快捷信 Expressbrief m
掛號信 Einschreiben n
掛號附回執 Einschreiben mit Rückschein n

••• 02 購買信封 Briefumschläge kaufen

Part5_13

在郵局可以買到哪些商品呢？

Briefumschlag
m 信封

Postkarte
f 明信片

Briefmarke
f 郵票

Karton
m 紙箱

Gutschein
m 郵政禮券

(ein adressierter) Rückumschlag
m （已寫好地址的）回郵信封

信封書寫方式

德國常用的標準橫式信封有三種格式：DIN C6（114 x162mm），DIN B6（125 × 176 mm）或是 DIN lang（110x220mm），其餘較大格式的信封是以 A4 紙的大小為基準，主要是方便信紙的折疊。

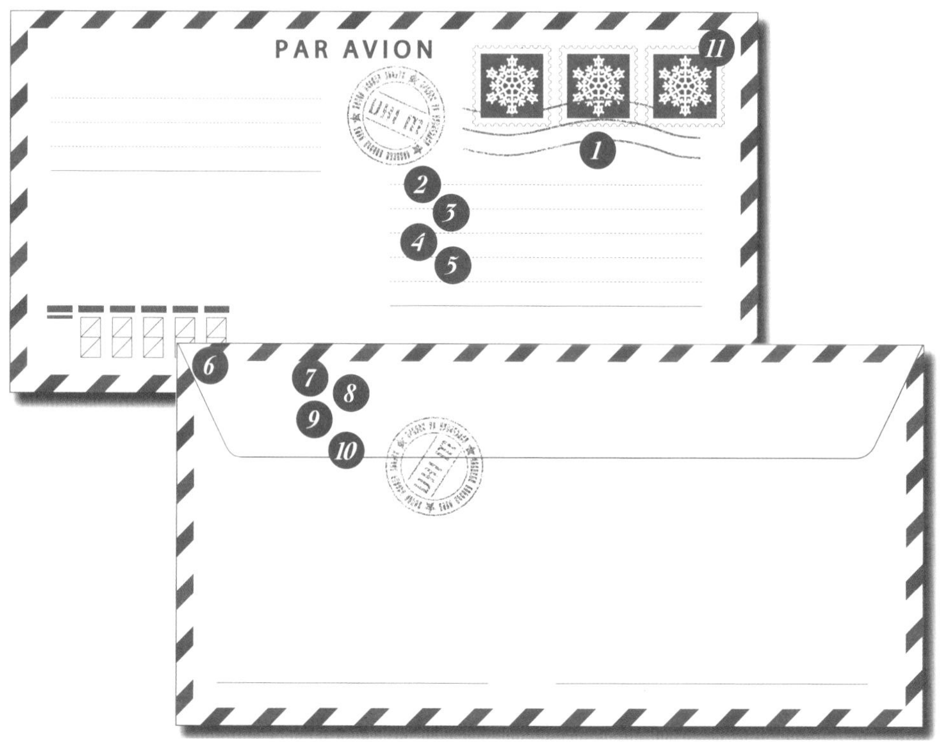

信封正面中間略偏右 ❶：

填寫收件人（Empfänger m）的姓名和地址，書寫標準順序為 ❷「收件人姓名Name m」、❸～❺「收件人地址 Anschrift f」。地址的標準寫法需「由小到大」排列：❸「門牌號碼 Hausnummer f、弄、巷、路或街道名 Straße f」、❹「郵遞區號 Postleitzahl f」+「鄉鎮區或城市 Ortsname m」，最後是 ❺「國名 Ländername m」。

信封背面上方 ❻：

填寫寄件人（Absender m）的姓名和地址，書寫標準順序為 ❼「寄件人姓名 Name m」、❽～❿「寄件人地址 Anschrift f」；地址的標準寫法與收件人地址的寫法一樣，需「由小到大」排列：❽「門牌號碼 Hausnummer f、弄、巷、路或街道名 Straße f」、❾「郵遞區號 Postleitzahl f」+「鄉鎮區或城市 Ortsname m」、❿「國名 Ländername m」。

信封正面右上角 ⓫ 郵票（Briefmarke f）

德國信封上的 Postleitzahl（郵遞區號）總共會有 5 碼，前兩碼是表示區域（Postleitregion / Leitregion），後三碼分別代表鄉鎮，例如柏林米特區的郵遞區號是 10115 – 10435。

明信片（Postkarte）書寫方式

明信片地址書寫的方式與信封書寫方式一樣，都是「由小到大」的排序，但是因為明信片的空間有限，所以大多**只有填寫收件人（Empfänger）的姓名（Name）和地址（Anschrift）**而已，而**不填寫寄件人（Absender）的部分**。如果非要填寫，那就會使用信封，把明信片當作信件來寄，郵資會比直接寄明信片貴一些，但至少不會造成混淆。

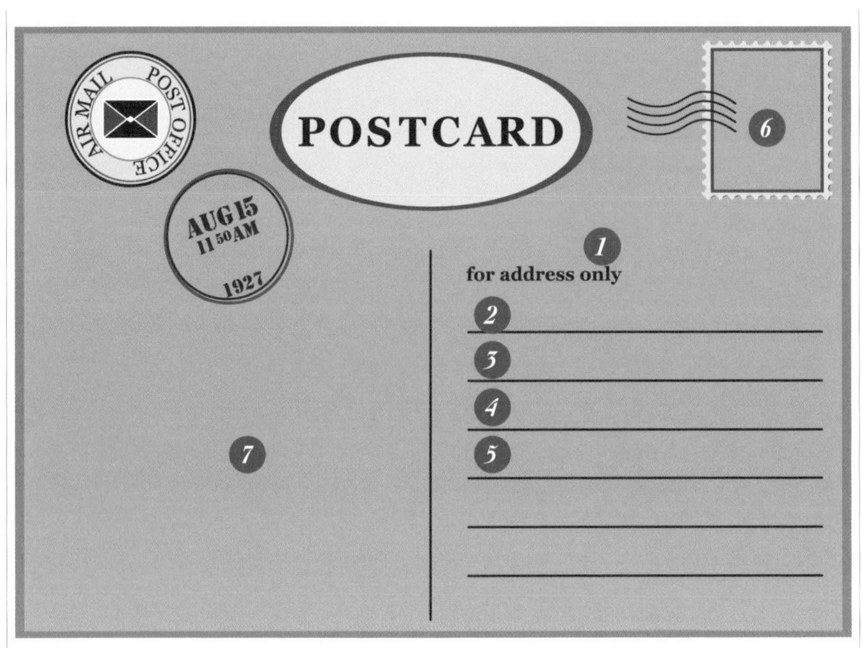

右下方 ❶：

填寫收件人（Empfänger m）的姓名和地址，書寫標準順序為 ❷「收件人姓名 Name m」、❸～❺「收件人地址 Anschrift f」。

地址的標準寫法需「由小到大」排列：❸「門牌號碼 Hausnummer f、弄、巷、路或街道名 Straße f」、❹ 郵遞區號（Postleitzahl f）+「鄉鎮區或城市 Ortsname m」、❺「國名 Ländername m」。

- **右上角 ❻：**
  郵票（Briefmarke f）黏貼位置。

- **左邊空白處 ❼：**
  書寫內容（Inhalt m）的區域。

◆◆◆ Kapitel 3

Telefonshop 通訊行

Part5_14

❶ **Ladentheke** f 櫃台

❷ **Handy** n 手機

衍 **Tablet** n 平板

❸ **Verkäufer, Verkäuferin**

m f 服務人員（男／女）

❹ **Aufsteller** m 商品展示區

❺ **Werbung** f 廣告

❻ **Kunde, Kundin** m f

顧客（男／女）

在服務櫃檯（Ladentisch），常見的東西有哪些？

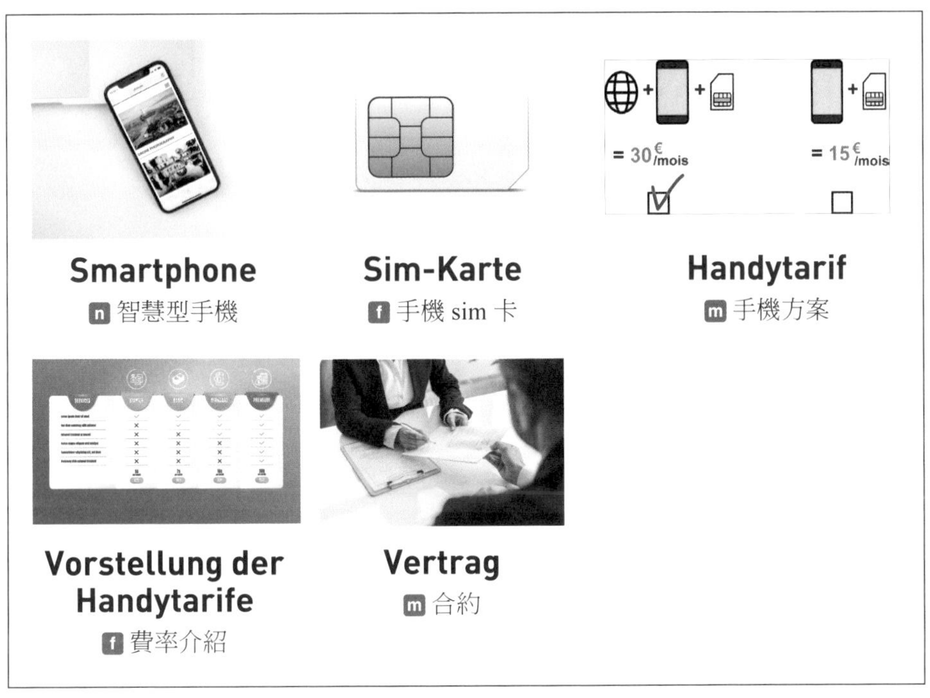

01 申辦門號Handynummer beantragen

Part5_15

通訊行提供各式手機門號的申辦以及優惠方案，除此之外，還可申辦網路（Internetanschluss）及無線電視節目（-fernsehen）。

常做的事有哪些？

1. **eine Handynummer beantragen** v. 申辦門號
2. **den Internetanschluss beantragen** v. 申辦網路
3. **den Vertrag verlängern** v. 續約

4. **eine SIM-Karte kaufen** v. 購買 sim 卡
5. **eine Surf-Karte kaufen** v. 購買網路卡
6. **Tarife vergleichen** v. 比較費率
7. **die Handyrechnung begleichen** v. 繳手機費
8. **den Vertrag kündigen** v. 解約
9. **zu einem anderen Anbieter wechseln** v. 換新電信公司
10. **ein neues Handy kaufen** v. 買新手機
11. **das Handy demontieren** v. 把手機拆開
12. **das Handy zusammensetzen** v. 把手機組裝起來
13. **die SIM-Karte einsetzen** v. 裝 sim 卡
14. **das Internet einschalten** v. 開啟網路
15. **die PIN eingeben** v. 輸入 pin 碼
16. **entsperren** v. 解鎖
17. **einschalten** v. 開（機）
18. **ausschalten** v. 關（機）

申辦手機時的其他需知

1. **Mobilfunkanbieter** m 電信公司
2. **monatlicher Grundpreis** m 月租費
3. **Gesprächsgebühr** f 通話費
4. **Internettarif** m 網路費
5. **Handyrechnung** f 手機帳單
6. **Vertragsstrafe** f 違約金
7. **Zahlungstermin** m 繳費截止日期
8. **eine Festnetznummer anrufen** 打市話
9. **Tarif: ~Cent pro Minute** 費率每分鐘～歐分
10. **Sondertarif** m 優惠價
11. **Rufnummernmitnahme** f 攜碼
12. **Vertragslaufzeit** f 合約期限
13. **Prepaidkarte** f 預付卡
14. **Das Handy wird gesperrt.** 手機被停話。
15. **Das Handy wird entsperrt.** 手機被復話。

手機門號方案種類

德國目前三大通訊公司為 Deutsche Telekom（德國電信股份公司）、Vodafone（沃達豐集團）和 Telefónica (O2)（西班牙電信集團德國公司），其提供的手機月租方案（monatlicher Grundpreis）選項非常多，也常會推出新的優惠方案。此外，還有許多小型電信業者（Drittanbieter）提供相當便宜的方案（günstige Tarife）。至於哪種手機費用（Mobilfunktarif）適用，一般是根據個人所需在預付卡（Prepaid-Tarife）、吃到飽（Allnet-Tarife）或是各種方案（Paket-Tarife）中做比較與選擇再決定購買。

◆◆◆ 02 了解手機的功能 Funktionen des Handys

手機的基本功能，德文怎麼說？

Part5_16

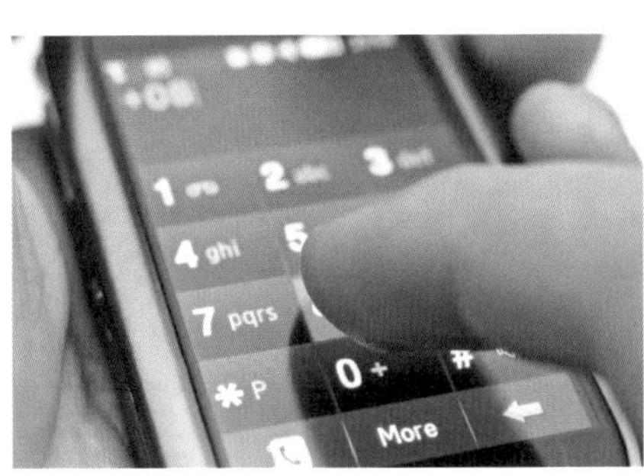

Display n 手機（或平板）螢幕
Taste f 按鍵
Telefon-Taste f 通話鍵
Stern-Taste f 米字鍵
Doppelkreuz-Taste f 井字鍵
Zahlentaste f 數字鍵
Lautstärke-Taste f 音量鍵

Zurück-Taste f 返回鍵
Bluetooth m n 藍芽
Home-Taste f （回首頁）Home 按鍵
Mailbox f 語音信箱

Akku m 電池（Akkumulator 的簡寫）
Videotelefonie f 視訊通話
Kopfhörerbuchse f 耳機插孔
Flugmodus m 飛航模式

操作手機的基本功能時，德文會怎麼說？

- **mit dem Handy telefonieren** v. 用手機打電話
- **das Handy auflegen** v. 把手機掛掉
- **simsen** v. 傳簡訊
- **auf dem Handy tippen** v. 在手機上打字
- **den Akku laden** v. 充電
- **die Telefonnummer wählen** v. 撥電話號碼
- **speichern** v. 儲存
- **die Telefonnummer speichern** v. 儲存電話號碼
- **den Wecker einstellen** v. 設定鬧鐘
- **den Klingelton einstellen** v. 設定鈴聲
- **(das Handy) klingeln** v. （手機）響
- **den Klingelton ändern** v. 換鈴聲
- **die Klingelton-Lautstärke regeln** v. 調鈴聲音量
- **auf Vibrationsmodus / Klingelton / Stummschaltung umschalten** v. 轉為震動／鈴聲／靜音模式
- **ausschalten** v. 關（機）
- **surfen** v. 搜尋
- **Zurück zur Startseite** 回主畫面
- **Zurück zur letzten Internetseite** 回上一頁
- **löschen** v. 刪除
- **den Handy-Lautsprecher einschalten** v. 開擴音
- **Fotos mit Handy machen** v. 用手機拍照

Teil VI

Bildungsanstalt 教育機構

◆◆◆ Kapitel 1

Universität 大學

Part6_01-A

校園布置（Einrichtungen auf dem Campus）

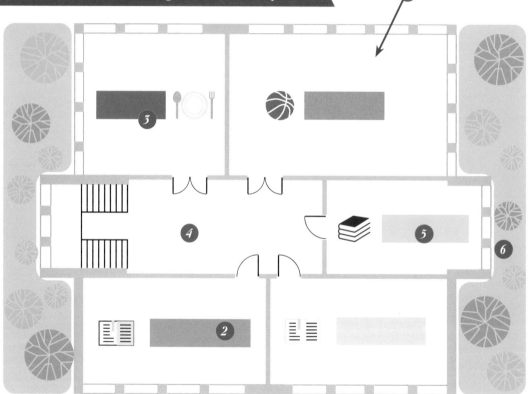

1. **Lageplan** m 校園平面圖
2. **Klassenraum** m 教室
3. **Mensa** f （大學）食堂
4. **Gang** m 走廊
   - 衍 **Korridor** m 走廊
5. **Bibliothek** f 圖書館
   - 衍 **Universitätsbibliothek** f 圖書總館，大學圖書館
   - 衍 **Institutsbibliothek** f 學院圖書館
6. **Garten** m 庭園

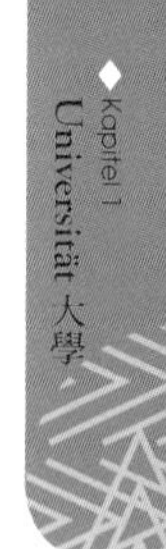

❼ **Universitätsgelände** n
大學校區

❽ **Universitätstor** n 校門

＊**Haupteingang** m 主要入口

＊**Seiteneingang** m 側門

❾ **Student** m 男大學生

❿ **Studentin** m 女大學生

你知道嗎？

Part6_01-B

大學辦公室（Schulbüros）有哪些呢？德文怎麼說？

1. **Büro des Rektors** n 校長室
2. **Universitätsverwaltung** f 大學行政
3. **Studienbüro** n 教務處
4. **Studierendenadministration** f 學務處
5. **Büro der Lehrkräfte** n 教職員辦公室
6. **Personalbüro** n 人事室
7. **Buchhaltung** f 會計室
8. **International Office** n / **Auslandsamt** n 國際辦公室
9. **Studentenberatung** f 學生諮商處
10. **Studienberatung** f 學業諮商
11. **Psychologische Beratung** f 心理諮商
12. **Studentenkanzlei** f 學生註冊管理處

13. **Studentenwerk** n 學生服務管理處（主要管理宿舍、學生餐廳等）
14. **Allgemeiner Studierendenausschuss** m 學生委員會（簡稱 AStA）
15. **Prüfungsamt** n 考試單位
16. **Prüfungsausschuss** m 考試委員會
17. **Studierendensekretariat** n 學生祕書處
18. **Ruheraum** m 休息室
19. **Lehrerzimmer** n 教職員辦公室
20. **Buchhaltungsbüro** n 會計室

學校教室有哪些呢？德文怎麼說？

1. **Sprachenzentrum** n 語言中心
2. **Audiovisueller Kassenraum** m 視聽教室
3. **Hörsaal** m 階梯教室
   衍 **Vorlesungssaal** m 階梯教室
   衍 **Auditorium** n 大學教室，大禮堂
4. **Vorlesungsraum** m 演座教室
5. **Musikraum** m 音樂教室
6. **PC-Pool** m 電腦教室
7. **Mal-und Zeichenraum** m 繪畫教室
8. **Labor** n 實驗室
9. **Multimediaraum** m 多媒體教室
10. **Seminarraum** m 專題討論教室
11. **Gruppenarbeitsraum** m 小組工作室
12. **Sitzungsraum** m 會議室
13. **Konferenzraum** m 會議廳
14. **Kinosaal** m 電影廳
15. **Sporthalle** n 運動館

大學裡，常見的教職員（Lehrerkräfte）有哪些？德文怎麼說呢？

1. **Dekan** m 院長
2. **Abteilungsleiter** m 系主任
3. **Professor** m 教授
4. **Gastprofessor** m 客座教授
5. **Juniorprofessor** m 青年教授
6. **Associate Professor** m 副教授
7. **Assistenzprofessor** m 助理教授
8. **Betreuungsprofessor** m 指導教授
9. **Dozent** m 講師
10. **Privatdozent** m 編制外講師
11. **Wissenschaftliche Mitarbeiter** m 科研人員
12. **Büroangestellte** m / f 辦公室職員

大學裡各年級的學生，德文怎麼說？

1. **Student, Studentin** m f 大學生
2. **Masterstudent** m 碩士生
3. **Doktorand** m 博士生
4. **Studienanfänger** m 新生
5. **Studierende im ersten Studienjahr** m / f 大一生
6. **Studierende im zweiten Studienjahr** m / f 大二生
7. **Studierende im dritten Studienjahr** m / f 大三生
8. **Studierende im vierten Studienjahr** m / f 大四生
9. **Gasthörer** m 旁聽生
11. **ausländische Studierende** m / f 外籍生
12. **Austauschstudent** m 交換生
13. **Auslandssemester** n 國外學期
14. **Absolvent** m 畢業生

15. **Studienkollege** m 男同學
16. **Studienkollegin** f 女同學
17. **Alumnus** m 畢業校友（複數 Alumni）
18. **Studierendenvertretung** f 學生會
   - 衍 **Bachelorgrad** m 學士學位
   - 衍 **Mastergrad** m 碩士學位
   - 衍 **Doktorgrad** m 博士學位

在大學會做什麼呢？

01 上課 Im Unterricht

Part6_02

上課時會做什麼呢？

- **Wissen erwerben** v. 求知
- **wiederholen** v. 複習
- **Notizen machen** v. 寫筆記
- **Zettel im Unterricht herumreichen** v. 上課中傳紙條
- **verteilen** v. 發（講義、考卷）
- **referieren** v. 主講
- **bewerten** v. 評分
- **einen Vortrag halten** v. 做報告
- **fragen**（或 eine Frage stellen） v. 提問
- **antworten** v. 回答（問題）
- **überprüfen** v. 仔細檢查
- **dösen** v. 打瞌睡
- **ausfüllen** v. 填寫（資料）
- **den Unterricht schwänzen** v. 翹課

Part6_03

所需的文具用品（Schreibwaren）

Radiergummi
m / n 橡皮擦

Klebstoff
m 白膠

Klebestift
m 口紅膠

Klebezettel
m 便利貼

Lineal
n 尺

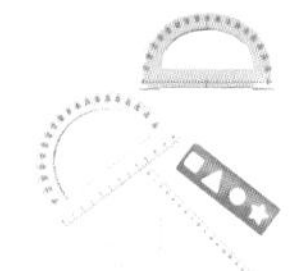

Winkelmesser
m 量角器

Zirkel
m 圓規

Mappe
f 文件夾，資料夾

Cutter
[En] m 美工刀

Aktenordner
m 檔案夾

Nachfüllpapier
n 活頁紙

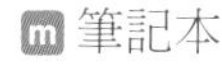

Schreibblock
m 筆記本

Taschen-rechner
m 計算機

Federmäpp-chen
n 筆袋，鉛筆盒

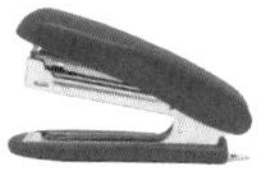

Tacker
m 釘書機

Heftklam-mer
m 釘書針

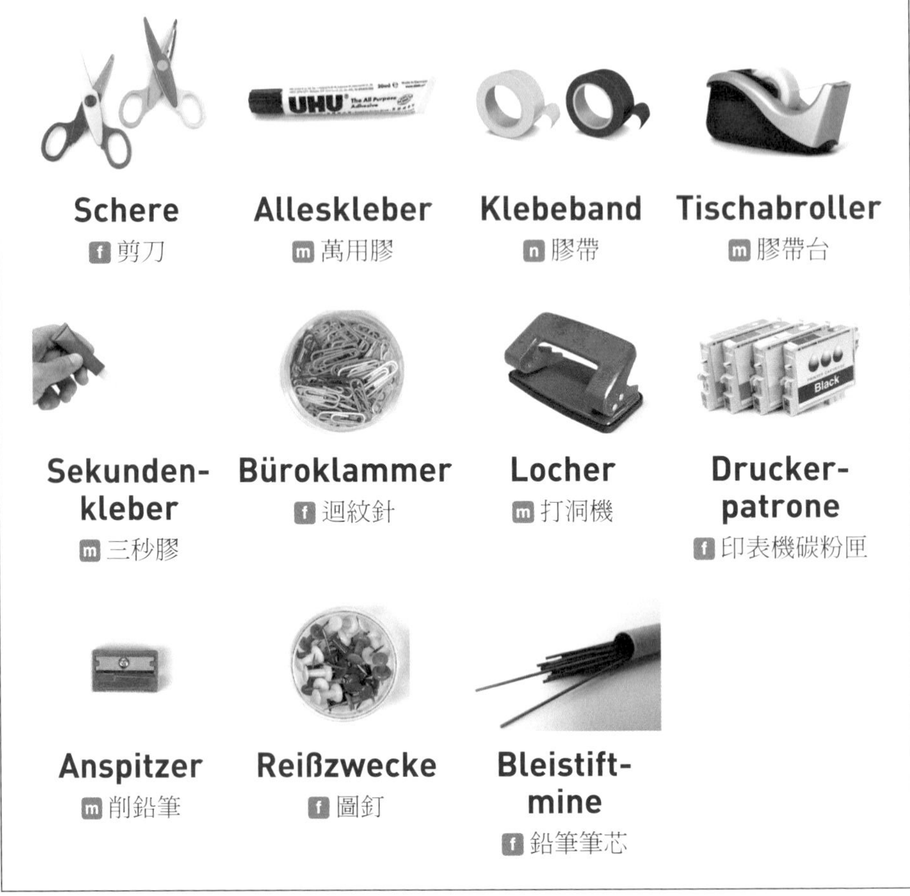

◆ **Tips** ◆

修正液的德文怎麼說？

最早期的修正液原本是用一個小瓶子填裝白色的修正液體，並附帶一支小刷子（Pinsel），德文叫做 Korrekturfluid，源自名詞 Korrektur「修改；訂正」和 Fluid「液體」組合的複合詞，所以 Korrekturfluid 指的就是「修正的液體」（Korrekturflüssigkeit）。但因刷子不易使用，後來才改成筆型的**修正液**（Korrekturstift），把筆頭上的圓珠輕壓在需修正處上，流出白色液體後就可修改。但使用修正液時，缺點是還要等它乾，才能繼續寫字，業者後續又研發出如「膠帶」般將白色修正液貼在修正處上的**修正帶** (Korrekturroller)。

德國口語常會使用品牌名稱來取代物品的名稱，例如：修正液 Tipp-Ex（Korrekturfluid）、紙手帕 Tempo（Papiertaschentuch）、膠水 Uhu（Klebstoff）。

Schecks dürfen nicht mit dem Korrekturfluid verbessert werden.
不可以用修正液塗改支票。

筆（Stifte）的種類有哪些，德文要怎麼說呢？

Part6_04

Wachs-malstift
m 蠟筆

Farbstift
m 彩色筆；麥克筆

Bleistift
m 鉛筆

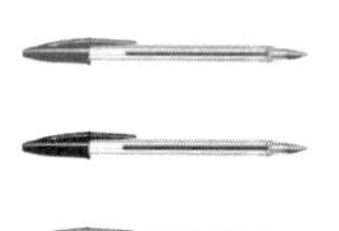

Kugel-schreiber
m 原子筆，圓珠筆（簡稱Kuli）

Buntstift
m 色鉛筆

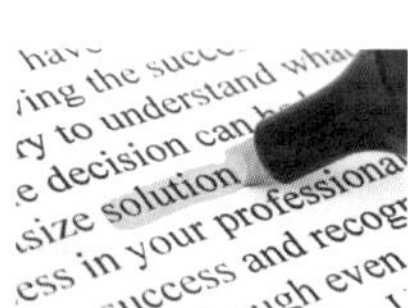

Textmarker
m 螢光筆

Druck-bleistift
m 自動鉛筆

Füller
m 鋼筆

Whiteboard-Marker
m 白板筆

Kreide
f 粉筆

Aquarell-pinsel
m 水彩筆

Permanent-Marker
m 油性簽字筆

你知道嗎？

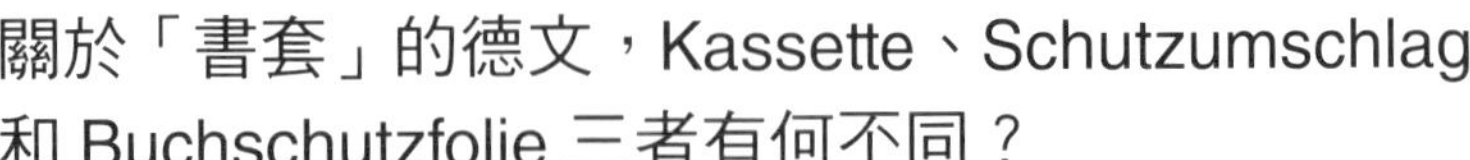

關於「書套」的德文，Kassette、Schutzumschlag 和 Buchschutzfolie 三者有何不同？

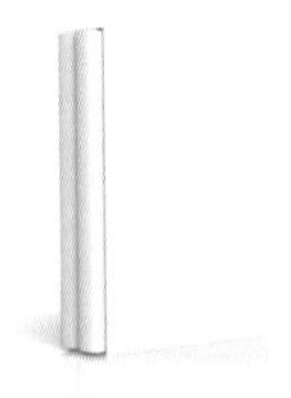

Kassette 是指可裝兩本書以上，並露出書背的「硬紙書盒」（fester Karton），通常連載書籍、系列套書都會使用 Kassette 把整套的書裝在一起，同時也會讓書籍看起來較有價值感。

Er freut sich bestimmt über eine Kassette mit Werken von Franz Kafka.
他一定會很高興收到這系列卡夫卡套書的。

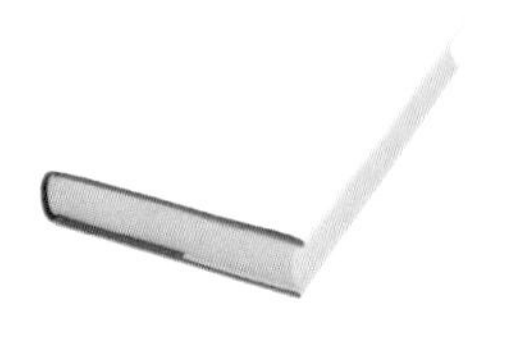

Schutzumschlag「護封」通常是包在精裝本（Hardcover）硬質封面最外層的保護包紙，可防止在攜帶時和使用時造成書皮（Bucheinband）毀損，此外也有吸引讀者注意到這本書的功能。

Das Hardcover hat einen schönen Schutzumschlag.
這本精裝書有個很漂亮的書衣。

Buchschutzfolie/Buchfolie，是「書籍保護膠膜」，通常會是學生在使用。而 Buchhülle/Buchumschlag 是指「透明書套」。

Mit der transparenten Buchfolie habe ich die neuen Bücher eingebunden.
我用透明的保護膠膜把新書包好了。

「翹課」的德文要怎麼說呢？

- 18 世紀時，schwänzen 這個動詞被德國的學生拿來指「閒逛，錯過上課」的意思。在現代德語，這個口語動詞是「翹課」的意思。

Das Wetter ist sehr schön. Ich möchte so gern den Nachmittagsunterricht schwänzen und im Park schlendern.
今天天氣真好，我真想翹掉下午的課去公園悠閒。

- fernbleiben 是指「不參加」的意思，可用來表達「缺課，缺席」。

Er ist heute dem Unterricht unentschuldigt ferngeblieben.
他今天沒請假就直接沒來上課。

- 在德文中還有另外一種說法可表示沒來上課，我們可以用意思是「錯過」的動詞 verpassen 和 versäumen，再搭配受詞「課程」（Unterricht）來表達「錯過上課」。

Weil der Wecker heute Morgen nicht geklingelt hat, habe ich den Deutschunterricht verpasst.
今早，因為鬧鐘沒響，我錯過了德文課。

Paul hat bisher noch keinen Unterricht versäumt.
到目前為止保羅還未缺席過一堂課。

常用句子

1. **Der Unterricht beginnt.**
   上課了。
2. **Das wäre es für heute.**
   這就是今天的內容。（客氣的用法，意思是指今天上課到此為止，下課了）。
3. **Jetzt wird die Anwesenheitskontrolle geführt.**
   現在來點名。
4. **Jetzt wiederholen wir die letzte Lektion.**
   現在先複習上一課。
5. **Machen Sie bitte die Seite 5 auf.**
   翻到第 5 頁。

表達意見

6. **Ich bin ganz Ihrer Meinung.** 我的意見和您的完全一樣。
7. **Ich schließe mich an.** 我同意。
8. **In diesem Punkt stimme ich Ihnen völlig zu.**
   在這一點上我完全同意您的見解。
9. **Tut mir Leid, aber da bin ich etwas anderer Meinung.**
   抱歉，但我的意見和您的有些不同。
10. **Das sehe ich anders.** 我的看法不一樣。
11. **Ich muss Ihnen leider widersprechen.** 可惜我必須反駁您。
12. **Entschuldigung, darf ich Sie kurz unterbrechen?**
    對不起，我可以稍微打斷您一下嗎？
13. **Wenn Sie noch weitere Fragen haben, melden Sie sich, bitte.** 若您還有其他的問題，請提出。
14. **Wollen Sie noch was dazu sagen?** 您還要對此作補充嗎？
15. **Ich komme später noch einmal auf das Thema zurück.**
    我晚點還會再回到這個主題上。
16. **Könnten Sie das vielleicht kurz erläutern?**
    或許您能夠稍微解釋一下這個？

提出問題

17. **Wie heißt das auf Deutsch?** 這個用德文要怎麼說？
18. **Entschuldigen Sie, können Sie das noch einmal wiederholen?** 不好意思，可以再說一次嗎？
19. **Das verstehe ich nicht ganz.** 我不太懂。
20. **Ich hätte noch eine Frage.** 我還有一個問題。

02 申請學校與報到 Bewerbung & Anmeldung

申請德國的大學，需要的文件與流程有哪些？

Part6_05

- 申請學校時該準備的文件（Nachweise und Dokumente）

1. **Nachweis deutscher Sprachkenntnisse** m 語言證明
2. **Nachweis zur Hochschulzugangsberechtigung** m 學歷證明
3. **Zeugnis** n 成績單
4. **Empfehlungsschreiben** n 推薦信
5. **Visum** n 簽證
6. **Motivationsschreiben** n 動機信
7. **Abschlusszeugnis** n 畢業證書
8. **Bewerbungsformular** n 學校申請表格
   ㊍ **Bewerbungsfrist** f 申請期限
   ㊍ **Fremdsprachenkenntnisse** f（Pl）外語能力

- 學校錄取後，需要申請或準備的文件（Unterlagen）

1. **Aufenthaltserlaubnis** f 居留證
2. **Meldebescheinigung** f 住房證明
3. **Finanzierungsnachweis** m 財力證明
4. **Immatrikulationsantrag** m 註冊表格
5. **Reisepass** m 護照
6. **Zulassungsbescheid** m 入學許可通知
7. **Krankenversicherungsnachweis** m 保險證明

＊學校錄取後也需要準備 Nachweis zur Hochschulzugangsberechtigung m 學歷證明

♦ Tips ♦

如何申請德國的大學呢？

申請的步驟：

1. 先找資料，德國有 399 所國家承認的大學。
   - 先確認想就讀的大學是否有授權，可在 www.uni-assist.de 上申請。若無，則直接跟學校申請。
   - 蒐集相關系所資料（Studiengänge）和入學許可規定（Zulassungskriterien）等。若可在上述 uni-assis 此網站申請自己所想要的學校，必須先註冊。
   - 開始計畫申請（Bewerbung planen）想要念的學校、準備文件（Dokumente sammeln），以及確認申請期限（Bewerbungsfrist）：通常冬季學期（Wintersemester）申請期限是 7 月 15 日截止，夏季學期（Sommersemester）申請期限是 1 月 15 日截止。但愈來愈多大學將申請碩士（Masterstudiengang）期限提早。
   - 閱讀申請程序、準備大學要求的各種文件、將證件翻譯（Übersetzung）成英文或德文，證件需經官方認證過（amtlich beglaubigen lassen）。相關證件掃描（scannen）並存檔（speichern）備用。
   - 線上申請可在 uni-assist（Online-Portal My assist：德國學術交流總署和德國大學校長聯席會議授權的外國學生申請大學服務處）的平台上申請。

     或是直接在該大學的網站上申請、親自繳交申請資料（一般是開學前四至五個月前開始進行）。德國大學每學年分為 2 個學期，即冬季學期：通常 10 月至 3 月；夏季學期：通常 4 月至 9 月。
2. 繳交處理費用（Bearbeitungskosten）。
3. 將認證過的文件郵寄至 uni-assist 或是學校。
   - 透過網路申請者會收到電子郵件回函，確認已收到申請書。
   - 約 4~6 週可收到電子郵件或是一般信件告知申請結果。仔細閱讀審核資料確認是否有問題或是必須補交證件。若需補交，必須在申請期限內寄達。
   - 申請資料審核無誤後，uni-assist 會將完整的申請資料轉傳給相關大學。入學許可是否通過，取決於該大學的決定。
4. 台灣的高中畢業生學測達 53 級分方符合申請德國大學的學歷資格，台灣的大學畢業生可申請德國的碩士課程。授課方式想以德文授課者，須先通過 TestDaF 或 DSH 德文檢定。想以英文授課者，托福須約有 80 至 92 分以上，或雅思約有 6.0 至 6.5 分以上的分數。

5. 學費：絕大多數的公立學校目前不收費。是否要收費，由 16 個邦政府自行決定在該邦內的學校是否要收取學費，所以須先查詢學費政策是否有變更。許多德國雜誌或機構都會做學校的排名供學生參考，務必注意到的是，並不是以名次來區分學校間的優劣，而是以師資、學校軟硬體設備等客觀條件來作為評比考量。

在學期間有哪些重要的事物？

Part6_06

1. **ECTS-Credit / Leistungspunkt** 學分
2. **Vorlesungsverzeichnis** n 課程總目錄
3. **Studierendenausweis** m 學生證
4. **Studienbuch** n 大學生學習手冊
5. **Semester** n 學期
6. **Studienjahr** n 學年
7. **Studiengebühr** f 學費
8. **Hauptfach** n 主修
9. **Nebenfach** n 輔修
10. **Schwerpunkt** m 課程綱要
11. **Pflichtfach** n 必修課程
12. **Wahlfach** n 選修課程
13. **Wahlpflichtfach** n 必選修課程
14. **Studium Generale** n 通識課程
15. **Zwischenklausur** f 期中考
16. **Endklausur** f 期末考
17. **Praktikum** n 實習
18. **Studienabbruch** m 休學
19. **Beurlaubung** f 請假
20. **Monobachelor** m 單學科學士課程
21. **Kombinationsbachelor** m 雙學科學士課程
22. **Hochschulwechsel** m 轉學

♦♦♦ Kapitel 2

Schule 學校

1. **Whiteboard** [En] n 白板
   衍 **Tafel** f 黑板
2. **Lehrertisch** m 導師桌
3. **Tisch** m 書桌
4. **Stuhl** m 椅子
5. **Magnet** m 磁鐵
6. **Schwamm** m 板擦
7. **Whiteboard-Marker** m 白板筆
8. **Schwarzes Brett** n 公佈欄
9. **Stundenplan** m 課表
10. **Projektor** m 投影機
11. **Einrichtung** f （教室）佈置
    衍 **Korridor** m 校園走廊

Part6_08

學校教室有哪些呢？德文怎麼說？

1. **Fachklassenraum** m 專科教室
2. **Sprachlabor** n 語言教室
3. **Audiovisuelles Klassenzimmer** n 視聽教室
4. **Musikraum** m 音樂教室
5. **Computerraum** m 電腦教室
6. **Kunstraum** m 美術教室
7. **Chemiesaal** m 化學教室
8. **Werkraum** m 工藝教室
9. **Physikraum** m 物理教室
10. **Biologieraum** m 生物教室

Klassenraum
m 學校教室

學校設施主要有哪些呢？

Infrastruktur der Schule
f 學校設施

1. **Turnhalle** f 體育館
2. **Aula** f 禮堂
3. **Bibliothek** f 圖書館
4. **Mensa** f 食堂
5. **Toilette** f 洗手間
6. **Sanitätsraum** m 保健室
7. **Sportanlage** f 運動設備
8. **Informatikraum** f 電算中心
9. **Schwimmbad** n 游泳池

◆ Tips ◆

慣用語小常識：學校篇

Schule machen 是什麼意思？

字面意思是「做學校」，引申為「可做為典範」、「值得仿效」。Schule 這字源於拉丁文，原意是指「修道院學校」（Klosterschule），後廣泛用來稱呼授課的機構。

Diese Digitalisierungsstrategie hat schon Schule gemacht.
這個數位化的策略已成為典範。

學校裡常見的教職員（Lehrerkräfte）有哪些？德文怎麼說呢？

初等教育

1. **Rektor** m 校長
2. **Erzieher** m（幼稚園）老師
3. **pädagogische Fachkraft** f 幼兒教育輔助人員

中等教育

1. **Klassenlehrer** m 班級導師
2. **Vertretungslehrer** m 代課老師
3. **Deutschlehrer** m（德）國語老師
4. **Englischlehrer** m 英文老師
5. **Mathematiklehrer** m 數學老師
6. **Naturwissenschaftslehrer** m 自然老師
7. **Chemielehrer** m 化學老師
8. **Physiklehrer** m 物理老師
9. **Geographielehrer** m 地理老師
10. **Geschichtslehrer** m 歷史老師

11. **Religionslehrer** m 宗教老師
12. **Biologielehrer** m 生物老師
13. **Kunstlehrer** m 藝術老師
14. **Musiklehrer** m 音樂老師

各教育階段的德文怎麼說？

1. **Primarstufe** f 初等教育
   - **Grundschule** f 基礎小學
2. **Sekundarstufe** f 中等教育
   - **Mittelschule** f 國中
   - **Realschule** f 實科學校
   - **Hauptschule** f 職業學校
   - **Gymnasium** n 文理高中

學校裡各年級的德文怎麼說？

erste Klasse f 一年級
zweite Klasse f 二年級
dritte Klasse f 三年級
vierte Klasse f 四年級
fünfte Klasse f 五年級
sechste Klasse f 六年級
siebte Klasse f 七年級
achte Klasse f 八年級
neunte Klasse f 九年級
zehnte Klasse f 十年級
elfte Klasse f 十一年級
zwölfte Klasse f 十二年級
dreizehnte Klasse f 十三年級

Tips

慣用語小常識

alte Schule 是什麼意思呢？

字面意思是「老學校」

此片語指的是一個有舊式思維的人，行為準則也比較傳統，但此片語的意涵偏正面。

Er ist ein Kavalier der alten Schule, ein echter Gentleman. Er ist sehr höflich und rücksichtsvoll.
他是位傳統的騎士，一位真正的紳士。他非常有禮貌，很體貼。

‧‧‧ 01 上學 In die Schule gehen

Part6_09

上學的時候需要些什麼呢？

Schultasche
f 書包

Lehrwerk
n 課本

Hausaufgabenheft
n 作業本

Taschentuch
n 手帕

Kosmetiktuch
n 面紙

Trinkflasche
f 水壺

Sportanzug
m 體育服

Rucksack
m 後背包

◆ Tips ◆

文化小常識：德國的學制（Bildungssystem）

德國是聯邦制，教育體制是由邦（Bundesland）政府訂立，所以各邦的教育制度有所差異。不過常見的是，**小學**為四年制，**中學**（五年級起）則主要分為三類：**實科學校**（Realschule 五年級至十年級）、**文理高中**（Gymnasium 五年級至十二或十三年級）和**職業學校**（Hauptschule 五年級至九年級），此外有些邦會有綜合學校（Gesamtschule 五年級至十年級）。文理高中完成學業通過高中畢業特考（Abitur）後，可取得就讀大學（Universität）資格。實科學校若要繼續升學必須考過畢業考（Abschlussprüfung），可念高級專科學校 Fachoberschule。至於職業學校畢業者，可選讀不同職業學校（Berufsschule）來做二或三年的職業培訓（Ausbildung）。

德國的高等學校分為三種類型：綜合大學（Universität）、應用科學大學（Hochschule）和藝術、電影及音樂學院（Kunst- Film- und Musikhochschule）。

◆ Tips ◆

文化小常識：德國國小的作息

到校 & 上課

在德國，小孩滿六歲入學，開始 9 年的義務教育，且公立學校免學費。小學生早上到校的時間因學校不同而有差異，大部分是介於 7 點半至 8 點半之間。另外，因各邦教育政策的差異，就連學制年限也有所不同，例如多數邦的小學（Grundschule）是 4 年，但柏林市的小學是 6 年，作息時間施行全天班（8-16 點之間都有課）。以下就以柏林市的 Eichendorff Grundschule 這所小學作範例說明：

上課時間

7 點 50 分起學生開始進教室，第一堂課的時間是 8 點至 8 點 45 分，一節課有 45 分鐘（部分學校的課程時間採 90 分鐘制）。德國各邦的學制和名稱雖有所差異，但不可違反聯邦政府的教育政策。

下課時間

每一堂課的下課時間為 5 分鐘，但在 9 點 35 分的時候會有 20 分鐘的休息時間（Hofpause），學生會吃第二次的簡單早餐。午餐時間為 11 點 30 至 11 點 55 分（四至六年級）（午餐是依各年級在規定的時間到學生餐廳用餐）。吃完午餐之後，接著 11 點 55 分開始第五堂課，第六堂課為 12 點 45 分，第七堂為 13 點 35 分至 14 點 20 分。15 點至 16 點是課外活動時間，放學時間為 4 點。

02 課堂上 Im Unterricht

Part6_10

德國小學的課堂

柏林規定德國小學一個班級的學生人數最多不可超過（Schülerhöchstzahl）26 位學生，通常由兩位老師（Lehrkräfte）負責管理，大部分的科目是由這兩位老師授課。教室中桌椅的擺放不一定都是呈行列狀，有些老師會選擇ㄇ字型，或是幾張桌椅排在一起、用小組的方式進行，上課的方式比較自由、活潑。根據不同課程，老師的上課方式也會有所調整，目的是讓小學生們能專心並且積極參與討論。

上課時，常做的事有哪些？

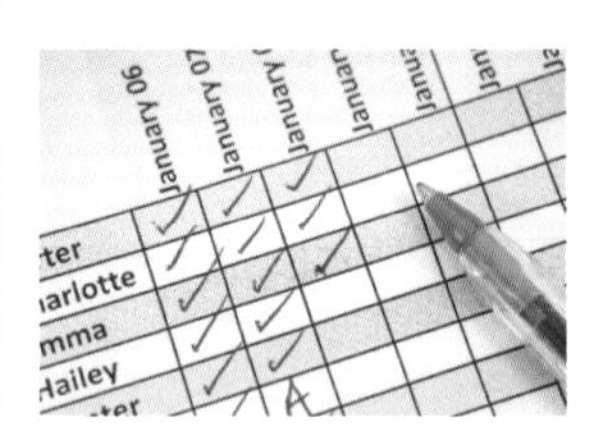

die Anwesenheit kontrollieren
v. 點名

das Buch aus der Schultasche holen
v. 把書從書包內拿出來

aufstehen
v. 站起來

sich setzen
v. 坐下

fragen
v. 提問

diskutieren
v. 討論

antworten
v. 回答

die Hand heben
v. 舉手

studieren
v. 研讀

lesen
v. 閱讀

lernen
v. 學習

zuhören
v. 聆聽

berichten
v. 報告

denken
v. 思考，想

schreiben
v. 寫

die Tafel wischen
v. 擦黑板

an die Tafel schreiben
v. 寫黑板

applaudieren
v. 鼓掌

sich anstellen
v. 排隊

abgeben
v. 繳交

lehren
v. 教學

eindösen
v. 打磕睡

sich Tagträumen hingeben
v. 發呆；做白日夢

Mittagsschlaf
m 睡午覺

loben
v. 稱讚

Gruppen bilden
v. 分組

Paare bilden
v. 雙人分組

abwechseln
v. 輪流

Der Unterricht ist aus.
下課

strafen
v. 處罰

德國的「功課」有哪些？

Hausaufgabe 泛指各類型的作業，是由學校老師指定**在課堂之餘所應該完成的「功課」**。Hausaufgabe 這個詞多半是指給小學生或國中、高中生的作業，作業的形式非常多，例如 Übung（練習題）、Lesen（閱讀）、Schreiben（寫作）或 Vortrag（口頭報告）。到了高等教育之後，教授通常會在開學前將該學期的上課主題和相關書籍列出，選擇該科目的學生必須要在上課前閱讀完指定書籍，上課時才能參與討論。學生若要拿到有成績的上課證明，除了考試之外，還要做 Referat（口頭報告）、Hausarbeit（書面報告）、Protokoll（上課紀錄）等等才會有成績。

An diesem Wochenende muss ich mich auf einen Vortrag über die Französische Revolution vorbereiten.
這個週末我必須準備一個有關法國革命的口頭報告。

關於「功課」的規定

要出作業（Hausaufgabe）時，老師會寫在黑板上，以及寫在上課日誌上，而且要考慮到分量不可超過學生的負荷。學生寫作業的時間平均起來，一年級為每天 15 分鐘、二年級 30 分鐘、三和四年級 45 分鐘、五和六年級 60 分鐘。從三年級起，學生會有一本作業本，有聯絡簿的功能，若作業多次缺交，老師會請家長到校會談來了解原因。此外，假期和國定假日老師不可以出作業。

Schulhort（或簡稱 Hort，課外輔導照顧的制度）：由於許多孩子家長都要工作的因素，為配合家長的上班時間，學校會提供早到的學生「早上 6 點至 7 點半」和放學後「16 點至 18 點」由老師代為照顧的課外輔導，週一至週五之間，有三天的時間會有輔導人員來進行作業輔導，其他的時間則沒有作業輔導。

◆ Tips ◆

德國的小學教育有哪些課程？

課程規劃

柏林市已訂好 1 至 10 年級的教綱，除基本學科（Regelfächer）之外，也有一些必選修的學科（Wahlpflichtfächer）供學生規劃自己的專屬課程，進而培養自己的興趣，不過必選修課程大多是在高年級（主要是指七年級以上）時才會被安排在課綱內。一至六年級的主要學科有常識科（一至四年級）、自然科（五、六年級）、社會科（五、六年級）、生物科（五、六年級）、第一外語科（三年級起）。德語、數學、藝術、音樂、運動是一至十年級都有的必修課程，至於地理、歷史、倫理、政治、物理、化學、電腦、第二至四外語則屬於高年級的課程。一個班級有一位導師和一位助理老師，專科課程則由專科老師來授課。由柏林市的教綱可看出，德國非常注重母語、數學、藝術、音樂、運動等學科。另外，游泳課也是必修課程。

小學學科重點

德國小學生在進入小學之前並不需要具備「識字」的能力，學齡前的教育著重在讓孩子適應團體生活，認識自我及學習專注力。真正的學習則是在小學一年級開始，一直到四年級或到六年級，德國小學生在這個階段的學習，主要是為往後階段的學校教育鋪路，因此這個階段的學習著重於打穩基礎、啟發孩子們對學習的興趣。

小學所有科目必須培養學生以下能力

Hörverstehen（聽力能力）：意指透過聽力內容（Hörtexte）與多媒體（Medien），學生能理解（verstehen）同時學會應用（benutzen），也就是學會應用「理解式的聽力學習策略」（Hörstrategien anwenden）。

Leseverstehen（閱讀能力）：意指透過文章（Texte），學生能理解和應用（verstehen und nutzen），即學會應用「閱讀技巧和閱讀策略」（Lesetechniken und Lesestrategien anwenden）。

Sprechen（口說能力）：意指能針對某訊息（Informationen）和事情狀況（Sachverhalte）做總結（wiedergeben），即針對主題陳述說明，做口頭報告（Vortrag）。

Schreiben（書寫能力）：意指寫作（Texte schreiben），即能應用「書寫策略」（Schreibstrategien anwenden）。

Interaktion（互動）：意指討論時提出自己的見解（auf Redebeiträge reagieren）。

Sprachbewusstheit（語言應用）：意指能區分日常生活上、教育上和專業的詞彙與語言（Wörter und Formulierungen der Alltags-, Bildungs- und Fachsprache）之差異，能應用造字原理（Wortbildung）、使用多國語言（Mehrsprachigkeit）。

03 考試 Prüfung

Part6_11

考試時，常見的狀況有哪些？

einen Test haben
v. 考試

die Prüfungsaufgaben verteilen
v.（考前）發考卷

den Stift hinlegen
v. 把筆放下

das Buch weglegen
v.把書收起來

die Prüfungsunterlagen zurückgeben
v.（考後）發回考卷

die Prüfungsunterlagen abgeben
v. 交考卷

einen Spickzettel mitnehmen
v. 帶小抄

in der Prüfung betrügen
v. 作弊

durchfallen
v. 當掉

其他相關單字：

eine Aufgabe lösen v. 解題
die Lösung raten v. 猜答案
einsammeln v. 收（考卷）
eine Prüfung bestehen v. 通過考試
scheitern v. 考砸
nicht bestehen v. 不及格
mogeln（或 schummeln） v. 作弊（親友間用法）
absehen, abgucken v. 偷看
Prüfungsordnung f 考試規章
Prüfling m 考生
Prüfungsaufgabe f 考題
Prüfungstermin m 考期
Spickzettel m 小抄

你知道嗎？

各種考試德文怎麼說？

德文中有一些詞可表示「考試」，像是 Prüfung f 是指「根據考試規章與程序所作的測試」，Test m 是指「採特定方式進行的測試、測驗」的意思。和 Test 比較，Prüfung 是指正式的考試，不過現今此兩者在德文中常被視為同義詞使用。

Klausur f 是書面考試，在中小學多指課堂書面考試（Klassenarbeit），是相當重要的評分方式，在大學，Klausur 的成績非常重要，完全算入期末成績。

Examen n 特指學校的畢業考。此外，國家的公務人員考試也多使用這個字，如「國家考試」的德文就是 Staatsexamen，不過要區分考試類別的話，可加上形容詞 mündlich「口語的」或 schriftlich「書面的」，例如 das mündliche Examen「口試」、die schriftliche Prüfung「筆試」。

Er hat die Aufnahmeprüfung an dieses Gymnasium bestanden.
他通過這所高中的入學考。

Martin muss das zweite Staatsexamen bestehen, sonst kann er nicht als Rechtsanwalt arbeiten.
馬丁必須要通過第二次國家考試，否則他無法當律師。

Part6_12

各類型考題的德文怎麼說？

1. **Einfachauswahl** f 選擇題
2. **Entscheidungsfrage** f 是非題
3. **Lückentext** m 填空題
4. **Sätze nach Vorgabe bilden** v. 照樣造句
5. **Diktat** n 聽寫

6. **Multiple-Choice-Test** m 多選題
7. **Offene Frage** f 申論題
8. **Zuordnungstest** m 配對題
9. **Aufsatz** m 作文題

♦ **Tips** ♦

考後成績的結果要如何表達呢？

德國打分數的制度是 1 到 6 分：

1 分：sehr gut（優秀）
2 分：gut（好）
3 分：befriedigend（滿意）
4 分：ausreichend（足夠）
5 分：mangelhaft（有缺失）
6 分：ungenügend（不足）。

以上分數 1~4 分是及格，5 分和 6 分是不及格。

在小學階段的成績，一年級是老師寫評語，要到二年級下學期才會有分數的成績。考試的次數沒有明文規定，因為學科成績的計算中，考試成績只是其中一項而已，反而是課堂上的發言、報告和課堂作業（Klassenarbeiten）等會佔較高的成績比率。通常有多項學科不及格時就得留級，但一年級要升二年級時是不會留級的。此外，基礎小學結束後，大多數的學校是不發畢業證書的。

到了國、高中之後，以分數來評量的項目包括課堂表現（如課堂討論參與度）、書面作業、考試等，但無論如何學校不可將學生依分數來做排名。

至於高等教育的計分方式，通常會更為嚴格，學分是否通過取決於出席率、口頭和書面報告、考試成績等等。

Meine Tochter hat in diesem Jahr sehr fleißig gelernt und in alle Fächern eine 1 bekommen.
我女兒今年很認真讀書，她的每一科都拿到高分。

Teil VII

Essen und Trinken 飲食

◆◆◆ Kapitel 1

Café 咖啡館

這些應該怎麼說？

Part7_01

1. **Kaffee** m 咖啡
2. **Kaffeebohne** f 咖啡豆
3. **Kaffeemaschine** f 咖啡機
4. **Menütafel** f 菜單看板
5. **Konsument** m 消費者
6. **Preisauszeichnung** f 標價

❼ **Ware** f 商品
❽ **Kühltheke** f 冷藏展示櫃
❾ **Saft** m 果汁
❿ **Theke** f 結帳櫃台
⓫ **leichte Kost** f 輕食
　＊**Torte** f 蛋糕
　＊**Sandwich** n 三明治
　＊**Gebäck** n 烘製糕餅
　＊**Sitzplatz** m 座位
　＊**Geschirrrückgabe** f 餐盤回收區

◆ Tips ◆

慣用語小常識：咖啡（Kaffee）篇

「雙劍咖啡」？

Schwerter「劍」＋ Kaffee「咖啡」的這個複合字是方言用法，由更早的 Blümchenkaffee「小花咖啡」衍生而來。Blümchenkaffee「小花咖啡」可追溯到 19 世紀初麥森瓷器廠（Meissen Porzellan-Manufaktur），那裡的花卉瓷器很受歡迎，在咖啡杯裡面的底部有一朵小花。而之所以有 Blümchenkaffee 這個詞，主要是用來謔稱咖啡泡得很淡，淡到能透過咖啡看到小花，暗指主人小氣。而 Schwerterkaffee「雙劍咖啡」則是更誇張的說法，因為麥森瓷器底部有個兩把劍交叉的品牌標誌，所以 Schwerterkaffee 表示咖啡淡到可以透視杯底的雙劍，所以稱為「雙劍咖啡」，現在暗指泡很淡的咖啡。

- kalter Kaffee sein 字面意思是「冷咖啡」，此口語用法暗指「沒趣的事」或是「早已眾所皆知的事」。之所以用「冷咖啡」來表示此意，主要是因為咖啡原本是熱飲，而咖啡變涼就表示放很久，不新鮮了。
- Dir hat wohl jemand was in den Kaffee getan? 字面意思是「有人在你的咖啡裡加了料吧？」，此口語用語表示「你是神經不太正常吧？」

Das ist doch alles kalter Kaffee. Davon möchte ich nicht mehr hören.
這都是老生常談，我不想再聽了。

01 挑選咖啡 Kaffee auswählen

Part7_02

咖啡的沖製方法和種類有哪些？

沖製方法 Zubereitungsarten

Instantkaffee
m 即溶咖啡

Kaffee Drip Bags
[En] m 濾掛咖啡

Handgefilterter Kaffee
m 手沖咖啡

Cold Drip Kaffee
[En] m 冰滴咖啡

Cold Brew Kaffee
[En] m 冰釀咖啡

Syphon Kaffee
[En] m 虹吸式咖啡

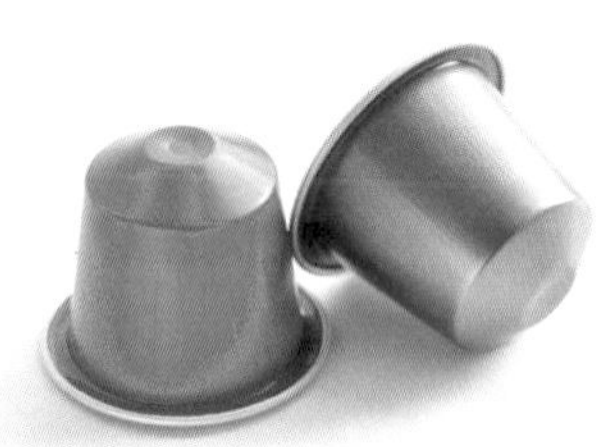

Kaspelkaffee
m 膠囊咖啡

Kaffeepads
咖啡易濾包

咖啡種類 Kaffeesorten

Espresso
[It] m 義式濃縮咖啡

Americano
m 美式咖啡

Cappuccino
[It] m 卡布奇諾

Mokka

m 摩卡

Weißer Kaffee

m 白咖啡

Kaffee Con Panna

m 濃縮康保藍

Schwarzer Kaffee

m 黑咖啡

Eiskaffee

m 冰咖啡

Wiener Kaffee

m 維也納咖啡

Karamell Macchiato

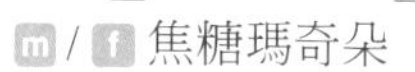

m / f 焦糖瑪奇朵

Latte Macchiato

m / f 拿鐵瑪奇朵

Latte

f 拿鐵

Kaffee Espresso Romano

m 羅馬諾咖啡

其他：

- **entkoffeinierter Kaffee** m 脫因咖啡
- **Melange** f 米朗琪咖啡
- **Milchkaffee (Café au Lait)** m 牛奶咖啡

◆ Tips ◆

生活小常識：咖啡杯篇

咖啡杯的尺寸有哪些？

在德國傳統的咖啡館點咖啡時，一般來說並不用特別強調大杯或小杯，因為由我們點的咖啡種類，就能決定杯子的大小。例如，一般大部分的咖啡大約是 125ml、Espresso 是 25ml、Cappuccino 是 145ml 等等。

傳統的咖啡館大多使用陶瓷製的白色咖啡杯並附上茶碟，可預熱又可稍微保溫，通常一杯（Kaffeetasse）約 125ml，杯身寬度和高度是 1：1。若想喝兩杯可選小壺（Kännchen）咖啡，約 350 ml，有些地區用較大的咖啡杯（Pott） 或是用馬克杯（Becher），其咖啡容量看起來較多，例如 ein Pott Kaffee / ein Becher Kaffee。在巴伐利亞邦，有人會點 ein Haferl Kaffee，容量和 Becher 相似，在 300~400ml 左右。在奧地利稱為 Häferl。

▲ Kännchen

▲ Pott

隨美式連鎖咖啡店的興起，咖啡種類選擇也變多，且也提供外帶 Coffee to go，會採用一次性紙杯（Pappbecher），德國常見的有大（groß）、中（mittel）、小（klein）容量可選擇。受德國年輕人和觀光客喜歡的美式連鎖咖啡店，則採用不同的咖啡容量用法，常見容量： Tall（355 ml）、Grande（473 ml）和 Venti（592 ml）。此外，較少使用的容量有：Trenta（890 ml）、Short（240 ml）和 Demi（89 ml）。

Part7_03

咖啡用品 Werkzeuge bei der Kaffeezubereitung

Kaffeemaschine
f 咖啡機

Espressomaschine
f 義式濃縮咖啡機

Kapselmaschine
f 膠囊咖啡機

Espressokocher
m 摩卡壺

Kaffeemühle
f （咖啡）磨豆機

Kaffeebereiter
m 濾壓壺

Handkaffeemühle
f 手搖磨豆機

Kaffeefilter
n 咖啡濾杯

Kaffeekanne
f 咖啡壺

Wasserkessel
手沖壺

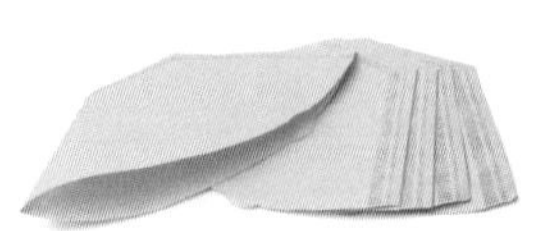

Filterpapier
n 咖啡濾紙

Milchaufschäum-kännchen
f 拉花杯，牛奶杯

Kaffeetasse
f 咖啡杯

Becher
m 馬克杯

飲用咖啡的添加品 Ingredienzien beim Kaffeetrinken

Part7_04

Milch
f 牛奶

Sahne
f 鮮奶油

Zucker
m 糖

Eiswürfel
m 冰塊

Karamell
m 焦糖

Sirup
m 糖漿

Kondensmilch
f 煉乳

Zimtpulver
n 肉桂粉

Kakaopulver
n 可可粉

Würfelzucker

m 方糖

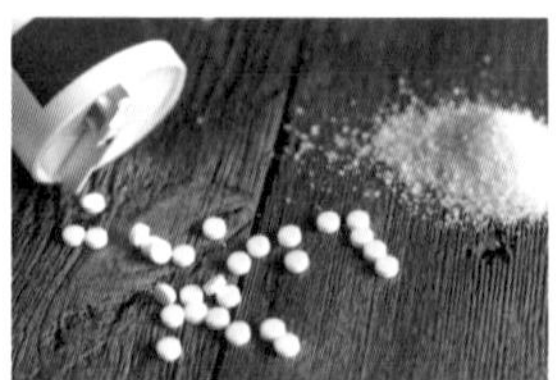

Süßstoff

m 甜化劑

Topping

[En] n （食物或飲料上）可食裝飾物

Milchschaum

m 奶泡

Smoothie

[En] m 冰沙

02 挑選輕食 Leichte Kost auswählen

在咖啡廳裡常見的輕食有哪些呢？

Part7_05

麵包類 Brot und Snacks

Rosinenbrötchen

n 葡萄乾麵包

Panini

f (Pl)義式烤麵包，帕尼尼

Sandwich

[En] n 三明治

Croissant
[Fr] n 可頌
Bagel
[En] m 貝果
Baguette
[Fr] f / n 長棍麵包
Brioche
[Fr] f 布利歐麵包
Quiche
[Fr] f 鹹派
Brezel
f 扭結麵包
Pumpernickel
m 黑麥麵包
Wrap
[En] m / n 捲餅
Pfannkuchen
m 薄鬆餅
Waffel
f 鬆餅
Marmeladentasche
f 卷邊果醬餅
Käsebrötchen
n 起司麵包

甜點 Desserts

· 單層蛋糕類（Kuchen）

Käsekuchen
m 起司蛋糕

Marmorkuchen
m 大理石蛋糕

Apfelkuchen
m 蘋果蛋糕

Erdbeerkuchen
m 草莓蛋糕

Obstkuchen
m 水果蛋糕

Zwetschgenkuchen
m 李子蛋糕

· 多層蛋糕（Torte）

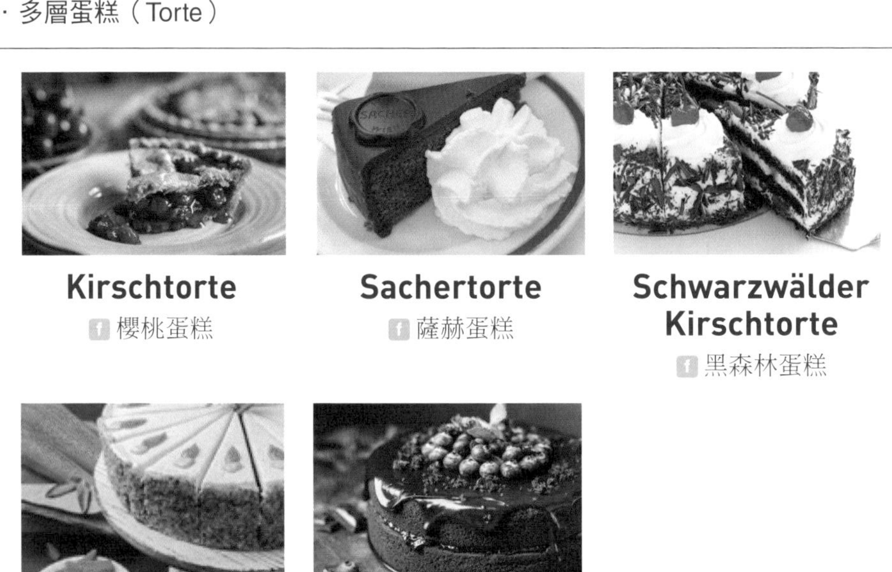

Kirschtorte
f 櫻桃蛋糕

Sachertorte
f 薩赫蛋糕

Schwarzwälder Kirschtorte
f 黑森林蛋糕

Rüeblitorte
f 紅蘿蔔蛋糕

Schokoladentorte
f 巧克力蛋糕

· 其他甜點

Muffin
[En] m 馬芬

Brownie
[En] m 布朗尼

Tiramisu
[It] n 提拉米蘇

Windbeutel
m 泡芙

Schokoladen-mousse
[Fr] f 巧克力慕斯

Eierschecke
f 奶蛋蛋糕

Karamellpudding
m 焦糖布丁

handgemachte Kekse
f (Pl) 手工餅乾

Apfelstrudel
m 蘋果卷

Nussecke
f 堅果三角餅

Bienenstich
m 蜂蜇蛋糕

Gugelhupf
m 奶油空心圓蛋糕

◆◆◆ Kapitel 2

Restaurant 餐廳

這些應該怎麼說？

Part7_06

1. **Restaurant** n 餐廳
2. **Sitzplatz** m 座位
3. **Stuhl** m 椅子
4. **gepolsterte Sitzbank** f 軟墊長凳
5. **Tisch** m 桌子
6. **Gabel** f 叉子
7. **Messer** n 刀子
8. **Löffel** m 湯匙
9. **Kaffeetasse** f 杯子
10. **Teller** m 盤子
11. **Serviette** n 餐巾
12. **Theke** f 吧台
13. **Bild** n 掛畫

⑭ **Teppich** m 地毯
⑮ **Vorhang** m 簾幕
⑯ **Tischdecke** f 桌布
⑰ **Wasserglas** n 水杯
⑱ **Weinglas** n 酒杯

❶ **Schnellrestaurant** n 速食店
❷ **Bestelltheke** f 點菜櫃台
　＊**Digitales Aufrufsystem** n 電子叫號系統
　＊**Anzeigebildschirm** m 號碼顯示螢幕
❸ **Speisen- und Getränkeübersicht** f 食物和飲料一覽表
❹ **Abbildung angebotener Speisen** f 食物圖片
❺ **Menü** n 套餐
❻ **Serviettenspender** m 餐巾盒
❼ **Getränkespender** m 飲料機
❽ **Warmhaltevitrine** f 保溫玻璃展示櫃
❾ **Trinkhalm** m 吸管
　㊗ **Papiertüte** f 紙袋
　㊗ **Essbereich** m 飲食區
　㊗ **Holztisch** m 木桌
　㊗ **Holzstuhl** m 木椅
　㊗ **Kundentoilette** f （客人）廁所
　㊗ **Behindertentoilette** f 無障礙廁所
　㊗ **Handfeuerlöscher** m 滅火器

其他常見的店還有哪些？

Part7_07

1. **Verkaufstheke** f 銷售櫃台
2. **Verkäufer, Verkäuferin** m f 店員（男／女）
3. **Fladenbrot** m 弗頓餅，扁麵包
4. **Füllung** f 餡料
5. **Soße** f 醬汁
6. **Gemüse** n 蔬菜
7. **Backofen** m 烤箱
8. **Backblech** n 烤盤
9. **Besteckbehälter** m 餐具擺放盒
10. **Serviette** n 餐巾紙
11. **Alufolie** f 鋁箔紙（Aluminiumfolie 的簡稱）
12. **Plastikkorb** m 塑膠籃
13. **Küchenzange** f 廚房用夾子
14. **Gastronormbehälter aus Edelstahl** m 餐飲用不鏽鋼容器
15. **Tablettablage** f 托盤放置處
16. **Einweghandschuh** m 免洗手套
17. **Kühlregal** n 冷藏櫃
18. **Schürze** f 圍裙
19. **Schrank** m 櫃子
20. **Döner Kebab** m 土耳其旋轉烤肉
21. **Dönerspieß** 烤肉串
22. **Grill** m 烤肉架，烤爐
23. **Pita**（或 Pitta） f / n 皮塔餅，口袋餅

◆ Tips ◆

生活小知識：土耳其旋轉烤肉（Döner Kebab）

土耳其語 *Döner* 意指「旋轉」，kebap 意指「烤肉」，「旋轉烤肉」在德國有不同的寫法 Dönerkebab、Döner Kebap、Dönerkebap，不過 Duden 字典建議使用 Döner Kebab，簡稱 Döner。

20 世紀 70 年代，德國柏林出現第一家 Döner Kebab 速食店，80 年代開始流行於全德國，至今 Döner Kebab 店到處可見，是德國人最喜歡的速食之一。

Döner 是一種把旋轉烤肉削下來，加上蔬菜和醬料，包在皮塔餅（Pita/Pitta）而成的土耳其速食料理。不過，在德國經常用切成半圓或三角形的弗頓餅（Fladenbrot）來取代皮塔餅。肉的部分傳統上是用羊肉（Hammelfleisch），但在德國常見的是用牛肉（Rindfleisch）、小牛肉（Kalbfleisch），有些店也供應雞肉（Hühnerfleisch）或火雞肉（Putenfleisch）。

一個土耳其旋轉烤肉串最重可至 40 公斤，多數的店家一般不會自己製作，而是向供應商採購，德國約有 400 家肉串製造商（Dönerfleisch-Produzenten）。

至於德國 Döner 的蔬菜，多用番茄（Tomaten）、黃瓜（Gurken）、洋蔥（Zwiebeln）、白甘藍（Weißkohl）、紫甘藍（Rotkohl）等，而醬的部分是以美乃滋和優格為基礎製成：大蒜優格醬（Knoblauchsoße）、香料優格醬（Kräutersoße）、咖哩優格醬（Currysoße）和辣醬（scharfe Soße）等。

此外，盛裝的方式有盒裝的 Döner-Box 和盤裝的 Dönerteller，兩者都會加上德國人喜愛的薯條，但在土耳其，其配料是飯。

▲ Döner-Box

▲ Dönerteller

關於自動點餐機的相關單字與句子

Part7_08

1. **Bestellautomat** m 自動點餐機
2. **Touchscreen** m 觸控螢幕
3. **Kartenleser** m 讀卡機
4. **Bedienungsanweisung** f 操作說明
   - ＊ **Bitte wählen Sie Ihre Sprache.**
     請選您的語言。
   - ＊ **Möchten Sie Ihre Bestellung □ Hier essen □ Mitnehmen?**
     您要 □在這裡用餐 □外帶？
   - ＊ **Abbrechen.** 中斷。
   - ＊ **Anpassen.** 調整。

點餐用語

Wie möchten Sie bezahlen?
您要如何付款？

Hier zahlen mit Karte.
在此用卡片付款。

Bar an der Kasse zahlen.
在櫃檯付現。

Hast du die Kundekarte oder App?
您有顧客卡或 App ？

Fertig.
完成。

Warten Sie auf Ihren Beleg.
請等您的收據。

Auf Wiedersehen und guten Appetit.
再見，祝用餐愉快。

Bestellnummer
f 訂單號碼，取餐號碼

Lieferservice
m 送貨服務

◆ Tips ◆

慣用語小常識：吃飯篇

中文裡說的吃早餐、吃午餐、吃晚餐，在德文中是怎麼說的呢？

這裡說到的「吃」，或許大家第一個想到的動詞是 essen「吃」，但也可用較優雅的說法，用 nehmen 來表示，其本義原為「拿」或「取」的意思，用在吃東西時是指「用（餐）」，此外也可用動詞 einnehmen。例：das Abendessen nehmen / einnehmen「用晚餐」。

「吃早餐」的德文為 das Frühstück nehmen，也可直接將名詞 Frühstück（早餐）變成動詞 frühstücken「吃早餐」。要表達「用午餐」可用 das Mittagessen nehmen，或是用 zu Mittag essen（吃午餐）。要表達「用晚餐」則可用 das Abendessen nehmen 或是用 zu Abend essen.。

Unterwegs haben wir um 10 Uhr das zweite Frühstück genommen.
我們 10 點在路上吃了第二個早餐。

Um wie viel Uhr essen wir heute zu Abend?
我們今天幾點吃晚餐呢？

在餐廳會做什麼呢？

01 點餐 Bestellung

當我們在德國餐廳點菜時，通常服務生會提供一份菜單（內含飲料），或是提供兩份菜單（一份是**菜單** Speisekarte，另一份是**飲料單** Getränkekarte），其中有一些簡單的單字：Vorspeise 前菜，Hauptspeise 主菜，Nachspeise 甜點。

Part7_09

① 前菜 Vorspeise

常見的前菜有 Salate（沙拉）、Suppen（湯）、Sülzen（肉凍／蔬菜／凍魚凍等）、kalte Platten（冷盤）。

◆沙拉（Salat）一定要有沙拉醬（Dressing），常見的沙拉醬（Salatsoßen）有哪些呢？

Balsamico-Vinaigrette
f 義式油醋醬

Mayonnaise
f 美乃滋

Vinaigrette
f 油醋醬

Caesar Soße
f 凱撒醬

Thousand-Island-Dressing
[En] n 千島醬

Honig-Senf-Soße
f 蜂蜜芥末醬

Tsatsiki*
m / n （希臘）小黃瓜優格醬

Joghurtsoße
f 優格醬

＊另一寫法為Zaziki

Part7_10

② 主菜 Hauptspeise

德國每個區域（Region）的道地美食（Delikatessen）不勝枚舉，餐廳為了展現特色、吸引顧客，都會在主菜餐點的變化上下一番功夫。

◆道地美食 Regionale Küche

Spätzle
f（Pl）德式麵疙瘩

Brathähnchen
n 烤雞

Eintopf
m 燉菜

Entenbrust
f n 鴨胸肉

Sauerbraten m 酸味燉牛肉	**Schweins-haxe** f 德國豬腳	**Kartoffel-auflauf** m 焗烤馬鈴薯	**Flamm-kuchen** m 火焰烤餅
Schupf-nudeln f (Pl) 馬鈴薯手指麵	**Rinder-gulasch** m / n 燉牛肉	**Rinder-roulade** f 牛肉捲	**Wiener Schnitzel** n 維也納炸肉排
Spargel m 蘆筍	**Maultasche** f 德國餃子	**Frikadelle** f 炸肉餅	**Bauern-frühstück** n 農夫早餐

◆魚、肉類 Fisch und Fleisch

Fisch m 魚	**Lachs** m 鮭魚	**Karpfen** m 鯉魚	**Scholle** f 鰈魚

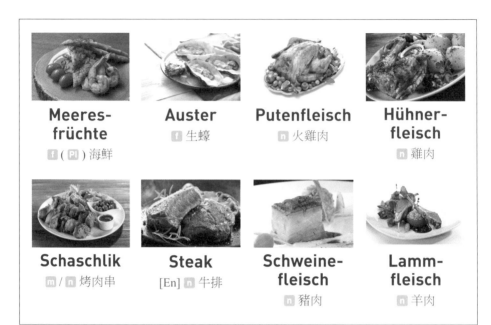

Meeres-früchte

f (Pl) 海鮮

Auster

f 生蠔

Putenfleisch

n 火雞肉

Hühner-fleisch

n 雞肉

Schaschlik

m / n 烤肉串

Steak

[En] n 牛排

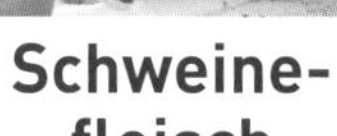

Schweine-fleisch

n 豬肉

Lamm-fleisch

n 羊肉

◆ 速食類 Imbisse

belegtes Brot

n 漢堡，三明治

Pizza

f 比薩

Panini

f (Pl) 義式烤麵包，帕尼尼

Döner

m 土耳其旋轉烤肉

Sushi

n 壽司

Wurst

f 香腸

◆ 麵與飯類 Nudeln und Reisgerichte

		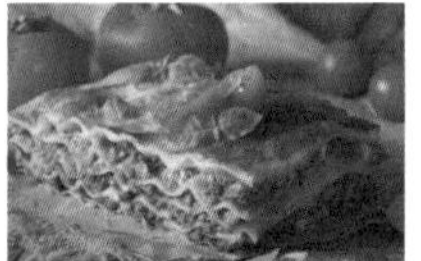	
Pasta f 義大利麵	**Spaghetti**  f 義大利直麵	**Lasagne**  f 千層麵	**Paella** f 西班牙海鮮飯

◆ 香腸 Würste

Bayerische Weißwurst f 巴伐利亞白香腸	**Currywurst** f 德國咖哩腸	**Leberwurst** f 德國豬肝腸	**Teewurst** f 茶腸

Cervelatwurst m 施華力腸	**Wiener Würstchen*** n 維也納香腸	**Thüringer Rostbratwurst** f 圖林根碳烤香腸	**Nürnberger Bratwürstchen** n 紐倫堡香腸

Blutwurst f 豬血香腸	**Salami** f / m 義大利香腸，薩拉米	**Bratwurst** f 德國油煎香腸	**Landjäger** m 長獵人燻腸

*此香腸，奧地利人稱為Frankfurter Würstchen（法蘭克福腸）

Hähnchen-wurst
f 雞肉香腸

Mettwurst

f 絞肉香腸

Zungenwurst
f 舌頭香腸

Part7_11

③ 餐後點心 Nachspeise

德國餐廳常見的甜點有各式的水果派 Obsttorte、蛋糕 Kuchen 或冰淇淋 Eiscreme。

Rote Grütze	Kuchen	Eiscreme	Apfelstrudel
f 紅莓羹	m 蛋糕	f 冰淇淋	m 蘋果捲

Part7_12

④ 飲料 Getränke

德國人在用餐時一定要喝水，常會喝**礦泉水**（Mineralwasser）或**氣泡水**（Sprudelwasser），果汁和可樂也很常見。如果要喝酒精類的飲料，首選有**啤酒**（Bier）、**紅酒**（Rotwein）、**白酒**（Weißwein），常視主菜而定。在舞會或宴客時也會喝不同的酒，例如**粉紅酒**（Rosé）、**氣泡酒**（Sekt），有些特殊場合會喝**香檳**（Champagner）或喝 Federweiß（直譯：羽毛白，一種還在發酵的白葡萄酒）搭配洋蔥蛋糕（Zwiebelkuchen）。當然也有**開胃酒**（Aperitif）或是**助消化酒**。

◆ 非酒精飲料類 Alkoholfreie Getränke

Kaffee m 咖啡	**Tee** m 茶	**Saft** m 果汁	**Sodagetränk** n 汽水
Mineral-wasser n 礦泉水	**Apfelschorle** f 蘋果汁摻氣泡水	**KiBa*** m 香蕉櫻桃汁	**Smoothie** [En] m 冰沙

＊原名為Kirsch-Banane-Saft

◆ 酒類 Alkoholische Getränke

Bier n 啤酒	**Rotwein / Weißwein** m / m 紅／白酒	**Champagner** m 香檳	**Cocktail** [En] m 雞尾酒
Rosé m 玫瑰紅酒	**Apfelwein** m 蘋果酒	**Prosecco** m 普羅賽柯 （義大利氣泡葡萄酒）	**Sekt** m 氣泡酒

★ 如果是素食者，可以特別留意菜單上是否特別註明 Vegetarier 一字。

02 用餐 Bei Tisch

桌上擺著的餐具，在用餐時該怎麼使用呢？

▲在高級西餐廳裡，一般不會把所有的餐具都先排列在桌上，而是會在撤菜與送菜時更換需要用到的餐具。此圖並非餐廳中實際會擺放的方式與位置，僅針對個別餐具做介紹。

德國是一個非常注重餐桌禮儀的國家，無論是在家中或是在餐廳，都需要遵守一些基本的禮儀。到德國中高級的餐廳用餐時，看到桌上漂亮的餐具擺盤時或許會不知所措，不知道如何使用，基本的規則是**由外往內**依序使用，不過專業的餐廳服務生都會在上菜時詳細說明，不會讓客人陷入窘境。

◆中間

❶ Suppenteller（湯盤）又稱為 der tiefe Teller，深度比一般的盤子深，以便於裝液體。但比起中式的湯碗，它來得大而淺，因為德國人不喜歡喝滾燙的湯，所以湯盤的設計可讓湯保溫卻不會太燙。

❷ Essteller（主餐盤）又稱為 der flache Teller，是用來盛裝主菜的淺盤子。

❸ Grundteller / Unterteller（餐墊）：一般來說，中間會有一個大盤（圓形或方形），但這個大盤並不是用來盛食物的，而是當作一個「餐墊」，

將要上的菜放在這個盤子上面。

◆餐盤左側

❹ Fischgabel*（魚叉）置於餐盤左邊最外側，用於吃魚，長度比起主餐叉還要短。

❺ Essgabel（主餐叉）置於最靠近餐盤的左側，長度比Fischgabel還要長，主要用於吃主餐或各式肉類。

＊吃魚時會用到 ❹ Fischgabel（魚叉）和 ❽ Fischmesser（魚刀）。

◆餐盤右側

❻ Serviette f（餐巾）的擺放方式可先捲成長條狀，再用 Serviettenring m（餐巾套環）套好；也可將餐巾直接用特殊摺法摺好，擺放在餐盤的中間。

❼ Suppenlöffel m（湯匙），由於湯品屬於前菜，所以湯匙置於餐盤右方最外側。

❽ Fischmesser n（魚刀）置於餐盤右側，湯匙的左邊，比起主餐刀來說，魚刀稍微短一點，刀身呈圓弧狀。

❾ Essmesser n（主餐刀）放在最靠近餐盤右側的位置，長度比 Fischmesser（魚刀）長。

◆餐盤正上方

❿ Dessertlöffel m（點心用湯匙）置於餐盤上方，用於吃布丁或冰淇淋。

⓫ Dessertgabel f（蛋糕叉）與 Dessertlöffel 一樣都是置於餐盤的上方，用於吃蛋糕或各式的水果派。

◆右上方

⓬ Weinglas n（酒杯）放置於餐盤右上方，一般放在水杯的右邊。裝紅酒的叫做 Rotweinglas（紅酒杯），裝白酒的叫做 Weißweinglas（白酒杯）。

⓭ Wasserglas n（水杯），杯型比 Weinglas（酒杯）大。

⓮ Champagnerglas n（香檳杯）放置於紅酒杯、水杯的左側。

多數高級的餐廳會提供三種不同的杯型，但也有不分的。一般來說，白酒杯會放在紅酒杯的左邊，杯肚稍比紅酒杯小，比紅酒杯稍矮。

◆左上方

⑮ Buttermesser n（奶油抹刀）置於餐盤左上方。

⑯ Brotteller m（麵包盤）放置於餐盤左上方，用於放麵包。

◆其他：

1. **Salatlöffel** m 沙拉湯匙
2. **Salatgabel** f 沙拉叉
3. **Austerngabel** f 生蠔叉
4. **Kaffeelöffel** m 咖啡匙
5. **Brotkorb** m 麵包籃

Part7_13-B

除了以上的杯子之外，其他杯子在德文裡有什麼細微的差異？

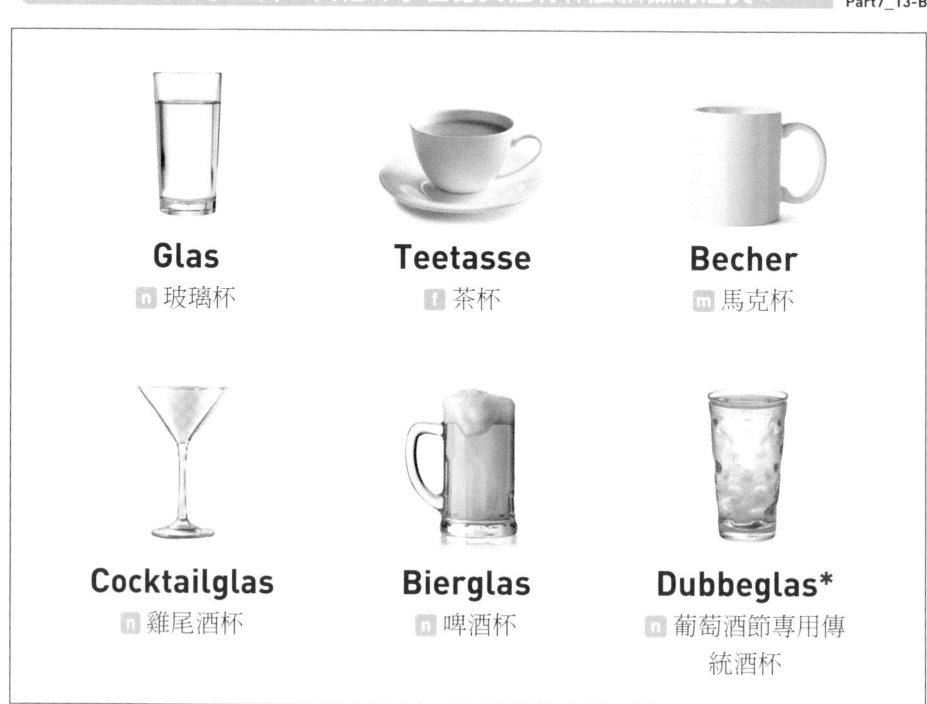

＊萊茵蘭-普法茲傳統上寬下窄、0.5 公升的透明玻璃杯，其杯壁上頭有圓凹點，

Tips

生活小常識：用餐禮節（Tischmanieren）篇

在用西餐時，左右兩旁的刀叉若擺放方式、擺放位置不同，也分別代表不同的意思，這樣的用餐禮節（Tischmanieren f (Pl)），你知道多少呢？

1 代表「開始（用餐）」。

2 代表「暫時休息一下」。

3 代表這道吃完了，可以請服務生「準備（吃）下一道菜」。

4 代表餐點「超級美味的」。

5 代表「用餐完畢」。

6 代表餐點「不合味口」。

你知道嗎？

牛排的熟度，德文應該怎麼說呢？

blutig
Adj. 一分熟
牛排的中心溫度約 45 度，最中間的肉微暖，呈血紅色。

medium rare
Adj. 三分熟
牛排的中心溫度約 55 度，肉溫暖並呈紅色，而且鮮嫩多汁。

rosa
Adj. 五分熟
牛排的中心溫度約 55-60 度，肉以粉紅色為主，中心為溫熱。

halb-rosa fast durch
Adj. 七分熟
牛排的中心溫度約 70 度以上，肉質開始變硬，並且流失大量肉汁，可能會失去牛排的風味。

03 結帳 Zahlen

Part7_14

結帳時常見的東西有哪些？

Trinkgeld
n 小費

Rechnung
f 帳單

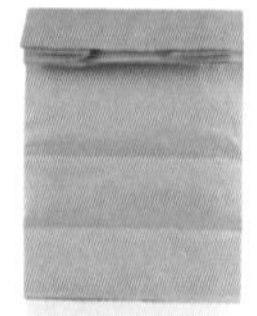
Packbeutel
m 打包袋

Quittung
f 發票；收據

常見的付款方式（Zahlungsarten）有哪些呢？

mit dem Restaurant-Gutschein bezahlen
v. 用餐券結帳

mit der Kreditkarte zahlen
v. 用信用卡付款

in bar zahlen
v. 付現

mobil bezahlen
v. 用行動付款

mit der Girokarte zahlen
v. 用銀行卡付

getrennt zahlen
v. 各付各的

其他：

- **zusammen zahlen** v. 一起付帳
- **fifty-fifty machen** v. 各付一半

你知道嗎？

德文 zahlen、bezahlen 和 begleichen 都有「付帳」的意思。在德國用餐完畢要買單時，該如何說呢？

一般在德國的餐廳用完餐後要買單時，我們可用 zahlen 或 bezahlen 這兩個動詞，最簡單的說法是 Zahlen bitte.，或是用完整的句子 Ich möchte gern bezahlen/zahlen. 來表示要付帳。

至於 begleichen 是「結清」的意思，例如：Ich begleiche sofort meine Schulden.（我立刻還清我的債務）。

另外，關於「帳單」依情況德文會有不同的字來表達：

- 一般來說 Rechnung f「帳單」這個單字可使用的範圍較廣，表示各種帳單。

  Ich habe die Handyrechnung noch nicht bezahlt.
  我的電話帳單還沒付。

- Gebühr f 用於「公營事業」的水電費等的帳單。

  Die Banken verlangen immer mehr Gebühren für ihren Service.
  銀行要求越來越多的服務費。

- 若是參加俱樂部、健身房會員繳會費，或是申請保險的話，則會使用 Beitrag m。

  Wie hoch ist der Mitgliedsbeitrag?
  會費是多少？

  Der Mitgliedsbeitrag beträgt monatlich 25 Euro.
  會費是每個月 25 歐元。

- 至於支出或成本，德文會使用 Kosten f (Pl)。

  Die Firma versucht die Kosten zu senken, um mehr Gewinn zu machen.
  那家公司試著降低成本來賺賺更多錢。

Kapitel 3

Bar 酒吧

Part7_15-A

酒吧內配置

1. **Bar** f 酒吧
2. **Bartheke** f 吧台
3. **Barhocker** m 吧台高腳椅
4. **Sofa** n 沙發
5. **Sessel** m 扶手椅
6. **Kissen** n 靠墊
7. **Barkeeper, Barkeeperin** m f 調酒師（男／女）
8. **Kunde, Kundin** m f 顧客（男／女）

9 **Spirituose** f 酒；烈酒
10 **Gläserregal** n 置杯架
11 **Eiseimer** m 冰桶
12 **Bartisch** m 雞尾酒工作台
13 **Tropfblech** n （掛水杯的）滴水板
14 **Bierzapfanlage** f 生啤酒機
15 **Mixer** m 鮮果汁機
16 **Wasserspender** m 飲水機
17 **Eisbehälter** m （雞尾酒旁）冰塊槽
18 **Bierglas** n 啤酒杯
19 **Weinglas** n 葡萄酒杯

常見的調酒工具（Barwerkzeug）有哪些？

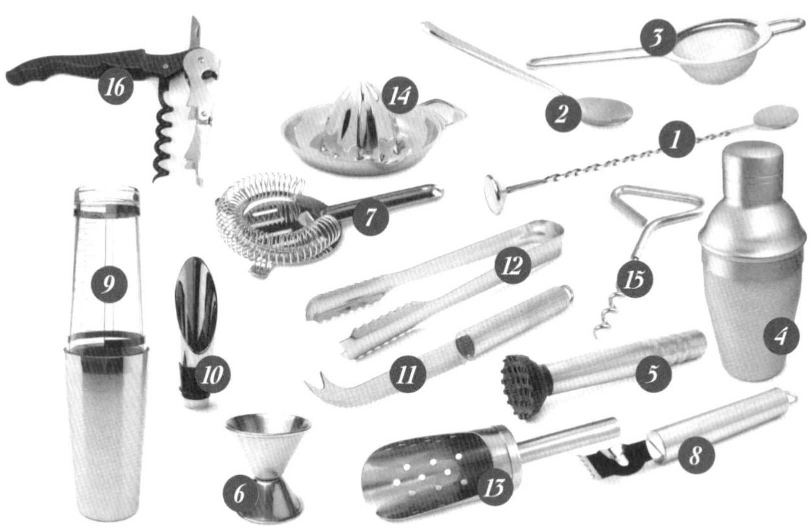

1. **Barlöffel** m 調酒錘匙
2. **Löffel** m 調酒匙
3. **Teesieb** n 過濾器
4. **Cocktailshaker** m 調酒器
5. **Stößel** m 攪拌棒
6. **Jigger** m 量酒器
7. **Barsieb** n 過濾器
8. **Zestenreißer** m 檸檬皮刨絲刀
9. **Mixglas** n 攪拌杯
10. **Ausgießer** m 酒嘴
11. **Barmesser / Cocktailmesser** n / n 酒吧刀
12. **Eiszange** f 冰夾
13. **Eisschaufel** f 冰鏟
14. **Zitruspresse** f 手動搾汁器
15. **T-Korkenzieher** m T 型開瓶器
16. **Kellnermesser** n 開瓶器

Part7_16

01 喝酒 Alkoholgenuss

酒在德國文化中非常重要，到酒吧（Bar / Kneipe）喝一杯是德國人覺得與親朋好友聊天（sich unterhalten）、度過一段輕鬆時光（Freizeit）最好的方式，就像享用德國料理一般，德國人喜歡淺嚐品酒但不喜歡牛飲。在一般的酒吧，德國人喜歡在夏天時喝啤酒（Bier）；而在較時尚的酒吧，除了烈酒（Spirituose）外，各式雞尾酒（Cocktail）也非常受歡迎。

有哪些常見的酒呢？

1. **Bier** n 啤酒
2. **Helles** n 淡啤酒
3. **Kellerbier** n 地窖啤酒
4. **Lagerbier** n 窖藏（淡啤酒）
5. **Buchweizenbier** n 蕎麥啤酒
6. **Bier vom Fass** n 生啤酒
7. **Weißbier** n 小麥白啤酒
8. **Dunkles Bier** n 深色啤酒
9. **Pilsner** n 皮爾森啤酒
10. **Hefeweizen** n 小麥酵母白啤酒
11. **Radler*** n 單車客啤酒
12. **Alkoholfreies Bier** n 無酒精啤酒
13. **Malzbier** n 黑麥汁
14. **Cocktail** m 雞尾酒
15. **Cosmopolitan** m 柯夢波丹
16. **Gin Tonic** m 琴湯尼
17. **Tropical Martini** m 熱帶馬丁尼
18. **Kir Royal** m 皇家基爾調酒
19. **Margarita** [En] m 瑪格麗特
20. **Bloody Mary** [En] f 血腥瑪利
21. **Tequila Sunrise** [En] m 龍舌蘭日出
22. **Blue Hawaii** [En] m 藍色夏威夷

＊發源於德國柏林郊區傳統作法是混合德式黃金拉格（Pils/Helles）與檸檬汁或汽水

Part7_17

烈酒 Spirituosen

Alte Williams Christ Birne Brand
m 西洋梨酒

Wodka
m 伏特加

Rum
m 萊姆酒

Whisky
m 威士忌

Cognac
[Fr] m 干邑白蘭地

Brandy
[En] m 白蘭地

Jägermeister
m 野格利口酒，野格聖鹿

Obstler
m 水果酒

葡萄酒 Wein

Rotwein
m 紅葡萄酒

Weißwein
m 白葡萄酒

Prosecco
m 普羅賽柯（義大利氣泡葡萄酒）

Champagner
m 香檳

Rosé
m 玫瑰紅酒

Sekt
m 氣泡酒

Grappa
m / f 義式白蘭地

Riesling
m 麗絲玲白葡萄酒

Tips

生活小常識：酒標（Weinetikett）篇

酒瓶的標籤正面（Weinetikett）首先可以看到的是酒的名稱（Verkehrsbezeichnung）、酒區（Weinbaugebiet）、裝瓶酒莊（Abfüllerangabe）以及年份（Jahrgang）、等級（Qualitätsstufe），還註明酒的容量（Nennfüllmenge）與酒精濃度（Alkoholgehalt）。

背面的標籤（Rückenetikett）標註酒莊的名稱（Erzeugerbetrieb）、酒的特色（Geschmacksangabe），有時也會有一些品嘗酒時的建議，例如酒的保存溫度（Lagerungsbedingung）、或者最適合飲用的溫度（Trinktemperatur）或是搭配的食物（Speiseempfehlung）。

Part7_18

酒的容量（Volumen）要怎麼用德文說？

ein Fass Bier

n 一桶啤酒

eine Maß Bier

f 一公升啤酒

eine Halbe

f 半公升（啤酒）

ein Glas Bier

n 一杯啤酒

Flaschenbier

n 瓶裝啤酒

Dosenbier

n 罐裝啤酒

ein Glas Whisky

n 一杯威士忌

ein Fass Rotwein

n 一桶紅酒（橡木桶）

ein Glas Rotwein
n 一杯紅酒

ein Glas Weißwein
n 一杯白酒

ein Glas Cocktail
n 一杯雞尾酒

Tips

生活小常識：形容酒的味道（Geschmacksangabe）

歐盟（die Europäische Union (EU)）有統一規定酒的甜度（Süßegrade），但其實各國的標示不一，且在酒瓶的標籤上也無硬性規定須標示其甜度。德國習慣在葡萄酒標上標示 trocken（乾），但 halbtrocken（半乾）、lieb（微甜）和 süß（甜）的標示則較少見。但有碳酸成分的氣泡酒類則規定要標示。至於口味感受（Geschmackswahrnehmung）會受不同因素所影響，因此甜度的感覺不一定與酒本身的含糖相符，例如 trocken（乾）的葡萄酒含糖量（Zuckergehalt）會受其酸度（Säuregehalt）的影響而提高，酸度高的情況，其含糖比例也就高，但卻不會標示「甜」，因為喝起來不甜。而酸度低的酒本身含糖量低，卻被標示 süß（甜），因為喝起來的口感是甜的。

trocken（乾）：口味感受有口乾、完全不甜的感覺。
halbtrocken（半乾）：口味感受不甜、但在舌尖上會有少許甜味。
lieb（微甜）：口味感受在入口時即可感到淡淡的甜味。
süß（甜）：口味感受在入口時已有甜的感覺。

常見的下酒菜有哪些呢？

Part7_19

Nussmischung
f 混和堅果

Popcorn
[En] n 爆玉米花

Pistazie
f 開心果

Wrap
[En] m / n 捲餅

Gemüse-Stick
m 蔬菜棒

Käsewürfel
m 乳酪塊

Kartoffelchips
f (Pl) 薯片

Olive
f 鹹橄欖

Erdnuss
f 花生

Crostini
f (Pl) 烤薄片麵包，托斯提尼

Wurst
f 香腸

Schinken
m 火腿

Salzbrezel
f / n 撒鹽粒薄餅

Olivenpaste

f 橄欖醬

Schmalzfleisch

n 熟肉醬

Törtchen

n 小鹹派

02 聚會 Treffen

Part7_20

在聚會時（bei einem Treffen）常做什麼事呢？

Selfies machen

自拍

ansprechen

搭訕

anstoßen

舉杯（慶祝）

Feste feiern

慶祝節日

Zeit verbringen

消磨時間

jmdn. auf ein Glas Wein einladen

請某人喝杯酒

jubeln
歡呼

Karten spielen
玩撲克牌

sich unterhalten
聊天

你知道嗎？

在德國可以喝酒的地方有哪些呢？

以喝飲料、喝酒為主的場所，在德國稱為 Kneipen（酒館）或是 Bars（酒吧），一般來說是顧客直接跟櫃檯（Theke）點飲料，且食物只是配角或只是點心。不過時常也會出現有服務生來到顧客面前點餐的情況。不同形式的 Kneipen 或 Bar 也會提供不同形式的服務項目。以下列出其他風格類似的酒吧。

- Cocktailbar（雞尾酒酒吧）：
  設備經常很現代化，且很有格調（stilvoll）。
- Stammkneipe（固定聚會酒館）：設備比較傳統，客源較固定，現場通常有紙牌可玩、有飛鏢盤（Dartscheibe）可玩，有服務生來服務，其供應的酒類主要是啤酒。

- Gewöhnliche Kneipe（一般酒館）：氣氛輕鬆，收費便宜。除供應不含酒精飲料之外，也供應雞尾酒、葡萄酒和啤酒。

- Sportsbar/American Bar（運動酒吧）：一種是可看電視實況轉播（live im Fernsehen ausgetragene Turniere）的球賽，另一種是看冠軍賽轉播（Meisterschaften）的酒吧。這類酒吧的特點是有大螢幕影像。
- Musikkneipe（音樂酒館）：一般來說，這類酒館的面積較大，通常會播放固定曲風的音樂，有些會提供歌手（Live-Musikern）做現場音樂表演。
- Pub（酒館）：其中以 Irish Pub 相當受歡迎，強調愛爾蘭式的舒適感（Gemütlichkeit），撥放愛爾蘭音樂（irische Musik），提供典型的愛爾蘭飲料（irische Getränke）。
- Studentenkneipe（學生酒館）：氣氛活潑，價格落在學生的消費能力範圍內，一般在大學城可找到，通常會提供不同種類的啤酒和雞尾酒。
- Bistro（小酒館／小餐館）：都是設備簡單的的小店，提供小餐點。這字可能源自俄文的 bystro，意指「動作快」的意思。

Teil VIII
Gesundheit 生活保健

◆◆◆ Kapitel 1

Arztpraxis & Krankenhaus 診所、醫院

這些應該怎麼說？

Part8_01

在診所內會做哪些醫療行為（Behandlungsmöglichkeiten）呢？

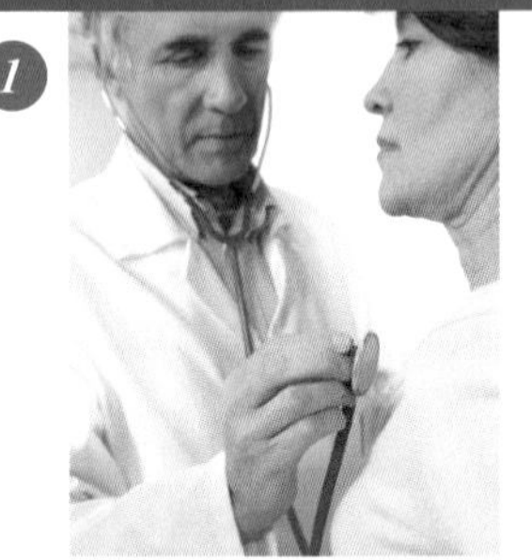

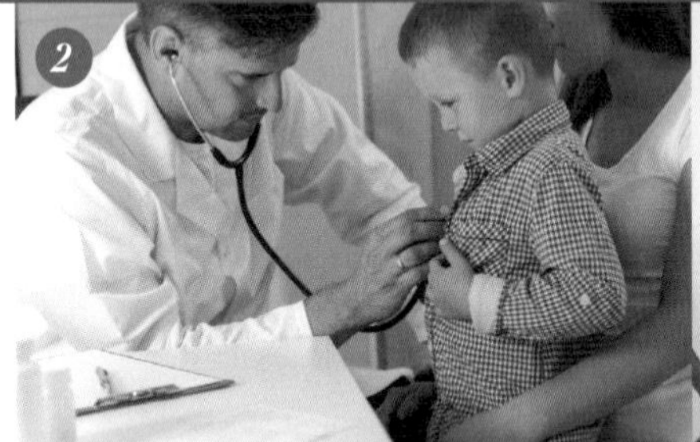

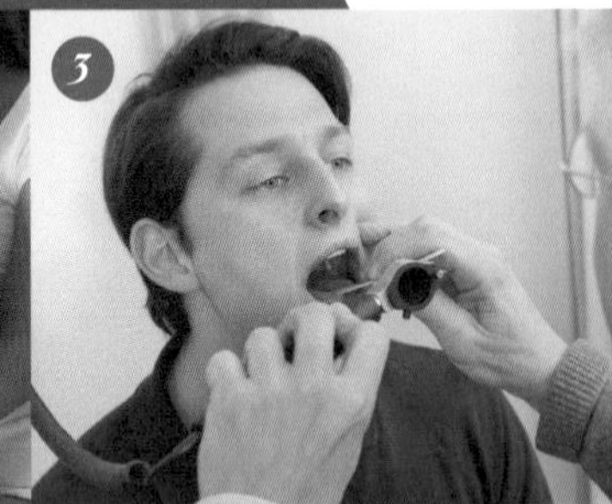

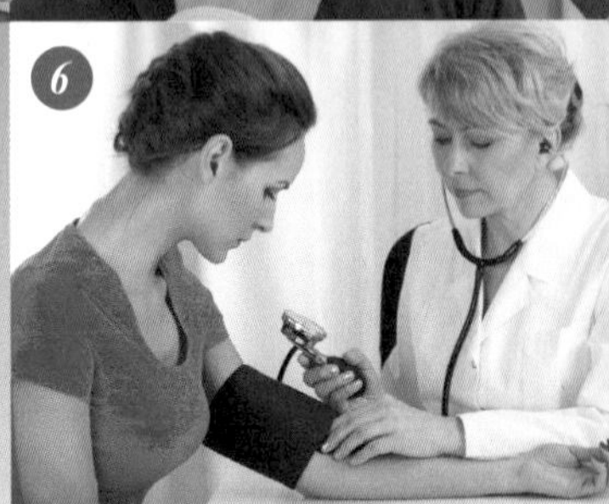

1. **die Atmung abhören** v. 聽呼吸聲
2. **den Herzschlag abhören** v. 聽心跳
3. **den Rachen untersuchen** v. 檢查喉嚨
4. **die Nase putzen** v. 清鼻涕
5. **die Körpertemperatur messen** v. 量體溫
6. **den Blutdruck messen** v. 量血壓

◆ Tips ◆

慣用語小常識：診所（in der Arztpraxis）篇

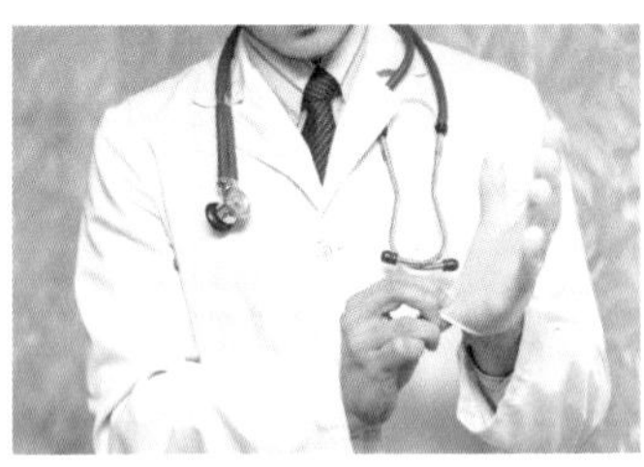

看醫生時，要怎麼稱呼「醫生」？

「醫生」這個名詞在德文中是 Arzt/Ärztin，這是一個職業名稱，若是要使用稱謂時，則會用 Doktor，前面可加上 Frau「女士」或是 Herr「先生」，來稱呼醫師：Herr / Frau Doktor。

在診所會做什麼呢？

在德文裡要表達「去看醫生」會用 zum Arzt gehen「去看醫生」或 beim Arzt sein「就診」來表達。依德國人的就診習慣，其看診流程（Ablauf des Arztbesuchs）一般是先到家醫（Hausarzt; Facharzt für Allgemeinmedizin）那裡去看診。主要流程是：

1. 預約（einen Termin machen）
2. 去私人的醫生診所看診（zum Arzt gehen）
3. 轉診：判斷是否要轉診到專科醫生（zum Facharzt）

Part8_02

••• 01 看診 Behandlung

診所裡常見的人有哪些？德文怎麼說？

Sprechstunden-hilfe

f 櫃台人員，門診助理人員

Arzt, Ärztin

m / f 醫生（男／女）

Patient, Patientin

m / f 病人（男／女）

	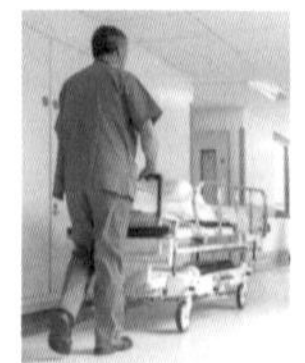	
Hausarzt, Hausärztin	**Krankenpfleger, Krankenpflegerin**	**Arzthelfer, Arzthelferin***
m / f 家醫（男／女）	m / f 護理師（男／女）	m / f 醫生助理（男／女）

＊正式職業名稱為 die medizinische Fachangestellte (MFA) f

掛號時常用的基本對話

Sprechstundenhilfe: Guten Tag, was kann ich für Sie tun?

門診助理：「先生您好，我能為您做什麼事嗎？」

Patient: Ich habe keinen Termin. Kann ich jetzt behandeln lassen? 看診病人：「我沒有事先預約，請問現在可以看診嗎？」

Sprechstundenhilfe: Waren Sie schon einmal bei uns?

門診助理：「您是初診嗎？」

Patient : Ja. 看診病人：「是的。」

Sprechstundenhilfe: Es sind noch zwei Patienten vor Ihnen, möchten Sie warten?

門診助理：「您的前面還有兩位病人，請問您要等嗎？」

Patient: Ja, ich kann warten.

看診病人：「沒問題，我可以等。」

Sprechstundenhilfe: Das Wartezimmer ist auf der linken Seite. Warten Sie dort, bis der Doktor Sie aufrußt.

門診助理：「候診室在您的左手邊，請等醫生來叫您。」

Patient: In Ordnung. Danke Ihnen.

看診病人：「好的。謝謝您」

Part8_03

這些不舒服的症狀要怎麼用德文說呢？

Halsschmerz

m 喉嚨痛

Halsschmerzen haben

v. 喉嚨痛

müde

Adj. 疲倦的

verstopfte Nase

鼻塞的

mit Schüttelfrost

發冷的

Schnupfen

m 流鼻水

Durchfall

m 腹瀉，拉肚子

Durchfall haben

v. 腹瀉，拉肚子

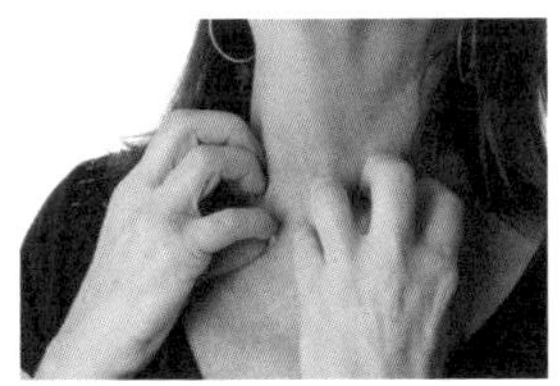

Allergie

f 過敏

Grippe

f 流行性感冒

Husten

m 咳嗽

husten

v. 咳嗽

einen Hitzschlag bekommen

v. 中暑

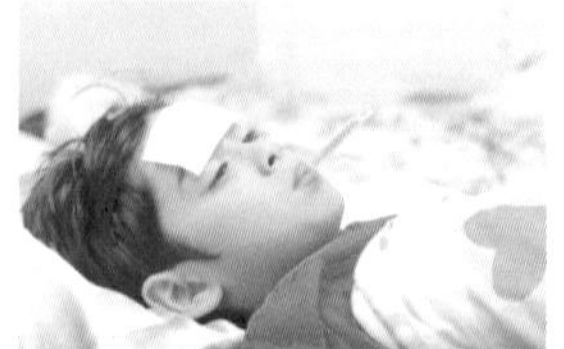

Fieber haben

v. 發燒

niesen

v. 打噴嚏

erbrechen

v. 嘔吐

in Ohnmacht fallen

v. 暈倒

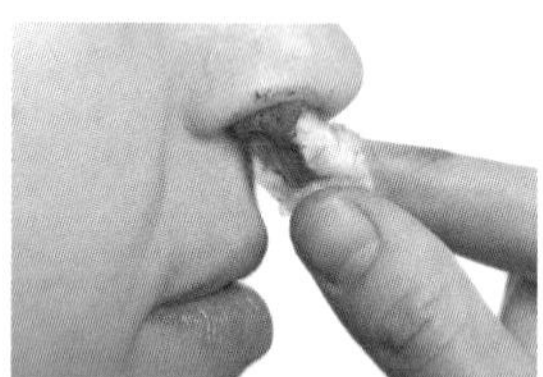

Nasenbluten haben

v. 流鼻血

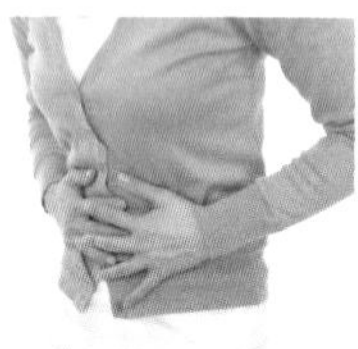

Bauchschmerz

m 肚子痛

Bauchweh haben

v. 肚子痛

Kopfweh

n 頭痛

Kopfschmerzen haben

v. 頭痛

Rückenschmerz

m 背痛

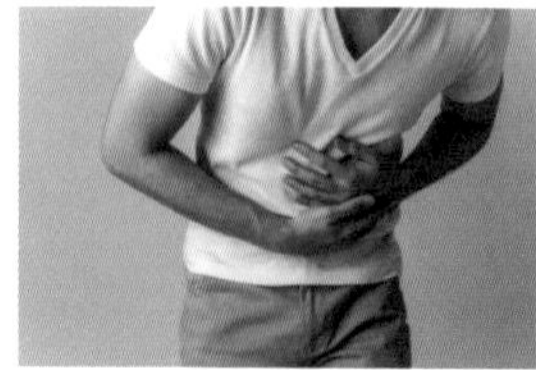

Magenschmerzen haben

v. 胃痛

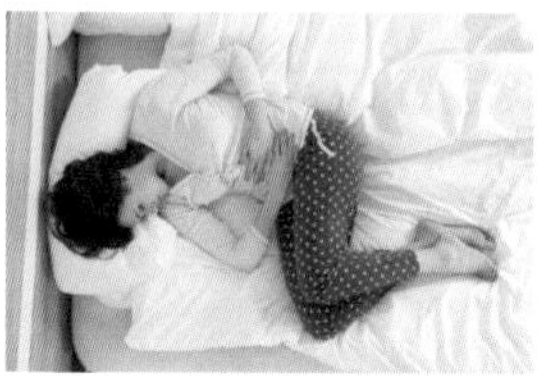

Krampf

m 絞痛

Schwindel

m 暈眩

Part8_04

其他不舒服的症狀又要怎麼用德文說呢？

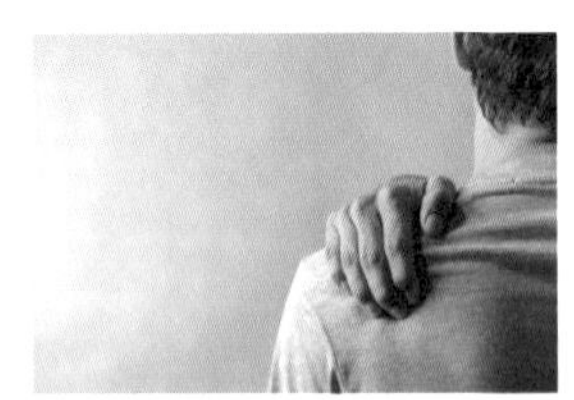

Muskelkater

m 肌肉痠痛

Schulterschmerz

m 肩膀痛

Knieschmerz

m 膝蓋痛

Rachenkatarrh*

m 咽喉炎

Verdauungs-problem

n 消化不良

Schlaflosigkeit

f 失眠

Ohrschmerz

m 耳朵痛

Augenschmerz

m 眼睛痛

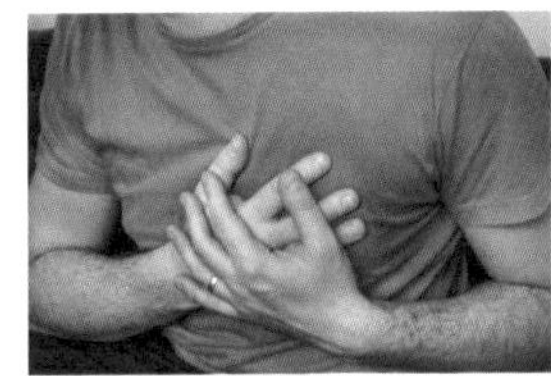

Brustschmerz

m 胸部痛

＊也可用Rachenentzündung表示

◆ Tips ◆

跟常見疾病有關的慣用語

名詞 Fieber 原本是「發燒」的意思。在德文這個詞是用來形容「對某事物的狂熱」的文雅說法。由 Fieber 所組合的複合字相當多，例如：Fußballfieber「對足球的狂熱」，Tanzfieber「對舞蹈的狂熱」。動詞 fiebern 則有各種不同的意思，如「發燒」、「興奮」、「不安」和「非常渴望」。

Wir waren im WM-Fieber und haben mit Freunden jedes Spiel angeschaut.
我們沉浸在世界盃的狂熱中，並和朋友們看了每一場比賽。

Der Angestellte fiebert danach, sich selbständig zu machen.
那位職員非常渴望能自己創業。

Part8_05

基本舒緩不適的藥物有哪些呢？

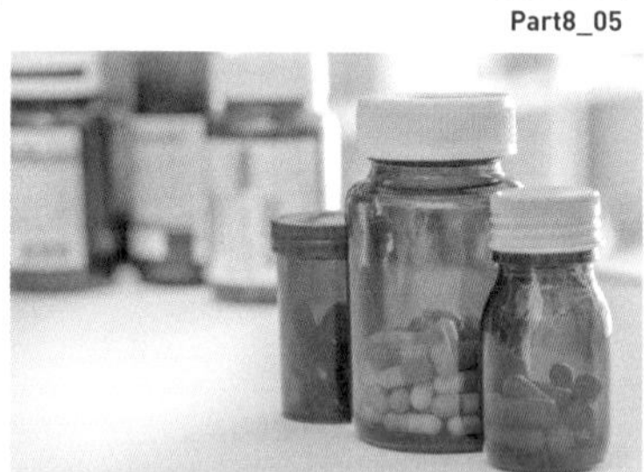

1. **Tablette** f 藥片
2. **Pille** f 藥丸
3. **Kapsel** f 膠囊
4. **Schmerztablette** f 止痛劑
5. **Hustensaft** m 咳嗽糖漿
6. **Aspirin** f / n 阿斯匹靈
7. **Medikament gegen Fieber** n 退燒藥
8. **Erkältungstablette** f 感冒藥
9. **Antibiotikum** n 抗生素
10. **Magentablette** f 胃藥
11. **Medikament gegen Durchfall** n 止瀉藥
12. **Augentropfen** f (Pl) 眼藥水
13. **Brandsalbe** f 燙傷藥
14. **Verdauungsenzym** n 消化酵素

Nimm die Antibiotika nicht falsch ein. Das kann die Resistenzen der Bakterien hervorrufen.
不要亂吃抗生素，可能導致細菌產生抗藥性。

◆ Tips ◆

語言小常識：關於 Weh 和 Schmerz

德文常用 Weh 和 Schmerz 這兩個字來表達疼痛，但在表達病痛時有使用上的差異。Weh 都是單數用法，而 Schmerz 這個字多用於複數，例如要表示「我頭痛」時，德文有以下差異。

Ich habe Kopfschmerzen.（複數用法）

Ich habe Kopfweh.（單數用法）

Part8_06

看診相關的單字與片語

Symptom n 症狀
Behandlung f 治療
Entzündung f 發炎
Antibiotikum f 抗生素（ Pl Antibiotika）
Nebenwirkung f 副作用
Krankenakte f 病歷
Anamnese f 病史
ein Rezept verschreiben v. 開處方箋
allergisch gegen Adj. 對～過敏
eine Krankheitsgeschichte mit ~ f 有～病史
ein Medikament einnehmen v. 服藥

◆ Tips ◆

急診室（Notaufnahme）：在德國看急診的流程

急診室在就醫時，醫院通常會進行分流（Einteilung），以區分緊急急診病患及非緊急個案。週末、國定假日或晚上，診所休診時，若不知自己是否屬於需到急診室的病患，可先撥打緊急醫療服務（Bereitschaftsdienst / Notdienst）的電話（Ärztliche Notrufnummern）116 或 117 諮詢。有性命危險（lebensbedrohlich）的病症，如失去意識（bewusstlos）、意識模糊（Bewusstseinseintrübung）、呼吸困難（Atemnot）、胸痛（Brustschmerzen）、劇烈疼痛（heftige Schmerzen）或出血（Blutung）等症狀，就必須撥打醫療救治服務處（Rettungsdienst）的電話 112（此號碼也是消防局的號碼），此服務處的專家（Notrufexperte）會判斷是否需派救護車。若是這樣的緊急狀況，醫護人員會先到家做初步的急救動作，接著送急診（Notaufnahme），由急診醫師繼續治療，健保公司（Krankenkasse）則負責病患的救護車接送費用。基本上，醫療救治服務處都會主動派出救護車，不過若是非緊急狀況而叫救護車，病患需自行付費。

在醫院會做什麼呢？

在德國醫院中，除了請醫生看診之外，也能夠做例行的各式檢查（Untersuchung），但每一項檢查必須先經由醫生的評估（auswerten）。

02 做健康檢查 Medizinische Kontrolle

Part8_07

人體外觀各部位（Körperteile）的德文要怎麼說呢？

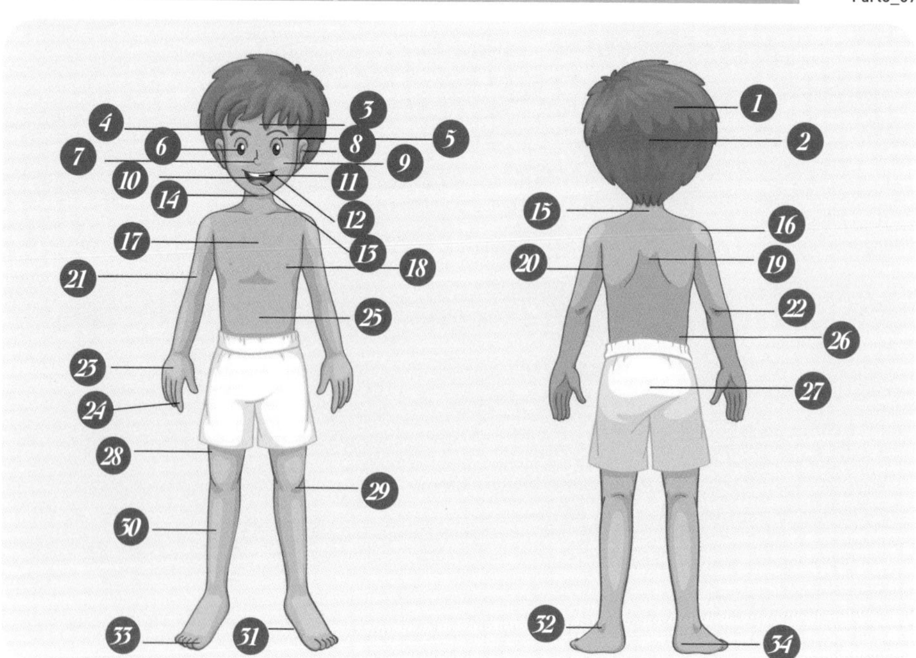

❶ **Kopf** m 頭
❷ **Haar** n 頭髮
❸ **Stirn** f 額頭
→ **Gesicht** n 臉
❹ **Augenbraue** f 眉
❺ **Wimper** f 睫毛
❻ **Auge** n 眼睛（單眼）
複 **Augen** f（Pl）
❼ **Nase** f 鼻子
❽ **Ohr** n 耳朵
複 **Ohren** f（Pl）
❾ **Wange** f 臉頰
複 **Wangen** f（Pl）
❿ **Mund** m 嘴巴
⓫ **Zahn** m 牙齒
複 **Zähne** f（Pl）
⓬ **Lippe** f 嘴唇
複 **Lippen** f（Pl）
⓭ **Zunge** f 舌頭
⓮ **Kinn** n 下巴
⓯ **Hals** m 脖子
→ **Kehle** f 喉嚨
→ **Adamsapfel** m 喉結
⓰ **Schulter** f 肩膀
⓱ **Brust** f 胸口
⓲ **Brustwarze** f 乳頭
複 **Brustwarzen** f（Pl）
⓳ **Rücken** m 背部
⓴ **Achsel** f 腋窩
㉑ **Arm** m 手臂
複 **Arme** f（Pl）
㉒ **Ellbogen** m 手肘
㉓ **Hand** f 手
複 **Hände** f（Pl）
㉔ **Finger** m 手指
→ **Fingernagel** m 指甲
→ **Daumen** m 大拇指
㉕ **Bauch** m 肚子
→ **Nabel** m 肚臍
㉖ **Taille** f 腰
㉗ **Gesäß** n 臀部
㉘ **Oberschenkel** m 大腿
複 **Oberschenkel** f（Pl）
㉙ **Knie** n 膝蓋
複 **Knie** f（Pl）
㉚ **Bein** n 腿
複 **Beine** f（Pl）
㉛ **Fuß** m 腳
複 **Füße** f（Pl）
㉜ **Sprunggelenk** n 腳踝
㉝ **Zehe** f 腳趾
複 **Zehen** f（Pl）
㉞ **Ferse** f 腳跟
複 **Fersen** f（Pl）

Part8_08

在健檢的時候會做什麼呢？

die Körpergröße messen
v. 量身高

das Körpergewicht messen
v. 量體重

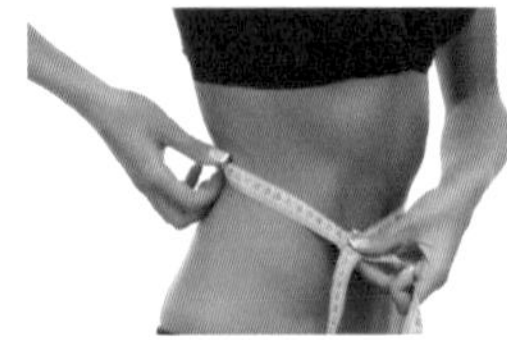

den Taillenumfang messen
v. 量腰圍

den Blutdruck messen
v. 量血壓

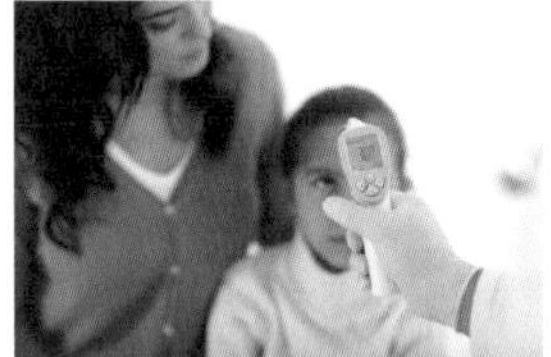

die Körper-temperatur messen
v. 量體溫

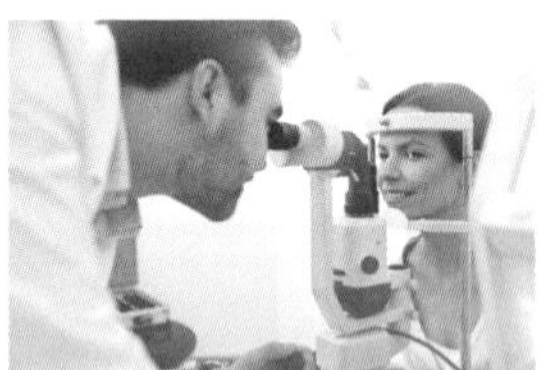

die Sehstärke kontrollieren
v. 檢查視力

Blut entnehmen
v. 抽血

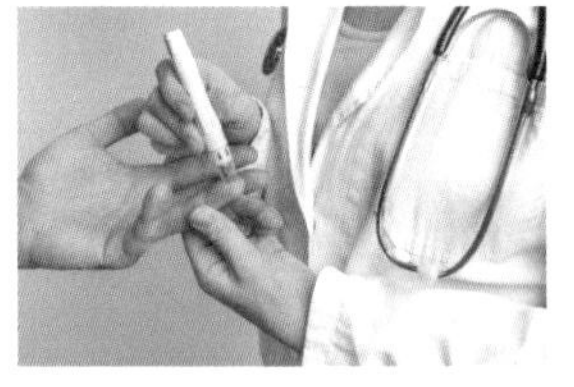

den Blutzucker messen
v. 驗測血糖

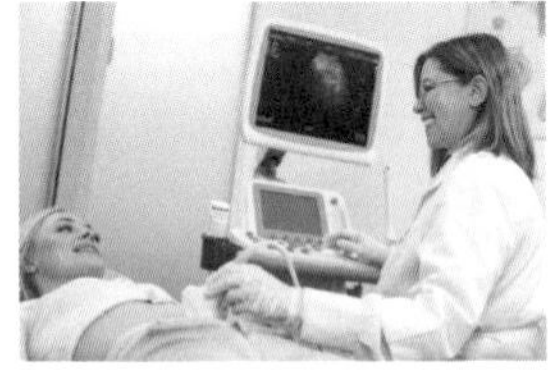

Ultraschall-untersuchung
f 超音波檢查

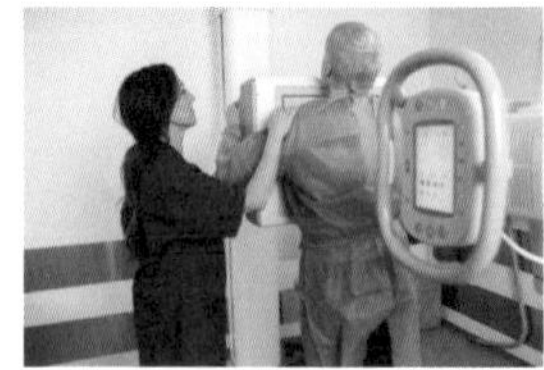

röntgen
v. X 光檢查

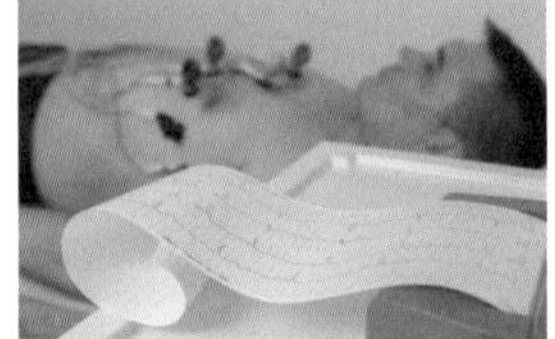

EKG*
n 心電圖

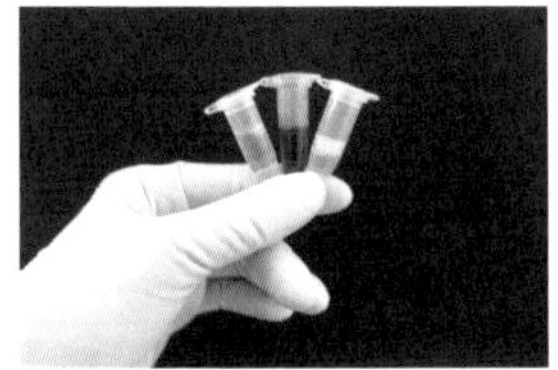

Probekörper sammeln
v. 採集檢體

＊EKG是 Elektrokardiogramm 的縮寫。

◆◆◆ 03 醫院各科 Fachabteilungen im Krankenhaus

Part8_09

在醫院裡有哪些常見的科別？德文怎麼說？

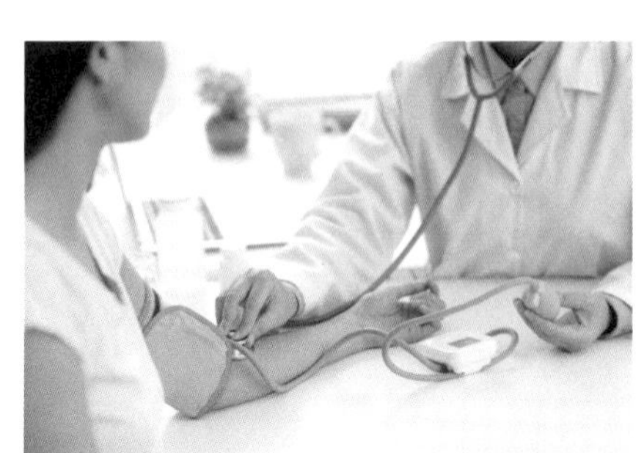

Innere Medizin
內科

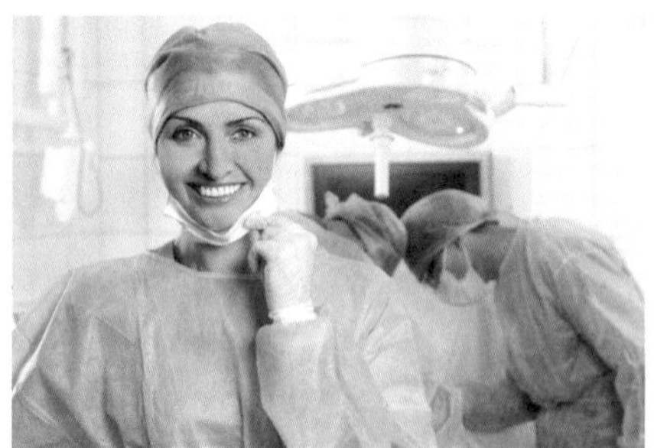

Chirurgie
外科

Hals-Nasen-Ohren-Abteilung（或 **HNO-Abteilung**）
耳鼻喉科

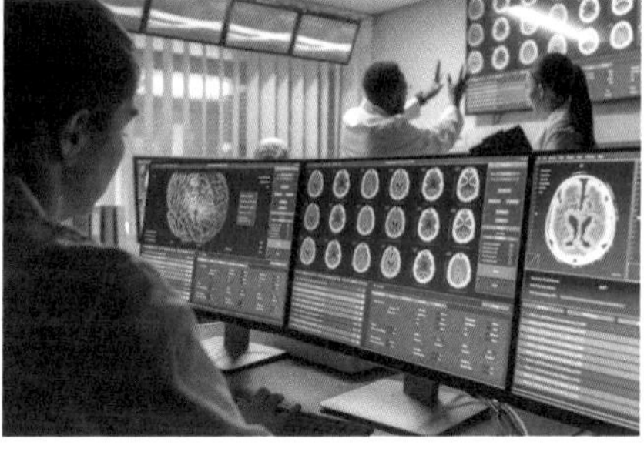

Neurochirurgie
神經外科

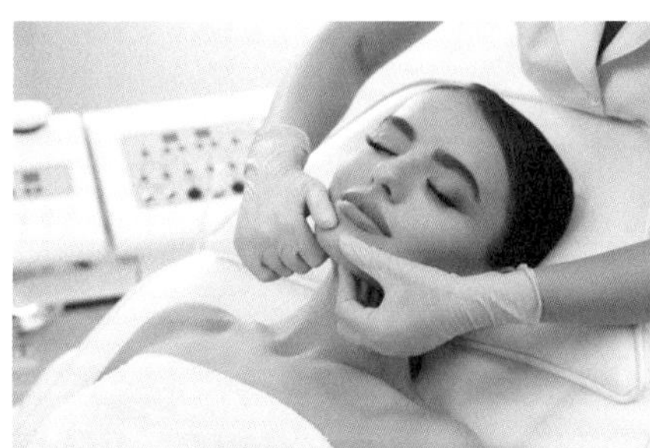

Dermatologie
皮膚科

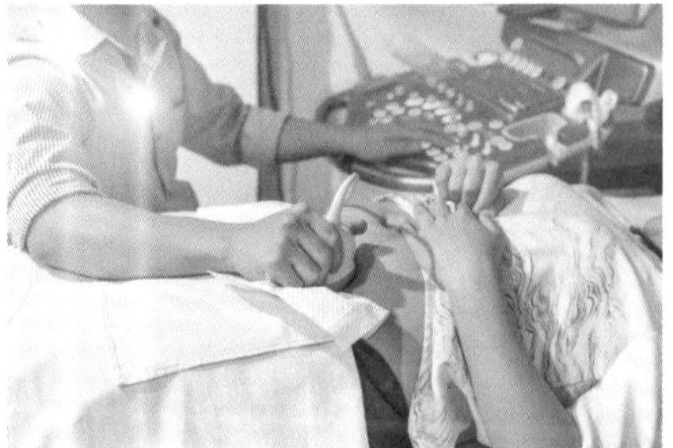

Gynäkologie
婦產科

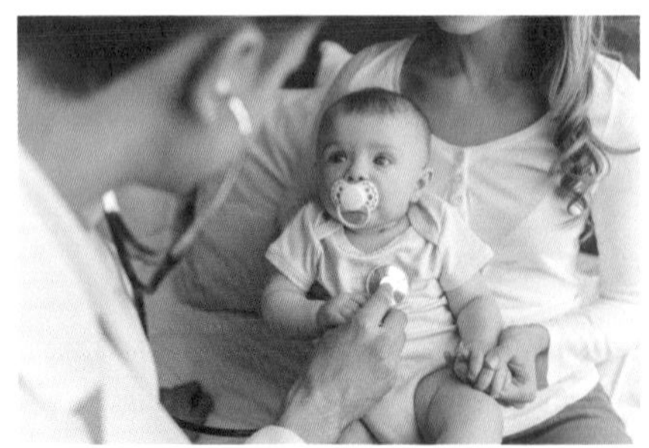

Pädiatrie
（或 **Kinderheilkunde**）
小兒科

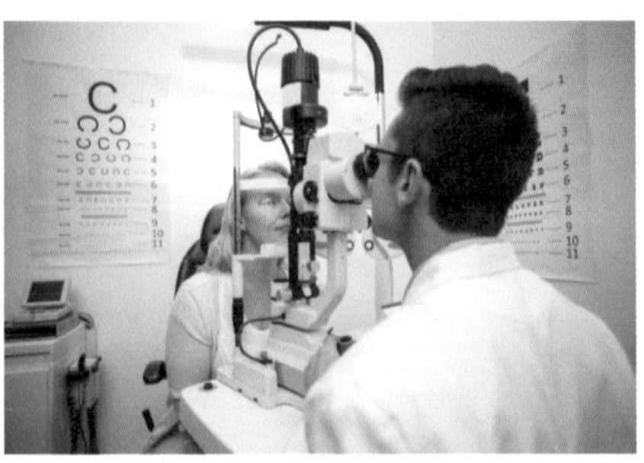

Ophthalmologie
（或 **Augenheilkunde**）
眼科

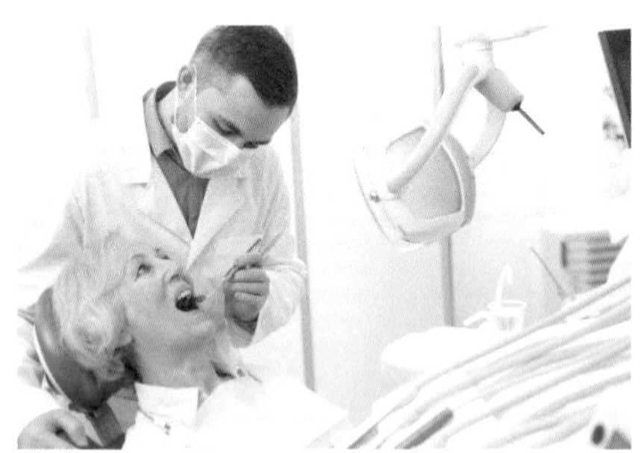

Dentologie
（或 **Zahlheilkunde**）
牙科

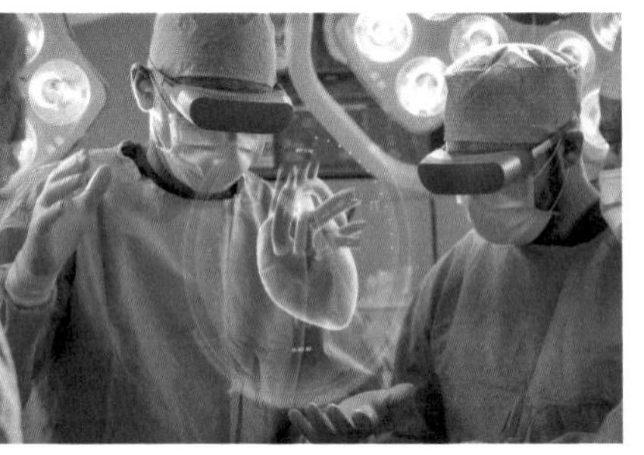

Kardiologie
心臟科

Gastroenterologie
腸胃科

Urologie
泌尿科

看診時常用的基本對話

Arzt: Was führt Sie zu mir?
醫生：「您為何來看診？」

Patient: Mein Hals tut mir weh und ich habe etwas Fieber.
病患：「我喉嚨痛，而且有點發燒。」

Arzt: Seit wann?
醫生：「什麼時候開始的？」

Patient: Seit gestern.
病患：「昨天開始的。」

Arzt: Lassen Sie sich von mir untersuchen.
醫生：「我來為您檢查一下。」

Richtig. Ihr Hals ist entzündet. Die Entzündung sieht schon etwas schlimm aus. Ich verschreibe Ihnen Antibiotika. Die Antibiotika können vielleicht Nebenwirkungen haben, aber Sie müssen sie weiter einnehmen.
的確，您的喉嚨發炎了，發炎的情況已經有點嚴重。我給您開抗生素，可能會引起一些副作用，但還是要繼續服藥。

Patient: Welche Nebenwirkungen können auftreten?
病患：有可能是什麼樣的副作用呢？

Arzt: Durchfall kommt häufig vor, deswegen verschreibe ich Ihnen auch Enzym-Kapseln. Das kann Ihnen helfen. Haben Sie noch weitere Fragen?
醫生：最常發生的情況是腹瀉，所以我也會開給您酵母膠囊劑，會對您有幫助的。您還有其他的問題嗎？

Patient: Nein.
病患：「沒有了。」

Arzt: Gute Besserung und vergessen Sie nicht, die Medikamente zur richtigen Zeit in der richtigen Dosierung einzunehmen.
醫生：「請保重，別忘了按時按劑量服藥。」

Patient: Vielen Dank. Herr Doktor.
病患：「謝謝醫生。」

◆◆◆ Kapitel 2

Drogerie & Apotheke 藥妝店、藥局

Part8_10

藥妝店（Drogerie）

❶ **Pflegeprodukt** n 保養品

❷ **Hygieneartikel** m 盥洗用品

* ＊**Mund** m 嘴巴
* ＊**Zahn** m 牙齒
* ＊**Bad** n 泡澡
* ＊**Dusche** f 淋浴

❸ **Bodylotion** [En] f 身體乳液

❹ **Duschgel** n 沐浴乳

❺ **Zahncreme** f 牙膏
㊔ **Zahnbürste** f 牙刷
㊔ **Zahnseide** f 牙線
㊔ **Mundspülung** f 漱口水

❻ **Nagellack** n 指甲油
❼ **Nagellackentferner** m 去光水
❽ **Nahrungsergänzungsmittel** n 保健食品

美妝店（Parfümerie）

❶ **Kosmetik** f 化妝品
❷ **Lippenstift** m 口紅
❸ **Augenbrauenpinsel** m 眉刷
❹ **Augenbrauenstift** m 眉筆

藥局（Apotheke）

❺ **Apotheker** m 藥劑師
❻ **Theke** f 櫃台
❼ **Rezept** n 處方箋
❽ **Vitrine** f 貨物架
❾ **Medikament** n 藥物
❿ **rezeptfreies Medikament** n 成藥

◆ Tips ◆

慣用語小常識：藥物（Medikament）篇

eine bittere Pille schlucken müssen
「必須吞顆苦藥」？

名詞 Pille 的意思為「藥丸」、動詞 schlucken 的意思為「吞嚥」，eine bittere Pille schlucken müssen 這個慣用語在 17 世紀時就已經出現，是指「必須做或接受不喜歡的事」。

Er hat den Liefertermin nicht sehr ernstgenommen. Wegen des Vertragsbruchs fordert der Käufer einen hohen Schadenersatz und er muss jetzt die bittere Pille schlucken.

他並不是很認真看待這交貨期。因為違約，買家要求高額賠償，而這損失他現在只能吞下。

在藥局會做什麼呢？

01 領藥 Medikamente abholen

Part8_11

在德國，醫院（Krankenhaus）及醫生診所（Arztpraxis）中並沒有設立藥局（Apotheke），因此病人必須拿著醫生開立的處方箋（Rezept）到藥局買藥，只有用醫生開立的處方箋所購得的藥物（Medikament）才能申請健保或醫療保險（Krankenversicherung）補助，反之則必須全額自費。除了某些特別用藥必須遵守醫師所開的藥單之外，藥劑師可以根據存貨或病人的用藥習慣更改藥的廠牌，例如止痛藥、止咳糖漿等這類產品。

處方箋（Rezept）上會有什麼？

1. **praktizierender Arzt** m 執業醫生（男）
   praktizierende Ärztin f 執業醫生（女）
2. **Adresse der Praxis** f 執業地址
3. **Name des Patienten** m 病患姓名

4. **Geburtsdatum (des Patienten)** n （病患）出生日期
5. **Anschrift (des Patienten)** f （病患）地址
6. **Datum** n （看診）日期
7. **Name des Medikaments** m 藥名
8. **Dosis** f 劑量；服法
9. **Anwendung** f 用法；服法
10. **orale Einnahme** f 口服
11. **äußerliche Anwendung** f 外用
12. **Dosis** f 劑量；服法
13. **Packung** f 包裝
14. **vor dem Essen einnehmen** v. 飯前服用
15. **nach dem Essen einnehmen** v. 飯後服用
16. **zur richtigen Zeit in der korrekten Dosierung einnehmen** v. 按時按劑量服用
17. **Tablette** f 藥丸
18. **Arzneipulver** n 藥粉
19. **Kapsel** f 膠囊
20. **Salbe** f 藥膏

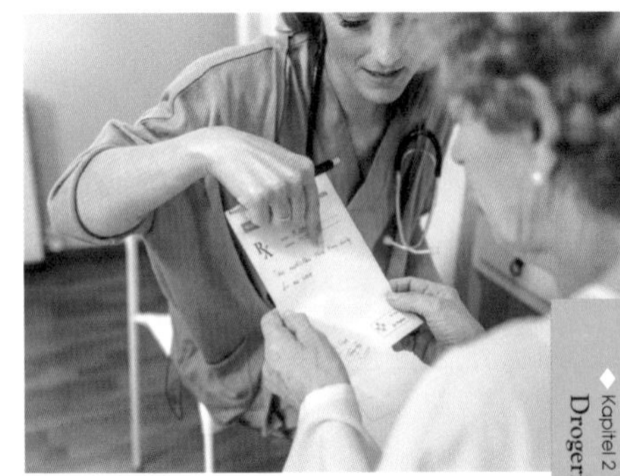

領藥時的常見基本對話

Patient: Guten Tag, hier sind mein Rezept und meine Krankenversicherungskarte.

病患：「您好，這是我的藥單與健保卡。」

Apotheker: In Ordnung, warten Sie einen Moment. Ich hole Ihnen das Medikament.

藥劑師：「好的，請等我一下，我去幫您拿藥。」

Patient: Danke schön.

病患：「謝謝您。」

Apotheker: Haben Sie das Medikament früher schon mal eingenommen?

藥劑師：「這些是您的藥。請問您之前服用過嗎？」

Patient: Nein, ich bekomme es zum ersten Mal verschrieben.

病患：「沒有，這是第一次」

Apotheker: So. Ich schreibe die Anwendung auf die Packung. Sie müssen regelmäßig die richtige Dosis nehmen. Wenn Sie Fragen haben, nehmen Sie gleich Kontakt mit Ihrem Arzt auf.

藥劑師:「這樣的話，我把用藥方法寫在包裝上，您要按時按劑量服用。若有問題的話，一定要馬上連絡您的主治醫生」

Patient: Ok. Vielen Dank!

病患：「好的，謝謝您」

Part8_12

常見的成藥有哪些？德文怎麼說？

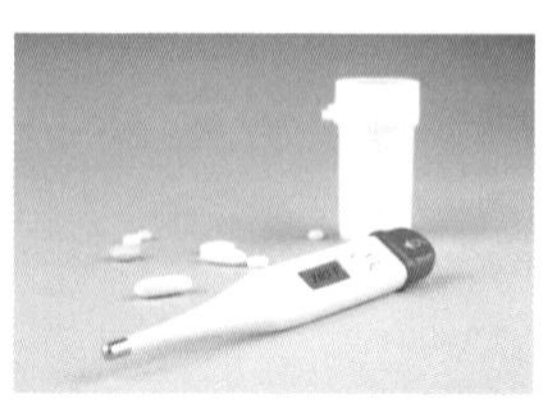

fiebersenkendes Medikament

n 退燒藥

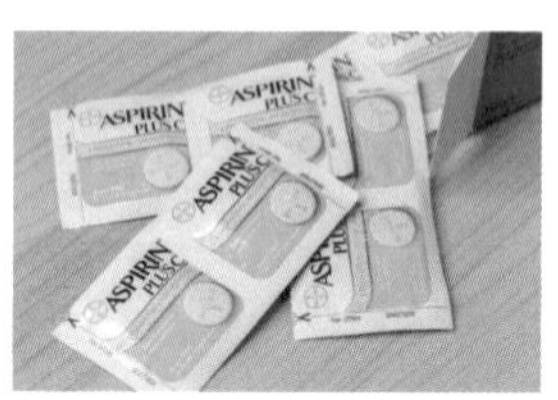

Aspirin

n 阿斯匹靈

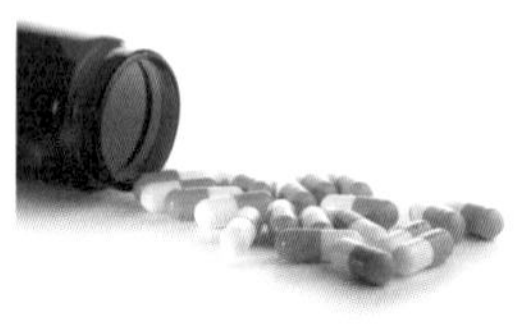

Medikament gegen Erkältung

n 感冒藥

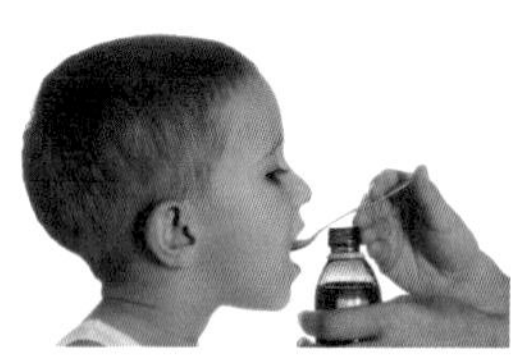

Hustensaft

m 咳嗽糖漿

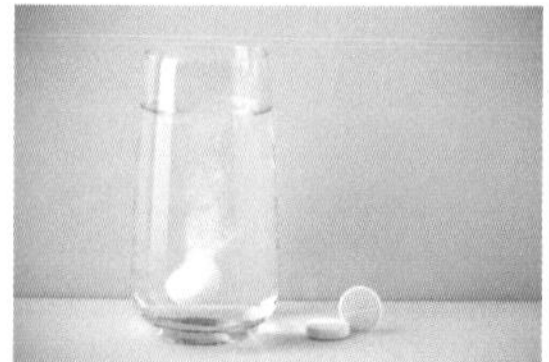

Antacidum（或 **Antazidum**）

n 制酸劑

Schmerztablette

f 止痛藥

你知道嗎？

一樣都是「藥」，Medizin、Medikament、Arznei、Arzneimittel、Heilmittel、Präparat、Pharmazeutikum 有什麼不一樣？

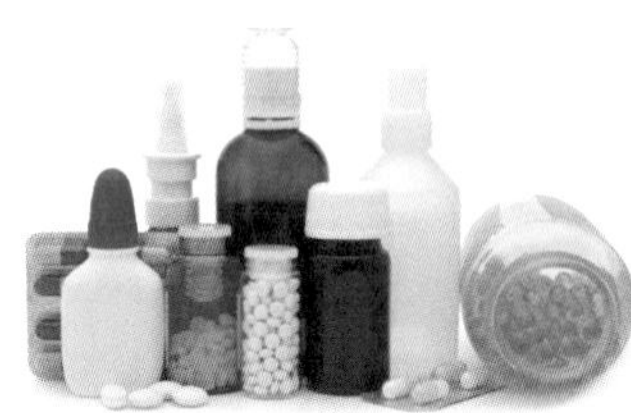

Medikament 和 Arzneimittel 是同義字，都是表示「藥物」的常用詞。Arzneimittel 可以表示「藥物」，也可以表示「藥療（Arzneitherapie）」，使用範圍比 Medikament「藥物」廣。

Medizin 則可以表示「醫學」、「藥品」或是「液體的藥品」。至於 Heilmittel，除了有「藥物」的意思之外，還可指「治療方式」（如按摩，水療等）的意思。而 Präparat「藥劑、藥物」和 Pharmazeutikum「藥物」都是屬於醫藥領域的專業術語，Arznei（藥物，液體的藥品）則是舊式用法，不使用於專業術語。

請參考右圖的「藥丸、藥片及膠囊」：Pille 是指一般常見的**圓形實心固體藥丸**，外層沒有糖衣且非光滑狀，通常是以吞食或口含的方式服用（見圖❶）；Hartkapsel 則是呈橢圓型的**硬「膠囊」**，裡片包的多是藥粉（見圖❷）；Tablette 是由藥粉壓製成形的實心固體藥片（見圖❸）；Weichkapsel 則是**軟「膠囊」**，內容多是液體的藥品（見圖❹）。

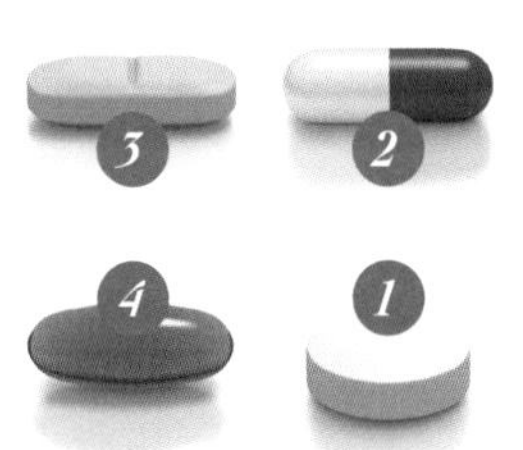

02 購買保健食品 Nahrungsergänzungsmittel kaufen

Part8_13

常見的保健食品和醫療用品有哪些？

Vitamin
n 維他命

Fischölkapsel
f 魚油膠囊

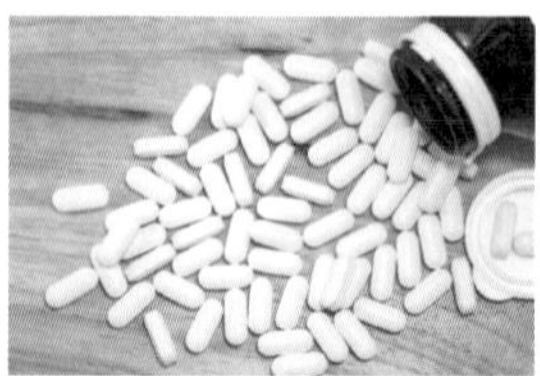
Calcium-Tablette
f 鈣片

Brausetablette
f 發泡錠

Chinaöl
n 百靈油

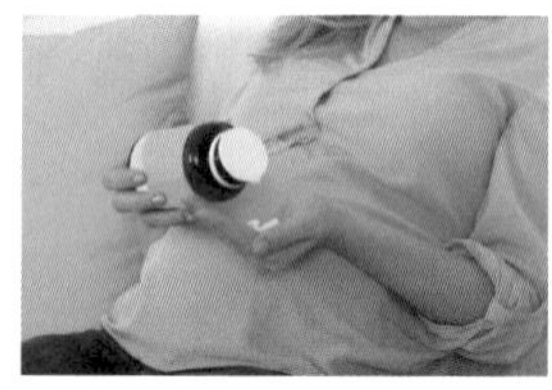
Folsäure-Tablette
f 葉酸錠

Jodtinktur
f 碘酒

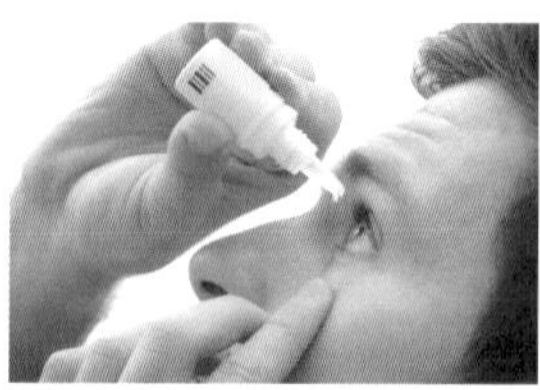
Augentropfen
f (Pl) 點眼液

isotonische Kochsalzlösung
f 生理食鹽水

Heftpflaster
n OK繃

Wattestäbchen
n 棉花棒

Verband
m 繃帶

Kompresse
f 紗布

Salbe
f 藥膏

Bauchgürtel
m 護腰帶

Schützer
m 護具

Ohrthermometer
n 耳溫計

Blutdruck-messgerät
n 血壓計

Wärmflasche
f 熱水袋

Kaltkompresse
f 冰袋

Windel
f 尿布

03 挑選保養品 Auswahl der Hautpflegeprodukte

常見的保養品有哪些？

Bodylotion

[En] f 身體乳液

Tagescreme

f 日霜

Nachtcreme

f 晚霜

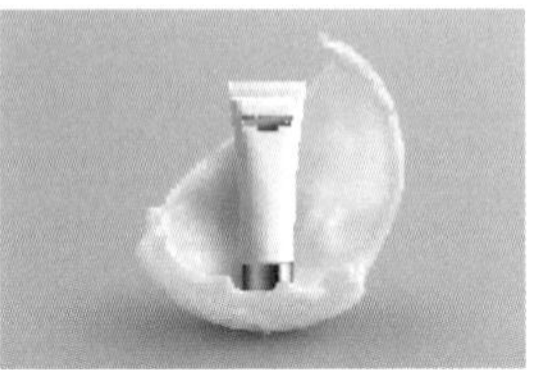

Gesichts-waschgel

n 洗面乳

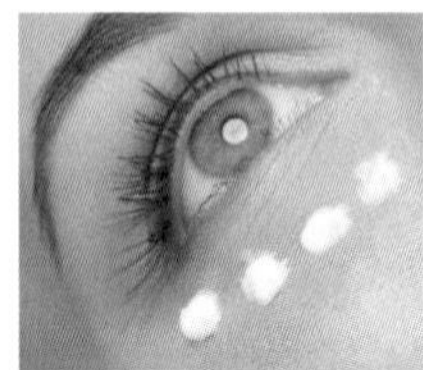

Augencreme

f 眼霜

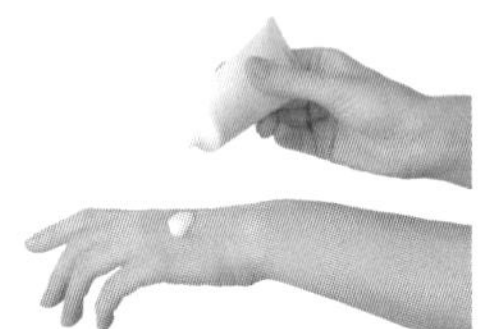

Handcreme*

f 護手霜

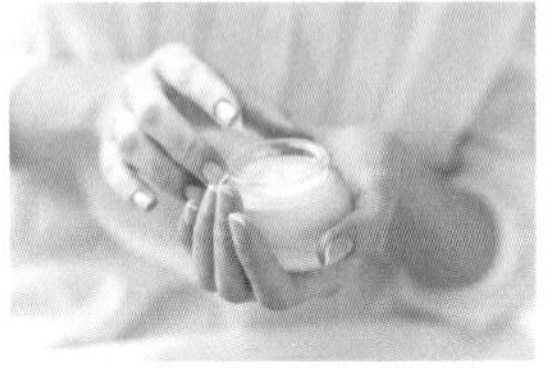

Feuchtig-keitscreme

f 保濕乳液

Gesichtscreme

f 面霜

Nagellack-entferner

m 去光水

Serum

n 精華液

*也可拼作 Handcrème

ätherisches Öl
n 精油

Essenz
f 精華露

Sonnen-creme
f 防曬乳

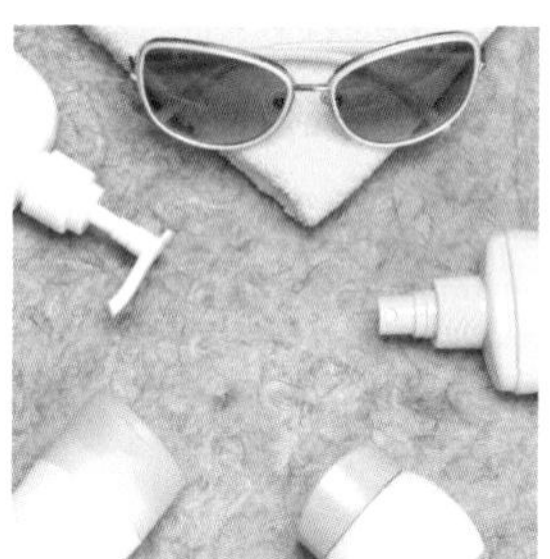

Bräunungscreme
f 助曬乳

Reinigungswasser
n 潔膚水

Tinted Moisturizer
[En] m 隔離乳／霜

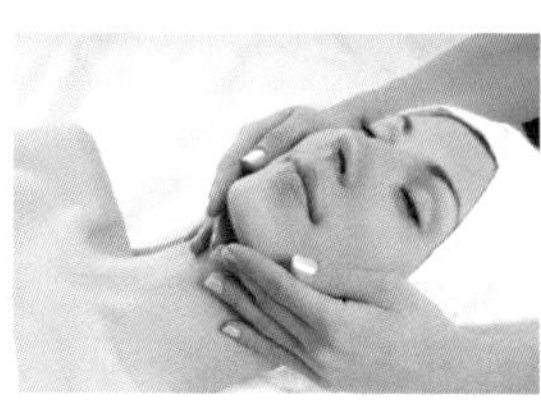

Maske Gel
n 敷臉凝膠

保養品可使用的部位：

- **Gesicht** n 臉
- **Wange** f 臉頰
- **Hand** f 手
- **Oberschenkel** m 大腿
- **Bein** n 腿
- **Fuß** m 腳

了解保養品上的文字

Part8_14-B

● 保養品上會出現的文字有哪些？

UV-Schutz m 防曬
Anti-Aging（或 Antiaging） n 防皺
Regeneration f 修護
feuchtigkeitsspendend 保濕的
pflegend 保養的
reichhaltig 豐富的
selbstbräunend 助曬的
adstringierend 收斂的
antibakteriell 抗菌的
hautberuhigend 鎮定肌膚的
für das Gesicht geeignet 適用於臉的
für die Anwendung am Körper geeignet 適用於身體的
für fettige Haut geeignet 適用於油性皮膚
für trockene Haut geeignet 適用於乾燥肌膚
für jeden Hauttyp geeignet 適合各種肌膚
nicht für empfindliche Haut geeignet 不適用於敏感性皮膚
für empfindliche Haut geeignet 適用於敏感性皮膚
für Mischhaut geeignet 適用於混合性肌膚
für die Anwendung am Tag geeignet 適用於白天的
für die nächtliche Anwendung geeignet 適用於晚上的
für die tägliche Anwendung geeignet 每天適用的

常見的皮膚症狀（Häufige Hautsymptome）

Part8_15

● 以下是各類皮膚症狀

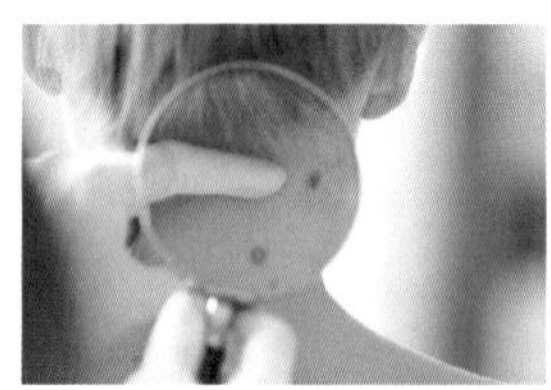

Muttermal
n 痣

Pickel
m 青春痘

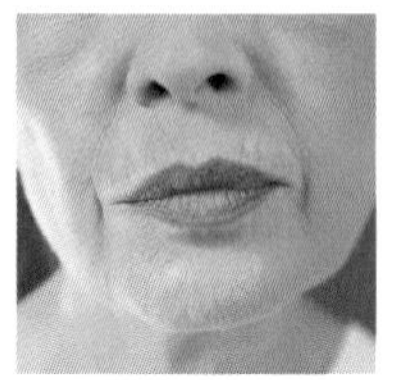

Falte
f 皺紋

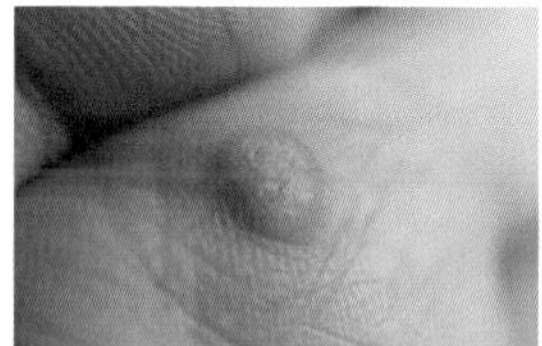

Warze
f 疣

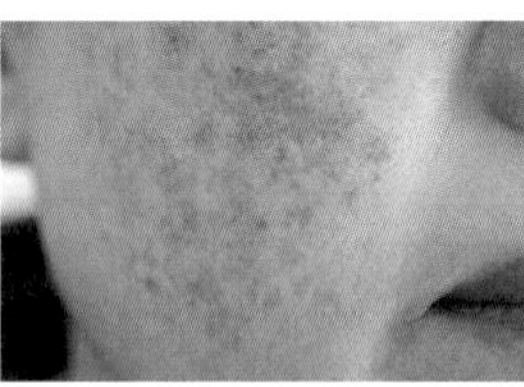

Sommersprosse
f 雀斑

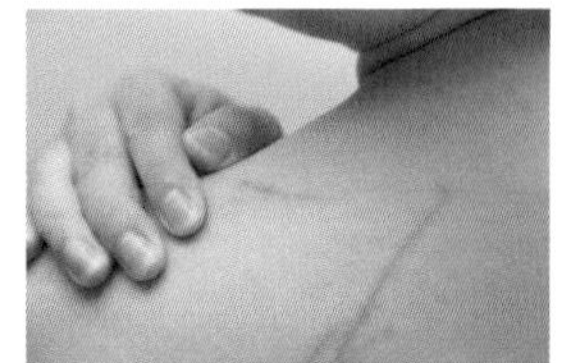

Narbe
f 疤痕

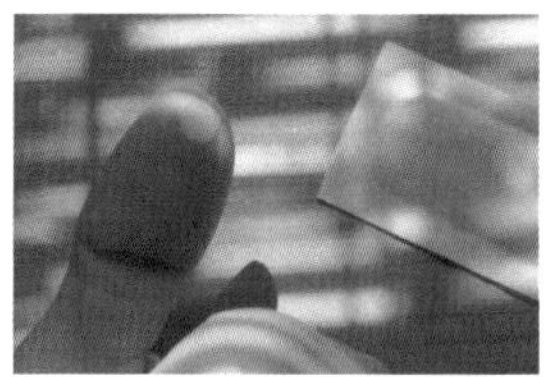

Blase
f 水泡

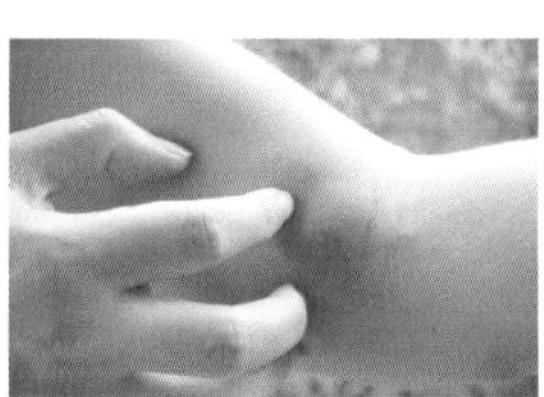

Insektenstich
m 蚊蟲咬傷

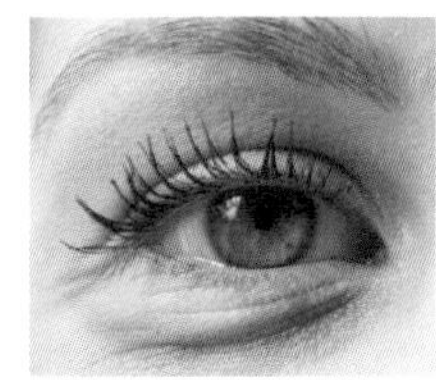

dunkle Augenringe
f（Pl）黑眼圈

其他：

- **Beule** f 腫塊
- **Altersfleck** m 老人斑（多用複數 Altersflecke 或 Altersflecken）
- **Kratzer** m 抓破的傷口
- **Verkrustung** f 結痂
- **Krähenfüße** f（Pl）魚尾紋

◆Tips◆

生活小常識：德國的藥妝店（Drogerienmärkte）

德國三大連鎖藥妝店分別是 dm-drogerie markt、Rossmann 和 Müller。另外還有一些是區域性連鎖店，如漢堡市的 Budnikowsky。近年來，網路藥妝店（Online-Drogerie）也備受歡迎。藥妝店主要是銷售一般性藥物（Heilmittel）、健康保健用品（Nahrungsergänzungsmittel）、美容與保養產品（Schönheitspflege und Wellness）、個人居家清潔用品（Hygieneartikel und Sachpflege in Haus）和消耗性電子產品，如 USB、電池等。此外，也會提供一些食品、飲料與零嘴等。

▲ dm-drogerie markt

▲ Rossmann

▲ Müller

Teil IX

Freizeit 休閒娛樂

◆◆◆ Kapitel 1

Kino und Theater 電影院、劇院

Part9_01

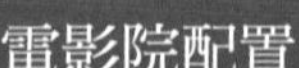

1. **Kino** n 電影院
2. **Leinwand** f 螢幕
3. **Sitzplatz am Gang** m 走道座位
4. **Sitzplatz in der Vorderreihe** m 前排座位
5. **Sitzplatz in der Hinterreihe** m 後排座位
6. **Sitzplatz in der Mitte** m 中間座位
7. **Notausgang** m 緊急出口
8. **Notausgangsschild** n 緊急出口標示
9. **Sitznummer** f 座位號碼
10. **Becherhalter** m 杯架

⓫ **Gang** m 走道

⓬ **Stufenbeleuchtung** f 走道燈

⓭ **Sitzreihenanzeige** f 座位排指示燈

⓮ **Stereo-Lautsprecher** m 音箱

劇院配置

❶ **Bühne** f 舞台

❷ **Vorhang** m 布幕

❸ **Beleuchtung** f 燈光器材

　衍 **Toneffekte-Maschine** f 音效器材

❹ **Zuschauerraum** m 觀眾席

　衍 **Parkett** n 正廳前座（即上圖中❹的位置，舞台正前方的底層座位）

　衍 **Loge** f 包廂座位

　衍 **Balkon** m 樓廳座位（二樓以上的座位）

　衍 **Galerie** f 頂層樓座（最頂層的座位）

◆◆◆ 01 購票 Eintrittskarten kaufen

Part9_02-A

門票的種類有哪些？德文怎麼說？

Kassenschalter
m 售票處

1. **Vollpreiskarte** f 全票
2. **ermäßigte Eintrittskarte** f 優待票
3. **Studentenpreis** m 學生優待票
4. **Karte zum halben Preis** f 半票
5. **Seniorenticket** n 敬老優待票
6. **Online-Vorverkaufskarte** f 網路預購票
7. **Frühbucherrabatt** m 早鳥票

   衍 **Premiere** f 首映

   衍 **Mitternachtsvorführung** f 午夜場

◆ **Tips** ◆

生活小常識：票券篇

德文一般要表達「票券，門票，入場券」的意思時，會用 Eintrittskarte、Karte、Einlasskarte 或 Ticket。至於要表示「車票」的意思時，會用 Fahrkarte，其同義字有 Karte、Fahrtausweis、Fahrausweis、Fahrschein 或者是 Ticket。Fahrausweis 在瑞士德文還有「駕照」的意思。

Ticket 常用於 Schiffsticket「船票」或 Flugticket「機票」。瑞 Billett 有「車票」和「入場券」的意思，但主要通用於瑞士，在德國是舊式用法。

Entschuldigen Sie, wo kann man hier eine Fahrkarte lösen?
抱歉，請問這裡哪裡可以買到票？

看電影時可能會吃的東西有哪些？

Part9_02-B

● 零食，點心 Snacks

Salzbrezel
f / n 鹹脆捲餅

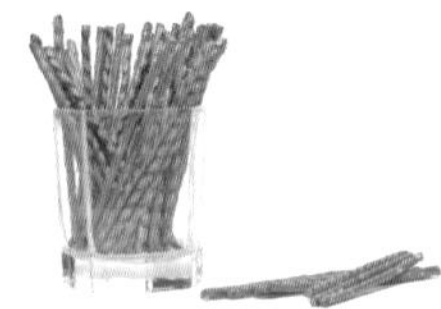

Salzstange
f 鹽粒鹹脆棒

Schokolinse
f 巧克力豆
（常用於複數Schokolinsen）

Erdnuss
f 花生

Popcorn
[En] n 爆米花

Eiskreme
f 冰淇淋

Eiskonfekt
n 餅乾冰淇淋，冰淇淋三明治

Schokoriegel
m 巧克力棒

Gummibonbon
m / n 軟糖

Nacho

m 烤乾酪辣味玉米片
（多用複數 Nachos）

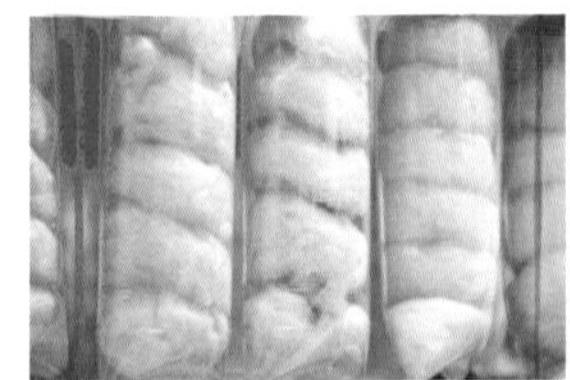

Zuckerwatte

f 棉花糖

Chip

m 薯片
（多用複數 Chips）

● 飲料 Getränke

Softdrink

[En] m 軟性飲料，不含酒精的飲料

Bier

n 啤酒

Mineral-wasser

n 礦泉水

Cola

[En] f / n 可樂

Saft

m 果汁

Spezi

m / f / n
橘子可樂

Kaffee

m 咖啡

Tee

m 茶

02 看電影 Ins Kino gehen

Part9_03

常見的電影類型（Filmgenre）有哪些？德文怎麼說？

1. **Komödie** f 喜劇片
2. **Film noir** m 黑色電影
3. **Kriegsfilm** m 戰爭片
4. **Kriminalfilm** m 警匪片
5. **Fantasyfilm** m 奇幻片
6. **Abenteuerfilm** m 冒險片
7. **Zeichentrickfilm** m 動畫片
8. **Filmbiografie** f 傳記片
9. **Familienfilm** m 家庭親子片
10. **Musikfilm** m 歌舞劇
11. **Mysteryfilm** m 懸疑片
12. **Historienfilm** m 歷史片
13. **Dokumentarfilm** f 紀錄片

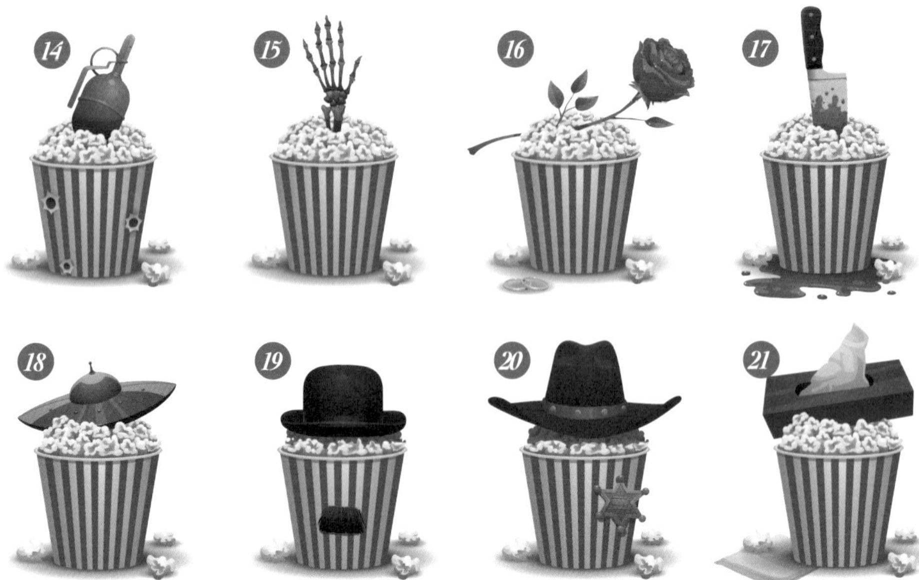

⑭ **Actionfilm** m 動作片
⑮ **Horrorfilm** m 恐怖片
⑯ **Liebesfilm** m 愛情片
⑰ **Thriller** m 驚悚片
⑱ **Science-Fiction-Film** m 科幻片
⑲ **Stummfilm** m 默劇
⑳ **Western** m 西部片
㉑ **Drama** n 悲情片
　衍**Tragödie** f 悲劇片
　衍**Tragikomödie** f 悲喜劇

其他：

- **Trailer** m 預告片
- **Werbung** f 廣告
- **Untertitel** m 字幕

電影的級別

關於電影的級別，德國是按年齡層作區分（Altersfreigabe），主要是由電影工業自主管控有限公司（Freiwillige Selbstkontrolle der Filmwirtschaft (FSK) GmbH）執行。以下與台灣分級做對照：

FSK ab 0 freigegeben（零歲起即可觀看，無年齡限制）	普遍級（台灣）
FSK ab 6 freigegeben（六歲起即可觀看）	保護級（台灣）
FSK ab 12 freigegeben（十二歲起即可觀看）	輔導級（台灣）
FSK ab 18 / keine Jugendfreigabe （十八歲起即可觀看）	限制級（台灣）

電影影像呈現有哪些種類？

隨著科技快速地發展，電影院螢幕的影像呈現也愈來愈科技多元。早期的電影是黑白（Schwarz-Weiß-Film）且無聲（Stummfilm）的電影，播放電影時旁邊有鋼琴師或風琴師依劇情現場伴奏。接著，有聲電影（Tonfilm）的時代來臨，錄音和電影的錄製多是分開執行。隨著影像（Bild）技術的改善，彩色電影（Farbfilm）取代黑白電影，音效由單聲道進步到現今的電腦數碼立體音響。立體電影（3D-Film）盛行於 1950 年代，為了吸引更多的觀眾（Publikum）到電影院看電影，21 世紀採用電腦特效來製作 3D 立體電影，須戴 3D 眼鏡（ChromaDepth-Brille / Prismengläser-Brille）觀看影片。

03 看舞台劇 Ins Theater gehen

Part9_04

在舞台劇上會有什麼樣的人事物呢？德文怎麼說？

1. **Schauspieler** m（或 **Darsteller** m）演員
2. **Schauspielerin** f（或 **Darstellerin** f）女演員
3. **Hauptdarsteller** m 男主角
4. **Hauptdarstellerin** f 女主角
5. **Nebendarsteller** m 男配角
6. **Nebendarstellerin** f 女配角
7. **Requisit** n 道具（多用複數 Requisiten Pl）
8. **Bühnenbild** n 布景
9. **Kostüm** n 服裝
10. **Drehbuch** n 劇本
11. **Musical** [En] n 音樂劇
12. **Konzert** n 音樂演奏會
13. **Stummfilm** m 默劇
14. **Oper** f 歌劇
15. **Komischer Dialog** m 相聲表演

◆◆◆ Kapitel 2

Friseurladen & Kosmetikstudio美髮院、美容院

Part9_05

美髮院擺設

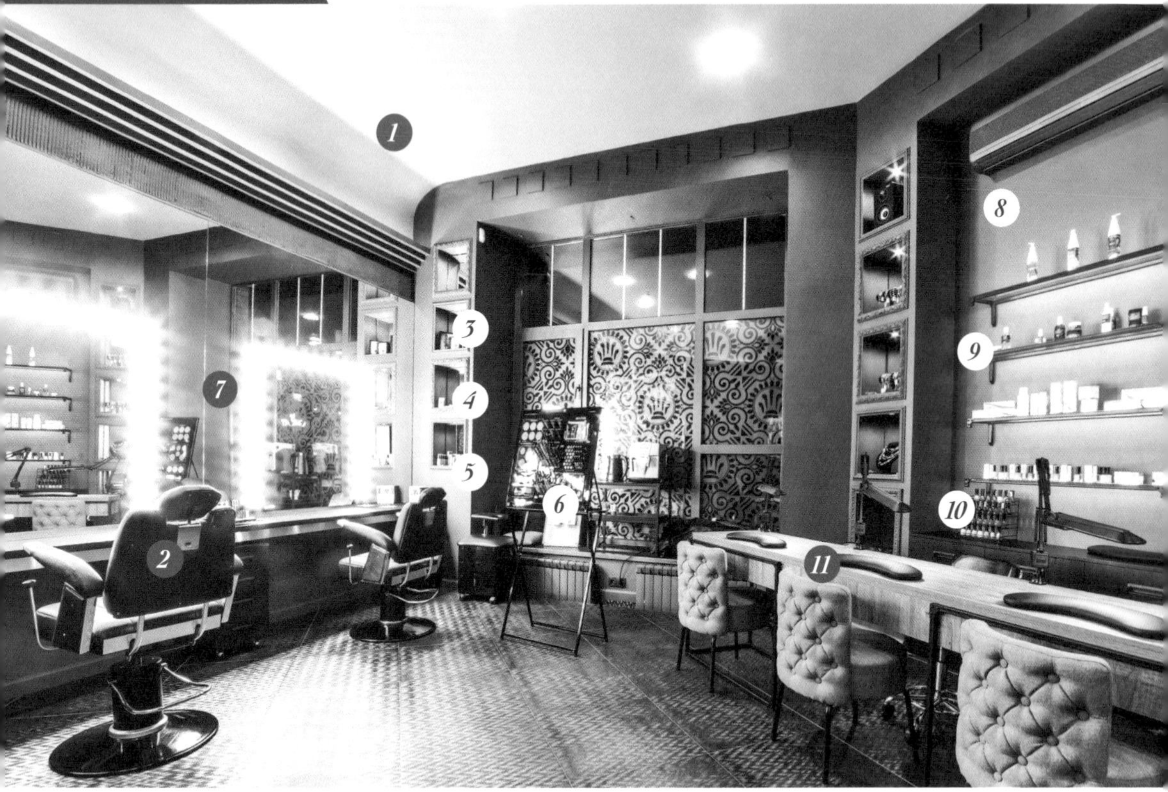

1. **Friseurladen** m 美髮院
   - ⓘ衍 **Friseursalon** m 美髮院
   - ⓘ衍 **Haarladen** m 髮廊
2. **Friseurstuhl** m 理髮椅
3. **Haarspray** m / n 噴霧定型液
4. **Styling-Gel** n 造型膠
5. **Haarwachs** m 髮蠟
6. **Kosmetik** f 化妝品，彩妝
7. **Spiegel** m 鏡子
8. **Maniküre** f 美甲區
9. **Nagellackentferner** m 去光水
10. **Nagellack** n 指甲油

⑪ **Handauflage** f 手枕
⑫ **Waschbecken** n 水槽
⑬ **Friseur-Waschbecken** n 洗髮椅
⑭ **Haarshampoo** n 洗髮精
⑮ **Haarspülung** f 潤髮乳
⑯ **Haarpflegeprodukt** n 護髮用品

美容院擺設

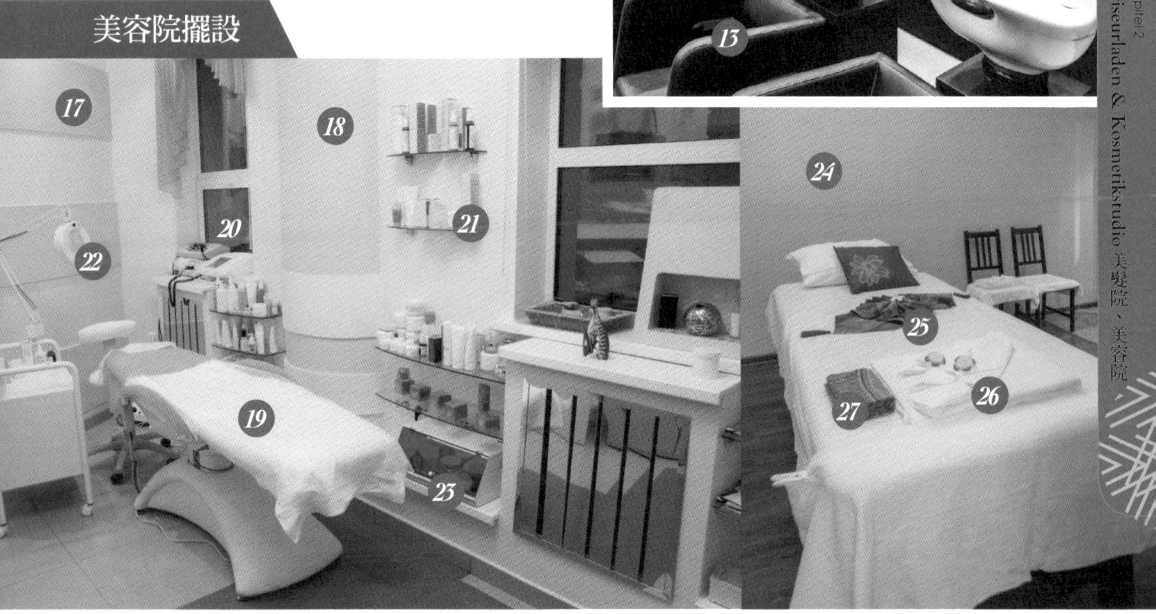

⑰ **Kosmetikstudio** n 美容院
⑱ **Behandlungsraum** m 治療室
⑲ **Kosmetikliege** f 美容床
⑳ **Kosmetikgerät** n 美容儀器
㉑ **Hautpflegeprodukt** n 皮膚保養品
㉒ **Lupenlampe** f 放大鏡檯燈
㉓ **Desinfektionsvorrichtung** f 消毒箱
㉔ **Massageraum** m 按摩室
㉕ **Massagetisch** m 按摩床
㉖ **Bademantel** m 浴袍
㉗ **Handtuch** n 毛巾
衍 **Sauna** f 三溫暖

◆ Tips ◆

慣用語小常識：美麗（Schönheit）篇

Alter vor Schönheit!
「年長在美麗前面」

名詞 Alter 是「老年（人）、年紀」的意思、介系詞 vor 是「在…前面」、名詞 Schönheit 是「美人、美麗」的意思，Alter vor Schönheit 引申的意思是指尊重年長者，讓年長者先走或讓年長者優先。另外一個慣用語 das schöne Geschlecht，字面是「美麗的性別」，引申的意思是指「女性，女人」。

Der junge Mann lässt den alten Herrn an der Kasse vor: „Alter vor Schönheit!"
那位年輕男子讓那位老先生先結帳：「年長者優先」。

01 造型設計 Haarstyling

Part9_06

在美髮院或美容院裡常看到哪些人呢？要怎麼用德文說？

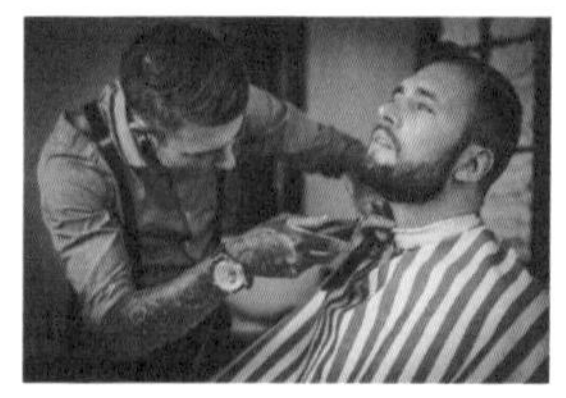

Herrenfriseur, Herrenfriseurin
m / f 理髮師

Friseur, Friseurin
m / f 髮型設計師

Stylist, Stylistin
m / f 造型師

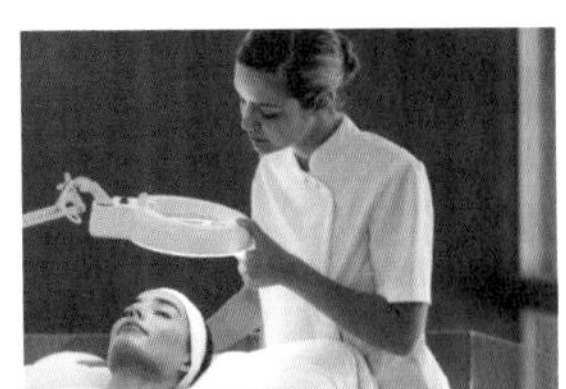

Kosmetiker, Kosmetikerin

m / f 美容師

Nageldesigner, Nageldesignerin

m / f 美甲師

Make-up Artist, Make-up Artistin

m / f 彩妝師

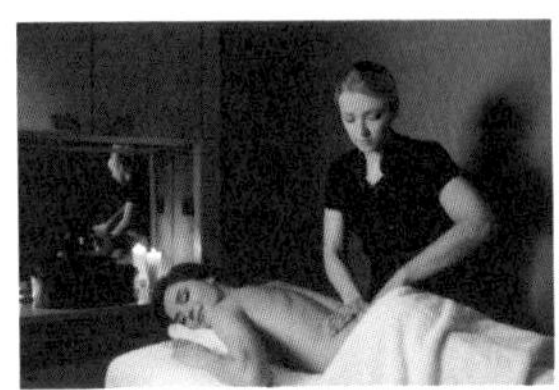

Aromatherapeut, Aromatherapeutin

m / f 芳療師

Masseur, Masseurin

m / f 按摩師

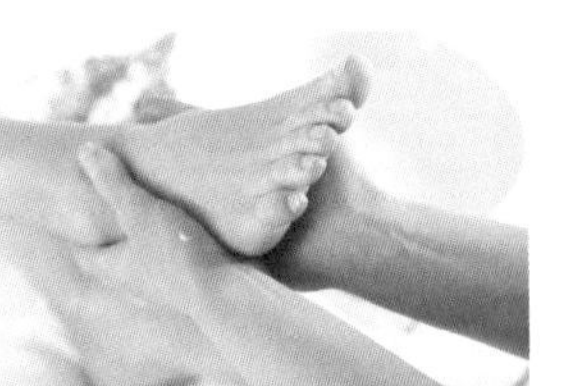

Podologe, Podologin

m / f 足護理師

在美髮院或美容院裡常用的基本對話

Friseurin: Guten Morgen, was kann ich für Sie tun?

髮型設計師：早安。我能為您做什麼嗎？

Kundin: Ich möchte meine Haare schneiden lassen.

顧客：我想要剪頭髮。

Friseurin: Wie soll ich denn schneiden?

髮型設計師：請問我該怎麼剪？

Kundin: Ich würde gern eine kurze Frisur auf eine Länge schneiden lassen.

顧客：我想剪成齊間的短髮。

Friseurin: Sollen die Haare vorher auch gewaschen werden?

髮型設計師：請問頭也想要先洗嗎？

Kundin: Ja.

顧客：好啊！

Friseurin: Ihre Haare sehen stumpf und ein bisschen trocken aus. Ich empfehle Ihnen nach der Haarwäsche eine Haarkur.

髮型設計師：您的頭髮沒有色澤，而且有點乾，我建議您洗完頭後護髮。

Friseurin: Wie viel kostet die Haarkur?

顧客：護髮的價格是多少？

Friseurin: Eine Haarkur mit Kopfmassage kostet 12,50 Euro.

髮型設計師：護髮加頭部按摩要 12,50 歐元。

Kundin: In Ordnung.

顧客：可以。

Friseurin: Fangen wir an!

髮型設計師：那我們開始吧！

髮型設計師常用的工具有哪些？

Part9_07

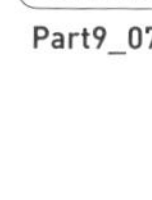

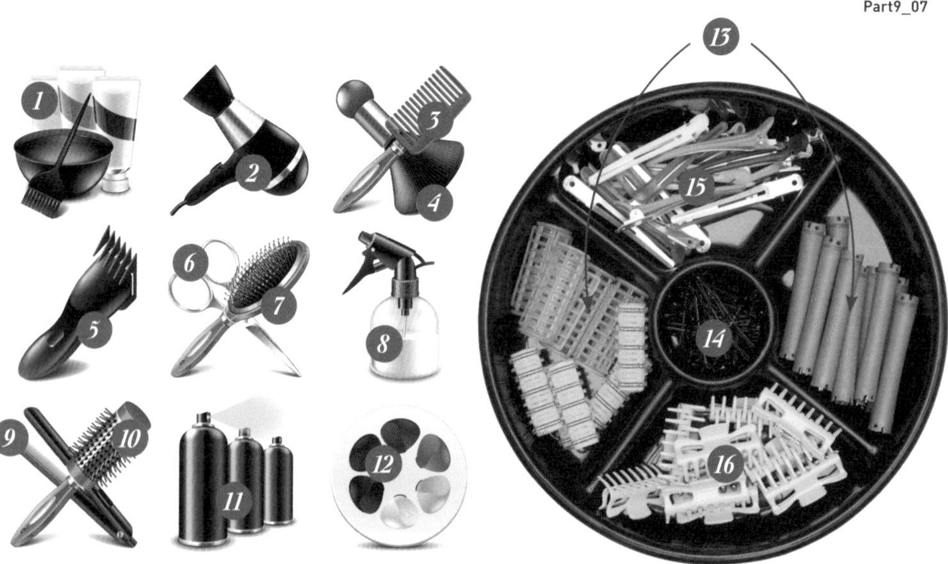

1. **Haarfärbemittel** n 染髮劑
2. **Föhn** m 吹風機
3. **Haarkamm** m 扁梳
4. **Diffusor** m 烘髮罩
5. **Haarschneidemaschine** f 電動推剪
6. **Schere** f 剪刀
7. **Haarbürste** f 梳子
8. **Wassersprühflasche** f 清水噴瓶
9. **Glätteisen** n 直髮器
10. **Rundbürste** f 圓梳
11. **Haarspray** m / n 噴霧定型液
12. **Haarfarbe-Palette** f 髮色盤
13. **Lockenwickler** m 髮捲
14. **Haarnadel** f 髮夾
15. **Abteilklammer** f 條狀髮夾
16. **Schmetterlingsklammer** f 鯊魚夾

Part9_08

造型師常做的事有什麼呢？

die Haare schneiden
v. 剪髮

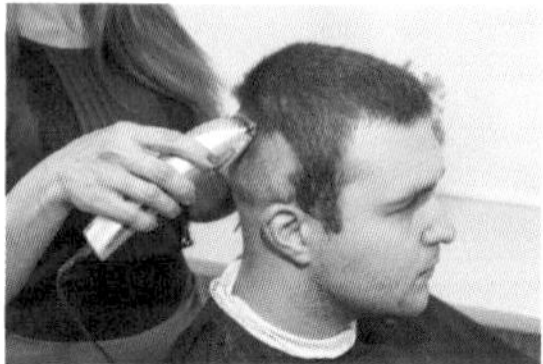

die Haare rasieren
v. 剃髮

nachschneiden
v. 修剪

den Pony nachschneiden
v. 修瀏海

Koteletten trimmen
v. 修鬢角

Dauerwellen machen
v. 燙髮

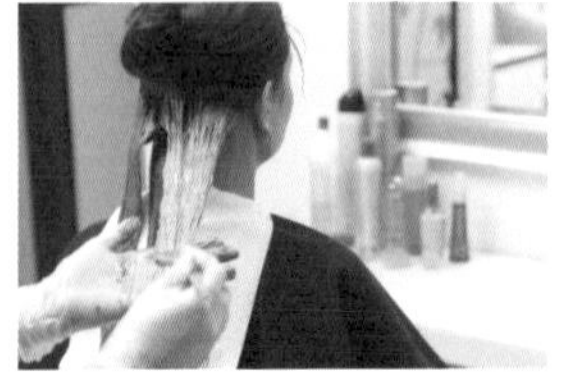

die Haare färben
v. 染髮

Strähnen färben
v. 挑染

(jmdm.) das Haar ausdünnen
v. 打薄

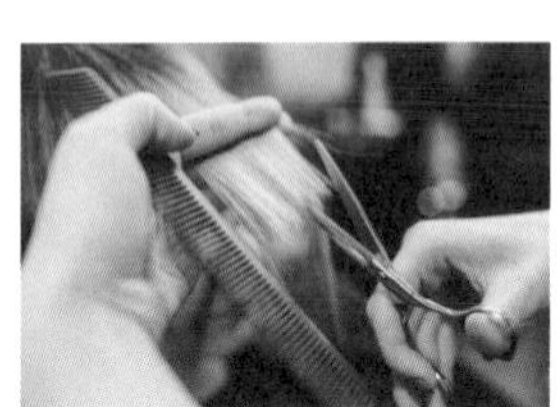

die Haare stufen
v. 打層次

Extensions machen
v. 接髮

den Scheitel rechts ziehen
v. 把頭髮右旁分

einen kurzen Bob schneiden
v. 剪鮑伯頭短髮

die Haare glätten
v. 燙直

föhnen
v. 吹頭髮

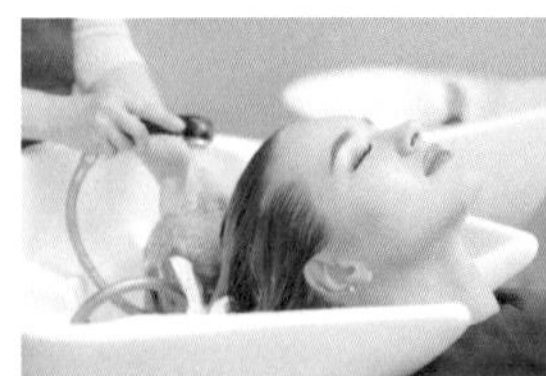

die Haare spülen
v. 沖洗頭髮

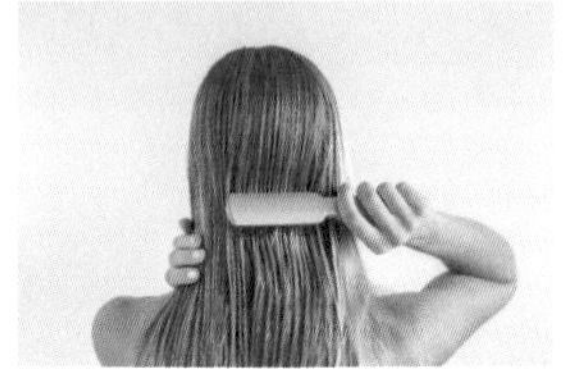

die Haare kämmen
v. 梳頭髮

Spitzen schneiden
v. 剪髮尾

Part9_09

各類髮型（verschiedene Frisuren）

lang Adj. 長的	**kurz** Adj. 短的	**mittellang** Adj. 中長的	**bis zur Taille** Adj. 到腰的
schulterlang Adj. 到肩膀的	**gerade** Adj. 直髮的	**lockig** Adj. 捲的	**kraus** Adj. 爆炸頭的
mit Mittelscheitel 中分的	**mit Seitenscheitel*** 旁分的	**Bürstenfrisur / Flattop** f / m 平頭	**Zopf** m 辮子

*要表達「往右旁分」的話德文會用 auf der rechten Seite，「往左旁分」會用auf der linken Seite。

Pferde-schwanz
m 馬尾

Hochsteck-frisur
f 髮髻，包頭

Bob-Frisur
f 鮑伯頭

gefärbt
Adj. 有染髮的

weißhaarig
白髮蒼蒼的

schwarz-haarig
Adj. 黑髮的

blond
Adj. 金髮的

rothaarig
Adj. 紅髮的

mit Glanz
有色澤的；有光澤的

glatt
Adj. 柔順的

schuppig
Adj. 有頭皮屑的

fettig
Adj. 會出油的

••• 02 美甲 Maniküre

做美甲的時候常見的工具有哪些？

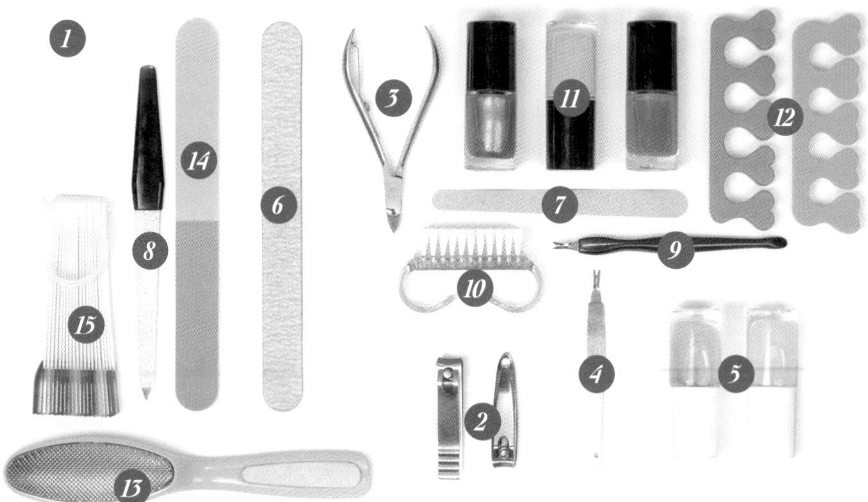

1. **Nagelnecessaire** n 修指甲器具
2. **Nagelknipser** m 指甲剪
3. **Nagelzange** f 甲皮剪／鉗
4. **Nagelhautschieber** m 推甲皮棒
5. **Erweicherungsmittel** n 甲皮軟化劑
6. **doppelseitige Nagelfeile** f （一次性）雙面指甲銼
7. **Schwammnagelfeile** f 海綿指甲銼
8. **Nagelfeile aus Edelstahl** f 不鏽鋼指甲銼
9. **Doppel-Nagelhautschieber** m 雙頭推棒
10. **Nagelbürste** f （清潔用）指甲刷
11. **Nagellack** n 指甲油
12. **Zehenspreizer** （或 **Zehentrenner**） m 腳趾分離器
13. **Fußfeile** f 足部磨砂板
14. **Polierfeile** f 指甲拋光條
15. **Palette** f 色盤

美甲服務（Maniküre Service）

Part9_11

die Fingernägel maniküren
v. 修護指甲

Fingernägel zeichnen
v. 畫指甲

Nailart
f 指甲彩繪

Gesichtsmassage
f 臉部按摩

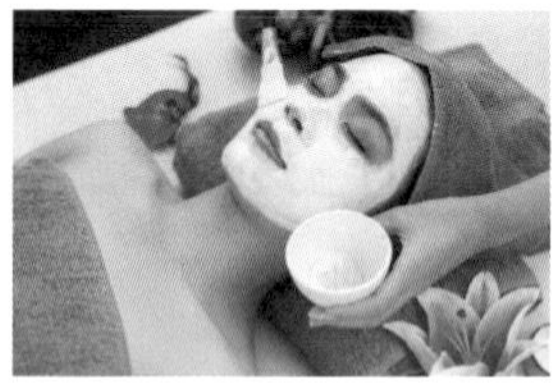

Gesichtsmaske auftragen
v. 敷面膜

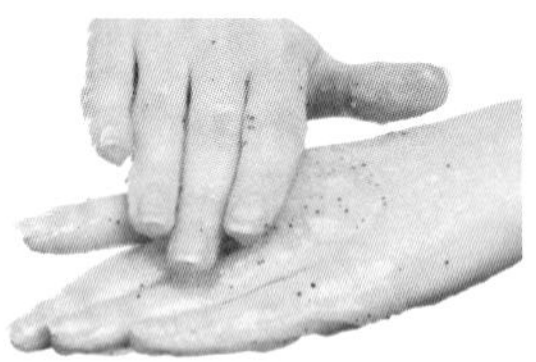

Peeling
n 去角質

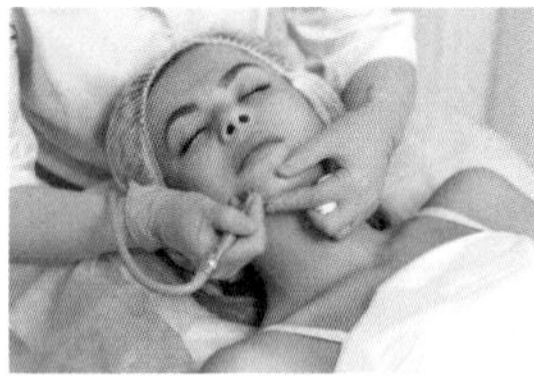

Akne entfernen
v. 擠粉刺

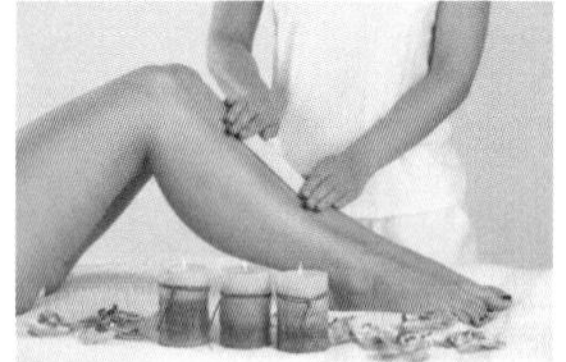

Enthaarung
f 除毛

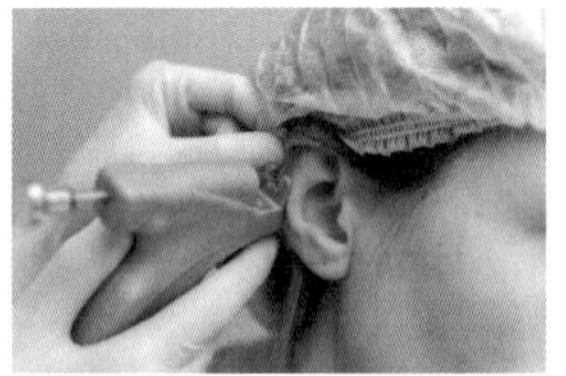

Ohrlöcher stechen
v. 打耳洞

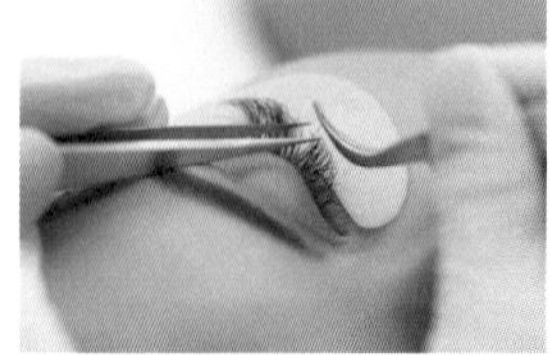

die Wimpern verlängern
v. 接睫毛

ein Fuß-Spa nehmen
v. 做腳部的 spa

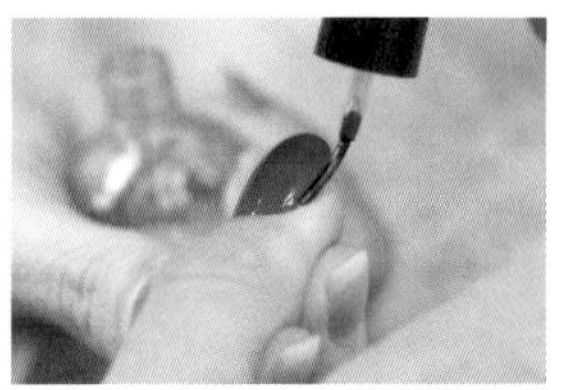

Fingernägel lackieren
v. 塗指甲油

Teil X
Sportliche Aktivitäten und Wettkämpfe
體育活動和競賽

♦♦♦ Kapitel 1

Ballsportarten 球類運動

這些應該怎麼說？

世界上的球類運動

Part10_01

1. **Fußball** m 足球
2. **Basketball** m 籃球
3. **American Football** [En] m 美式足球，美式橄欖球
4. **Baseball** [En] m 棒球
5. **Tennis** n 網球
6. **Federball** m 羽毛球
   衍 **Badminton** [En] n 羽毛球

Volleyball
[En] m 排球

Beachvolleyball
[En] m 沙灘排球

Handball
m 手球

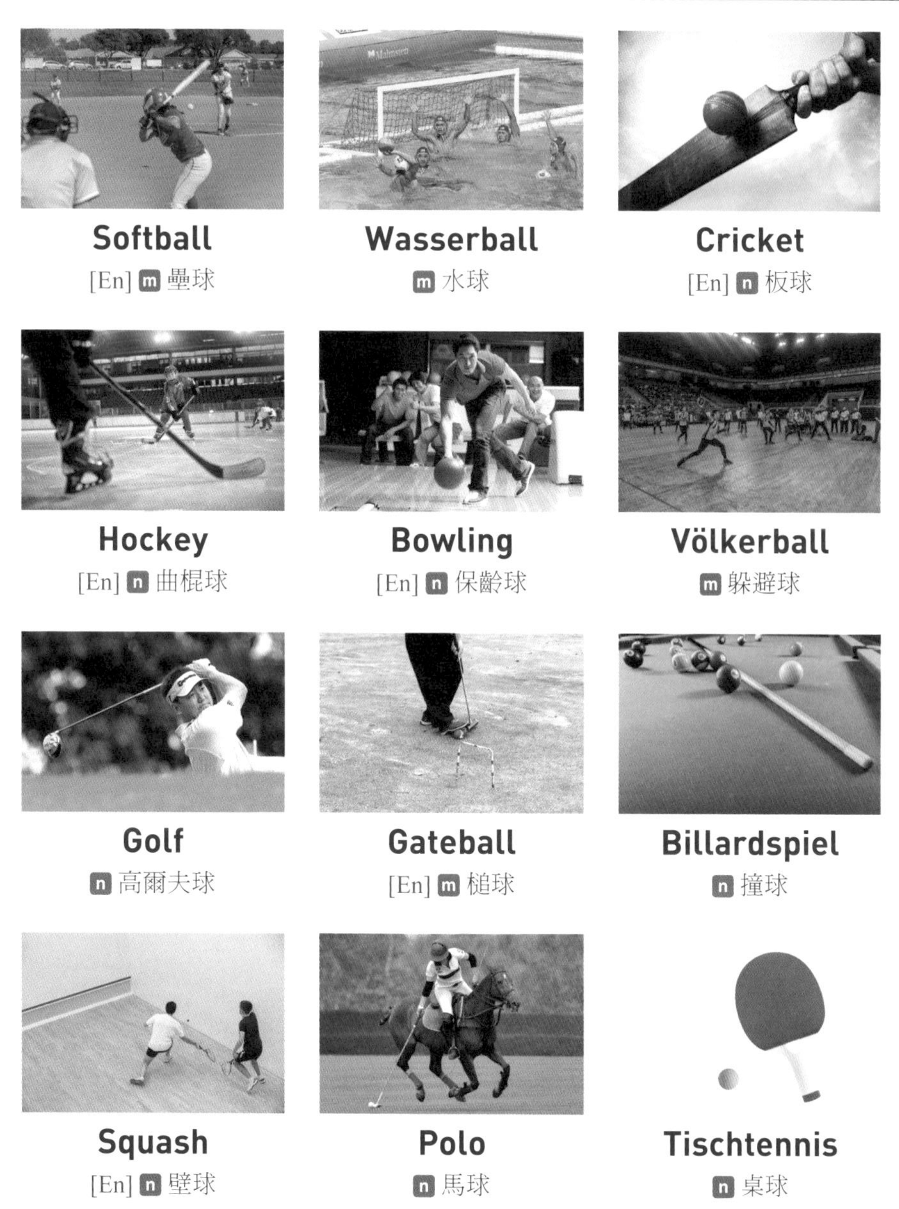
Softball
[En] m 壘球
Wasserball
m 水球
Cricket
[En] n 板球
Hockey
[En] n 曲棍球
Bowling
[En] n 保齡球
Völkerball
m 躲避球
Golf
n 高爾夫球
Gateball
[En] m 槌球
Billardspiel
n 撞球
Squash
[En] n 壁球
Polo
n 馬球
Tischtennis
n 桌球

◆ Tips ◆

慣用語小常識：球類（Ball）篇

der Ball liegt (nun) bei jemandem「球在某人那裡」？

此句慣用語意思是指「輪到某人；要求某人該做出行動」。

Ball 字面是「球」的意思，但在此慣用語中暗指「發言」、「作為」或「機會」的意思。

Das Volk geht dauernd auf die Straße und macht seinem Unmut Luft, nun liegt der Ball bei der Regierung und sie muss Maßnahmen ergreifen.
人民用接連不斷的示威遊行，來表達他們的不滿，現在輪到政府來做出決策了。

在德國盛行的球類運動有以下這些：

足球（Fußball）：足球一直是德國最受歡迎的球類運動，而且德國曾在 1954、1974、1990 和 2014 年贏得世界足球賽的冠軍。此外，德國有一個名為德國足球協會（Deutscher Fußball-Bund，簡稱 DFB）的組織，掌管德國國內跟足球有關的大小事，底下有兩萬五千多個登記協會，現有約七百萬名積極參與足球活動的會員。

網球（Tennis）：在 20 世紀 90 年代，德國有兩位傑出網球選手，貝克（Boris Becker）和葛拉芙（Steffi Graf），多次名列世界網球排行第一，因而在德國帶起網球風潮，至今仍十分盛行。

手球（Handball）：德國手球國家隊在各場國際賽事表現傑出，也因此有助於手球的推廣。德國手球協會現有超過 75 萬個會員。

其他球類運動：例如桌球、高爾夫球、籃球、曲棍球、水球或壁球也是相當受歡迎的球類運動，會員數也逐漸成長中。

Part10_02

以下來看德國人最熱衷的球類：足球

足球場

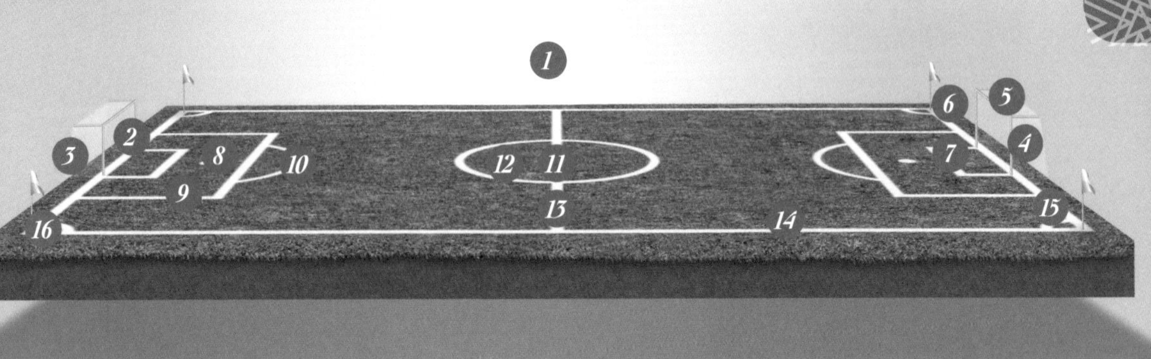

1. **Fußballplatz** m 足球場
2. **Tor** n 球門
3. **Tornetz** n 球門網
4. **Pfosten** m 球門柱
5. **Querlatte** f 橫木，球門樑
6. **Torlinie** f 球門線
7. **Torraum** m 球門區
8. **Elfmeterpunkt*** m （點球）罰球點
9. **Strafraum** m （禁區）罰球區
10. **Teilkreis am Strafraum** m 禁區弧線
11. **Anstoßpunkt** （或 Mittelpunkt m ） m 發球點，中點
12. **Mittelkreis** m 中圈
13. **Mittellinie** f 中線
14. **Seitenlinie** f 邊線
15. **Eckviertelkreis** m 角球區弧線
16. **Eckfahne** f 角球旗

＊「罰球點」也可稱 Strafstoßmarke

◆◆◆ 01 比賽 Fußballspiel

Part10_03

足球員的位置（die Positionen der Fußballspieler）

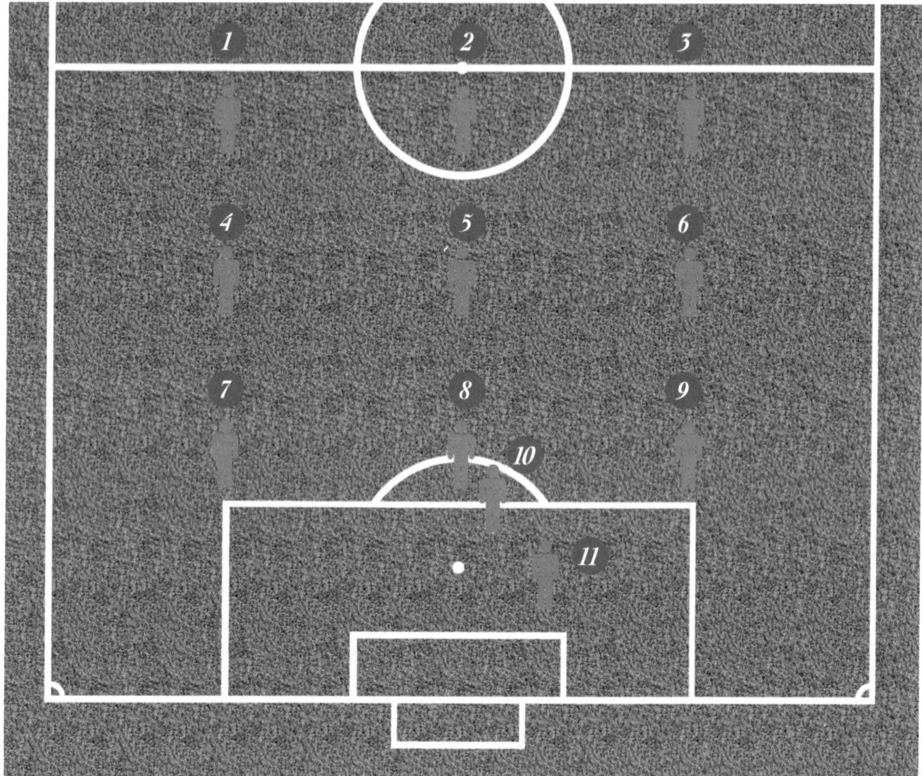

Sturm（Angriff）前鋒

❶ **Linksaußen** m 左前鋒

衍 **Flügelstürmer** m 邊鋒

❷ **Mittelstürmer** m 主前鋒／中前鋒

❸ **Rechtsaußen** m 右前鋒

Zentrales Mittelfeld 中場

❹ **Linksmittelfeldspieler** m 左中場

❺ **zentraler Mittelfeldspieler** m 中中場

⑥ **Rechtsmittelfeldspieler** m 右中場

Abwehr（Verteidigung）後衛

⑦ **Linksverteidiger** m 左後衛

⑧ **Innenverteidiger** m 中後衛

⑨ **Rechtsverteidiger** m 右後衛

⑩ **Libero** m 自由後衛，中後衛防守員

⑪ **Torwart / Torhüter** m / m 守門員

足球積分表上會出現的文字

Part10_04

① **Tabelle** f 積分表

② **Gruppe ~** f 第～組

③ **Platz** m 排名

④ **Mannschaft** f 隊名

⑤ **Spiele** f（Pl）已完成的比賽數（Sp）

⑥ **Siege** f（Pl）贏（S）

⑦ **unentschieden** Adj. 和局（U）

⑧ **Niederlagen** f（Pl）輸（N）

⑨ **Tore** f（Pl）進球數（T）

⑩ **Gegentore** f（Pl）失球數（GT）

⑪ **Tordifferenz** f 淨勝球（TD / Diff）

⑫ **Punkte** f（Pl）積分（P / Pkt）

足球的基本動作有哪些？

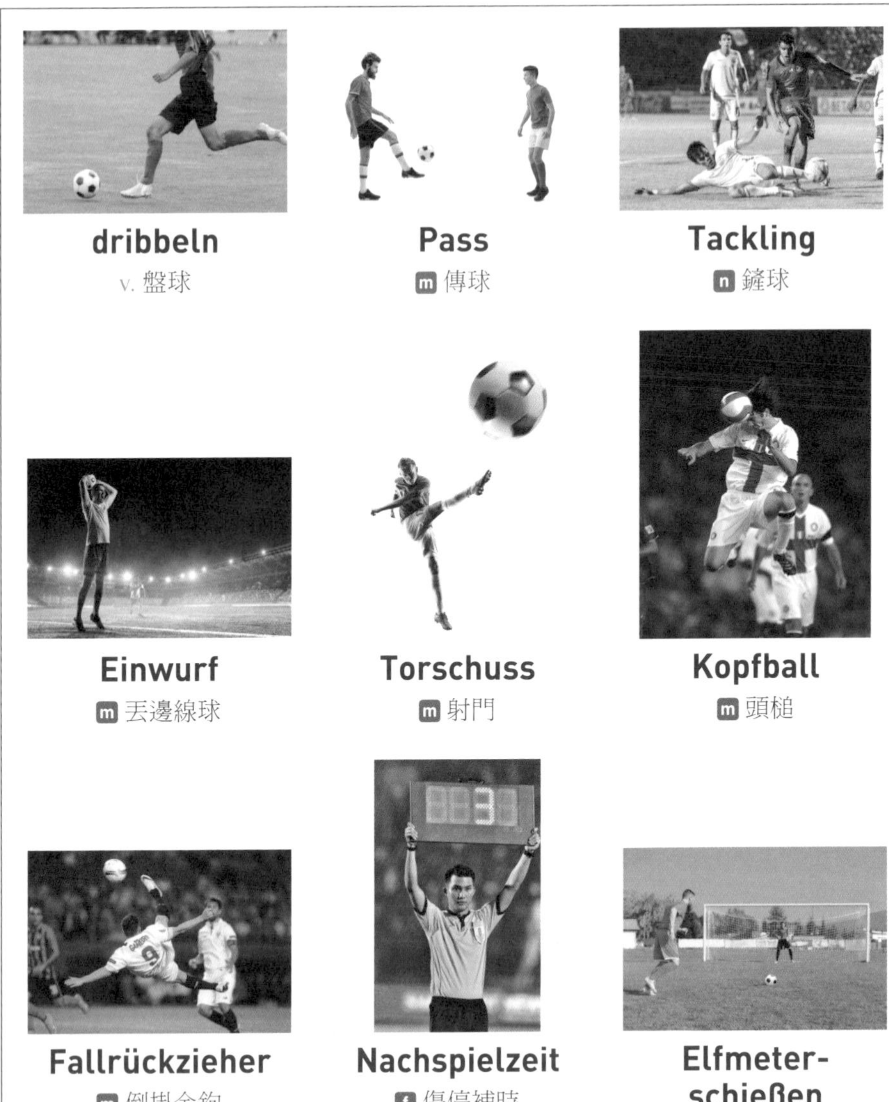
dribbeln
v. 盤球
Pass
m 傳球
Tackling
n 鏟球
Einwurf
m 丟邊線球
Torschuss
m 射門
Kopfball
m 頭槌
Fallrückzieher
m 倒掛金鉤
Nachspielzeit
f 傷停補時
Elfmeter-
schießen
n PK戰

在足球場會做什麼呢？

02 幫球隊加油 Mannschaft anfeuern

Part10_05

在球場上常做的事有哪些？德文怎麼說？

die Nationalhymne singen
v. 唱國歌

die Fahne schwingen
v. 揮舞旗幟

anfeuern
v. 為～加油

das Mannschaftslied singen
v. 唱隊歌

gegen ~ spielen
v. 與～對戰

sich bei Fans bedanken
v. 感謝球迷

關於德國的足球（Fußball in Deutschland）

德國足球聯賽或稱為**德國甲級足球聯賽**（1. Fußball-Bundesliga）是 1962 年由**德國足球協會** Deutscher Fußball-Bund（簡稱 DFB）決議成立，德國甲級足球聯賽共有 18 支球隊（而乙級足球聯賽（2. Bundesliga）也有 18 支球隊），賽季開打期間，會在 18 座大型足球場舉行，幾乎是每場客滿。

德國甲級足球聯賽是球隊獲准進入**德國冠軍盃賽**（Deutscher Fußballmeister）同時也是**歐冠盃**（Europapokal / Europacup）的資格賽，通常排名前 6 名者才有資格參加歐洲盃，最後兩名必須降至乙級足球聯賽，而乙級足球聯賽的冠、亞軍則可晉級甲級足球聯賽，而甲級的倒數第三名，和乙級的第三名須進行資格賽（Relegationsspiel），勝者可留在或進軍甲級足球聯賽。

目前，德國甲級足球聯賽最強的球隊是**巴伐利亞（拜仁）慕尼黑**（全名為：拜仁慕尼黑足球俱樂部註冊協會 Fußball-Club Bayern, München e. V.），常簡稱 FC Bayern München 或 Bayern München 或 FC Bayern，至今共贏過 28 屆德國冠軍。

球迷常用的加油用具有哪些？德文怎麼說？

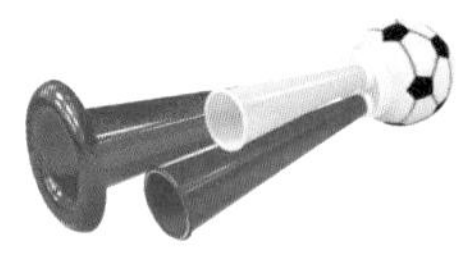

Fan-Horn
n 喇吧；號角

Luftrüssel
m 派對吹笛

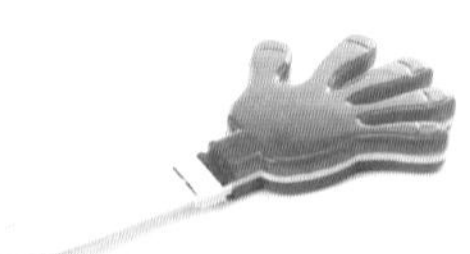

Klatschhand

f 拍手器

Megaphon*
n 大聲公

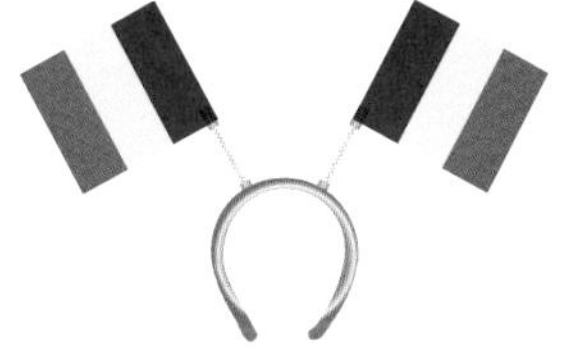

Haarreif
m 隊旗髮飾

Pompon
m 彩球

Trikot
n 球員球衣

Flagge
f 大國旗

Tattoo-Aufkleber
m 紋身貼紙

Handfahne
f 小國旗

Kappe
f 帽子

＊也可拼為 Megafon

裁判的手勢（Schiedsrichterzeichen）有哪些？

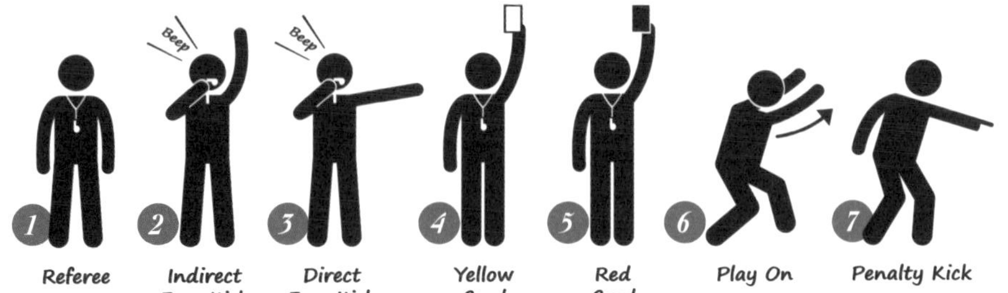

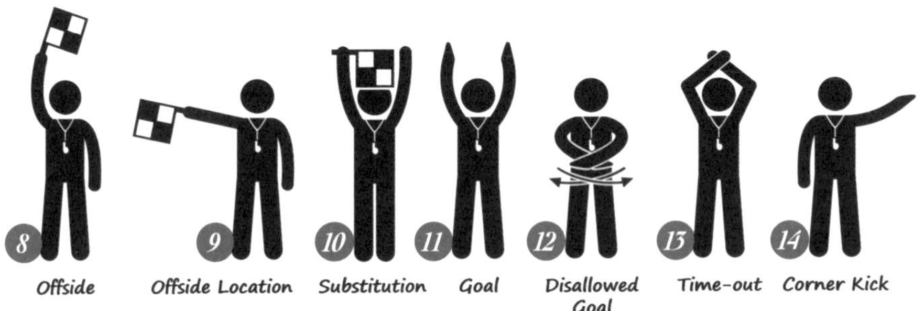

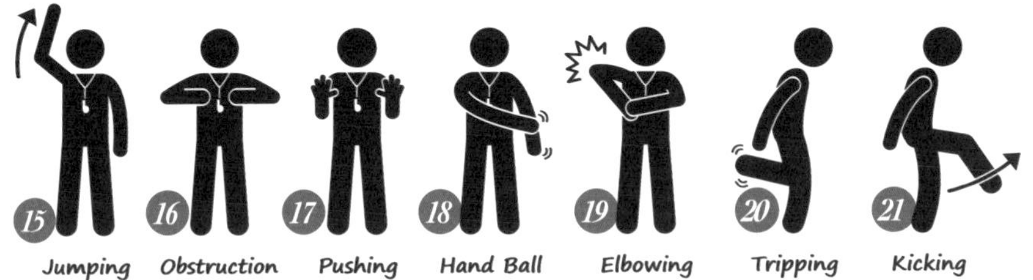

1. **Schiedsrichter** m 裁判
2. **Indirekter Freistoß** m 間接自由球
3. **Direkter Freistoß** m 直接自由球
4. **Gelbe Karte** f 黃牌
5. **Rote Karte** f 紅牌
6. **Weiterspielen** n （或稱 Vorteil m ）繼續比賽

7 **Strafstoß** m （或稱 Elfmeter m ） 罰12碼球
8 **Abseits** n 越位
9 **Abseitsstellung** f 越位位置
10 **Auswechslung** f 更換球員
11 **Tor** n 進球
12 **kein Tor** n 進球無效
13 **Spielunterbrechung** f （比賽）暫停
14 **Eckstoß** m 角球
15 **einen Gegner anspringen** v. 跳向對方
16 **einen Gegner halten** v. 阻擋
17 **einen Gegner stoßen** v. 推人
18 **Handspiel** n 手球
19 **einen Gegner rempeln** v. 肘擊
20 **einem Gegner das Bein stellen** v. 絆人
21 **einen Gegner treten** v. 踢人

♦♦♦ Kapitel 2

Wassersportarten 水上運動

Part10_07

世界上的水上運動

Schwimmen n 游泳	**Wasserball** m 水球	**Wasserballett*** n 水上芭蕾
Wasser-Aerobic n 水中有氧運動	**Wassergymnastik** f 水中體操	**Schnorcheln** n 浮潛
Wasserspringen n 跳水	**Wasserski** m 滑水	**Tauchen** n 潛水

*「水上芭蕾」也可稱作 Synchronschwimmen。

Wakeboarding
[En] n 衝浪板滑水，寬板滑水

Rudern
n 划船

Kajak
m 獨木舟

Kanu
n 輕艇

Wassermotorrad*
n 水上摩拖車

Kitesurfen
n 風箏衝浪

Rafting
[En] n 泛舟

Surfen
[En] n 衝浪

Windsurfen
n 滑浪風帆，風浪板

Drachenboot
n 龍舟

Stand Up Paddling (SUP)
[En] n 立槳衝浪，立式划槳

Segeln
n 帆船

＊「水上摩拖車」也可稱作 Jetski。

德國人愛好水上運動，其中游泳（Schwimmen）一直是德國人最熱愛的。立式划槳（Stand Up Paddling）、泛舟（Rafting）、滑水（Wasserski）、衝浪板滑水（Wakeboarding）或駕駛帆船（Segeln）等也是目前相當流行的水上運動。

以下來看德國人最熱衷的水上運動：游泳

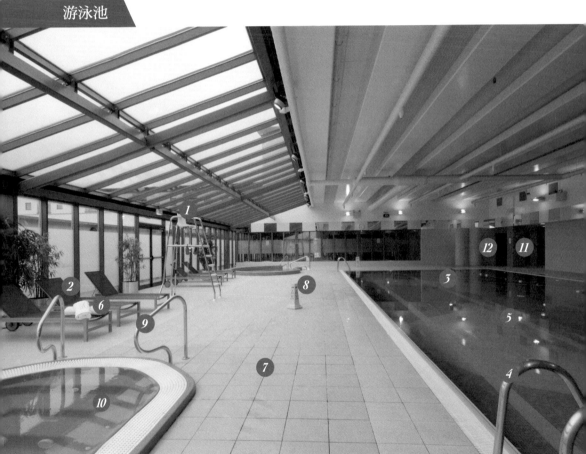

Part10_08

游泳池

1 **Bademeister-Stuhl** m 救生員椅
2 **Liegestuhl** m 躺椅
3 **Schwimmbecken** n 游泳池
4 **Leiter** f 梯子

5 **Korkleine** f 水道繩
6 **Handtuch** n 毛巾
7 **Fußboden** m 地板
8 **Hinweisschild „Nasser Boden Rutschgefahr“** n 地板濕滑標示
9 **Handlauf** m 游泳池扶手
10 **Warmbecken** n 溫水池
11 **Spind** m / n 置物櫃
12 **Umkleidekabine** f 更衣室

◆ **Tips** ◆

慣用語小常識：游泳（Schwimmen）篇

mit dem Strom schwimmen
「順流而游」？

gegen den Strom schwimmen
「逆流而游」？

字面意義分別是「順流而游」「逆流而游」，這兩個慣用語的真正意思其實很容易理解，前者是指「順應潮流」，後者是「逆著潮流」。

Der Modedesigner schwamm nicht mit dem Strom und blieb seinem eigenen Stil treu.
那位服裝設計師不隨波逐流，忠於自己的風格。

01 換上泳具 Badezubehör

Part10_09

常見的泳具及相關配件有哪些？

1. **Badezubehör** n 泳具
2. **Badeanzug** m 泳衣
3. **Handtuch** n 毛巾
4. **Trinkflasche** f 水壺
5. **Stoppuhr** f 碼表
6. **Schwimmbrille** f 泳鏡
7. **Badehose** f 游泳褲
8. **Pfeife** f 哨子
9. **Badeschuh** m 拖鞋
10. **Badekappe** f 泳帽
11. **Ohrstöpsel** m 耳塞
12. **Nasenklemme** f 鼻夾
13. **Tauchausrüstung** f 潛水設備
14. **Tauchanzug / Taucheranzug** m / m 潛水衣
15. **Tauchmaske** f 潛水目鏡
16. **Schnorchel** m 潛水呼吸管
17. **Schwimmflosse** f 蛙鞋

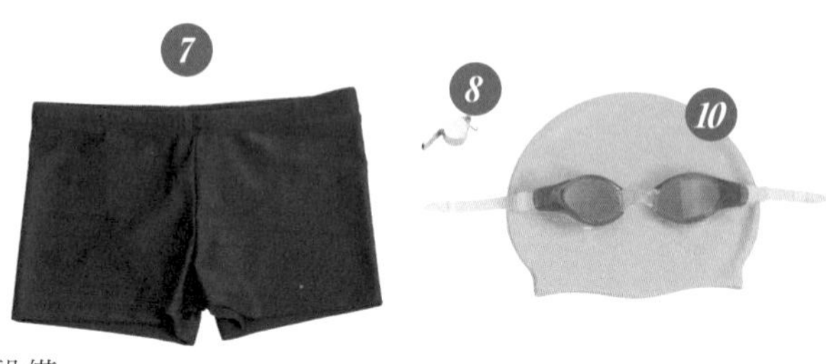

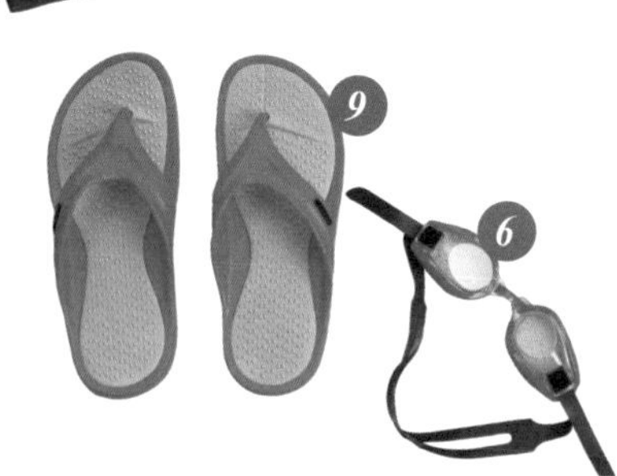

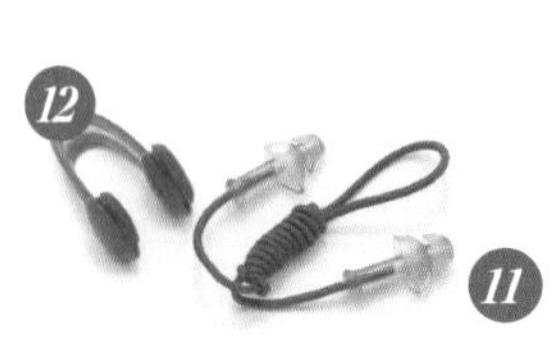

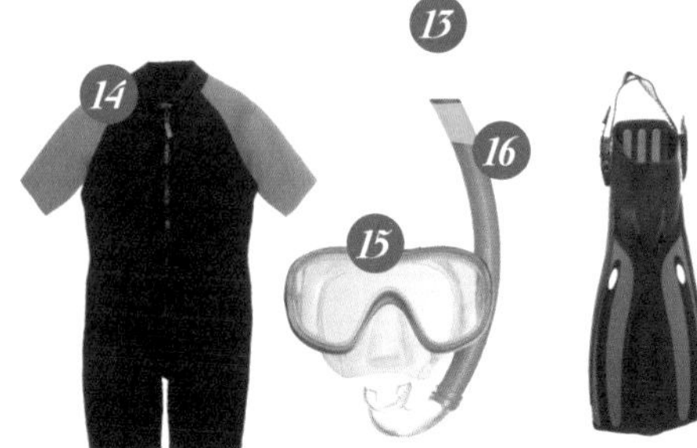

常見的游泳輔具有哪些？德文怎麼說？

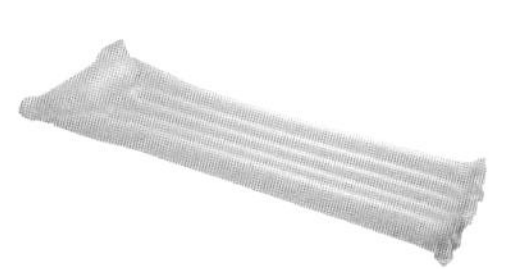

Luftmatratze
f 氣墊筏

Schwimmflügel
m 充氣臂圈

Schwimmring
m 游泳圈

aufblasbarer Sessel
m 充氣椅

Schwimmweste
f 救生衣

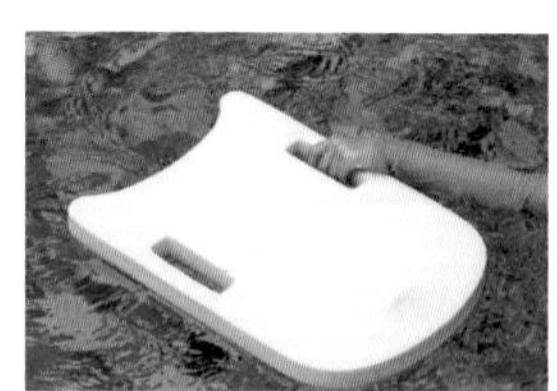

Schwimmbrett
n 浮板

02 游泳 Schwimmen

Part10_10

常見的泳姿有哪些？德文怎麼說？

Freistilschwimmen
n 自由式

Rückenschwimmen
n 仰式

Hundepaddeln
n 狗爬式

Schmetterlings-schwimmen
n 蝶式

Brustschwimmen
n 蛙式

Seitenschwimmen
n 側泳

生活小常識：水上運動（Wassersport）篇

奧運的「游泳競賽」，有哪些比賽項目呢？

除了常見的Kraulen / Freistil（自由式）、Rückenschwimmen（仰式）、Brustschwimmen（蛙式）、Schmetterlingsschwimmen（蝶式）以外，還有 Lagen（混合泳）和 Staffelwettbewerb（接力）。

Einzelwettkampf Lagen

個人混合四式

個人混合四式是指運動員需以四種不同的泳姿完成 200 公尺或 400 公尺的個人全能項目，順序為 Schmetterling（蝶式）、Rücken（仰式）、Brust（蛙式）、Freistil（自由式）這四種，最後一個泳式是除了前三種之外的姿勢都符合規定，絕大部分的選手選擇 Kraulen（捷泳）。以總距離計算，每種泳姿皆需泳完四分之一的距離。

Staffelwettbewerb 接力泳

接力泳又可分成 Freistil（自由泳）和 Lagen（混合泳）的接力，每項比賽需以 4 位選手以相同的游泳距離接力完成。由於 Rücken（仰式）必須在水中出發，因此與個人四式泳姿順序不同。在接力比賽中，游 Rücken（仰式）的選手為第一棒，接著依序為 Brust（蛙式）、Schmetterling（蝶式）及 Freistil（自由式）。

Synchronschwimmen* 水上芭蕾

水上芭蕾包含游泳、體操和芭蕾等的各種技巧，是需要足夠的身體素質、力量和舞蹈技巧的一種運動項目。裁判會根據動作的難度（Schwierigkeit der Darbietung）、正確性（technische Umsetzung）和舞蹈編排（künstlerischer Wert）等評量標準來評定得分。

＊也可以稱為 Kunstschwimmen。

Wasserball 水球

水球比賽是一項結合了游泳、手球、籃球和橄欖球的水上團體競賽，比賽的全長時間為 32 分鐘，每個球隊需以 13 位球員組成。比賽開始時，水中上場人數為 7 人（包含一名守門員），另外 6 位則需在場外待命，以便隨時替補水中的球員。

Wasserspringen 跳水

跳水可分為 Kunstspringen（彈板跳水）和 Turmspringen（跳臺跳水）這兩種進行不同高度之單人或是雙人同步的跳水比賽。

Freiwasserschwimmen 公開水域游泳

公開水域游泳是一項在公開水域，如海、湖泊或河流的長距離游泳項目。鐵人三項（Triathlon；即 Schwimmen 游泳、Laufen 跑步、Radfahren 騎腳踏車這三項）當中的游泳，就是指公開水域游泳（Freiwasserschwimmen）。

Teil XI

Besondere Anlässe und Gelegenheiten
特殊場合

♦♦♦ Kapitel 1

Feste und Feiertage 節日

Part11_01-A

聖誕夜 Heiligabend

❶ **gebratener Truthahn**
m 烤火雞大餐

❷ **Rotwein** m 紅酒

❸ **Champagne** m 香檳

❹ **Kerze** f 蠟燭

❺ **Weihnachtshaarschmuck**
f 聖誕頭飾

❻ **Weihnachtsmütze**
（或 Nikolausmütze f ） f 聖誕帽

❼ **Weihnachtssocken** m 聖誕襪

❽ **Weihnachtsbaum** m 聖誕樹

❾ **Weihnachtsbaumschmuck**
m 聖誕吊飾

Part11_01-B

其他在聖誕夜會看到的物品

Weihnachts-pyramide
f 聖誕金字塔

Nussknacker
m 胡桃鉗士兵

Schneekugel
f 雪花水晶球

Lichterkette
f 燈串

Weihnachtskrippe
f 馬槽

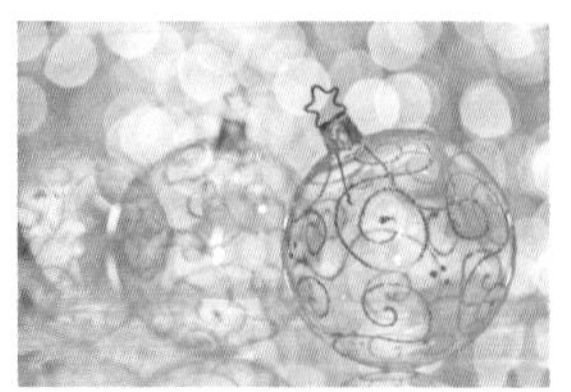

Glaskugel
f 玻璃球

Räuchermännchen

n 薰香小木偶，吹煙娃娃

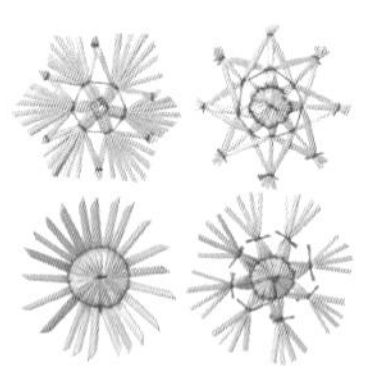

Strohstern

m 麥稈星

Engel

m 天使

Part11_01-C

◆ Tips ◆

文化小常識：關於德國的聖誕市集（Weihnachtsmarkt）

▲德國的聖誕市集

聖誕市集可以追溯至中古世紀晚期，是一個為了慶祝聖誕節前等待耶穌降臨之準備期所舉辦的臨時露天市集，主要是辦在 Advent（降臨期，聖誕節前的四個星期）的期間，有些地區也稱為 Adventsmarkt（也可拼成 Adventmarkt）或Christkindlesmarkt（如巴伐利亞邦）。市集的聖誕氣氛濃厚，有聖誕燈串，也有聖誕金字塔和聖誕樹等裝飾，空氣中瀰漫著香料香味，現場也會舉辦各種聖誕民俗活動。

德國最古老的聖誕市集是德勒斯登聖誕市集（Dresdner Striezelmarkt），而最具傳統風味的是紐倫堡聖嬰市集（Christkindlesmarkt），現場可觀賞到傳統大型木雕的耶穌誕生馬槽（Weihnachtskrippe），各小商鋪也會販售琳琅滿目、大大小小的聖誕飾品（Weihnachtsdekoration）、玩具（Spielzeug）和應景的糕餅，例如斯派庫魯斯餅乾（Spekulatius）、德式聖誕蛋糕（Weihnachtsstollen）、蜂蜜薑餅（Lebkuchen）等。此外，炒杏仁（gebrannte Mandeln）、烤栗子（Maronen）、熱紅酒（Glühwein）與各種美味熱食，都是聖誕市集上常見的事物。

▲熱紅酒

Part11_01-D

德國除了聖誕節之外，還有哪些節日？

Allerheiligen, Allerheiligenfest
n / n 諸聖節

Dreikönigstag, Dreikönigsfest
m / n 主顯節，三王節

Christi Himmelfahrt
f 耶穌升天日

Neujahr
n 元旦

Valentinstag
m 情人節

Ostern
n 復活節

Tag der Arbeit
m 勞動節

Mariä Himmelfahrt
f 聖母升天日

Tag der Deutschen Einheit
m 德國統一日

Kindertag
m 兒童節

Muttertag
m 母親節

Vatertag
m 父親節

Martinstag
m 聖瑪爾定節

Oktoberfest
n 啤酒節，十月節

Pfingsten
n 聖神降臨節

德國國定假日（Gesetzliche Feiertage in Deutschland）

名稱	中文	日期
Weihnachten	聖誕節	12 月 25、26 日
Neujahr	元旦	1 月 1 日
Karfreitag	耶穌受難日（也稱聖週五）	復活節前的星期五
Ostermontag	復活節星期一	復活節時間不固定，每年春分月圓後第一個禮拜天開始，通常在每年的三月底或四月的某一個禮拜天。現今只有**復活節星期一**為國定假日。

名稱	中文	日期
Tag der Arbeit	勞動節	5 月 1 日
Muttertag	母親節	5 月的第二個禮拜天
Christi Himmelfahrt	耶穌升天日	時間不固定，在復活節後 40 天
Pfingstsonntag	聖靈降臨節星期日	時間不固定，在復活節後 50 天
Pfingstmontag	聖靈降臨節星期一	時間不固定，復活節後第 51 天
Tag der Deutschen Einheit	國慶日	10 月 03 日
Allerheiligen	諸聖日	11 月 1 日

*除上述全國性的國定假日之外，還有因宗教或特有文化的區域性節日，例如國際婦女節（3 月 8 日）、聖體節 Fronleichnam（聖靈降臨節後的第二個星期四）或是宗教改革日 Reformationstag（10 月 31 日）等等。

◆ Tips ◆

文化小常識：德國的「諸聖節」（Allerheiligen）

「諸聖節」Allerheiligen 是一個天主教的節日，日期為每年 11 月 1 日，Allerheiligen 照字面的意思為：為所有的聖人祈禱。那這一天為何會成為德國的「清明節」呢？

基本上，羅馬天主教教堂的聖人皆有其各自的紀念日要慶祝，由於聖人人數眾多，於是教宗格列哥里四世 Papst Gregor IV 就訂定一天來紀念所有聖人。因此在每年 11 月 1 日慶祝「諸聖節」時，德國人也同時會用這一天來緬懷先人，德國人會前往墓園做整理、獻花、點蠟燭和祈禱。

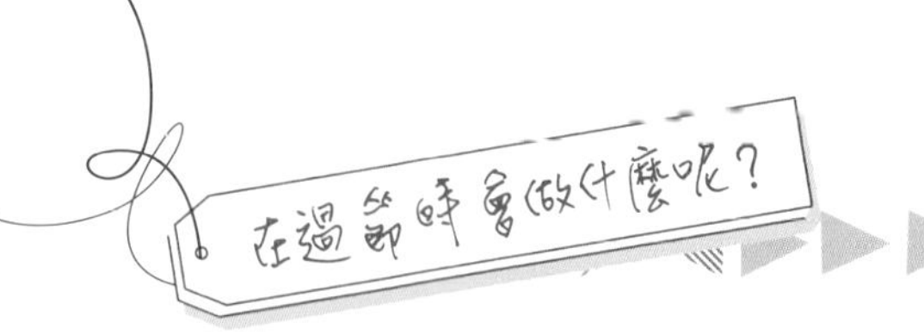

01 慶祝 Feiern

Part11_02

常見的慶祝方式有哪些？德文怎麼說？

Urlaub machen
v. 度假

zusammenkommen
v. 聚在一起

beglückwünschen
v. 祝福

schenken
v. 送禮

beten
v. 禱告

ein Festessen genießen
v. 吃大餐

über den Weihnachtsmarkt bummeln

v. 逛聖誕市集

ein Feuerwerk zünden

v. 放煙火

eine Vorstellung besuchen

v. 看表演

in die Kirche gehen

v. 上教堂

eine Party organisieren

v. 辦舞會

Weihnachtslieder singen

v. 唱聖歌

⋯ 02 傳統特定美食 Traditionelle Speisen

特定節日（bestimmten Feiertagen）會吃的東西有什麼？

Part11_03-A

Dreikönigs-kuchen（或稱 Königskuchen m）

m 國王蛋糕

*節日：主顯節

Weihnachts-plätzchen

n 聖誕節餅乾

*節日：降臨期和聖誕節

Weihnachts-stollen（或稱 Christstollen m）

m 德式聖誕蛋糕

*節日：聖誕節

Lebkuchen

m 德式薑餅

*節日：降臨期和耶誕節

Berliner Pfannkuchen

（或稱 Krapfen m）

m 柏林果醬包

*節日：跨年和狂歡節

Linsensuppe

f 扁豆湯

*節日：元旦

Lammfleisch

n 復活節羊肉

*節日：復活節

Osterfladen

m 復活節麵包

*節日：復活節

Fisch

m 魚

*節日：耶穌受難日

Milchsuppe（或稱 Pfingstmilch f ）
f 牛奶湯
＊節日：聖靈降臨節

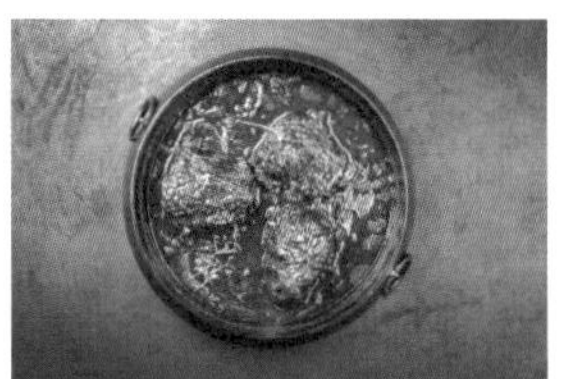

Ochsenbraten
m 牛肉
＊節日：聖靈降臨節

Martinsgans
f 瑪爾定鵝
＊節日：聖瑪爾定節

特定節日會做的其他活動還有什麼？德文怎麼說？

den Maibaum aufstellen
v. 立五月樹、五朔柱
＊節日：五朔節

Weihnachtsgeschenke verteilen
v. 送聖誕禮物
＊節日：聖誕節

Karnevalsumzug
m 狂歡節遊行
＊節日：狂歡節

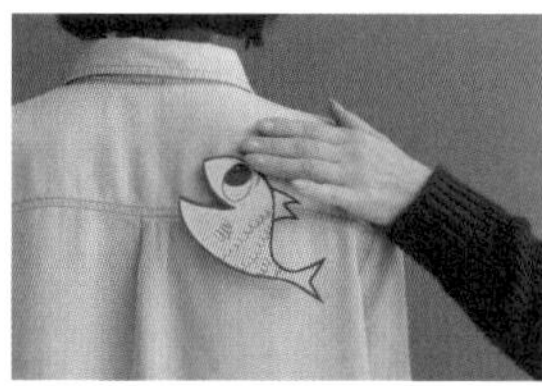

Aprilscherz
m 愚人節玩笑
＊節日：愚人節

Ostereier suchen
v. 找彩蛋
＊節日：復活節

過節日時會說的祝福語有哪些？德文怎麼說？

Part11_03-B

1. **Prosit Neujahr!** 新年快樂！
2. **Ich wünsche dir viel Glück und Gesundheit!** 祝你快樂和身體健康！
3. **Alles Gute!** 萬事如意！
4. **Das Neue Jahr soll dir alles bringen, was du dir erwünschst!** 祝你新的一年心想事成！
5. **Frohe Weihnachten!** 耶誕快樂！
6. **Ein frohes Valentinsfest!** 情人節快樂！
7. **Frohe Ostern!** 復活節快樂！
8. **Schöne Feiertage!** 佳節愉快！
9. **Ein frohes Pfingstfest!** 聖靈降臨節快樂！
10. **Alles Gute zum Frauentag!** 婦女節如意！

Part11_03-C

Tips

文化小常識：關於德國的啤酒節（Oktoberfest）

慕尼黑啤酒節（十月節）是德國最大、也是世界最大的民俗節日，每年九月最後一個星期的前一個禮拜六，到十月第一個星期的禮拜日（共 16 天），啤酒節會在德國慕尼黑的特蕾西婭草坪（Theresienwiese）上舉行。啤酒節起源於 1810 年為慶祝巴伐利亞路德維希王子（Kronprinz Ludwig von Bayern）和特蕾莎公主（Prinzessin Therese）的婚禮而在慕尼黑所舉辦的慶祝活動，後來演變成一年一度的民俗節，如今每年吸引約六百萬國內外的觀光客前來參加。

開幕式依傳統來說是由慕尼黑市長手持木槌，將水栓敲進啤酒桶，並高喊 O'zapft is!（此為巴伐利亞當地德語，意思是：（啤酒桶）敲開了！），象徵啤酒節的到來與開始。而啤酒節的第一個星期日會有盛大的傳統服裝遊行。慕尼黑六大啤酒廠（Münchner Brauereien）Augustiner、Hacker-Pschorr、Hofbräu、Löwenbräu、Paulaner 和 Spaten 有自己專屬的大型帳篷（棚內最多有近 7 千個座位），不過客滿時帳篷會關閉入口禁止入內。慕尼黑啤酒節除了吃與喝之外，玩樂亦是不可缺，像是草坪上有眾多傳統和新式的遊樂設施供大人與小孩遊樂。

▲ 慕尼黑啤酒節活動的外觀

▲ 慕尼黑啤酒節盛大遊行

▲ 慕尼黑啤酒節入口

◀ 慕尼黑啤酒節活動的帳篷內部

◆◆◆ Kapitel 2

Party 派對

這些應該怎麼說？

Part11_04-A

生日派對（Geburtstagparty）

1. **Partyhut** [En] m 派對帽
2. **Luftballon** n 氣球
3. **Geburtstagsbanner** n 生日橫幅
4. **Luftrüssel** m 派對吹笛
5. **Wimpel** m （派對）旗
6. **Geburtstagskuchen** m 生日蛋糕
7. **Getränk** n 飲料
8. **Snack** [En] m 點心
9. **Pappbecher** m 紙杯
10. **Pappteller** m 紙盤
11. **Plastikbecher** m 塑膠杯
12. **Glas** n 玻璃杯

慶生時常做的事有哪些？

Part11_04-B

ein Geburtstagslied singen

v. 唱生日歌

sich etwas wünschen

v. 許願

Kerzen ausblasen

v. 吹蠟燭

Kuchen schneiden

v. 切蛋糕

Geschenke auspacken

v. 拆禮物

eine Geburtstagskarte lesen

v. 讀生日卡片

01 玩遊戲 Spiele

Part11_05

常在派對中玩的遊戲有哪些？

Scrabble

n 拼字比賽

Monopoly

n 大富翁

Schatzsuche

f 尋寶遊戲

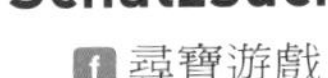

Gesellschafts-spiel

n 桌遊

Schach

n 西洋棋

Reise nach Jerusalem

f 大風吹

Schere, Stein, Papier

（或稱 Schnick, Schnack, Schnuck）

剪刀、石頭、布

Bingo

n 賓果

Kartenspiel

n 撲克牌

Mensch ärgere Dich nicht
德國十字戲

UNO Kartenspiel
n UNO 紙牌遊戲

Dart
（或 Darts n ）
n 丟飛鏢

Jenga（或稱 Wackelturm m ）
n 疊疊樂

Die Siedler von Catan
卡坦島

Domino
n 多米諾骨牌遊戲

除了生日派對之外，還有哪些派對？

Empfang
m 歡迎派對

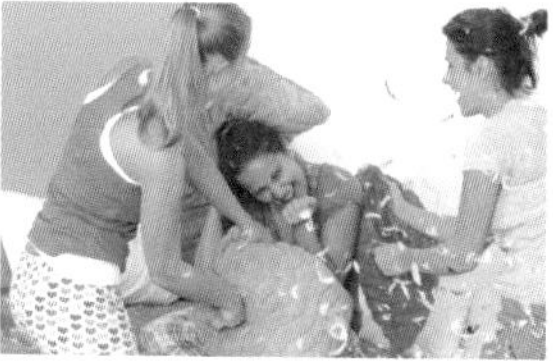

Pyjamaparty
f 睡衣派對

Maskenball
m 變裝派對

Abschiedsparty
f 歡送派對；歡送會

Junggesellen-abschied
m 告別單身漢派對

Junggesellinnen-abschied
m 告別單身女派對

Einweihungs-party
f 喬遷派對

Cocktailparty
f 雞尾酒派對

Weihnachtsparty
f 聖誕派對

02 跳舞Tanzen

Part11_06

常見的舞蹈有哪些？德文怎麼說？

1. **Ballett** n 芭蕾舞
2. **Jazzdance** m 爵士舞
3. **Stepptanz** m 踢踏舞
4. **Bauchtanz** m 肚皮舞
5. **Gesellschaftstanz** m 國標舞；交際舞
6. **Swing** m 搖擺舞
7. **Breakdance** m （地板）霹靂舞
8. **Moderner Tanz** m 現代舞

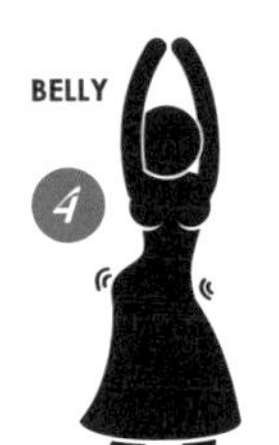

⑨ **Lateintanz** m 拉丁舞
⑩ **Tango** m 探戈舞
⑪ **Flamenco** m 佛朗明哥舞
⑫ **Line Dance** m 排舞

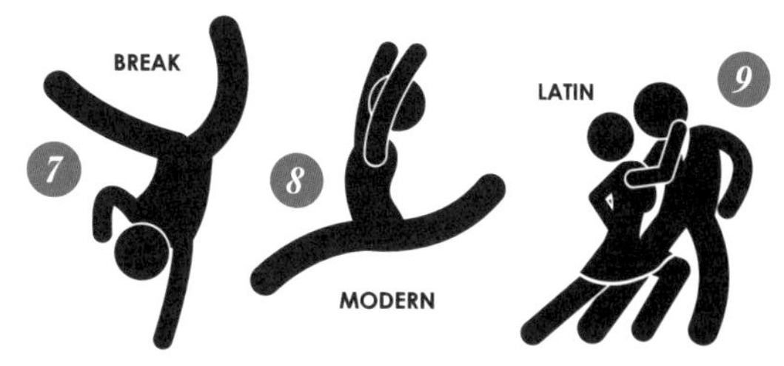

◆ **Tips** ◆

生活小常識：Fest / Feier

Fest 和 Feier 此二字在德文有時意思相通，例如生日 Geburtstagsparty 可稱為 Fest，也可稱為 Feier。

不過若要區分的話，Feier「慶祝會」多指一群人受舉辦人邀約參加的慶祝活動，像是公司、家庭或是朋友圈的活動。

Fest 多指公開或半公開的慶祝活動，例如 Sommerfest（夏日慶祝會）、Straßenfest（街道園遊會）或是 Stadtfest（城市慶典）等。

台灣廣廈 國際出版集團
Taiwan Mansion International Group

國家圖書館出版品預行編目（CIP）資料

實境式照單全收！圖解德語單字不用背 / 張秀娟著.
-- 初版. -- 新北市：國際學村, 2020.09
面； 公分
ISBN 978-986-454-133-1
1.德語 2.詞彙

805.22 109006813

實境式照單全收！圖解德語單字不用背

照片單字全部收錄！全場景 1500 張實境圖解，讓生活中的人事時地物成為你的德文家教！

作　　者／張秀娟
編輯中心編輯長／伍峻宏・編輯／古竣元
封面設計／何偉凱・內頁排版／菩薩蠻數位文化有限公司
製版・印刷・裝訂／中華彩色印刷

行企研發中心總監／陳冠蒨
媒體公關組／陳柔彣
整合行銷組／陳宜鈴
綜合業務組／何欣穎

發 行 人／江媛珍
法律顧問／第一國際法律事務所 余淑杏律師・北辰著作權事務所 蕭雄淋律師
出　　版／國際學村
發　　行／台灣廣廈有聲圖書有限公司
地址：新北市235中和區中山路二段359巷7號2樓
電話：（886）2-2225-5777・傳真：（886）2-2225-8052

代理印務・全球總經銷／知遠文化事業有限公司
地址：新北市222深坑區北深路三段155巷25號5樓
電話：（886）2-2664-8800・傳真：（886）2-2664-8801
網址：www.booknews.com.tw（博訊書網）
郵政劃撥／劃撥帳號：18836722
劃撥戶名：知遠文化事業有限公司（※單次購書金額未達500元，請另付60元郵資。）

■出版日期：2020年09月
ISBN：978-986-454-133-1